El triunfo de Julio César

Novela Histórica

Biografía

Andrea Frediani, nacido en Roma en 1963 y licenciado en Historia Medieval, es uno de los divulgadores históricos más reputados de Italia. Profesor universitario, colabora con numerosos medios de comunicación, como *Focus Storia*, *Focus Storia Wars*, *Storia Militare*, *Medioevo* y *Rivista Italiana Difesa*. Autor con una amplia trayectoria y varios galardones en su haber, su trilogía sobre Julio César, *Dictator*, formada por los volúmenes *La sombra de Julio César*, *El enemigo de Julio César* y *El triunfo de Julio César*, publicados por Espasa, mereció el prestigioso Premio Selezione Bancarella. Publicado en más de diez países, sus novelas han vendido más de 1.500.000 ejemplares en todo el mundo.

Andrea Frediani

El triunfo de Julio César

Dictator 3

Traducción de Juan Carlos Gentile Vitale

ESPASA

Título original: *Il trionfo di Cesare*

Espasa, un sello editorial de Editorial Planeta, S. A.
Avda. Diagonal, 662-664, 08034 Barcelona (España)
www.espasa.com
www.planetadelibros.com

Adaptación de la cubierta: Booket / Área Editorial Grupo Planeta a partir de la idea original de © Lookatcia.com
Imagen de la cubierta: © Collaboration JS / Arcangel Images
Primera edición en Colección Booket: marzo de 2025

Depósito legal: B. 3.666-2025
ISBN: 978-84-670-7637-0
Impresión y encuadernación: QP Print
Printed in Spain - Impreso en España

¿Qué te basta, si Roma no basta?

LUCANO, *Farsalia*

N
Massilia
Narbo
PYRENAEUS
Pallantia
Calagurris
Osca
Clunia
Durius
Iberus
Sicoris
Ilerda
Celtiberi
Tarraco
Segovia
CITERIOR
IUGA CARPETANA
BALEARES I.
Lusitani
Turia
Segobriga
Tagus
Saguntum
HISPANIA
Valentia
Sucro
Dianium
Anas
SALTUS MARIANUS
ULTERIOR
Boetis
HISPANIA
Ulia
Ategua
Ucubi
Italica
Nova Carthago
Munda
Hispalis
Urso
Ventipo
Lacobriga
Malaca
Gades
Carteia
MAURETANIA

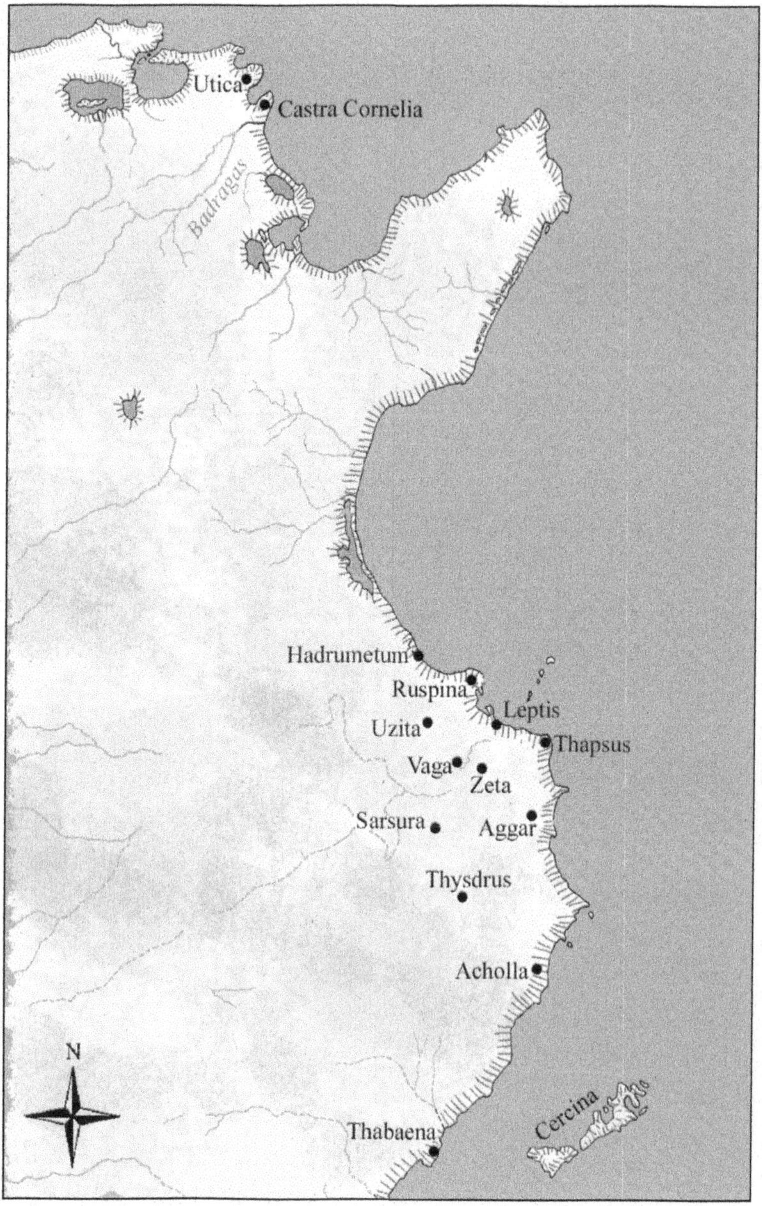

Utica
Castra Cornelia
Badragas
Hadrumetum
Ruspina
Leptis
Uzita
Thapsus
Vaga
Zeta
Sarsura
Aggar
Thysdrus
Acholla
N
Cercina
Thabaena

I

César, aunque tantas veces vencedor, sintió una alegría increíble por esta victoria, porque había llevado a cabo con mucha rapidez una guerra grandísima. Y tanto más se alegraba ante el recuerdo del imprevisto peligro, ya que de una dificilísima situación había llegado a una fácil victoria.

ANÓNIMO, *La guerra alejandrina*, 77, 1

ZELA, PONTO, 2 DE AGOSTO DEL 47 A. C.
(FINALES DE PRIMAVERA)*

—¡Masacradlos a todos! ¡A todos!

La guardia germánica de César se quedó desconcertada ante el curioso contraste que había entre las feroces palabras del dictador y su expresión burlona, casi

* Las fechas citadas son las anteriores a la reforma del calendario, promovida por César en el 45 a. C. Hasta entonces, reproduzco entre paréntesis a qué estación corresponde, para que el lector pueda ubicar el período del año en que nos encontramos.

divertida. Se miraron, sonrieron también ellos y luego cabalgaron hacia el ejército póntico en derrota, que remontaba fatigosamente la colina en dirección a su campamento.

César no los siguió con la mirada. Sus ojos se detuvieron en los restos de uno de los carros falcados de Farnaces, el soberano que había sido tan necio como para pensar que podía sorprender a los legionarios que se afanaban en fortificar una avanzadilla. La cuadriga, de la cual aún sobresalían las temibles cuchillas, había aterrorizado y luego matado a varios soldados, antes de que su auriga fuera golpeado y los cuatro caballos comenzasen a cojear en su loca carrera sobre el terreno escarpado de la colina.

Algunos legionarios piadosos habían liquidado a las pobres bestias a golpes de jabalina. Sus cuerpos yacían recostados sobre los salientes de roca y los cadáveres de romanos y pónticos que previamente habían arrollado. César esperaba que sus hombres no fueran tan piadosos con sus adversarios: se le ocurrían una infinidad de motivos por los que Farnaces debía pagarlo caro. Para empezar, el rey del Ponto le había arrebatado su merecido reposo en Egipto: un reposo al que tenía todo el derecho, después de quince años de diligente actividad por la gloria de Roma, y antes de acabar con los últimos enemigos de la República y reformar el Estado. Lo había obligado a dejar a toda prisa a la única mujer, desde los tiempos de Servilia, capaz de satisfacerlo física y mentalmente.

Cleopatra.

Además, Farnaces no era un hombre del que uno pudiera fiarse. No se había alineado ni con él ni con Pompeyo durante la campaña de Dirraquio * y Farsala. Por el contrario, había aprovechado la ausencia de los otros soberanos orientales, enzarzados en la guerra civil, para apropiarse de sus territorios. Incluso, alentado por las dificultades en las que se debatía César en Egipto en los meses siguientes a la muerte de Pompeyo, había atacado las legiones del legado Cneo Domicio Calvino, derrotándolas en Nicópolis. Y, después, había penetrado en la provincia de Asia y saqueado y destruido la ciudad, castrando a jóvenes romanos y violando a muchachas con una ferocidad que ahora hacía imposible cualquier clemencia hacia él.

Es más, pensándolo bien...

—¡Estafeta! —César reclamó la atención de un enlace en los alrededores—. Alcanza la primera línea y di a los centuriones que dejen a algunos con vida, pero que los castren...

Ya iba siendo hora de acabar con el asunto de la clemencia. Había demostrado durante la guerra civil, una y otra vez, que sabía perdonar. Y habría perdonado incluso a Pompeyo, si no le hubieran ofrecido su cabeza, ya cortada por los lúgubres cortesanos de aquel faraón-niño al que había hecho enviar al fondo del Nilo.

Su fama de hombre clemente, una vez adquirida y consolidada, no disminuiría si reservaba únicamente el perdón a aquellos que se lo merecían. O que podían serle útiles. Pero había también personajes incontrolables como Farnaces, enemigos reincidentes como aquellos a los que había indultado en Hispania, adversarios políticos impulsados por un odio inveterado hacia él, como

* Dürres.

Catón..., todos ellos seres a los que había que volver inofensivos de una vez por todas.

César tenía cincuenta y tres años, y aún no sabía cuánto tiempo le quedaba para reformar el Estado y entregar su nombre a la posteridad. Dudaba si había hecho lo suficiente como para ser considerado el más grande de todos. Y para mantenerse a salvo de la comparación con cualquiera que, en el futuro, pudiera hacer tales gestas como para superarlo. Muchos podrían incluso poner en duda que fuera más grande que el mismo Pompeyo, que Escipión el Africano, que Furio Camilo. Además, resultaba evidente que estaba aún lejos de la gloria conquistada por Alejandro Magno.

Y César no debía ser el segundo de nadie.

De nadie.

La pacificación de la Hispania oriental como propretor. Trescientas ciudades conquistadas en las Galias, setecientas tribus entre el Rhenus, el Océano y el Liger,* y un territorio mucho más grande que toda la península Itálica sometido al dominio de Roma como procónsul. Una victoria tras otra contra los lugartenientes de Pompeyo, al que los romanos, hasta entonces, habían estimado el más grande, como para añadir Magno a su nombre. Y también un gran triunfo campal contra el propio Pompeyo, a pesar de la evidente disparidad numérica. El éxito, en condiciones difíciles, en la guerra civil que ensangrentaba Egipto y que lo había apartado de la influencia de Roma. Y ahora, una fulminante victoria contra el hijo de Mitrídates Eupator, el soberano que había unido a nada menos que a tres generaciones

* Loira.

de caudillos romanos, de Sila a Lúculo y al mismo Pompeyo.

¿Habría sido suficiente?

Quizá. O quizá no. En todo caso, César no tenía la intención de arriesgarse a que alguien, en el futuro, le disputase la supremacía absoluta entre los más grandes conquistadores de todos los tiempos. Y también entre los más grandes jefes de Estado. Sabía que aún tendría que trabajar mucho para erradicar la resistencia de sus adversarios políticos y eliminar cualquier eventual competencia también por la inmortalidad. La oposición se había concentrado en África, y era allí donde lo esperaba la siguiente campaña. Y la República..., la República debía ser reformada completamente, si se quería garantizar su supervivencia.

Solo él lo había entendido, entre los muchos que tenían la responsabilidad de los asuntos públicos. Él, precisamente él, había pagado el precio de un sistema que embridaba el talento y la determinación de los mejores hombres y desperdiciaba los recursos del Estado en luchas fratricidas cada vez más frecuentes. Era un sistema que aseguraba la alternancia entre los mediocres, garantizando y perpetuando los privilegios de quienes, gracias a su cuna, componían la clase dirigente. Y no estaba en condiciones de asegurar la paz ni la prosperidad, ni daba a hombres extraordinarios como Mario, Sila, César, la posibilidad de poner en práctica todas sus habilidades por el bien del Estado.

Las ataduras y los vínculos que la Constitución imponía estaban llevando a Roma a la ruina. Más de medio siglo de guerras civiles y conflictos sociales no había sido suficiente para hacer entender a obtusos conservadores como Catón que, si se continuaba así, el imperio de Roma se disolvería, la Urbe se transformaría en un campo de batalla entre facciones y, un día, un Farnaces un poco más hábil que el que ahora huía ante sus tropas aprovecharía la situación para arrebatarle al Estado todos sus territorios. ¿Era posible que solo él se diera cuenta? ¿Era posible que los senadores se dividieran solo en adversarios de su visión y defensores de su política por mero temor o conveniencia?

Si solo lo hubieran dejado hacer... Habría garantizado la estabilidad política y asegurado la meritocracia como modo de salvar el destino del Estado. Y a todos aquellos soldados que se habían enfrentado en combates fratricidas en Ilerda,* en Dirraquio, en Farsala, en el Adriático, los habría empleado para mayor gloria de Roma. En la conquista del imperio parto, acaso, para vengar la derrota de Craso en Carras y la pérdida de las enseñas sagradas, llenando otra vez las arcas del Estado con las enormes riquezas de Partia... y asegurándose una gloria imperecedera igual, si no superior, a la de Alejandro Magno.

César observó lo que quedaba del carro y del efímero poder de Farnaces. Había hoces por doquier en aquel vehículo que, por un instante, había dado al rey del Ponto la ilusión de tener a los romanos bajo su dominio. Hoces a la altura del timón, hoces a la altura del yugo, una hacia arriba, otra hacia abajo. Y hoces en los ejes de las ruedas. Al principio, debía reconocerlo, se había quedado impresionado también él. Los legionarios, sorprendidos por el ataque de Farnaces mientras levanta-

* Lérida.

ban el terraplén, inicialmente no habían sabido oponer resistencia y acabaron sucumbiendo a la carga enemiga. Los había visto segados por las cuchillas vueltas hacia arriba, sus cadáveres removidos por aquellas vueltas hacia abajo. Soldados troceados, descuartizados, martirizados como nunca había visto en el pasado, en las batallas libradas contra adversarios armados solo con espadas y lanzas. Había realmente temido que sus hombres fueran desbaratados.

Y si no hubiera sido por el millar de veteranos de la VI legión, los únicos supervivientes de la unidad después de la guerra de Egipto, quizá habría sido él quien habría tenido que mostrar la espalda al enemigo, y no al revés. La VI se había dispuesto rápidamente en el ala derecha, había detenido el empuje de los pónticos y los había rechazado pendiente abajo. Su ejemplo había dado valor a las otras dos legiones, las chapuceras unidades constituidas por el desleal Deyótaro de Galacia. En poco tiempo, todo el frente se había transformado en una única línea cohesionada, contra la cual el ataque póntico chocó miserablemente. En apenas unos segundos, la iniciativa había pasado a los romanos, que se vieron impulsados a contraatacar inmediatamente impulsados por el favor de la pendiente.

Había ido bien, considerando las circunstancias. El dictador se había dejado sorprender justo porque consideró que sería una locura un ataque cuesta arriba, pero también porque se había enfrentado al hijo de Mitrídates Eupator con una legión diezmada y dos de matriz oriental, poco fiables como su rey, un antiguo pompeyano. También esta vez, sin embargo, los dioses le habían mostrado su favor, se dijo César: otro general no tan favorecido por la Fortuna habría sido juzgado un perfecto imbécil por haberse puesto en peligro de ese modo.

En el futuro, debía acordarse de no confiar demasiado en la ayuda de los dioses. Quizá la ociosidad egipcia y los amorosos cuidados de Cleopatra habían conseguido que relajase su atención. O quizá la excesiva confianza en sí mismo, herencia de tantas victorias, lo inducía a subestimar los riesgos. Y los dioses también pueden castigar a los soberbios.

Con los seguidores de Pompeyo que lo esperaban en África no debería ocurrir.

Pero, mientras tanto, no podía más que complacerse del ataque de Farnaces. Al final, el papel de imbécil lo había hecho precisamente el rey del Ponto, y no los romanos, y sus soldados habían resultado ser unos ineptos. Se complació al ver a los propios legionarios subiendo por la pendiente contraria y provocando estragos entre los adversarios sin ninguna oposición. Aquel necio le había dado la posibilidad de añadir otro continente al triunfo que ciertamente habría celebrado al término de las guerras civiles, y que sus adversarios políticos le habían negado desde los tiempos de la propretura en Hispania.

Porque no se es el más grande de todos si no se celebra un triunfo. Y, ahora, él habría celebrado ya cuatro triunfos: uno más que Pompeyo. Triunfo sobre las Galias, sobre Egipto, y ahora sobre Asia, gracias a una victoria obtenida con el mínimo esfuerzo, en pocas horas y solo después de cinco días de su llegada al Ponto. Y luego aún estaba África: mientras aquel sanguinario rey númida, Juba, apoyara a sus enemigos, podría hacer pasar la próxima campaña como una guerra contra un enemigo extranjero...

Su ceremonia triunfal habría hecho olvidar la última de Pompeyo, de la cual aún se hablaba después de casi quince años. César se había repetido centenares de veces el epígrafe hecho grabar por su antiguo yerno, para estar seguro de superarlo cuando le llegara su turno: «Con una única guerra liberó al mar de los piratas y eliminó al más grande de los reyes. Entabló batalla en la guerra póntica y además luchó contra los cólquidas, los albanos, los íberos, los armenios, los medos, los árabes, los judíos y los otros pueblos orientales, llevando los confines del Imperio romano hasta Egipto». Ridículo. ¿Cólquidas? ¿Albanos? ¿Íberos? ¿Y quiénes eran, por Júpiter? Qué valor bélico podían tener semejantes pueblos si se comparaban con el poderío de los belgas, los britanos y los germanos, los tréveros y los helvecios, solo para citar algunas de las infinitas tribus gálicas a las que había sometido...

El más grande de los reyes... Mitrídates. Precisamente ahora estaba viendo qué clase de soldados eran aquellos contra los que Pompeyo se jactaba de haber obtenido su mayor victoria. Los había visto soltar las armas a la primera dificultad y dar la espalda a los legionarios, y ahora observaba sus dorsos ofrecidos como fácil blanco.

Pompeyo se había jactado de haber conquistado mil quinientas treinta y ocho ciudades y sometido a más de doce millones de seres humanos, además de haber duplicado el tesoro de Roma. En aquel tiempo, César se había congratulado con él y lo había secundado porque necesitaba su alianza, pero nunca había creído de veras en aquellas cifras, demasiado absurdas para ser ciertas. Y en su fuero interno había ironizado sobre la gigantografía del mundo que el conquistador había hecho desfilar en el cortejo, representando los propios triunfos como otras tantas victorias en diferentes continentes, África, Europa y Asia.

Pero ¿qué había sido su victoria en África, sino un premio inmerecido que le había asignado Sila para ganarse sus favores? ¿Y sus éxitos en Hispania, donde se había limitado a rastrear los restos del ejército de esclavos de Espartaco, ya desbaratado por Craso? ¿Y los de Asia, donde no había hecho más que recoger los frutos de las victorias de su predecesor, Lúculo?

¿Qué eran esos modestos éxitos comparados con la conquista de todas las Galias? ¿O las breves campañas de Pompeyo, frente a una década de victorias? ¿Y qué era el orgullo de haber sido el romano que más se había adentrado en Oriente, siguiendo las huellas de Alejandro Magno, frente al mérito de haber sido el único general romano en alcanzar la Britania y penetrar en Germania?

Y además, él había batido a Pompeyo, incluso en inferioridad numérica. Si esto no era suficiente para atestiguar su superioridad sobre aquel que, hasta entones, había sido considerado el más grande de los romanos, no veía verdaderamente qué más habría debido hacer. Le disgustaba que su antiguo yerno hubiera muerto, al menos porque, vivo, habría podido reconocer la derrota y así admitir la supremacía del propio adversario.

Sí, los triunfos de César habrían eliminado cualquier duda, también la de aquellos más obstinados, que no habían estado presentes en sus victorias y solo podían vivirlas a través de testimonios. Si Pompeyo había triunfado sobre tres continentes, él triunfaría sobre cuatro. Si Pompeyo había exhibido ochocientas naves capturadas a los enemigos, él recrearía las batallas vencidas, excavando estanques en Roma para instalar en ellos unas naumaquias. Si Pompeyo había duplicado el tesoro de Roma, él directamente lo triplicaría. Si Pompeyo había hecho desfilar un largo cortejo de prisioneros, él exhibiría uno aún más largo.

Y si Pompeyo había exhibido un rey, el de los judíos, él exhibiría dos: Vercingétorix, mantenido con vida durante un quinquenio precisamente para el triunfo, y Arsinoe, la hermana de Cleopatra, que había sido reina. Y acaso un tercero, el númida Juba, si conseguía capturarlo...

—¡César!

Un grito lo sacudió de sus pensamientos.

—¡Aulo Ircio! ¡Por fin estás aquí! —dijo César extendiendo los brazos y caminando hacia el puñado de jinetes que llegaba de la retaguardia. Eran la escolta de su ayudante, del cual se había separado después de la victoria de Farsala sobre los pompeyanos. Ircio había vuelto a Italia con Marco Antonio, para ocuparse de la instalación de las tropas en territorio itálico y en la misma Urbe: un encargo para el cual César había estimado que su primo Antonio, impulsivo y arrogante, iba a necesitar ayuda. Y había considerado que Ircio, agudo analista y organizador, era el más idóneo para el cargo.

Acuartelar tropas en Italia, poniendo en riesgo los latifundios de los senadores, era una tarea complicada. Aún lo era más que los romanos aceptasen la presencia de soldados en la ciudad. Por el prestigio del que gozaba en el ejército, Antonio era el único que podía ocupar el cargo de *magister equitum,* el segundo del dictador, y además por un período más largo del semestre establecido por la ley. Pero tenía necesidad de colaboradores que limitaran sus excesos, que pusieran remedio a sus distracciones y reparasen los daños provocados por su escasa diplomacia. Aulo Ircio era uno de ellos. El otro era Asinio Polión, un amigo al que César tenía en gran consideración.

Ambos eran hábiles escritores, y del primero César se había valido para los comentarios de las guerras gálicas, en particular para el último libro, cuya redacción, al igual que la del primero, había sido confiada a Ircio. Polión, en cambio, tenía ambiciones más de historiador que de biógrafo, no era útil para su caso.

En Egipto, al principio, César no había esperado tener que realizar empresas tales como para ser transmitidas a la posteridad. Y, en cambio, se había encontrado en medio de una guerra civil; sufrió todo tipo de asedios y se vio obligado a participar en importantes batallas campales. Se había tratado, en resumen, de una verdadera campaña que le habría hecho merecedor de un triunfo, por lo que añoró la presencia de Ircio, que le habría facilitado la redacción de un comentario. Durante su descanso a lo largo del Nilo, terminada la guerra, se había decidido a reclamarlo para entregarle los diversos informes, con el objetivo de que extrajese de ellos una obra unitaria. Y ahora, a la guerra combatida en Alejandría se añadía esta nueva y rápida campaña en el Ponto: un trabajo más para el asistente.

Pero este no parecía haber venido hasta allí, desde Italia, para escribir.

Para no faltar al respeto al dictador, Ircio bajó del caballo. Estaba visiblemente agitado.

—¡César! ¡Con todo lo que está ocurriendo nos faltaba este loco de Farnaces! Pero ¿cómo has podido aceptar batalla con media legión de romanos y dos legiones de gálatas?

—Es una suerte que me hayan atacado, en cambio. Me han ofrecido la posibilidad de ganarme una de las victorias más fáciles y baratas de mi carrera —dijo César, estrechándole la mano.

Ircio se relajó, pero no demasiado. Miró a su alrededor, como para encontrar confirmación a las palabras del dictador; luego volvió a hablar en tono quejoso, incluso excitado. Algo muy característico en él, por otra parte.

—César, las cosas no van bien, en ninguna parte. Si tardas más en regresar, perderás todo aquello por lo que has trabajado...

—Infórmame.

César volvió a observar la colina donde se estaba consumando la masacre de las tropas de Farnaces. Pero era todo oídos.

—Casi no sabría por dónde empezar... El hecho es que en Italia la situación ha escapado del control de Marco Antonio.

Aulo Ircio siempre parecía contento cuando podía hablar mal de un colaborador de César. Hubo un tiempo en que había ambicionado ser insustituible y detestaba a cualquiera que fuera más útil que él a su comandante. Y más que a ningún otro había detestado a Tito Labieno, el hombre que se había hecho de veras insustituible en las guerras gálicas.

Hasta que lo había traicionado, pasándose del lado de los pompeyanos.

—Hay una guerrilla urbana en Roma —continuó Ircio—. Y tiene su origen en la discordia entre los tribunos de la plebe, Dolabela y Trebelio, y en la incapacidad de Antonio de poner freno a las bandas encabezadas por uno y otro. Dolabela vuelve periódicamente a proponer leyes que en la práctica cancelan las deudas. Nadie duda de que lo hace en su interés, dado que está acosado por los acreedores. Pero, entre tanto, el pueblo está con él, y, por consiguiente, disfruta de un amplio apoyo. Trebelio se le opone abiertamente, y los medios para ejercer la oposición se los proporcionan sobre todo los patricios que tienen cuentas por cobrar.

»Antonio se mantiene un poco al margen, en el temor de descontentar al pueblo si se alinea con Trebelio y a los senadores si toma partido por Dolabela. Y mientras, se hace reprobar por su conducta: gasta el dinero de tus conquistas organizando fiestas y bacanales, se presenta a menudo borracho en el Senado y en el foro. Parece que incluso vomitó delante del pueblo, después de haber participado en el festín nocturno por la boda del mimo Hipio. Ha hecho abatir la casa de Pompeyo, que se había hecho asignar por el Senado, porque la consideraba demasiado pequeña para él, y la está reconstruyendo más grande. Ha prohibido a los romanos que lleven armas en la ciudad, pero no se preocupa de hacer respetar sus propias disposiciones. Sobre todo, de noche, pero también en pleno día, en el foro, hay riñas y tumultos, y siempre hay alguien que acaba muriendo.

»Y eso no es todo. Antonio se rodea de lictores dondequiera que vaya, y no abandona la espada ni siquiera durante sus fiestas. Se deja ver por ahí acompañado por pelotones de soldados. Se las da de rey, y esto al pueblo no le gusta. Todos piensan que tú también cambiarás de actitud cuando estés en Roma, y como él, abandonarás los buenos propósitos y te comportarás como un soberano. La gente tiene miedo. Nuestros agentes detectan un fuerte descontento: la adhesión de la ciudadanía al régimen de Antonio es solo aparente, y los más timoratos se limitan a no manifestar su desacuerdo por miedo a ser detenidos, mientras que otros se convierten en delincuentes, seguros de su impunidad.

»Poco antes de que partiera, la situación había degenerado tanto que Antonio ha debido intervenir militarmente. Dolabela había hecho el enésimo anuncio sobre la cancelación de las deudas y los arrendamientos. El pueblo se ha sublevado en su favor y se ha reunido en el foro, erigiendo barricadas y torres de madera. Han permanecido atrincherados durante tres días, mientras Dolabela redactaba sus miserables leyes protegido por los propios secuaces. ¡Inaudito! ¡La zona más importante de la ciudad sustraída a la autoridad constituida! Primero, los defensores de Trebelio intentaron asaltar las barricadas, lo que provocó aún más muertos. Luego Antonio trató de hacer razonar a los rebeldes, pero sin resultado. Al final, fue a coger cinco cohortes fuera de los muros y se abrió un paso a la fuerza. Ha despedazado, delante de todos, las tablas de las leyes redactadas por Dolabela y ha hecho arrojar desde la Roca Tarpeya a los más facinerosos...

—¿Y por qué ha empleado tres días en resolverlo?

César continuaba observando los últimos retales de la masacre realizada por sus legionarios.

—Este es otro aspecto del problema. También las legiones acuarteladas junto a las ciudades itálicas están alborotadas. Están cansadas de esperar y también ellas temen que no mantengas tus promesas. Quieren el triunfo y el licenciamiento, y sin duda hay quien fomenta su mal humor. Emisarios de los pompeyanos, está claro, enviados desde África para provocar desgracias. En Campania, parece que estallará una revuelta de un momento a otro. En la Urbe, además, la calma no ha vuelto ni con la intervención de Antonio en el foro. Apenas se ha corrido la voz de que te habías embarcado en otra guerra aquí, en Asia, todos han dado por supuesto que sería larga y difícil, y han vuelto a las disputas convencidos de su impunidad.

—Y, en cambio, he venido, he visto y he vencido... —dijo César con satisfacción. Hizo señas a uno de los *beneficiarii* que lo rodeaban para que cogiera el punzón y escribiera sobre la tablilla encerada—. Redactemos una carta para Mitrídates de Pérgamo: «Noble Mitrídates: Nunca acabaré de agradecerte las tropas que me has enviado a Egipto y la ayuda que me has proporcionado en la batalla de Pelusio. Quiero manifestarte mi gratitud asignándote el reino de Farnaces del Ponto, a quien acabo de derrotar en Zela. Además, puesto que considero que se te hizo una afrenta cuando, en su tiempo, el Senado asignó a Deyótaro la Galacia oriental, tuya por derecho de sucesión, decretaré que te sea devuelta». Añadid los saludos de rigor y que lo veré pronto...

»Y con esto, ese viejo intrigante y chaquetero de Deyótaro queda eliminado... —comentó complacido.

—César..., estábamos hablando de Roma. Tu regreso es urgente —se permitió Ircio.

—Mi intención, en verdad, era desplazarme a Sicilia para zarpar directamente hacia África, con las legiones acuarteladas en Campania como primer contingente de invasión. Pero me doy cuenta de que antes debo asegurarme de que los soldados combaten por mí con la misma determinación de siempre. Y luego, por lo que me dices, creo en verdad que tendré que pasar al menos por Roma...

Luego se dirigió a los secretarios.

—Ahora escribamos otra carta. Esta es para Ariobarzanes de Capadocia. «Noble rey, estoy seguro de que sabrás merecerte el perdón que te concedí después de haber derrotado en Farsala al rebelde Pompeyo, a quien habías decidido apoyar. Y estoy tan convencido de ello que deseo tranquilizarte respecto de la Armenia menor. Me hago garante yo mismo, en calidad de supremo representante del poder de Roma, de su pertenencia a tu reino, y me empeño en rechazar cualquier pretensión por parte de Deyótaro de Galacia.» Saludos de rigor, etcétera.

De nuevo, después de echar un rápido vistazo al campo de batalla, miró a Ircio.

—Hazme un informe sobre las fuerzas enemigas en África.

Ircio era un maestro en recabar información. César daba por descontado que ya la tenía.

El asistente se aclaró la voz. No había nada que le gustase más.

—Si esto puede consolarte, el jefe de la coalición es Metelo Escipión. En un primer momento el mando se le había ofrecido a Marco Porcio Catón, pero ya lo conoces..., constitucionalista hasta el final: lo ha cedido al suegro de Pompeyo, que lo supera en méritos y títulos militares. Pero Actio Varo está descontento: en calidad de gobernador de la provincia, contaba con ser el comandante. Por no hablar de Juba: el rey númida es intolerante con quien sea, y trata a todos como sus subalternos.

—Las fuerzas. Pasemos a las fuerzas.

—Sus fuerzas son tan considerables que corre el rumor de que quieren invadir Italia. Es más, parece que ya han llevado a cabo incursiones en Sicilia y en Cerdeña. Por otra parte, su flota suma poco menos de un centenar de naves. En cuanto a las fuerzas terrestres, Escipión dispone de diez legiones, ocho establecidas en Útica, su base operativa, y dos en Adrumeto, al mando de Cayo Considio Longo. Juba ha encuadrado su infantería pesada en cuatro legiones, armadas a la romana. Además, proporciona ciento veinte elefantes adiestrados para la guerra, al menos veinte mil infantes mal armados y otros tantos jinetes. No ha sido difícil obtener estas informaciones: les interesa que corra el rumor de que son fuertes, para incidir sobre la moral de sus tropas, quebrantar la confianza de la población respecto de ellos y convencer al mundo romano de que César está muy lejos de ser su amo.

César suspiró.

—Ya lo había dicho yo que Farsala iba a ser la victoria de un día si no capturábamos a todos aquellos que tuvieran algún motivo para guardarme rencor. ¿Las tropas se lamentan? Sabían que la guerra no había terminado en el momento mismo en que Pompeyo huyó y todos los demás jefes se libraron de la captura. ¿Los ciudadanos quieren la paz? ¿Los soldados quieren el licenciamiento y los premios? Lo tendrán, pero solo si me ayudan a poner fin a esta guerra y a reformar el Estado. Que me consideren también el amo del mundo romano: yo sé que soy solo su principal servidor. Escribamos una carta al pretor Cayo Salustio Crispo. Quiero que vaya de inmediato a donde están las tropas en Campania y aplaque la sedición con vistas a mi llegada y a la campaña en África...

A Aulo Ircio no le gustó la referencia a Salustio. Como Asinio Polión, también el pretor era un excelente escritor. Y cualquiera que socavase un papel en el que se consideraba insustituible atraía irremediablemente su desprecio. Además, al contrario de Polión, que era un hombre recto, Salustio era un chanchullero nato, y aprovechaba cualquier ocasión para enriquecerse, en manifiesto contraste con la moralidad que destilaban sus escritos. Con gran espontaneidad, cambió de tema.

—Hay también otro problema, del que seguro que habrás tenido noticia —dijo, complaciéndose de poder hablar mal de otro colaborador de César—. Hispania está en grave peligro, después del desastre que ha hecho Quinto Casio Longino como propretor, dañando tu nombre. Como sabrás, ha muerto en un naufragio, por desgracia solo después de haber hecho destrozos difícilmente reparables. Su sustituto, el procónsul Cayo Trebonio, lo tendrá complicado, con una provincia desangrada por los pesados tributos y sacudida por la rivalidad entre sus departamentos, algunos de los cuales han llegado a poner en el escudo el nombre de Pompeyo Magno... Si Pompeyo hijo decidiera llevar la guerra a la península Ibérica, creo que encontraría un terreno fértil...

—Un problema a la vez. Escribamos también a los reyes mauritanos Bogud y Boco, que se preparen para acogernos y sostenernos en África y que armen una infantería pesada que oponer a la de Juba...

—Eh... Creo que Bogud está aún en Hispania. ¿Recuerdas? Habías ordenado a Casio Longino que trasladara tropas a África para preparar tu campaña y presionar a tus adversarios. En cambio, hacia el final de su mandato, el propretor estuvo tan ocupado afrontando conjuras y revueltas que no solo nunca se trasladó a África, sino que incluso ha llamado a Bogud en su apoyo...

Luego Ircio, por fin, calló. Esperaba que César volviera a ser César.

César respiró hondo. Solo en aquel momento se dio cuenta de cuánto le habían costado los meses de reposo que se había concedido en Egipto junto a Cleopatra. La rebelión en Hispania, el reforzamiento de la oposición en África, sediciones entre el ejército en Italia y desórdenes en la Urbe. Y no había un colaborador capaz de ponerle remedio: debía pensarlo todo él, en primera persona. Desde los tiempos de la colaboración con Tito Labieno, ya no había encontrado un subalterno que pudiera sustituirlo con la misma eficacia. En África había fracasado Curión; en Hispania había fracasado Casio Longino; por mar habían fracasado Cayo Antonio y Dolabela, y, por último, Marco Antonio gestionaba de manera discutible el gobierno de Roma.

No bastaban sus victorias. Por todas partes, debía acudir para corregir los errores de sus subordinados. Se preguntó cómo habría ido la guerra si hubiera tenido consigo a Tito Labieno. Pero quizá, sin su deserción concertada, habría perdido irremediablemente en Dirraquio y no habría vencido en Farsala...

Luego recordó a Cleopatra. Una vez Servilia, su antigua amante, le había preguntado si aún encontraba tiempo para abandonarse entre los brazos de alguien. Le había respondido que eso ya no lo contemplaba, un poco porque no lo consideraba necesario, un poco para hacerle entender que ahora ella no estaba en condiciones de satisfacerlo. Pero con Cleopatra había redescubierto el valor de algunos instantes de serenidad. Por primera vez en una década, se había detenido y había disfrutado de un placer no solo momentáneo, no solo físico. Como en los tiempos de Servilia, se había concedido largas horas sin pensar más que en la mujer que tenía enfrente. Como en los tiempos de Servilia, había alternado con la reina momentos de pasión e intercambio de opiniones, se había abierto y abandonado a los pensamientos más íntimos, tratando a su compañera como una amiga, además de como una amante.

Y se había percatado de que era útil. Una vez fuera de Egipto, se había sentido más fuerte, como si aquellas vacaciones le hubieran permitido recuperar las energías consumidas en las largas luchas que requería la realización de sus ambiciones. No sabía, ni nunca sabría ya, cómo habría sido si después de Farsala hubiera ido de inmediato a África. Lo que sabía seguro era que, ahora, se sentía de nuevo listo para afrontar los desafíos que lo esperaban.

Llegó al galope un pelotón de germanos de su guardia de corps. A su cabeza estaba Ortwin. Ese germano, se dijo César, era lo más parecido a Labieno que tenía a su disposición. Fiable, fiel, valiente, hábil y dinámico, combatía sin poner nunca en discusión sus órdenes y sin olvidar el objetivo que se le había asignado. Siempre se había expuesto en persona resolviendo las situaciones más espinosas: en las Galias, apoyándolo cuando era asediado; en Corfinium, expugnando un puente y salvándole la vida, e incluso en Farsala, guiando el contraataque de la caballería.

Si no hubiera sido un bárbaro, le habría confiado tareas de muy distinto nivel. Pero debía tener en cuenta la opinión de los biempensantes y de los oficiales más conservadores, que apenas toleraban a un extranjero al mando de cualquier cosa que no fuera una unidad auxiliar. También esto cambiaría, se dijo, cuando ya no necesitase adular a la gente para consolidar su poder. Un día, Roma sería guiada solo por los hombres de mayor valor y de más grandes capacidades, sin discriminaciones ligadas a la clase o a la nacionalidad. Un día, incluso el Senado tendría a extranjeros entre sus filas.

—Dictador, el rey del Ponto ha conseguido evitar que lo capturen. Por desgracia, ha sido de los primeros en abandonar el campo de batalla... —dijo el germano, acercándose a su comandante.

Si lo decía Ortwin, era verdad. César se encogió de hombros.

—No pasa nada. Antes de partir de Alejandría, hice un arreglo con el sátrapa del Bósforo, Asandro, para que lo traicione. Pronto tendré su cabeza. Aquí hemos terminado. Ha llegado el momento de volver a casa. Partimos mañana mismo para Bitinia y, desde allí, para Grecia y luego para Italia. Pararemos en las ciudades solo el tiempo necesario para recoger todo el dinero posible. Los soldados, en Italia, tienen razón al quejarse: dos son las cosas que crean, mantienen y acrecientan a los potentados, es decir, los soldados y el dinero. Dos cosas estrechamente interdependientes... —dijo, encaminándose hacia la tienda pretoria.

Echó un último vistazo hacia el campo de batalla. La colina opuesta ya estaba cubierta de cadáveres. Algunos legionarios, saciados de sangre, estaban ya de vuelta; otros se encarnizaban con los pocos supervivientes y había otros que aún se dispersaban por el campamento enemigo en busca de botín. Se dio cuenta entonces de que era la primera vez que observaba el final de una victoria campal a plena luz del sol. De costumbre, empleaba más tiempo para vencer al enemigo: recordaba haber asistido a docenas de persecuciones entornando los ojos para enfocar las siluetas de los soldados, vueltas indistintas por la luz incierta del ocaso. Esta vez, en cambio, entornaba los ojos para protegerse de la luz cegadora del sol cercano al cénit.

Sí, los dioses habían sido una vez más benévolos. Como Sila, también él podía decir a la perfección que era un predilecto de la Fortuna. Pero Sila había sido un necio, porque había dejado el poder en el apogeo de su éxito.

Él no iba a cometer el mismo error.

II

> Ni siquiera después de este hecho dejaron de disputar, sino que cuanta más gente perecía, más encarnizadamente los supervivientes se amotinaban, convencidos de que César estaba empeñado en una guerra mucho más dura y difícil. Y no pusieron fin a sus diferencias hasta que de repente lo vieron delante.
>
> Dion Casio,
> *Historia romana*, XLII, 33, 1

Roma, octubre del 47 a. C.
(pleno verano)

Extraña atmósfera la que reinaba en el circo. Quinto Labieno no recordaba haber asistido nunca a las carreras de cuadrigas con unos soldados alineados en el estadio, a lo largo de las gradas e incluso en el murete. Resultaba fácil identificarlos. Sus ojos expertos de veterano de las guerras gálicas y civiles le permitían descubrirlos incluso entre los aficionados de cada equipo, sin armadura pero con las casacas verdes, azules, blancas y rojas.

Era incluso demasiado fácil. Pero quizá, también ellos eran bastante expertos como para identificar en él a un soldado. Y no a un soldado cualquiera, sino a un agitador, que no pertenecía a ninguna de las unidades a las órdenes de Marco Antonio. Escrutó más a fondo a los aficionados que consideraba militares: se movían a saltos; miraban continuamente a su alrededor sin enfocar la atención, a diferencia de los otros, sobre cuanto ocurría en la pista. Mantenían siempre el busto erguido y el mentón dirigido hacia delante, y por más que se esforzaran por hacer alarde de implicación, en el rostro se les leía un cierto distanciamiento.

Pues bien, se dijo, si no quería pasar inadvertido, no tenía más que comportarse de un modo distinto a ellos.

También porque sospechaba que ya se habían fijado en él. Con toda probabilidad, Antonio había destinado al circo una sola unidad: todos se conocían entre ellos, y alguien podía preguntarse qué diablos hacía allí un militar que no formaba parte de su cohorte. Era también posible que algún veterano lo reconociera y se planteara por qué el hijo de Tito Labieno, el adversario más acérrimo de César, se encontraba en Roma. Es más, sospechó que ya había ocurrido cuando sintió encima la mirada de un hombre a poca distancia de él. Que era un militar estaba fuera de toda duda, que lo miraba era probable, que lo hubiera incluso reconocido era posible.

Se encorvó, tratando de esconder su físico poderoso. Mantuvo su rostro hacia la pista, aunque sus pupilas continuaban corriendo por las gradas. Leyó la tablilla encerada que le acababa de pasar su vecino y aulló.

—¡Te invoco, oh, demonio! ¡Te invoco, quienquiera que seas, y te pido que atormentes a los caballos de los blancos, de los verdes y de los rojos, y que los mates y hagas morir en un enfrentamiento a sus aurigas, y que en ellos no quede más que un hálito de vida!

De inmediato, los espectadores con la casaca azul que había en torno a él se alzaron y repitieron la maldición elevando los brazos al cielo. En apenas unos segundos, todo el sector de los aficionados azules se transformó en una ola azul que fluctuaba a lo largo de las gradas. Luego empezó a girar la otra tablilla, con otra maldición grabada en cera: un aficionado declamó el texto en voz alta, y de inmediato los demás lo siguieron. Entre tanto, también los otros sectores, los de los verdes, los rojos y los blancos, lanzaban maldiciones en dirección a los caballos y los aurigas adversarios, en una competencia en los graderíos que anticipaba la inminente competición en la pista.

Por fin, la insólita tensión causada por la presencia de los soldados dio paso a la más natural tensión de la carrera. La entrada en la pista de los ocho competidores, dos por equipo, impulsó definitivamente al público a abandonarse a la aclamación más desenfrenada, sin dejarse condicionar por las lanzas tendidas hacia el cielo ni por los espías, bien atentos a captar cualquier signo de sedición y de descontento hacia la dictadura.

Los aficionados exhortaban a sus favoritos y lanzaban insultos hacia sus rivales, luego los azules empezaron a dirigir sus improperios hacia los verdes. Solo a los verdes. Los otros dos equipos eran demasiado débiles para atraer la atención de una de las dos escuderías principales. No por casualidad, los sectores blancos y rojos se alternaban con los azules y los verdes, a fin de que los espectadores más excitados no llegaran a las manos. Pero a menudo esas pocas gradas no bastaban para detener a los facinerosos.

Era el momento.

Quinto extrajo del saco que llevaba consigo la primera de sus tablillas. No eran invocaciones a los demonios para que perjudicaran a los adversarios. Eran invocaciones contra los demonios. Es más, contra el peor de todos los demonios.

Se volvió. Echó un vistazo fugaz hacia el punto en que estimaba que podía encontrar a uno de los suyos. Cruzó la mirada con un hombre, que asintió. A su vez, el soldado de paisano transmitiría la señal a los otros. Quinto leyó para sus adentros el texto grabado en su tablilla: «En África, la oposición al tirano es más fuerte que nunca. Pronto Roma no tendrá trigo. Rebelaos contra el autócrata. Rebelaos contra el hombre que quiere convertiros en esclavos. Rebelaos contra el dictador que prefiere entretenerse con una reina bárbara en vez de pensar en resolver los problemas de Roma. Rebelaos, y los defensores de la legalidad vendrán en vuestra ayuda con un poderoso y numeroso ejército».

Entre tanto, los contendientes habían entrado en las *carceres*, las jaulas concebidas para obligar a los participantes a salir en el mismo momento y a la misma altura. Los sirvientes accionaron las puertas, que luego bloquearon con unas barras suspendidas mediante cuerdas tendidas desde una plataforma superior. Los caballos pataleaban, agitándose en el interior de las jaulas, mientras los aurigas trataban de frenarlos tirando con vigor de las riendas para dirigir el hocico hacia la línea de partida. Los carros, apretados en el estrecho espacio, golpeaban en todas direcciones, con lo que sometían a los competidores a una tensión continua.

Encima de las jaulas, los *hortatores*, los asistentes de los aurigas, comunicaban a los respectivos compañeros del equipo las últimas disposiciones y las informaciones sobre sus rivales. Por último, en la pista, los *sparsores* esparcían agua sobre la tierra, para evitar que el polvo levantado por los cascos de los caballos y las ruedas de las cuadrigas impidiera a los espectadores ver la carrera: el sol estaba aún alto en el cielo, y el calor sofocante de fines del verano convertía todo el circo, de las gradas a la pista, en un verdadero horno.

El encargado de la torre de la *spina* levantó la bandera blanca. De pronto, el público enmudeció. No todos los participantes habían conseguido poner los caballos en posición y la bandera no bajó de inmediato. Después de algunos instantes, se oyeron los primeros gritos: había quien ya protestaba por el presunto favoritismo hacia uno de los competidores verdes, aún no preparado. Luego este se puso en posición, pero fue uno de los azules quien debió poner otra vez a los caballos paralelos a la pista. Y entonces fueron los aficionados verdes los que protestaron. En breve, la multitud empezó a murmurar de nuevo y, cuando la bandera blanca cayó, el estadio resonó más que nunca entre alaridos e imprecaciones.

Un estruendo acompañó a los competidores en la primera curva. No todos habían salido de las jaulas en el mismo momento. Los dos aurigas blancos se habían dejado sorprender sin los caballos en posición: para ellos, no había favoritismos, y, en efecto, los aficionados blancos murmuraban más que los otros. El más célebre auriga de los verdes afrontó el giro en cabeza, pero el más prestigioso de los azules trató a toda costa de adelantarlo. Los carros se rozaron apenas, y desde el lado opuesto de la *spina* pareció que un auriga de los rojos conseguía ponerse en cabeza.

Quinto pasó la tablilla al espectador que estaba a su lado, fingiendo haberla recibido de algún otro. El hombre la leyó, lo miró perplejo y se liberó de ella como si quemara, pasándola al aficionado siguiente. Quinto observó también la reacción del otro. Los carros, en aquel momento, estaban del lado opuesto de la *spina*, no se los podía ver, por lo que era más fácil atraer la atención de un espectador.

—¡Es verdad! ¡César no tiene ninguna posibilidad! —exclamó el hombre que tenía la tablilla en la mano, pasándosela a otro. Este la leyó y le hizo eco:

—¡Si vinieran ahora los pompeyanos! ¡Marco Antonio es solo un borrachín incapaz, y no sabría oponerse a ellos!

Al coro se unió otro.

—Pero ¿por qué?, ¿crees que César es mejor? Es viejo, y ya se ha reblandecido con Cleopatra...

El apiñamiento, la muchedumbre que despotricaba por la carrera y la confusión impulsaron a muchos espectadores a decir la suya, en la convicción de que los agentes de Antonio no podrían identificarlos. Durante unos instantes, antes de que los competidores en cabeza empezaran a reaparecer por el lado opuesto de la *spina*, fueron varios los que arremetieron contra el tirano y sus representantes, más que contra sus adversarios en la carrera. Cuando el primero de los siete delfines de bronce fue arrojado al estanque de la *spina*, para atestiguar la conclusión de la primera vuelta, el hecho de que la cuadriga de los rojos condujera la carrera no fue el único evento inesperado en el estadio: considerables sectores del público coreaban contra César, aprovechándose de la confusión para garantizarse la impunidad.

Quinto constató con satisfacción que había dado en el blanco. Y además, había encontrado un terreno fértil. Fue suficiente hacer circular unas octavillas para que el odio a César y Antonio emergiera de la penumbra en la que lo había confinado el régimen. Era consciente de que no sería igual de fácil con César en Roma. El dictador sabía cómo adular a la gente, esclavizándola sin que se diera cuenta. Antonio, al contrario, había hecho un uso insensato de los instrumentos de poder que su amo había puesto a su disposición: con su negligencia, había demostrado que no estaba en condiciones de devolver a Roma la paz más que sus predecesores. Además, había hecho ostentación de un lujo y una propensión a las bacanales que escandalizaban a los ricos e indignaban a los pobres.

Quinto también había intentado aprovechar esta debilidad del *magister equitum*. Sus hombres, un poco más allá, habían difundido otra tablilla de segura eficacia: «César permite que Marco Antonio despilfarre en francachelas el dinero que había prometido al pueblo».

Encontró tiempo de echar un vistazo a la carrera. Parecía que los dos favoritos, el verde y el azul, habían decidido jugar una partida entre los dos, eliminando a cualquier otro adversario. El azul más fuerte se valió de su compañero de equipo para flanquear a su rival rojo, que iba a la cabeza, y estrecharlo contra la *spina*. Este se vio obligado a aflojar, la rueda rozó con el borde de la estructura y en pocos instantes la cuadriga roja se encontró la última, superada incluso por los blancos, que habían partido con retraso. Los dos participantes verdes, entre tanto, ejecutaban la misma operación con el otro auriga rojo, a quien también pusieron de inmediato en condiciones de no hacer daño.

Aunque él mismo era un ferviente partidario de los azules, Quinto no seguía la carrera con la misma pasión de cuando era muchacho. No se sentía implicado por la rivalidad entre facciones que, antes de abandonar Roma para hacer de soldado, lo había impulsado a menudo a enfrentarse por las calles de la Suburra con chiquillos defensores de los verdes. Desde entonces, había visto carreras muy distintas: carreras por la supervivencia a lo largo del Rhenus y en los rincones más alejados de la Galia extrema, contra aguerridos bárbaros, contra el hielo del invierno y contra la falta de víveres. Y había visto los verdaderos enfrentamientos entre los romanos en Grecia, en Macedonia y en el Ilírico, no las luchas provocadas por apoyar a una facción, sino los combates a muerte determinados por el odio político.

No, Quinto seguía más bien lo que ocurría en las gradas. Estaba allí para eso, por otra parte. Había debido esforzarse para convencer a su padre, Tito Labieno, para que le confiara la misión. O mejor, para interceder ante el jefe de la coalición anticesariana, Quinto Cecilio Metelo Pío Escipión Nasica, para que le permitiera ir a Roma y sublevar a la población contra César.

Su padre se había opuesto hasta el final. No porque considerase inútil semejante misión, sino únicamente porque no estimaba que tuviera que participar su hijo. A veces, se decía Quinto, Tito Labieno lo protegía demasiado, y si esta actitud le había permitido indudables ventajas en las Galias cuando era poco más que un recluta, ahora corría el riesgo de limitar su aportación a la causa de la libertad.

Por suerte, finalmente Quinto había hecho carrera en el ejército republicano, y ahora también su palabra de oficial tenía valor, a los ojos del estado mayor. Después de la derrota de Farsala y la masiva pérdida de tropas, después de la muerte de Pompeyo Magno, Catón, Labieno y Escipión se habían visto obligados a reconstruir casi desde cero las legiones, y él era uno de los pocos veteranos disponibles. Su carácter rebelde y las continuas insubordinaciones no le habían permitido crecer, ni bajo César ni bajo Pompeyo, más allá de la simple clasificación de *miles*. De todos modos, era uno de los elementos más válidos en la batalla y, a pesar de que aún era joven, los comandantes no habían podido menos que nombrarlo centurión.

Después de la muerte de Pompeyo Magno en Egipto, habían esperado en vano que también César perdiera la vida. El enajenado dictador se había involucrado con extrema ligereza en la guerra civil entre Tolomeo y Cleopatra, y eso que contaba con pocos hombres disponibles. Las noticias llegadas de África, al principio, se habían revelado alentadoras. César asediado en el palacio por fuerzas preponderantes. César derrotado en una batalla naval. César obligado a alcanzar a nado el muelle del puerto de Alejandría. Se había difundido un incauto optimismo que había inducido al estado mayor a ralentizar las operaciones de reclutamiento, al menos hasta la ducha fría: César había ganado la batalla decisiva en el Nilo, había eliminado a Tolomeo y puesto a Cleopatra en el trono. También Egipto era suyo, con los enormes recursos de que disponía.

La constitución de un ejército en condiciones de vengar Farsala se había reanudado a buen ritmo, al menos durante el período en que el dictador se había concedido el reposo entre los brazos de su reina, para luego marcar de nuevo el paso cuando había llegado el rumor de que, en vez de volver a Roma o ir directamente a África, César habría ido al Ponto. Era lícito pensar que el hijo del gran Mitrídates lo mantendría ocupado durante mucho tiempo, e incluso que lo derrotaría. A fin de cuentas, las fuerzas a disposición de César seguían siendo limitadas.

Pero no fue así en absoluto. Parecía que en cinco días y en una única batalla de cuatro horas el dictador había resuelto la guerra. Oriente, todo Oriente, que había sido la gran reserva de Pompeyo Magno, era ahora suyo. Podía disponer de Oriente a su antojo, crear y derrocar reyes y príncipes, obtener dinero mediante exacciones, alistar soldados.

Aquel hombre parecía invencible. Y ahora se esperaba su llegada de un momento a otro, quizá a África, quizá a Roma. Diversas legiones habían sido acuarteladas en el sur de Italia para la campaña africana, y Quinto había pasado por allí antes de llegar a la Urbe. Y entre los soldados, había encontrado terreno incluso más fértil que en Roma: había sido suficiente con apelar a su insatisfacción por las licencias y los premios frustrados para provocar una revuelta cuyo eco había llegado también a la capital. Se decía que los legionarios habían matado a dos tribunos y que incluso el pretor Salustio, enviado expresamente por César para negociar, había corrido el riesgo de acabar linchado junto con su mujer. Se decía también que una delegación marchaba hacia Roma para reivindicar sus derechos ante Antonio.

Quinto estaba muy satisfecho. No había hecho más que la mitad de su trabajo, y ya había dado a su padre muchos motivos para que se sintiera orgulloso de él. Pronto los sublevados llegarían a la capital y Antonio, con su habitual impulsividad, soltaría a sus sabuesos: los legionarios acuartelados en la ciudad, a los que había atraído con numerosos privilegios. Los soldados de César combatirían entre sí por las calles de Roma, eliminándose mutuamente y menguando las fuerzas a disposición del dictador, al tiempo que la ciudad se sumiría en el caos y se empujaría a la población a la revuelta. Con César aún en Oriente, sería un juego de niños invadir la península y reconquistar la capital.

Miró al público enfurecido. Le pareció que los espectadores que despotricaban contra Antonio superaban a aquellos que insultaban a sus adversarios. Sin duda, eran más ruidosos. Luego miró a los soldados alineados a lo largo de la *spina*. Estaban visiblemente nerviosos, confusos: allí en medio no podían recibir órdenes de sus oficiales, y era fácil que fueran presa del pánico. Si matasen a alguien, sin duda provocarían una reacción. Y no se trataría ya de apaciguar un enfrentamiento entre facciones armadas por las calles, sino de un verdadero homicidio contra ciudadanos indefensos dentro de un estadio, delante de todos. Algo como para sublevar a toda la población...

Quinto subió por las gradas, alcanzó a uno de sus hombres y le hizo señas para que lo siguiera. Se abrió paso entre la multitud y alcanzó la salida. Tuvo tiempo de notar que un soldado de paisano, que lo observaba poco antes, ahora parecía completamente indiferente a la carrera y lo seguía con la mirada. Estaba seguro de que sospechaba de él y apresuró el paso, procurando poner la mayor cantidad de gente posible entre los dos. Junto con su cómplice atravesó el acceso y, nada más salir del estadio, vio a los dos guardias que vigilaban la entrada.

Gracias a la negligencia de Antonio, la prohibición de portar armas en la ciudad estaba muy lejos de ser respetada. Ningún soldado se había preocupado por registrar a los espectadores que afluían al interior del estadio: ni siquiera a aquellos que, como Quinto y sus hombres, llevaban la *paenula* con el calor estival y hubieran podido esconder un arma fácilmente.

El joven exhortó a su cómplice a sacar el *pugio* señalándole a uno de los dos guardias. Los dos soldados estaban vueltos hacia el exterior: por otra parte, ningún espectador había salido del circo en medio de la carrera, y la vigilancia en el interior estaba confiada a otros legionarios. Las hojas de los puñales alcanzaron a ambos en la base del cuello. Quinto se consideró afortunado por haber tropezado con dos reclutas: con unos veteranos habría sido muy distinto. De todos modos, arrastró los cuerpos a un rincón oscuro bajo las gradas y los desnudó. Se puso la loriga, el *cingulum*, el yelmo, se anudó el *focale* al cuello; luego cogió el escudo, el gladio y el *pilum*. Dejó las *caligae*, que le habrían hecho perder demasiado tiempo, y luego, cuando vio que su compañero estaba listo, subió los peldaños que llevaban a las gradas.

Irrumpió en el graderío justo cuando un hombre tomaba la rampa de ingreso. No pudo evitar tropezar con él. El equipo de soldado le permitió permanecer de pie, mientras que el otro perdía el equilibrio y rodaba por la rampa. Quinto lo reconoció solo cuando lo vio levantarse: era el militar vestido de civil que lo había observado poco antes.

También aquel lo reconoció, a pesar del yelmo. Estaba claro que había intentado seguirlo. Y ahora lo había entendido todo. Quinto hizo señas a su compañero para que interviniera. Este asestó un golpe al hombre con el escudo, lo desequilibró y trató de liquidarlo con el gladio. Pero el otro evitó el golpe con una habilidad que permitía intuir una cierta experiencia: por lo visto, Antonio había asignado a sus mejores hombres la misión de espía.

Dejó que fuera su subalterno quien acabara con el adversario y remontó otra vez la rampa. Se encontró en las gradas justo cuando era arrojado al agua el último delfín. El verde y el azul estaban empatados a la cabeza de la carrera, con los correspondientes compañeros de equipo bastante alejados y claramente encargados de frenar la remontada de los otros.

El entusiasmo había aumentado, pero lo mismo se podía decir del movimiento de protesta contra el régimen. Quinto vio a los militares de incógnito tomar nota de los espectadores que manifestaban de forma más abierta su desacuerdo, señalándolos a los soldados alineados encima de las gradas. Se los llevarían inmediatamente después del fin de la carrera, claro, pero a él no le bastaba.

Se acercó a un loco que, en vez de mirar la carrera, se había vuelto hacia el margen de las gradas, aullando en dirección al soldado más cercano.

—¡Basta de carreras y juegos de gladiadores! ¡Queremos pan! ¡Los generales os lo dan todo a vosotros, los soldados, y a nosotros nos quedan las sobras! ¡Y queremos la libertad! ¡El pueblo ya no decide nada! —gritaba.

«Ni siquiera los senadores deciden ya nada, si es por eso», pensó Quinto, acercándose al facineroso.

—¿Qué tienes que decir contra el dictador y el *magister equitum*, ciudadano? —le dijo, desenvainando el gladio.

El hombre no esperaba que un soldado apareciera de repente entre la multitud junto a él. Durante algunos instantes, se quedó desconcertado, mientras todos a su alrededor parecían de pronto irresistiblemente atraídos por el final de la carrera. El verde y el azul estaban en la recta de llegada, uno al lado del otro, en una lucha cerrada hasta el final.

Ganó el verde por los pelos, y en aquel instante se oyó un estruendo de alegría en el sector de sus seguidores. Entre los azules, la decepción se transformó con rapidez en rabia: la victoria dejaba de lado cualquier insatisfacción, la derrota la exacerbaba. Muchos dirigieron su atención hacia los aficionados del equipo vencedor, a los que cubrían de insultos y provocaban hasta el punto de proponer un enfrentamiento directo en las gradas. Algunos llegaron incluso a pasar de las palabras a los hechos, lanzándose más allá del sector de los rojos, que separaba a las dos hinchadas principales, para iniciar una pelea.

Pero otros más dieron rienda suelta a toda su frustración hacia el régimen. Apenas los competidores atravesaron la línea de llegada, la irritación por la derrota dio un acicate a su descontento. Se renovaron, con mayor vigor, los eslóganes contra Julio César y su incapaz fantoche, Marco Antonio. Después de unos instantes de desconcierto, el hombre al que Quinto había decidido provocar se sintió de nuevo protegido y encontró el valor de responder.

—¿Qué tengo que decir? Digo lo que piensan todos: ¡que, a pesar de las promesas de César, las cosas no han mejorado, sino que encima han empeorado para los pobres! ¡La guerra a la que César ha obligado al mundo romano por su ambición solo beneficia a sus amigos!

La última palabra la pronunció con la voz rota. El gladio de Quinto le había penetrado las vísceras, y de las vísceras salió, un instante después, llevándose una parte de ellas.

—¡Este es el fin que tienen los sediciosos! —aulló Quinto, mirando, amenazante, a los otros y agitando bajo su nariz la hoja sucia de sangre y de materia orgánica.

Los espectadores lo miraron, pálidos. Paralizados por el terror, o por la indignación. Pero Quinto sabía que pronto se recobrarían, y él sería la primera víctima de su reacción desesperada. Dio algunos pasos atrás, en dirección a la rampa de entrada. Aún no sabía si los demás soldados eran conscientes de lo que había sucedido. Probablemente, no: entre la multitud era fácil que su acción pasara desapercibida. Pero no dudaba de que se verían obligados a intervenir poco después.

Algunos comenzaron a despotricar contra él. Continuaron las protestas contra el régimen, y eran mucho más vehementes que antes. Quinto tomó la iniciativa y avanzó, decidido, por la rampa para salir del estadio, aprovechando el temor que suscitaba su armamento para procurarse una cierta ventaja, por muy provisional que fuera. Esperaba encontrar a su compañero aguardándolo cerca de la entrada, pero no lo vio de inmediato. Luego notó una silueta que se elevaba en la penumbra. Se aproximó: había otra sombra, pero recostada en el suelo.

La imagen se hizo de golpe más clara. El hombre recostado en el suelo, con un gladio clavado en el costado, era su compañero. Y el otro, el que se estaba alzando, era el soldado de paisano al que había deseado ver muerto.

Sus miradas se cruzaron. Poco más allá, al inicio de la rampa, se acercaban, amenazantes, los espectadores más determinados. Quinto saltó hacia la salida, justo cuando el otro se abalanzaba sobre él. El hombre debía de estar aún débil por el anterior enfrentamiento, porque para Quinto fue fácil rechazarlo contra el escudo y enviarlo contra la pared. Luego escapó, sin perder preciosos instantes en liquidarlo.

En cuanto salió del estadio, se pasó la hoja ensangrentada del gladio por el costado y adoptó una andadura claudicante. Se apretó el lado con la mano, que no tardó en quedar empapada de sangre. Llegó a la altura de la barrera exterior dispuesta por Antonio: pequeños grupos de soldados rodeaban el Palatino, vigilando las vías de acceso al circo.

—¡Corred a bloquear las salidas del estadio, rápido! ¡Hay una sublevación en curso! ¡Ya han matado a dos o tres soldados! —gritó a los más próximos, fingiéndose herido.

Inmediatamente después, como confirmación de sus palabras, un grupo de sediciosos apareció en la salida ya no vigilada del sector de los azules. Lo perseguían. Y, a su cabeza, Quinto lo distinguió con claridad, estaba el hombre que lo había reconocido. Pronto lo denunciaría y entonces se encontraría entre dos fuegos.

Un *optio* fue hacia él.

—¡Pero tú estás herido! ¡Espera aquí, mientras nosotros detenemos a esos rebeldes! ¡Llamaremos a un *capsarius*!

Nada menos oportuno.

—No. Si me permites, *optio*, quisiera llegar al *valetudinarium* solo, sin ser una molestia para mis camaradas. Puedo arreglármelas...

—De acuerdo —dijo el oficial, cuya atención era atraída por otras cuestiones. El *optio* ordenó a los suyos que lo siguieran y se dirigió hacia el grupo de sediciosos que, entre tanto, se había engrosado notablemente. Quinto se alejó enseguida, esperando que la determinación de aquel voluntarioso suboficial no diera al infiltrado el tiempo de explicarle cómo habían ido de verdad las cosas. Sonrió, pensando en la espinosa situación en que había puesto a aquel espía: puesto que estaba a la cabeza de los insurgentes, si no se hiciera reconocer, los soldados podrían matarlo de inmediato, como para dar ejemplo; si, en cambio, pudiera dar explicaciones a tiempo, los rebeldes la tomarían contra él, antes que contra cualquier otro...

Quinto prosiguió su huida, asumiendo una andadura normal en cuanto se sintió al abrigo de las miradas de la guarnición. Luego se liberó del equipo, pieza por pieza, del escudo a la loriga, y se quedó con la túnica. Ahora podrían confundirlo de nuevo con un civil. Solo el hombre que lo había notado en el circo podría reconocerlo, y había muchas posibilidades de que ya no estuviera en condiciones de hacer daño.

Se sintió satisfecho de sí mismo. Ahora Antonio tendría que afanarse mucho por aplacar la revuelta que él había desencadenado. Ciertamente, se había visto obligado a matar a un hombre indefenso, y quién sabe cuántos otros morirían en la posterior reacción de las tropas. Pero era la guerra, y una guerra siempre implica víctimas. El ciudadano muerto no le daba más pena que aquellos a los que había eliminado en los campos de batalla, romanos ellos mismos, cuando estaba a las órdenes de Pompeyo. Brundisium, Dirraquio y Farsala: en pocos meses, había matado a tantos que había perdido la cuenta. Y después de los primeros, ya no le había dado más importancia: al fin y al cabo, eran esclavos. No habían tenido la fuerza, como él y su padre, de abandonar al amo y combatirlo, y entonces peor para ellos, que reventaran como animales. Si no estaban dispuestos a defender su libertad, no tenían derecho a vivir.

Y aquel ciudadano que había muerto era incluso el peor de todos: no había tenido ni siquiera el valor de ponerse en peligro en un campo de batalla, como un hombre de verdad, y había preferido vivir refugiado en el tranquilizador capullo representado por la Urbe.

Su misión en Roma podía darse por concluida, por el momento. Podría regresar a África y referir a su padre, a Metelo Escipión y a Catón, que había tenido éxito. Era su decisión ahora si se aprovechaba para recuperar de inmediato Roma o si era mejor esperar para dar el golpe de gracia al tirano cuando volviera a amenazarlos.

Se dirigió, decidido, hacia la *domus* en las pendientes del Aventino, que constituía la base operativa de los disidentes. Un senador la había puesto a disposición de los enviados de África, y Quinto y los suyos se habían fingido esclavos recién adquiridos, que iban y venían por cuenta de su amo.

Aquel día, al estadio había llevado consigo a cinco compañeros. A los otros cuatro que componían su grupo los había mandado a los mercados del Foro Boario y del Foro Holitorio, al Velabro y al Forum Cuppedinis, para que alimentaran el descontento. Consideró que ya habrían regresado y se dispuso a esperar a los únicos camaradas que había llevado al circo. Al atardecer, una barcaza los esperaría a todos en el puerto de Emporium para llevarlos a Ostia, desde donde embarcarían hacia África.

Sorteado el lado meridional del circo, bordeó el Aventino durante un tramo. Extrajo la *bulla* del cinturón y se la colgó al cuello: era el momento de volver a parecer un esclavo. De parecerlo, solamente, en medio de una selva de ciudadanos esclavos que lo eran de verdad. La base operativa entró en su campo de visión, y de inmediato se asombró de la quietud que reinaba en torno. Ningún ser humano en las inmediaciones, ningún rastro de las habituales actividades que giraban alrededor de la *domus*, donde también el personal de esclavos era bastante numeroso.

Aún no había anochecido, y era lícito esperar movimiento. Como soldado experimentado que era, Quinto había adquirido la capacidad de captar los detalles de un escenario e interpretarlos antes de que fuera demasiado tarde. Y consideró aquel silencio una señal de peligro. Se quitó enseguida la *bulla*: en esas condiciones, podía representar un fatal signo de reconocimiento.

Se acercó con circunspección a la entrada. Se asomó al vestíbulo, pero no vio a nadie. Era realmente insólito. Demasiado insólito. Hubiera querido pasar más allá y evitar cualquier riesgo. Hubiera debido. Pero también debía hacerse una idea de lo que había pasado: no podía abandonar así a sus hombres. Se aventuró a poner un pie en el interior del vestíbulo, luego oyó un gran griterío en la calle, hacia los muros, justo detrás de los edificios más cercanos. Sin embargo, el alboroto había estallado del lado opuesto...

Luego, desde el circo, entre el Palatino y el Aventino, vio llegar a un grupo de soldados. Corrían hacia él. A la cabeza de la columna, un civil. Solo podía ser el hombre del estadio.

Ya no tenía elección. Quizá lo habían visto, quizá no. Pero si lo hubieran visto mientras entraba en aquella casa, habría caído solo en la trampa. Decidió escapar, por tanto, en la dirección opuesta, hacia los muros, de donde provenía el griterío. Pero justo en aquel momento, desde atrás de los edificios, empezaron a asomar otros soldados.

Muchos soldados. Un ejército entero, acompañado por chiquillos curiosos y ciudadanos atónitos. No tenían yelmos, ni corazas ni escudos, pero sobre el costado derecho todos llevaban el gladio.

Instintivamente, Quinto retrocedió hacia el atrio, sin saber qué hacer.

—No te muevas —dijo una voz a espaldas de Quinto. No le costó reconocer la hoja de una espada en lo que le punzaba en el centro de la espalda.

—¿A quién buscas en esta casa?

No estaban seguros. Se la podía jugar.

—A nadie —respondió—. He buscado refugio porque he visto columnas de soldados por la calle.

—¿Y entonces? ¿Tienes algún motivo para temer a los soldados?

—¿Quién no lo tiene? No se sabe qué puede llegar a pasar cuando hay tantos...

—Date la vuelta...

Quinto se dio la vuelta. Frente a él había un legionario. No, desde luego, un recluta. Por tanto, la casa estaba ocupada, ya no había duda. Fuera un chivatazo o una traición, ya no tenía importancia.

El soldado siguió manteniendo el gladio apuntado hacia su estómago.

—¡Mucio! ¡Tráelo aquí! —gritó, y de inmediato apareció otro legionario. Arrastraba a un hombre cuyo rostro estaba reducido a una máscara de sangre. Le faltaban varios dientes y le habían arrancado tiras de pelo, o quemado. Lo que quedaba de la túnica, hecha jirones, estaba empapado de sangre, vómito y otros líquidos orgánicos.

Estaba desfigurado, pero no lo suficiente para que Quinto no reconociera en aquellos despojos a uno de sus hombres.

—¿Es de los vuestros también él? —le preguntó el legionario señalando a Quinto.

El herido inclinó la cabeza, permaneció algunos instantes en silencio, y luego movió la cabeza en sentido afirmativo.

—Bien. Cojamos también a este. Ahora no deberían quedar más que cuatro en circulación —dijo el legionario. A su orden, aparecieron otros dos soldados que avanzaron hacia Quinto. En ese mismo instante, el clamor de afuera se acrecentó. Los alaridos subieron en intensidad, y se distinguió claramente también el estruendo de espadas que chocaban. Un civil se insinuó en el atrio y avanzó hacia ellos. Los seguían un par de soldados.

—¡Sí, es él! —gritó, señalando a Quinto. Era el tipo que lo perseguía desde las gradas del circo. Y estaba también el *optio* con el que había hablado antes.

Luego, los dos soldados que estaban detrás del civil fueron embestidos por otros civiles. Perdieron el equilibrio, cayeron al suelo y lanzaron maldiciones. Más detrás aún, inmediatamente fuera de la *domus*, se percibieron muchas siluetas luchando.

Quinto se percató de que los ocupantes de la casa estaban confundidos. Y, sobre todo, notó que el legionario se había distraído. No vaciló en aprovechar para arrancarle el arma de la mano. Se liberó de él con un cabezazo en la nariz y después se echó sobre los tres que habían venido a buscarlo. Atravesó al *optio*, dio un codazo al soldado vestido de civil y apartó al otro, zambulléndose en medio de la nube de ciudadanos que buscaban refugio en el interior de la vivienda.

Se abrió paso y, una vez fuera, comprendió por qué aquellos civiles habían buscado salvación en la *domus*. Se encontró en pleno enfrentamiento: los pocos soldados que lo habían perseguido desde el circo trataban de oponerse al avance del ejército que marchaba por las calles de la ciudad, evidentemente sin la autorización del *magister equitum*. Le bastó con fijarse en las enseñas de la unidad para entender la situación. Se trataba de la X legión, una de las acuarteladas en Campania. Como estaba anunciado, algunas de sus cohortes habían llegado a Roma para reivindicar sus derechos ante Antonio.

Su misión había saltado por los aires, pero había conseguido todos los objetivos. Parecía el inicio de una guerra civil en la guerra civil. El inicio del resquebrajamiento del poder de César desde el interior. Quinto reflexionó: no podía salvar a los hombres ya capturados, ni quería hacerlo, visto que lo habían traicionado. Y no podía impedir que los otros alcanzaran la base operativa y se dejaran descubrir, a su vez. Se limitó a desear que la sedición confundiera lo suficiente las aguas como para que pudieran escapar de ella.

Su problema, ahora, era huir de los perseguidores. Luego tendría que replantearse su regreso a África: con la barcaza del Emporium ya no se podía contar, como era evidente. Aún estaba abriéndose paso entre la multitud, cuando sintió que le tiraban de la túnica. Se volvió. De nuevo el del circo. Era duro, debía reconocerlo, pero no tanto como él: lo atravesó en la garganta sin darle tiempo de reaccionar. Pero inmediatamente detrás de él asomaron los otros legionarios armados, que habían salido de la casa para capturarlo.

Y eran demasiados, incluso para él. Volvió a zambullirse en la multitud: los soldados de la X legión no suponían en principio ninguna amenaza ni estaban dispuestos a recibir órdenes de los hombres de Antonio. Avanzó entre ellos, intentando ir en la dirección opuesta a aquella hacia la cual empujaban. Ahora no tenía elección. Tenía una sola meta posible, una sola persona que podía ayudarlo a dejar Roma. Se volvió de nuevo para controlar a sus perseguidores. Iba bien: los legionarios de la X los estaban bloqueando.

Luego reconoció a un soldado con el que había combatido en las Galias, muchos años antes. Por instinto, se cubrió el rostro con un borde de la túnica. Pensándolo bien, debía temer también a los de la X: si los veteranos lo reconocían como el hijo de Tito Labieno, sería una bonita presa que exhibir a Antonio para ganarse su favor. No por casualidad, en Campania había dispuesto que sus hombres distribuyeran tablillas sediciosas entre la tropa.

Mantuvo la cabeza inclinada, esperando que lo tomaran por un civil que había acabado por error en medio del tumulto. De hecho, más de un legionario le advirtió que mejor que se largara de allí. Y era eso justo lo que tenía intención de hacer: apuntó, decidido, hacia uno de los márgenes de la manifestación, y por último pudo escapar sin más riesgos. Empezó a remontar una loma que llevaba a la cima del Aventino, recordando solo vagamente la ubicación del edificio que pretendía alcanzar: había estado solo una vez, casi tres años antes.

Llegó a un punto en especial elevado que le permitió observar lo que ocurría abajo, y aprovechó para detenerse a recuperar el aliento y aclarar sus ideas sobre la ruta que debía tomar. Observó las reyertas entre las dos formaciones de soldados: parecían escaramuzas, más que una verdadera batalla. Los legionarios luchaban, se empujaban, se provocaban, y solo raras veces las hojas de sus gladios entraban en contacto: los oficiales intentaban impedir una carnicería, pero no estaba seguro que lo consiguieran durante mucho tiempo. Es más, deseó que no lograran frenar a sus hombres.

Los de la X, por otra parte, tenían motivos para estar resentidos contra los camaradas acuartelados en la capital. ¿Quién no querría estar destinado en Roma? Los hombres de Antonio disfrutaban de la vida, del mismo modo que César en Egipto, mientras que ellos esperaban una campaña que parecía que nunca tendría lugar, o, en su defecto, una licencia o unos premios prometidos y aplazados de año en año.

Quinto sintió una intensa satisfacción. La situación, para el partido de César, parecía muy comprometida: una sublevación en el circo, una sedición de soldados por las calles, y Antonio incapaz de gestionar la situación. Aunque el *magister equitum* llegase a tiempo, difícilmente podría evitar que las reyertas degenerasen en una verdadera batalla.

Una verdadera batalla por las calles de Roma entre sus propios hombres. Y para colmo, mientras arreciaba la revuelta de la población. César los tendría a todos en contra, una vez volviese a Italia. Ni siquiera poniendo en juego toda su diabólica habilidad conseguiría recuperar el consenso.

Quinto notó un pelotón de tropas a caballo que se acercaba. Había algunos fascios con ellos. Debía de ser precisamente Antonio. Tuvo la tentación de permanecer disfrutando de la escena: el fracaso del lugarteniente de César. Pero debía marcharse. Estaba a punto de darse la vuelta cuando algo, en aquel pelotón, atrajo su atención. Había también guerreros germánicos.

Y no le constaba que Antonio se valiera de guerreros germánicos.

Miró mejor. En el centro del grupito, el magistrado avanzaba con la cabeza descubierta.

Y Antonio tenía la costumbre de llevar yelmo.

Aguzó la vista. El cráneo del magistrado era casi calvo.

Y Antonio no era calvo.

El poco pelo era blanco.

Y Antonio lo tenía negro.

Presa del desconsuelo, cayó de rodillas, cubriéndose el rostro con las manos.

César ya había vuelto.

III

> Hizo estas cosas no por avidez de dinero, sino porque había incurrido en muchos gastos, y tenía la intención de hacer otros más grandes para su ejército y para su triunfo, y para satisfacer todos sus delirios de grandeza. Para decirlo brevemente, fue un formidable recaudador de dinero.
>
> DION CASIO,
> *Historia romana*, XLII, 50,3

Para Ortwin, volver a Roma era siempre una emoción. La había visto por primera vez casi tres años antes, cuando, después del paso del Rubicón y la conquista de Italia, César se había entretenido en las inmediaciones de la Urbe durante un par de semanas. Entonces estaba impaciente por entrar, pero su comandante, condicionado por las leyes que impedían el acceso a la ciudad a un procónsul, se había decidido a hacerlo solo para retirar el tesoro del erario, una tarea que había confiado justo a él. Aquella vez, el germano había tenido ocasión de admirar la riqueza y la variedad de edificios en el tramo entre la Puerta Apia y el Foro, y se había preguntado si todo el resto estaría a la altura de las magnificencias que lo rodeaban.

Había vuelto a la ciudad después de la campaña de Hispania, dos años antes. Fueron solo once días, pero esta vez César, como dictador, no había tenido escrúpulos: se había instalado dentro del recinto amurallado y había vagado con total libertad por las calles de la ciudad para hacerse aclamar por el pueblo. Así, Ortwin había tenido finalmente la posibilidad de visitar la reina del mundo y de comentar, extasiado, el esplendor con sus hombres, la guardia bárbara de César, de la que era el jefe.

Y ahora estaba de nuevo en Roma. En realidad, después de la larga estancia en Alejandría, en Egipto, había aprendido que existían otras ciudades en condiciones de asombrarlo. Había visto muchas otras en los meses anteriores en Grecia y en Asia, mientras César concluía su vuelta por las provincias de las que quería asegurarse el apoyo y el dinero. Pero Roma era la primera gran metrópolis que había visto, y la patria del comandante que había dado un sentido a su existencia: a pesar de que había pasado allí pocos días, se sentía más ligado a la Urbe que a la madre patria.

La alegría por cada visita, sin embargo, siempre quedaba empañada por la amargura. También esta vez, entrando en la ciudad por la Apia y recorriendo el mismo trayecto que siguió tres años antes, no pudo menos que pensar en ella.

En Veleda.

Como tres años antes, hubiera querido mostrar su

reina a la reina del mundo. Hubiera querido comentar la magnificencia de la ciudad con ella antes que con cualquier otro, con la mujer que había jurado proteger a su rey y a su propio corazón. Hubiera querido tenerla al lado y convencerla de que había tomado la decisión correcta cuando, caído prisionero después de la derrota de su rey, Ariovisto, había resuelto servir al exponente más ilustre de una civilización superior.

Pero Veleda, la hija de Ariovisto, destinada a ser reina ella misma, odiaba a los romanos. Y lo odiaba a él por haber decidido servirlos. Lo odiaba hasta tal punto que había preferido una vida de penurias quién sabe dónde y quién sabe con quién. Lo odiaba hasta el punto de renunciar a una existencia digna que él, gracias al favor del César, había estado en condiciones de asegurarle, y a la perspectiva de volver a Germania para recuperar lo que la derrota y la muerte de su padre le habían sustraído.

Porque de algo estaba seguro: Veleda nunca conseguiría restaurar el clan de Ariovisto sin él, y sin el apoyo de un grupo de hombres que, después de años como guardias de corps al servicio del mayor comandante del mundo, habrían podido regalarle un reino eliminando cualquier oposición.

No es que él hubiera estado convencido de aquel sueño. Un sueño lo había considerado, y nada más: en su fuero interno, esperaba convencerla de que permanecer al servicio de Roma era la mejor solución también para ella.

Después de que Veleda escapase, no había pasado un solo día sin que Ortwin pensara en ella. La había entrevisto la última vez en el puerto de Brundisium, mientras embarcaba con la flota de Pompeyo Magno. La había visto junto a Quinto Labieno, el hijo del traidor. Quinto Labieno, el hombre con el que había estado en los años en que la había perdido de vista en las Galias, el hombre que la había tratado como a una esclava. Y había vuelto con aquel desleal romano, abandonando a sus compatriotas, que la habían tratado como la reina que estaba destinada a ser. Había elegido a aquel despreciable individuo, que la había violado y golpeado, en vez de a él, que nunca la había rozado ni siquiera con un dedo, manteniendo siempre el respeto debido a su rango.

Ortwin esperaba el día del ajuste de cuentas con Quinto. Había faltado poco en Dirraquio, cuando se cruzó con él un instante en la batalla. Pero antes o después, César conseguiría saldar cuentas con sus enemigos, y entonces también él, Ortwin, saldaría las propias. Y, si aún estaba viva, podría recuperar a Veleda, no para sí, porque sabía que no era digno de ella, sino para restituirla a su vida de reina, en Germania o donde ella deseara. Y ocurriría pronto, lo presentía. Quizá precisamente en África, donde César pretendía concluir la guerra civil.

Ya estaría en África, a decir verdad, si no hubiera sido por las sublevaciones provocadas por la incapacidad de Antonio. César había debido renunciar a su intención de caer sobre Metelo Escipión y compañía directamente desde Sicilia por la indolencia y la incompetencia de su lugarteniente. El dictador estaba furioso con su sobrino, como lo había estado cuando debió esperarlo durante meses en la costa epirota para que trajera los refuerzos. Estaba tan enfadado con él que había entrado en la ciudad sin hacerse anunciar, sin siquiera convocarlo.

César se las estaba apañando realmente bien, y Ortwin no dudaba de que arreglaría en pocos días los daños producidos por la ingenuidad de Antonio. Como siempre, el germano admiró la sangre fría de su comandante. En efecto, apenas desembarcado en Italia, el dictador se había reunido con Salustio Crispo, el pretor al que había confiado la gestión de la revuelta en Campania, y no se había dejado influir por el pánico del que era presa el débil magistrado, que no paraba de hablar de asesinatos y de soldados fuera de todo control. A lo largo del camino, había recibido una delegación de las legiones, limitándose a aplazar cualquier negociación en Roma, creando expectativas y esperanzas que, entre tanto, irían atemperando la agresividad. Y de ese modo, se había asegurado también la presencia de más tropas en la Urbe, usándolas, sin su conocimiento, como elemento disuasorio contra nuevas sublevaciones de la población.

Una vez en la capital, César había ido al encuentro de los soldados en el Aventino, pero luego se había negado otra vez a hablar con ellos. Como consumado actor que era, los había mirado en silencio, con una expresión de desilusión pintada en el rostro, limitándose a esperar que su rabia se aplacara: porque sabía a la perfección cuánta sumisión infundía su mirada, qué sentimiento de culpa provocaba su silencio, cuánto miedo engendraba su cólera. Luego había dejado que fuera Salustio quien promulgara sus disposiciones: que se reunieran y lo esperaran a extramuros, en el Campo de Marte.

Ahora el pueblo, cada vez más difícil de refrenar, sabía que el dictador había evitado que unos veteranos exaltados vagaran por las calles de la ciudad. Pero sabía también que los tenía al alcance, inmediatamente fuera del recinto amurallado.

Ortwin sonrió: un líder era así, y César tenía el derecho de serlo justo porque era capaz de captar matices y considerar eventualidades que escapaban a los demás. No había conocido nunca a nadie más hábil para manipular las mentes y guiar las reacciones de los hombres. A veces, sospechaba que sus enemigos lo eran porque él había querido que lo fueran. Era como si los hubiera exasperado a propósito para no tener que llegar a compromisos con personajes que, algún día, habrían podido resultarle incómodos, y así tener un pretexto para acabar con ellos.

Bordearon el Tíber pasando a través del Foro Boario. Anochecía, y ya no había demasiada gente en el mercado. Algunos comerciantes reponían las mercancías en odres y cajas, para devolverlas a las embarcaciones amarradas en el muelle contiguo. Marineros y trabajadores despejaban los últimos mostradores aún frecuentados y cargaban la mercancía sobrante o adquirida en los carros. Esclavos y amos desplazaban a los almacenes lo que tenían la intención de vender al día siguiente. Todos se detuvieron al paso de César, y se quedaron observándolo con una mezcla de temor y admiración, sin hablar. Nadie quería llamar su atención, porque nadie sabía cómo el dictador pretendía ejercitar su extraordinario poder, después de años de ausencia y numerosas sublevaciones que exigían castigo.

César cabalgaba rodeado por su guardia germánica, por los lictores, con los fasces y sus principales colaboradores, Salustio Crispo y Aulo Ircio. A distancia, seguían los soldados de la X y los pocos otros representantes de las legiones acuarteladas en Campania. Después del fugaz encuentro con su comandante supremo en las inmediaciones del Aventino se habían sosegado, y avanzaban en silencio, aún avergonzados por haberse dejado sorprender por César en plena sedición. El cortejo, dividido en dos partes, procedía tranquilo sin encontrar obstáculos: la noticia de la repentina llegada del dictador se había difundido en un instante por toda la ciudad, sofocando cualquier revuelta, en el circo y en cualquier otro lugar, como Antonio nunca habría sabido hacer.

Por modesto que fuera, el desfile parecía prefigurar la ceremonia triunfal que César repetidamente había anunciado que quería celebrar al término de la guerra. Ortwin estaba ansioso por participar en ella: le habían dicho que se trataba de la celebración más importante que pudieran recibir un general y sus hombres, y no dudaba que recorrería el cortejo al lado del jefe.

En los márgenes de los muros, mientras recorrían el Foro Holitorio, el mercado de las hierbas, llegó también Marco Antonio, acompañado por Asinio Polión. César no lo había llamado, pero el *magister equitum* se había sentido en el deber de acudir a su encuentro. Ortwin lo observó, mientras se prodigaba en saludos y se afanaba por explicar al dictador con cuánta ansiedad había esperado su regreso. El germano sabía que todo era una gran mentira: en ausencia de César, Antonio había hecho y deshecho a su antojo, se había comportado como un reyezuelo, secundando su naturaleza decadente sin preocuparse de las consecuencias. Quizá incluso había confiado en que César muriera, en Egipto o en el Ponto, para no tener que rendir cuentas de su nefasta gestión. Y Ortwin estaba seguro de que también César era consciente de ello. El silencio del dictador y la frialdad con que acogió a su primo —más evidente aún por el favor con el que saludó a Asinio Polión— se lo confirmaron.

Ortwin los miró a ambos y no pudo menos que sonreír. Se decía que César había desperdiciado meses de juerga con Cleopatra en un reino decadente y corrupto: sin embargo, su físico era más enjuto que nunca, su mirada feroz y determinada. Era Antonio, más bien, quien parecía envejecido: sus orgías se le leían en el rostro, marcado por las ojeras y por la nariz roja, y en el cuerpo, cuyos miembros robustos y bien proporcionados eran presa de la grasa y de la flacidez.

Sin siquiera esbozar una sonrisa, César se limitó a responder a su primo que hablarían a su debido tiempo. Antonio asumió un aire de perro apaleado, que parecía un poco cómica en un hombre grande y grueso como él, y el cortejo prosiguió más allá de los muros sin más sobresaltos. Pasó el Circo Flaminio, donde habitualmente se reunía la plebe, y alcanzó el complejo monumental hecho construir por Pompeyo. Como otras veces en el pasado, Ortwin vio a César ponerse rígido frente a la magnificencia de las obras con que su adversario había querido manifestar su grandeza.

El complejo había sido inaugurado solo ocho años antes, pero ya era célebre como una de las maravillas del mundo conocido. Incluso en Alejandría, entre los egipcios de la corte de Cleopatra, había oído hablar de él como de una obra incomparable. Y también allí había visto a César estremecerse de desdén y de envidia, impaciente por que se terminara el foro, que, ese era su propósito, debería resultar aún más espectacular.

Sabía a la perfección lo que enfurecía a su comandante. Eran las catorce estatuas dispuestas alrededor de la enorme cávea, cada una de las cuales representaba uno de los pueblos sometidos por Pompeyo. César estimaba que había conquistado muchas más naciones, y mucho más valientes. Era el templo dedicado a Venus Vencedora, que dominaba la cávea del lado opuesto a la escena. César estaba convencido de que las dedicatorias a Venus, de quien se consideraba un legítimo descendiente, eran de su exclusiva pertenencia. Y era, en fin, la extensión del cuadripórtico, enriquecido con huertos y jardines de rara elegancia: ni siquiera expropiando y comprando terrenos en el interior de la ciudad César había conseguido hacer construir uno igual de largo y ancho para circunscribir el foro que llevaría su nombre.

Finalmente alcanzaron los Saepta Iulia, los recintos donde se celebraban las votaciones para las magistraturas. César quiso que fueran reconstruidos en mármol, pero los trabajos estaban muy lejos de haber concluido. Frente a ellos se extendía la vasta llanura donde solían reunirse las tropas. Un palco de amplias proporciones delimitaba el espacio reservado al ejército. César se detuvo junto a la tribuna. Bajó del caballo y dictó a sus secretarios y a Aulo Ircio las cartas de convocatoria de los personajes que tenía la intención de ver al día siguiente. Nadie dudaba de que una multitud acudiría para rendirle homenaje. Pero el dictador tenía otras prioridades, un montón de problemas que solucionar en muy poco tiempo: las personas a las que quería ver eran sobre todo aquellas que debían servir a sus objetivos.

—Que mañana el cónsul Publio Servilio venga a verme al *diluculum*.* Quiero como cónsules para los meses

* Al alba.

restantes del año a Fufio Caleno y Publio Vatinio. Que piense él en convocarlos. A la hora tercia quiero a Marco Emilio Lépido: será cónsul conmigo el año próximo. Que traiga la lista acordada en su momento de personajes a los que debemos gratificar con magistraturas. A tal fin, si tiene que proponerme otros, que sepa que he decidido elevar a diez el número de los pretores y añadir un nominativo a cada categoría sacerdotal: pontífices, augures y *quindecemviri sacris faciundis*. Distribuiremos para los tres meses restantes del año a los personajes de los que esperamos menos, y durante todo el próximo año a aquellos de los cuales esperamos un apoyo más significativo. Se entiende que deben ser todos solventes. En caso contrario, que los elimine de la lista.

A nadie escapó que el nuevo cónsul sería Lépido, y no Antonio. Sobre todo, al mismo Antonio, que pareció aún más deprimido.

—Estaría la cuestión de Dolabela... —sugirió Aulo Ircio, recordando al máximo responsable de los desórdenes de los últimos meses.

—Dolabela... sí.

César reflexionó.

—Me ha servido bien, en el pasado, y estoy dispuesto a perdonarlo. Además, la cuestión de las deudas, más allá de su particular interés en el asunto, es grave y debe ser resuelta, de un modo u otro. Decidle a Lépido que me traiga también un informe de la situación de los intereses. Pretendo condonar todos los intereses acumulados hasta el inicio de la guerra civil. Y también quiero saber cuántos son los inquilinos morosos. Quiero condonar los alquileres por un año, hasta los quinientos *denarii* en Roma y ciento veinticinco en el resto de Italia...

—¿No temes enemistarte con los propietarios de los inmuebles?

Aulo Ircio nunca dejaba de considerar también el reverso de la moneda.

—Entonces, que Lépido haga una indagación y descubra quiénes serán los propietarios más penalizados. Los indemnizaremos con una magistratura, o con la admisión en el Senado.

Marco Antonio, que de costumbre abundaba en comentarios irónicos, estaba callado, con la cabeza gacha, demasiado mortificado para participar en la discusión. Por otra parte, César, que habría debido interpelarlo primero a él, como su segundo, lo estaba ignorando. Y un hombre ignorado por César difícilmente encontraba la fuerza para conservar la confianza en sí mismo.

En la discusión participó, en cambio, Salustio Crispo. Era un tipo venal, según se decía entre la tropa. Ortwin lo veía por primera vez, pero de inmediato tuvo la confirmación.

—¿Y dónde tienes la intención de encontrar el dinero para la campaña de África? Se necesita mucho... —dijo. Todos sabían que César le había prometido un gobierno en África.

—Estoy seguro de que muchos ciudadanos pudientes querrán mostrarme su apoyo contribuyendo con donaciones espontáneas —respondió César—. Las filas del Senado se han adelgazado demasiado, durante la guerra civil, y hay muchos ilustres representantes del rango ecuestre que tienen el patrimonio necesario para formar parte de él. Como es natural, espero que se ganen el nuevo rango con ricos donativos. Luego mandaré a los soldados a hacerse donar estatuas, coronas y objetos de valor que solo sirven para hacer ostentación de opulencia, mientras se pueden revender para obtener dinero en favor de la República. Por último, pediré préstamos a los senadores más adinerados. Y tengo la intención de hacer pagar hasta el último sestercio a cualquiera que haya adquirido los bienes confiscados a los pompeyanos.

—¡Pero estos contaban con la ley sobre la abolición de las deudas! Incluso muchos los han adquirido a mayor precio, en la convicción de que nunca pagarían toda la suma... —le hizo notar Asinio Polión.

César tuvo un arrebato de ira.

—¿Y yo, entonces? He gastado todo lo que tenía por el pueblo y por la República. Es más, he tenido que contraer muchas deudas, y tengo un gran número de acreedores. Me vendría bien abolir las deudas, ¡sin embargo, no lo hago!

Ortwin no entendía nada de aquellos asuntos, pero tenía la impresión de que el dictador nunca restituiría lo que pedía en préstamo, ni saldaría jamás las propias deudas. Eran todas confiscaciones, aunque César tenía el pudor de no llamarlas por su verdadero nombre ni siquiera entre sus más estrechos colaboradores.

Entre tanto, los soldados habían llegado al Campo de Marte y se habían alineado. Esperaban a que César se dignara a tenerlos en cuenta, pero nadie tenía el valor de llamar su atención. Hasta los más enardecidos preferían recriminarse entre ellos que dirigirse al dictador. Al final, César levantó la mirada, como si solo entonces hubiera advertido su presencia. Entregó a los secretarios las tablillas que estaba consultando y subió al palco. Antonio, Ircio y Salustio lo siguieron.

—No. Tú baja —dijo César a su sobrino. Antonio obedeció sin reaccionar.

El dictador se asomó al palco y observó a los soldados a quienes había conducido en innumerables campañas, pero no dijo nada. Esperó. También los legionarios esperaban. Se miraron, desconcertados, luego alguno, desde las últimas filas, gritó:

—¡*Ave, imperator!*

Inmediatamente después, también los otros le hicieron eco.

—¡*Ave, imperator!* —se convirtió en un grito coral. No demasiado convencido, ni demasiado entusiasta.

César no respondió al saludo. No levantó la mano. No cambió de expresión. Permaneció a la espera.

El grito de los soldados se apagó. Los legionarios volvieron a mirarse con desconcierto.

—¿Pues bien? ¿Qué queréis? —dijo al fin César, después de un tiempo que pareció durar una eternidad.

Ortwin no pudo contener una sonrisa. Los había incomodado bastante a todos. Estaba dispuesto a jurar que no tendrían el valor de hablar de donativos.

Algunos en las primeras filas se dieron codazos, exhortándose unos a otros a hablar. Al final, se hizo cargo uno de los más ancianos. Estaba desdentado y lleno de cicatrices. Debía de haberlas pasado de todos los colores.

—Eh... Dictador... Como bien sabes, hemos combatido muchas guerras a tus órdenes. Muchos de nosotros hemos viajado y arriesgado la vida por todas las Galias, en Germania, en Britania, en Hispania, en Italia, en Epiro y en Grecia. Te hemos servido con honor, procurándote una victoria tras otra, regalando a Roma muchísimos territorios y un río de dinero. Hemos envejecido en los campos de batalla, renunciando a una existencia tranquila al lado de una mujer y a ver crecer a los hijos sanos y robustos. Ahora, también nosotros tenemos derecho al descanso. Pero no al descanso que nos has concedido mientras estabas en Egipto y en Asia: no hay descanso sin el bienestar que la prosperidad económica y la tierra pueden dar. Lo que pedimos es la *honesta missio*, el licenciamiento que corresponde a todos aquellos que han desarrollado con honorabilidad y durante mucho tiempo el servicio militar. Estamos cansados, y quisiéramos concluir nuestra carrera para llevar finalmente una vida a la medida del hombre.

Ortwin estaba sorprendido. ¿De verdad querían el licenciamiento? ¿Renunciando a la última campaña, al triunfo y a los donativos que César había prometido al final de las guerras civiles? Buen negocio: César no podía permitirse renunciar a los veteranos ni, en particular, a la X legión, en una campaña que se anunciaba muy comprometida. ¿A qué jugaban?

Entonces creyó entenderlo. Con toda probabilidad lo estaban chantajeando. Precisamente porque César no podía permitirse renunciar a los veteranos, lo obligaban a subir la apuesta y a recaudar él mismo los donativos, acaso aumentándolos aún más. Era sabido, por otra parte, que César solía prometer espléndidos premios antes de una campaña, y esta vez se vería obligado incluso a pujar más alto.

—¿Queréis el licenciamiento? Pues bien, lo tendréis —respondió, al fin, el dictador, dejando a todos atónitos.

IV

> Él permanecía, a su vez, en silencio, y cuando los amigos lo exhortaban a decir a los soldados algo más y a no despedir con un discurso breve y seco a individuos que tanto habían cooperado con él en la guerra, dio inicio a otro discurso llamándolos ciudadanos en vez de soldados: este es justamente el vocablo que se usa para los desmovilizados que vuelven a la vida común.
>
> APIANO, *La guerra civil*, II, 94, 392

Al principio, Ortwin pensó que no había entendido las palabras de César. Luego captó las expresiones consternadas de los soldados, y supo que era verdad. El general renunciaba a los veteranos.

—He hecho promesas, en su momento, y las mantendré. César respeta siempre sus compromisos. Os daré todo lo que os corresponde hasta ahora. Después de haber celebrado el triunfo con otros soldados, se entiende —dijo el dictador.

Ortwin estaba tan confuso como los veteranos. Con todas las legiones de que disponían los pompeyanos y Juba, no parecía el momento de ser tan tolerante.

Un murmullo invadió la multitud de los soldados. En el palco, en cambio, silencio absoluto. La expresión de César era indescifrable. También Ircio y Salustio parecían perplejos. Los legionarios cuchicheaban entre ellos, pero no parecían en absoluto contentos después de haber obtenido lo que solicitaban. Ortwin encontró la confirmación a sus suposiciones: las ganancias de la campaña de África se prometían ingentes, y con la demanda de licenciamiento los veteranos solo habían apuntado a subir la apuesta. César los había descolocado, pero haciéndose daño a sí mismo. ¿Con quién iba a sustituir legiones tan valiosas?

Puesto que nadie lo interpelaba, César empezó a bajar del palco. Pero Salustio lo detuvo.

—¡César! ¡Son hombres que han combatido para ti durante casi quince años! ¿Los dejas así, sin decirles nada más? —dijo el pretor.

Ortwin sonrió. No era por respeto a los soldados por lo que intervenía Salustio. Solo temía que ese licenciamiento hiciera más difícil la conquista de «su» reino.

César bufó. Arqueó la ceja y, como si tuviera que hacerse cargo de una fastidiosa tarea, retomó la posición.

—Ciudadanos —dijo, dejando de inmediato a todos atónitos por no haberlos llamado «soldados»—. Ciudadanos, no quiero que penséis que no os estoy agradecido. Pero sabéis muy bien que el trabajo para pacificar el mundo romano no ha concluido. Muchos enemigos conspiran aún para minar la estabilidad de nuestra República. Mientras estos fanáticos no sean erradicados, tampoco habrá la estabilidad económica necesaria para compensar los servicios de quienes han sacrificado su vida por el Estado. Yo espero que quienes aún estén sanos de cuerpo y mente contribuyan a traer la paz con la propia espada, pero no puedo obligar a nadie, porque un soldado que combate a regañadientes no es un buen soldado. Prefiero llevarme a África menos legionarios, pero bien motivados. Y con esto, queridos ciudadanos, os saludo y os deseo lo mejor en vuestra nueva vida de civiles...

—César, espera... Nosotros...

El dictador ya estaba en la rampa de la tribuna. Ignoró el reclamo de la multitud y bajó del palco.

—¡Yo no quiero volver a ser civil! ¡Quiero seguir combatiendo! —gritó uno de las primeras filas.

—¡Yo soy un soldado! ¡Solo sé hacer esto! —chilló otro desde las últimas.

—¡Perdóname, oh, César! Estoy dispuesto a venir como voluntario, ¡sin ninguna compensación! —gritó uno desde las filas intermedias.

—¡Perdónanos! ¡Perdona nuestra soberbia y permítenos redimirnos! —aullaron muchos, todos a la vez.

—¡Castíganos, pero no nos prives del triunfo! —acabó siendo el grito general.

César no volvió a subir a la tribuna. Caminaba de un lado a otro con la cabeza gacha, echando fugaces miradas sobre la multitud. Los gritos aumentaron en intensidad, pero nadie se atrevió a acercarse al dictador. Por último, el caudillo subió otra vez al palco. Y habló como si hubiera tomado una decisión sufrida y largamente ponderada.

—Bien, todos saben que soy un hombre y un comandante generoso y tolerante. Tengo demasiado respeto por los hombres que combaten por la República para ensañarme con ellos. Por lo tanto, estoy dispuesto a perdonar a todos...

Los soldados prorrumpieron en un grito coral de alegría. Se desahogaron durante un largo rato, luego César hizo un gesto con el brazo y volvió el silencio.

—No he terminado. Estoy dispuesto a perdonar a todos, menos a la X legión. Nunca hubiera esperado que mi unidad predilecta, la que siempre he privilegiado y a la cual he asignado las tareas más comprometidas y halagadoras, pusiera en duda mi palabra y me abandonase precisamente en la vigilia de la campaña decisiva. No tengo la intención de castigarla, porque me ha dado mucho en el pasado. Pero ya no quiero servirme de ella. Dispongo, por tanto, el licenciamiento solo para los veteranos de la X legión, con efecto inmediato. Tendrán su compensación al término de la campaña de África, cuando también los demás reciban la tierra. Y que nadie se preocupe: no soy Sila, y no quitaré propiedades a unos para dárselas a otros, sino que adquiriré nuevas, incluso a mis expensas, con tal de pagaros los sacrificios que habéis hecho.

Los representantes de las otras legiones se regocijaron. Los veteranos de la X, en cambio, fueron presa de la desesperación. Se arrodillaron, se llevaron las manos a la cabeza, algunos se tiraron al suelo y rodaron en el polvo, llorando y aullando. Ortwin sintió desprecio: eran hombres que habían afrontado sin temor a los adversarios más terroríficos y vivido en las condiciones más espantosas y, sin embargo, no vacilaban en humillarse de aquella manera ridícula.

—¡Te lo ruego, César! ¡Castíganos, pero llévanos contigo!

—¡Sométenos al diezmo, pero déjanos combatir aún a tu lado! ¡Danos la ocasión de redimirnos!

—Veremos... —respondió César, al fin, antes de descender definitivamente del palco—. Por ahora, volved a Campania a vuestros acuartelamientos. Os haré llegar mi decisión...

Bajando de la tribuna, el dictador se concedió una media sonrisa, que solo los colaboradores más cercanos pudieron captar. Y entonces Ortwin comprendió. Había ganado, una vez más. Los soldados habían pedido el licenciamiento, pero solo para privarlo de su aportación en África, en la convicción de que verían aumentar los donativos. César, en cambio, les había concedido el licenciamiento, pero solo para ponerlos frente a la posible exclusión de la campaña y de los premios que habrían derivado de ella.

Al final, todos irían a África, bajo sus condiciones.

Había sido una competición de chantajes velados, y los soldados habían olvidado que nadie era mejor que César en aquel tipo de desafíos. Dos años antes, en Ravena, el dictador se había visto obligado a diezmar la IX legión para restablecer el orden en el ejército. Ortwin se acordaba incluso demasiado bien: le había tocado recuperar a los soldados que se sustraían al corredor donde sus camaradas los aporreaban. Pero esta vez, César no tenía ninguna necesidad de diezmarlos: los tenía a todos en un puño.

Supo qué iba a decir el general antes aun de que lo dijera.

—¡Ircio! Identifica a los más revoltosos y licéncialos.

Que tengan tierras en Asia, donde no pueden hacernos daño. Todos los demás estarán con nosotros en África, sin más medidas punitivas.

El asistente, con aire resignado, se dispuso a cumplir también aquella tarea, además de las tantas que el dictador le había asignado poco antes. Hubo un tiempo, pensó Ortwin, en que Ircio había cultivado la ambición de ser un comandante de campo, pero se había demostrado un verdadero inútil. Para servir del mejor de los modos a César, no le quedaba más que ser su recadero.

El germano aún estaba reflexionando sobre la enésima prueba de habilidad ofrecida por el dictador, cuando se percató de que este había reclamado también su atención.

—Ortwin, coge a un par de tus hombres y ve al Aventino, donde Servilia Cepión —ordenó César—. Dile que he encontrado a su hijo Bruto en Grecia y lo he perdonado, acogiéndolo como un padre puede acoger a un hijo. He decidido confiarle el gobierno de la Galia Cisalpina, como propretor, y me valdré de sus consejos para muchas cuestiones. Que esté tranquila. Asegúrale también que podrá comprar a precios favorables otros bienes confiscados.

Como siempre cuando César le daba una orden, Ortwin asintió; reclamó a dos de los suyos y montó a caballo. Tampoco dejó traslucir su perplejidad: Servilia había sido la amante de César, de acuerdo, pero ahora era agua pasada, sobre todo después de su historia con Cleopatra. ¿Por qué César, que no acostumbraba a dedicar ni un segundo de su tiempo a quien no le era útil, tenía tanta consideración hacia ella, hasta el punto de incluirla entre sus prioridades nada más llegar a Roma?

¿Y por qué se fiaba tanto de Marco Junio Bruto, que había elegido el bando contrario, hasta el punto de confiarle incluso el gobierno de una provincia?

Bueno, quizá un hombre como él también sabía conservar el afecto y el respeto por las personas que había amado. Y esto no hacía más que aumentar la admiración que Ortwin albergaba hacia su comandante.

Quinto golpeó el portón, mientras dirigía una mirada al cielo. Había perdido bastante tiempo buscando la casa, y entre tanto la claridad del sol casi había desaparecido para dejar sitio a la de las estrellas. Esperó con impaciencia que vinieran a abrirle: la repentina aparición de César había ciertamente distraído a sus perseguidores, dándole ocasión de despistarlos, pero era posible que aún hubiera escuadras buscándolo por ahí.

La puerta se abrió y en el umbral apareció un viejo *ostiarius*, que lo examinó con desconfianza.

—¿Está tu señora en casa? —preguntó Quinto.

—Aquí no se aceptan mendigos, y los clientes no lo son a esta hora. ¡Vete, parásito! —respondió el hombre, amagando con cerrar.

Quinto puso el pie entre la puerta y la jamba. En otros momentos, pensó, a ese idiota le habría hecho tragarse su jactancia. Pero no quería llamar la atención. Además, la túnica desgarrada y el sudor que se le había pegado encima le daban, en efecto, un aire de mendigo. No podía culparlo demasiado.

—Dile a tu señora que me debe un favor, de Farsala —se limitó a añadir, apartando el pie.

El hombre cerró, de todos modos. Pero poco después vino a abrirle.

—Entra —dijo con poco entusiasmo.

Quinto lo siguió por el vestíbulo, luego por el atrio. Al fin fue introducido en el triclinio, donde encontró a la dueña de casa, esperándolo.

Sus miradas se cruzaron. Ella no dijo nada. Él no consiguió hablar. Ni siquiera cuando el *ostiarius* los dejó solos.

Había pasado solo un año desde la última vez que la había visto, en el campo de batalla de Farsala, pero parecía que hubieran pasado diez. Servilia ya no era solo vieja.

Estaba decrépita.

Quiso pensar que solo era porque la había sorprendido sin maquillaje. Pero observándola no pudo convencerse de que un poco de base, de *fucus* y de sombra lograran restituirle el aspecto, al menos digno, que lo había impulsado a hacer el amor con ella menos de tres años antes.

Y ella, entre tanto, seguía callando. Lo miraba con apatía, con indiferencia, sin la insinuante sensualidad que Quinto siempre había encontrado extraordinariamente invitadora. Claro, estaba a las puertas de los sesenta años, pero parecía haber perdido del todo aquella vitalidad que la había hecho excitante incluso a los ojos de un joven con la mitad de sus años.

Antes de llamar a su puerta, Quinto se había regodeado durante un momento con la idea de hacer de nuevo el amor con ella. Hasta se había excitado, a pesar del peligro que corría, pensando en poder revivir aquella experiencia que había cambiado de forma radical su modo de poseer a una mujer. Fue Servilia, en efecto, quien le había enseñado que dos cuerpos pueden fundirse, no solo limitarse al contacto. Ella le había demostrado que había todo un mundo de sabores, olores, placeres táctiles y miradas de los que no era consciente, un mundo que transformaba un encuentro íntimo de efímero desahogo en duradera satisfacción.

Desde entonces, ya no había impedido que las prostitutas desplegaran todos sus talentos. Ya no se había limitado a cogerlas de manera bestial, apresurada, violenta, sin ni siquiera mirarlas a la cara. Les había concedido excitarlo con el arte amatorio de que eran capaces, y se había dado el tiempo de saborear todo lo que el cuerpo de una mujer podía ofrecerle. Y cuando le habían tocado meretrices indolentes, había sido él quien había conducido el juego, renunciando al placer instantáneo para construirse cada vez un camino que recorrer juntos, antes de llegar a la cumbre.

Desde aquel momento, había pensado en Veleda con esa misma intimidad que Servilia había llegado a desvelarle.

Veleda. Salvada, violada, salvada de nuevo en las tierras de los secuanos. Poseída como una propiedad en las Galias y huida. Reencontrada en Lutetia y luego perdida de nuevo. Creída muerta en Uxelludunum. Reencontrada sin una mano en Italia, en Corfinium, repudiada por el horror que le suscitaba su minusvalía, y perdida otra vez. Reencontrada en Epiro y otra vez perdida. Se había sentido odiado, en los tiempos de las Galias, pero esto no había hecho mella en su amor por ella, un amor que había llegado a rozar la locura. Y luego, a pesar de todo, ella lo había salvado en Corfinium, y a continuación había venido a buscarlo: había abandonado a los suyos para volver con él.

Y él no había podido recuperarla. Nunca había tenido la ocasión de mostrarle que había cambiado. Que había aprendido a amar. Que podía amarla más ahora, sin una mano, que entonces, cuando aún estaba intacta. Y que podía darle el placer que siempre le había negado en la intimidad, y el respeto que siempre había subordinado a su bestial satisfacción.

Quizá nunca encontraría la manera de ofrecerle el don que le había hecho Servilia. Veleda era de Cneo Pompeyo, ahora. Pompeyo, el hijo de Pompeyo Magno: su mejor amigo, pero sobre todo uno de los representantes más poderosos de la coalición anticesariana y un hombre cruel, desalmado, incapaz de compasión y de piedad.

El único hombre al que no podía sustraérsela.

Tuvo que limitarse a observarla durante meses desde lejos, durante la permanencia en África. Sin poder ni siquiera hablarle. Había invocado la misión en Roma también para tener un pretexto para alejarse de ella, para habituarse a la idea de no volver a tenerla, o tan solo para no enloquecer frente a aquella continua tentación. Pero ya sabía que, a su regreso, la desearía más que antes.

—Yo... me acuerdo de ti...

La voz de Servilia fue poco más que un susurro. Lo arrancó de sus reflexiones, obligándolo a volver al triste espectáculo que la mujer ofrecía de sí misma.

Quinto suspiró. Su mente no parecía en mejores condiciones que su cuerpo.

—Señora, soy Quinto Labieno. Te puse a salvo en Farsala. Y aún antes, en esta casa...

No sabía cómo decírselo. También él encontraba imposible haber hecho el amor con aquella ruina. Se acercó a ella, escrutando su rostro devastado por el tiempo y, sospechó, algo más. El cabello estaba enredado y lo tenía ralo en la coronilla. Los ojos, aquellos magníficos ojos verdes que lo habían intimidado solo unos años antes, estaban aplastados entre pestañas y cejas demasiado tupidas, párpados entornados y bolsas acentuadas y profundas. Sus mejillas se habían derrumbado hasta torcerle la boca, ahora reducida a dos delgadas tiras lívidas y encrespadas, y del mentón le asomaban algunos pelos. Su rostro estaba por entero rayado por las arrugas, como si un feroz felino la hubiera atacado en aquel último año.

Y después, estaba el cuerpo... Oportunamente escondido en una amplia túnica no apretada en la cintura por el cinturón, estaba retorcido sobre sí mismo, encorvado, nudoso como un olivo centenario, y era un pálido reflejo de la mujer arrogante y orgullosa, busto erguido y hombros torneados que Quinto recordaba.

Quizá Servilia no era de veras tan distinta de cuando la había visto la última vez: tal vez habían sido solo el gran cuidado de sí y la determinación los que escondían, antes, la inevitable devastación obrada por el tiempo. Sin embargo, Quinto se preguntó qué podía haber provocado aquella crisis de amor propio: aún experimentaba una profunda gratitud hacia aquella mujer, y sintió una sincera compasión hacia ella. Quizá, a pesar del odio que decía albergar por César, Servilia había sufrido un duro golpe al conocer la historia entre el dictador y Cleopatra, de la cual, se decía, incluso había nacido un hijo.

O tal vez la había consumido la ansiedad por la suerte de su hijo Bruto. Bruto, aquel miedoso traidor que, en Farsala, no solo había evitado participar de forma activa en la batalla, sino que incluso había estado dispuesto a arrodillarse ante César justo después. Él, como Cayo Casio Longino, aquel incompetente almirante que se había negado a reunirse con ellos en África y se había entregado a César.

Pues sí, debía de ser precisamente así.

—Pero, claro... Quinto —dijo ella, siempre con un hilo de voz y sin cambiar de expresión ni levantarse—. Me acuerdo de ti. Eres el hijo de Tito Labieno. Tito Labieno. Tito Labieno...

Repitió el nombre de su padre varias veces, casi canturreando. Era sobre Tito Labieno sobre quien la mujer parecía haber concentrado su atención, no sobre él. ¿Por qué? Pero no tenía tiempo de averiguarlo, ni le interesaba. Tenía otra cosa en la cabeza.

—Señora..., ¿aún estás del lado de quienes tienen fuerzas para rebelarse contra la tiranía de César?

La mirada de Servilia continuaba ausente, y se perdía en un punto indefinido de la pared, a espaldas de Quinto.

—Nadie puede oponerse al poder de César. Nadie. Es demasiado fuerte para cualquiera, demasiado astuto, demasiado inteligente, demasiado diabólico...

No había convicción en su tono, solo resignación.

—Te equivocas, Servilia. La oposición es fuerte. Más fuerte que nunca. En África tenemos fuerzas suficientes para invadir Italia y reconquistar Roma. Y César cometerá un error, antes o después...

—César no comete errores. Y vosotros sois más débiles de lo que creéis... Más débiles de lo que creéis. Es todo inútil... Inútil...

—¡Es él quien es más débil de lo que cree! —Quinto se encolerizó—. Piensa que tiene a Roma en un puño. En cambio, el pueblo está descontento. Los soldados están descontentos. Si lo atacamos, descubrirá que no puede contar con ningún apoyo. En la mejor de las hipótesis, se verá obligado a huir, e Italia volverá de nuevo a la legalidad...

Servilia sacudió la cabeza. El primer movimiento desde que Quinto había entrado en su casa.

—No tenéis ninguna posibilidad. Estáis condenados, y no lo sabéis...

Quinto se mordió los labios. Estaba irritado. Hubiera querido responderle que era ella la que estaba condenada, que ya no tenía la posibilidad de dar placer, ni a César ni a ningún otro. Pero necesitaba con desesperación su apoyo.

—De todos modos, ¿aún estás dispuesta a ayudar a la oposición? —le preguntó.

Servilia lo miró, finalmente. Y fue como si solo entonces se hubiera dado cuenta de su presencia.

—Puedo hacer poco, ahora. No cuento nada para él. Nada. No le sirvo para nada y, por tanto, no puedo serviros tampoco a vosotros...

Quinto recordaba su determinación, al principio de la guerra civil, cuando quería ser útil a la causa de la libertad. Disgustada, como solo una mujer sabe estar, por haber perdido la atención de César, parecía ansiosa por hacérselo pagar a su antiguo amante, fingiéndose aún su partidaria para sonsacarle informaciones útiles a sus adversarios. Nadie la había tomado nunca en serio. Ni siquiera su hermanastro Catón se había fiado de ella, sobre todo porque la consideraba demasiado ligada a César para poder hacerle daño de verdad. En todo caso, no le constaba que sus buenas intenciones se hubieran traducido en una efectiva ventaja para los pompeyanos.

Pero él, ahora, no tenía alternativas.

—No te pido mucho. Me buscan y no debería estar aquí, en Roma. Solo te pido que me escondas y pongas a mi disposición una embarcación para alejarme de la Urbe.

Servilia se agitó. Una emoción, al fin. Pero no era aquella que Quinto esperaba.

—Yo... No lo sé... Si César me descubre, puede hacerle daño a Bruto...

—¿Por qué debería descubrirte? Bastará con que tú me escondas esta noche y me digas a quién debo dirigirme en el puerto. Iré antes del alba...

—Yo... no quiero...

Quinto perdió la paciencia. Su gratitud tenía un límite. Y era el de la supervivencia. Se acercó a ella, la aferró por los brazos y la levantó.

—¡Basta! ¡Te comprometiste a ayudarnos! ¡Si no lo haces eres una traidora, y yo a los traidores los mato como a perros! —le aulló a la cara. Luego extrajo el gladio y se lo apuntó a la garganta.

Ni siquiera entonces reaccionó. No se soltó, pero no por miedo.

—Hazlo. Sería la primera cosa buena que me ocurre desde hace tiempo... —le respondió, con un desagradable aliento que llegó al joven directamente a la nariz.

Quinto apretó la mandíbula. La empujó con violencia sobre la silla, donde ella aterrizó como un cuerpo muerto. El joven deambuló furioso por la estancia, sin saber qué hacer.

Fue ella quien habló, después de algunos instantes de silencio. Alargó la mano y cogió un espejito de plata con el mango taraceado con finura. Llamó a un esclavo, se hizo traer dinero y un platito con *fucus*, se mojó el dedo e hizo unas señas sobre la superficie del espejo.

—Ve al muelle del Emporium y pregunta por Cayo Macio. Por lo general duerme en su barca. Dale esto, así sabrá que te mando yo y te llevará a Ostia. Allí no tendrás dificultades para subir a una nave, con el dinero que te he dado.

Quinto asintió, y finalmente se relajó. Se sentó y pidió a su anfitriona algo de comer. Servilia batió las manos y el esclavo apareció de nuevo en el umbral de la estancia.

—Trae de comer a este hombre. Pero no prepares nada: coge la comida que está consumiendo la servidumbre en la cocina.

La hora de la cena había pasado hacía poco, y los esclavos comían después de haber servido a su ama.

En la espera, Servilia no se esforzó por darle conversación. Quinto, por otra parte, había obtenido lo que quería, y no tenía necesidad ni ganas de saber nada más. Ya no hablaron. El silencio fue roto solo por los comentarios con que el hombre acompañó su apresurada cena: la sopa de farro, en particular, suscitó su aprobación. Después, se recostó en el triclinio a esperar a que fuera noche cerrada.

Luego, de pronto, pensó que podía reposar mejor en la cama. La cama en la cual había hecho el amor con Servilia años antes. Había sido la única ocasión, en su vida, en que se había encontrado en un lecho que solo los aristócratas podían permitirse: amplio, mullido, alto, con patas finamente elaboradas.

—Voy a tu cama. No es necesario que me acompañes: conozco el camino —le dijo, levantándose del diván. Servilia no estaba haciendo nada. Tenía un telar cerca, pero no lo había tocado, al menos no desde que Quinto había entrado.

La mujer pareció no haberlo ni siquiera oído. Quinto se encogió de hombros y fue al cubículo. Entró en la estancia y se echó sobre la cama, saboreando la fragancia de las sábanas, la blandura del cojín y la comodidad del colchón. Y también el recuerdo de las horas agradables que había pasado allí junto a Servilia. No le pareció posible que la amante rica de sensualidad que había conocido entonces fuera la misma que había dejado vegetando en la estancia de al lado.

Sintió de pronto todo el cansancio de aquella jornada difícil. Resistió al impulso de dormirse y permaneció vigilante. Por último, después de un tiempo incluso demasiado breve, se obligó a levantarse. Bostezando, se desplazó de nuevo al triclinio. En el umbral, se quedó helado.

También el nuevo huésped de Servilia se quedó petrificado.

Un bárbaro. Un germano al que conocía incluso demasiado bien.

Ortwin.

Ortwin. El hombre al lado del cual había combatido en las Galias: juntos habían traspasado al jefe de los tréveros. Pero también el hombre que le había impedido matar a César. Y el hombre del que había huido Veleda.

Extrajeron la espada al mismo tiempo. Pero no avanzaron ni un paso.

—¿Qué hace un enemigo de César en casa de Servilia? —dijo Ortwin. Su mirada asesina traslucía lo que, por lo demás, Quinto ya sabía desde hacía tiempo: entre las prioridades de aquel bárbaro estaba su muerte.

—Es inútil que te lo diga. Total, dentro de poco estarás muerto —respondió Quinto, agitando el gladio y avanzando apenas.

—Aquí afuera están mis hombres. No tienes salvación. Ríndete y encomiéndate a la clemencia de César —replicó Ortwin.

Quinto no respondió. El germano era un adversario muy duro. Ya una vez, en Corfinium, Ortwin había tenido las de ganar con él. Si tenía otros guerreros acompañándolo, no habría modo de escapar. Intentó tirarse un farol.

—Prefiero morir que deber la vida a ese tirano del que eres esclavo..., como el hijo de esta. —Y señaló a Servilia.

La mujer pareció despertar del propio torpor.

—Yo no lo quería en casa... No es culpa mía. No sé por qué ha venido aquí... —trató de justificarse con Ortwin.

El germano no se dignó a mirarla.

—Entonces te doy el gusto de inmediato. En Dirraquio, cuando nos encontramos en la batalla, te salvaste solo porque César me había ordenado que recuperara el águila. Pero ahora puedo decidir yo... Antes, solo tienes que decirme lo que has hecho con Veleda.

Quinto tuvo una idea.

—Si te lo digo, me dejarás marchar. Como si no me hubieras visto...

—¿Qué te lo hace pensar?

—Precisamente Veleda.

Ortwin lo miró sin hablar. Esperó. Quinto supo que lo tenía en un puño. Al bárbaro aún le interesaba aquella muchacha, y se notaba. Le interesaba tanto como a él.

—Si no vuelvo a África, ella morirá.

—Trolas. ¿Por qué deberías querer su muerte? Eres un violador, un asesino, un sádico, un traidor y, sin embargo, fue a buscarte... Hay algo entre vosotros, solo Wotan sabe por qué, pero hay algo que os liga, por más mal que le hayas hecho en las Galias...

—Exacto. Estamos tan ligados que he dado la orden a mis hombres de que la mataran si no regresaba —mintió—. Si no puede ser mía, no debe ser de nadie...

Vio que Ortwin vacilaba.

—No lo creo. Te sabía loco, pero no puedes serlo hasta ese punto... —dijo el germano.

No. No lo era hasta ese punto. Pero Ortwin no podía estar seguro.

—Quizá. Y quizá no. ¿Puedes permitirte tomar ese riesgo? —respondió, burlón.

El bárbaro volvió a vacilar. Luego respiró hondo y bajó la espada.

Quinto prorrumpió en una sonora carcajada.

—Se ha hecho tarde. Para mí es hora de marcharme. Por supuesto, te sugiero que no digas nada a César. Sería embarazoso, para ti, explicar cómo has dejado escapar al hijo de su mayor enemigo... —concluyó, echando un vistazo tranquilizador a Servilia: también ella tendría motivos para temer represalias de César, si se hubiera sabido a quién había hospedado. Luego cogió el espejo y el dinero y se encaminó hacia el atrio, pasando junto a Ortwin. Este lo observó con odio feroz, que el romano correspondió con una sonrisa socarrona.

Cuando ya estaba cerca del vestíbulo, Quinto oyó que Ortwin preguntaba:

—¿Es feliz, al menos?

Se detuvo un instante. Pero no se volvió.

—Ven a África a buscarla. Lo descubrirás tú mismo —respondió.

—Vendré. Y te mataré —oyó que le replicaba el germano antes de abrir la puerta de entrada y encaminarse al puerto, bajo la mirada interrogativa de los otros dos bárbaros.

Servilia observó salir a Ortwin, después de haber escuchado distraídamente el mensaje de César. Ni siquiera lo saludó. Estaba cansada. Había sido una velada convulsa. Y había sido el hijo de Tito Labieno el que había hecho que así fuera . El hijo del hombre que le había arruinado la vida. Del hombre que había quitado todo sentido a su vida.

Todos pensaban que había sido la pasión de César por la reina de Egipto la que la había postrado, reducido a aquel estado, quitado la fuerza de vivir. Todas las amigas la compadecían, maldiciendo a César por haberla arrinconado y haber preferido a otras mujeres, más jóvenes y disponibles.

Nada más falso.

Había aprendido a aceptar el paso del tiempo. Siempre había sido consciente de que su mayor edad respecto de César la condenaba, inevitablemente, a perder su atención. Con el paso de los años, se las había ingeniado para buscar otros modos de mantener vivo el interés de su antiguo amante hacia ella, y se había ilusionado con que fuera suficiente con hacerse indispensable a sus ojos. Se había dicho a sí misma que el hombre más adulado, envidiado y odiado el mundo acabaría por considerarla la única persona en la Tierra de la que podía fiarse a ciegas, la única que lo amaba de verdad y con sinceridad. La única dispuesta a sacrificarse por él hasta el final.

Pero luego Tito Labieno, en Farsala, había destruido su sueño. «El peor enemigo de César» le había arrebatado también aquel objetivo. Lo había hecho pueril, patético, ridículo.

La había matado a los ojos de César. Y era así como se sentía ahora.

Muerta.

V

> Mientras tanto, habiéndose César ya alejado del campo unas tres millas, le fue anunciado por los exploradores y los jinetes mandados en avanzadilla que las tropas enemigas habían sido vistas no lejos de él. Y, por Hércules, mientras le referían la noticia se comenzó a vislumbrar una gran polvareda.
>
> ANÓNIMO, *La guerra de África*, 12, 1

UTICA, ÁFRICA, 29 DE DICIEMBRE DEL 47 A.C.
(PLENO OTOÑO)

—¡Debemos atacarlo ahora que aún es débil! ¡De inmediato! —clamó Juba con su voz chillona, que todos los demás miembros del consejo de guerra toleraban con gran dificultad. Muchos de ellos aún tenían encima el polvo de la precipitada cabalgata realizada para alcanzar el cuartel general, después de que se hubiera difundido la noticia del desembarco de César.

Como todos los otros, también Tito Labieno alzó los

ojos al cielo, no porque Juba hubiera dicho una tontería, sino por el malestar que creaba aquel individuo detestable, engreído e incontrolable. Sin embargo, nadie quería renunciar a las decenas de miles de guerreros que el rey númida había puesto a disposición de la coalición anticesariana.

El mando supremo, al menos en teoría, correspondía a Metelo Escipión. En señal de respeto, todos esperaron a que fuera él quien respondiera al soberano africano.

—¿Tenemos una idea exacta de las fuerzas de que dispone en este momento? —se limitó a decir el procónsul. Desde que detentaba el mando, Escipión se había vuelto más cauto. Labieno había aprendido a detestarlo en los tiempos de Dirraquio y Farsala, cuando mostraba más arrogancia que sabiduría, al igual que otros enemigos jurados de César como Enobarbo, Bíbulo y Léntulo. No obstante, la responsabilidad del mando, y quizá también la influencia de Catón, lo habían hecho, si no menos arrogante, sí menos impulsivo. Intentaba, al menos, ser un buen comandante.

—Solo sabemos que su flota se ha dispersado a causa del viento. En Adrumeto, César ha atracado con no más de tres mil infantes y no llega a doscientos jinetes —dijo Cneo Pompeyo, hijo de Pompeyo Magno—. Pero puede ser que, entre tanto, lo hayan alcanzado otras naves...

—Si de verdad es tan débil, ¿por qué el responsable de Adrumeto, Cayo Considio Longo, no lo atacó de inmediato? Con dos legiones y una vasta caballería a disposición, hubiera podido derrotarlo con facilidad y ahora estaríamos aquí decidiendo solo cómo regresar a Roma como vencedores... —observó Actio Varo, dirigiéndose a Metelo Escipión. Varo había gobernado África antes de la llegada de los anticesarianos y había derrotado de manera decisiva a Curión, el lugarteniente de César: juzgaba que merecía el mando supremo más que ningún otro, y no soportaba que Catón hubiera elegido al antiguo suegro de Pompeyo Magno. Considio era un hombre de Escipión, y Varo había aprovechado el pretexto para cuestionar sus actuaciones. Aunque esto, por una vez, lo ponía del mismo lado que Juba, al que se oponía desde la época en que había debido repartir con él el mérito de la victoria sobre Curión, y el demérito por las masacres que habían seguido.

Labieno consideraba a Varo el mejor de los comandantes anticesarianos. Sin duda, era el romano que conocía África mejor que cualquier otro. Si Catón lo hubiera elegido a él, en vez de a Escipión, César habría tenido aún más razones para arrepentirse de haberlo dejado libre tres años antes, en el Picenum.

—No es tarea de Considio tomar decisiones —declaró con solemnidad Catón. Él era el huésped, el responsable de Útica y de sus defensas. Labieno había admirado su toma de posición respecto de la ciudad, la única que se podía definir con certeza filocesariana ante la llegada de los pompeyanos a África. Metelo Escipión hubiera querido destruirla de inmediato, pero Catón se opuso, ganándose la gratitud y el apoyo de los habitantes y del Senado local. Una buena política, que, sin embargo, el comandante en jefe no había tomado como ejemplo: en efecto, Escipión imponía grandes tributos a las otras ciudades de la costa para poder pagar a Juba, con el fin de que tuviera a sus tropas a disposición, pero este dejaba que los guerreros númidas mangonearan por los campos y que sus hombres se abandonaran a las orgías en la ciudad, impulsando a la gente a preguntarse qué tenían que ganar con la presencia de los ejércitos romanos.

—No es tarea de Considio decidir, ni de ningún otro. Lo es solo del comandante en jefe —prosiguió Catón—. La tarea de los subalternos es poner en práctica de la mejor manera posible las disposiciones del comandante supremo.

—¡Yo no soy subalterno de nadie, aquí! —reaccionó Juba—. ¡Esta es mi tierra, mis progenitores reinaban aquí mucho antes de que nacierais! Os estoy ayudando por mi libre elección: César apoyó varias rebeliones en mi contra y su tribuno Curión propuso una ley para transformar mi territorio en provincia. ¡Si quiero coger mis cuatro legiones y la caballería y atacarlo ahora, no me detendréis!

—¿Y por qué no?

Ahora había hablado Marco Petreio. Era otro de los soldados «verdaderos», y Labieno también lo estimaba. Al menos como combatiente: había derrotado a Catilina sobre el terreno y gestionado a las inquietas tropas hispánicas, en el pasado. Pero estaba corrompido por Juba. Los dos se habían hecho casi amigos desde que el viejo soldado se había dejado convencer, el único entre los comandantes romanos, para participar en las orgías reales con docenas de muchachas de piel negra y brillante, como panteras.

—A fin de cuentas, las tropas de César no están habituadas a combatir contra la ágil caballería númida —prosiguió Petreio—. Y si el dictador no dispone aún de caballería, no puede ni siquiera proteger a la infantería. Yo digo que lo tenemos todo para ganar: además, son las tropas de Juba las que arriesgan más...

Labieno comprendió lo que pretendía Petreio. Y, en el fondo, no era mala idea: mejor dejar masacrar a los guerreros númidas y luego dar el golpe de gracia a César con los romanos. Pero sabía que no iban a aceptarlo. Intercambió una mirada de complicidad con su hijo, presente en el consejo de guerra como miembro de la primera orden de los centuriones. Comprendió que Quinto pensaba igual: nadie era propenso a dar al rey númida más motivos para plantear nuevas pretensiones.

—¿Y dejar a este bárbaro el mérito de haber derrotado a César? ¡Tendréis que pasar sobre mi cadáver! —se indignó Actio Varo.

—¡Yo pasaría con gusto sobre tu cadáver, asqueroso romano! —reaccionó de inmediato Juba, extrayendo la espada.

Catón, con su habitual determinación, se interpuso entre los dos.

—¡No toleraré litigios entre nosotros, sobre todo ahora que nuestro común enemigo está cerca! —dijo perentoriamente. Y de inmediato los dos se calmaron: de Catón emanaba una autoridad natural, era uno de esos hombres a los que no les costaba nada capturar la atención ajena. Iba descalzo, no llevaba la túnica debajo de la toga y tenía un físico más bien frágil: sin embargo, era más majestuoso que cualquier otro de los presentes, e infundía el mismo temor que un caudillo en el apogeo de su fama, precisamente él que solo había tenido modestas experiencias militares. Y, al contrario de los otros, odiaba a César por lo que representaba, no por rencor o interés personal. También por esto, Labieno no podía menos que respetarlo.

—No olvidéis que él tiene, ya, sobre nosotros, la ventaja de poder decidir sin rendir cuentas a nadie, ahora mismo. Nosotros debemos siempre consultarnos, porque representamos la democracia y estamos obligados a respetar sus reglas, aunque actuemos en el exilio. ¡Intentemos no acrecentar su ventaja con nuestros conflictos! —añadió.

Escipión se sintió obligado a hablar. Para ser el comandante supremo, no parecía muy capaz de controlar la situación. Pero, por otra parte, tampoco el gran Pompeyo en su día había sabido hacerlo mucho mejor.

—¡Catón tiene razón! —exclamó al fin—. No tolero discusiones en mi presencia. En todo caso, aun apreciando la oferta de nuestro aliado, me veo obligado a declinarla. Sería poco digno para el pueblo romano, o por lo menos para la parte libre y sana de él, que nosotros representamos, dejar a un extranjero una tarea tan difícil. Juba podrá, sin más, proporcionar tropas, preferiblemente a caballo, si decidimos enfrentarnos a él de inmediato. Y yo pienso que deberíamos hacerlo, en efecto. Enviemos enseguida dos legiones de refuerzo a Considio, y quiero que sean Labieno y Petreio, nuestros dos comandantes más experimentados, quienes las guíen. Cuatro legiones deberían bastar, contra media legión y pocos jinetes, aunque entre tanto los efectivos a disposición del tirano hubieran aumentado. Una legión vigilará la costa para evitar otros desembarcos en la zona en apoyo de César.

—¡Y yo, con mi flota, podría encerrar a César desde el mar! —exclamó con entusiasmo Pompeyo hijo—. Puedo llevar una treintena de naves delante de Adrumeto y cerrar ese tramo de mar. ¡Incluso si llegan otras embarcaciones de César, no se atreverán a forzar el bloqueo!

—Excelente idea —comentó Escipión—. Diría que César no tiene esperanzas. Esta vez no podrá confiar en su habitual Fortuna. De hecho, ya está rodeado: sugiero que partáis de inmediato. Yo os seguiré, para recabar la rendición del tirano o para infligirle el golpe decisivo: estamos en África, y es oportuno que se perpetúe la tradición de un Escipión vencedor en suelo africano.

De los numerosos puntos débiles de Escipión, la vanagloria era sin duda el más relevante, pensó Labieno, que en aquel punto se consideró en la obligación de decir algo.

—Tengamos cuidado con no hacer converger demasiados hombres en Adrumeto... —proclamó.

—¿Qué quieres decir? —preguntó, irritado, uno de los centuriones primípilos presentes en la reunión.

Labieno recordó solo más tarde quién era: su nombre era Publio Escevio, y era el único centurión superior a su hijo en la IV legión. Quinto lo detestaba no solo porque había sido preferido como primípilo, sino también porque no escondía su admiración por César. Era un viejo pompeyano, pero esto no le impedía reconocer los méritos militares del dictador. Estudiaba sus tácticas y estrategias con morbosa aplicación, como si estuviera obsesionado por ellas. Era un hombre de Actio Varo y había estado en África durante las campañas en Epiro y en Grecia. Y era un hombre íntegro, que no ocultaba el hecho de que difícilmente toleraba a aquellos que cambiaban de bandera... ya fueran aquellos a los que César había indultado o aquellos que de seguir a César se habían pasado al bando de Pompeyo.

—Es fácil de decir —prosiguió Labieno—. No podemos permitirnos desguarnecer demasiado la costa. Resulta impensable que César haya alcanzado África con tan pocos soldados. Sabemos que quería traer consigo al menos seis legiones, para empezar. Esto significa que hay otras cinco, además de la caballería, que pueden atracar en cualquier otro punto y golpearnos con dureza. ¿Estamos seguros de que solo ha tenido prisa y que, entre tanto, ha zarpado con los primeros efectivos disponibles? ¿O que el viento ha dispersado su flota, obligando a las naves a atracar en otra parte? ¿Y si quisiera inducirnos a agredirlo en Adrumeto, para lanzar un ataque en otra parte? ¿O si quiere atraernos a Adrumeto para luego soltar sobre nosotros a las otras legiones, a las que habría ordenado desembarcar después? Recordad que César busca siempre el enfrentamiento, sobre todo cuando está en territorio hostil y no puede, desde luego, contar con líneas seguras de aprovisionamiento...

—Con César nunca se sabe, en efecto... —se vio obligado a admitir Publio Escevio, y también Metelo Escipión asumió una expresión pensativa.

—¡Tonterías! —intervino Lucio Afranio. Como Petreio, también él había sido derrotado por César, que en Hispania lo había perdonado y dejado marchar. No por eso se había echado atrás cuando se había tratado de combatir al dictador en Dirraquio y en Farsala. Ni lo haría en África.

—¡Ya en Dirraquio nos has hecho perder la posibilidad de asestarle un golpe definitivo con tus temores! —insistió—. Lo recuerdo bien: ¡perseguíamos a sus hombres en retirada y estábamos a punto de conquistar su línea fortificada, cuando tú nos detuviste, sosteniendo que todo era demasiado fácil y que temías una trampa! ¡Te cagas encima solo con oír el nombre de César! ¡No podemos dejarnos influir por tus miedos!

Labieno estaba a punto de replicar, cuando intervino Metelo Escipión.

—Yo no estaba en Dirraquio. Y aquí, aparte de Labieno y su hijo, no creo que esté presente nadie que haya participado en aquel episodio. Y no tenemos manera de saber si Labieno tenía razón o no. En todo caso, enviar a Adrumeto cuatro legiones y a la caballería númida no nos impide la vigilancia de la línea costera. Tenemos unidades suficientes para contener cualquier intento de ataque. Por otra parte, como Quinto Labieno podrá confirmarnos, basta con asestarle una buena lección, ahora, para hacerle perder cualquier resto del apoyo que le quede en Roma.

Hizo señas al joven centurión para que hablara.

—Pues bien...

Quinto vaciló. Aún no se había acostumbrado a la idea de poder expresar finalmente su opinión en los consejos de guerra.

—Como sabéis, he estado en Roma hace dos meses. He encontrado un clima desfavorable a César, entre los soldados y en la población. Y sus lugartenientes, como Marco Antonio, no poseen su autoridad. Cuando el tirano está presente, usando en igual medida adulaciones y amenazas, consigue casi siempre mantener el control de la situación. Pero he tenido ocasión de ver a qué se ha reducido Roma en su ausencia. Incluso los soldados que han combatido largamente con él lo cuestionan. Si lo ponemos en dificultades, perderá el apoyo de la Urbe y de los mismos legionarios que ha llevado consigo, muchos de los cuales son solo reclutas y desertarán de inmediato.

—¿Habéis oído? ¡Nunca lo hemos tenido tan fácil como ahora! —declaró Escipión, contento.

—Lo único de lo que debemos preocuparnos es de no dejarnos llevar por sus soldados —añadió Catón—. Habrá veteranos dispuestos a inmolarse por él, sin duda. Pero si la mayor parte son reclutas de verdad, como parece, quiero que se los perdone, a fin de que sirvan en el renovado ejército republicano para la futura defensa de la democracia, nunca, en la historia de Roma, tan violada como en este nefasto período. Así que evitad los excesos, siempre que sea posible...

Todos sabían a qué se refería. Escipión no vaciló en hacer explícito el deseo de Catón.

—Es justo. Nunca debemos ensañarnos entre romanos, para evitar que el odio acumulado en estas guerras civiles se arrastre en los años venideros. Nuestro aliado Juba estará a la cabeza de sus hombres, pero deberá atenerse de forma escrupulosa a las órdenes de Labieno y Petreio. Incluso después de la batalla.

La referencia era la masacre que el rey númida había llevado a cabo contra los soldados de Curión que habían sobrevivido a la derrota en el campo de batalla: una masacre realizada a pesar de Actio Varo.

Juba se estremeció de desdén. Era obvio para todos que consideraba las palabras de Escipión un atentado contra su dignidad real. Pero no dijo nada: sabía que, si objetaba algo, no le permitirían participar en la batalla.

Muchas fueron las muestras de satisfacción. La atmósfera se relajó y empezaron a escaparse algunas sonrisas. El optimismo suplantó a la desconfianza y hubo quien llegó a frotarse las manos ante la perspectiva de que César estuviera acabado. Labieno notó que incluso se había disuelto la hostilidad que Afranio y Escevio albergaban hacia él. Catón ordenó que los esclavos trajeran de beber, precisamente mientras uno de ellos llamaba la atención de Juba hacia un númida polvoriento y acalorado. Debía de haber hecho un largo camino, y en poco tiempo.

El rey se apartó con el esclavo hablándole con animación, luego lo despidió de malas maneras y se reunió con los otros, haciendo vistosos gestos para reclamar su atención.

—Debo dejaros de inmediato. ¡Han atacado mi reino!

—¿Qué? —preguntaron muchos, casi al unísono.

Juba se volvió a Escipión.

—Bogud y Boco. Y ese general suyo, itálico, Publio Sitio. Han cruzado el confín en tres puntos diversos y están avanzando hacia Cirte, mi capital. ¡Debo marcharme!

Catón fue el más rápido en comentarlo.

—¿Los príncipes mauritanos atacan justo ahora? Debo deducir que Labieno tenía razón: César quiere atraernos a la costa meridional mientras sus aliados nos atacan en el norte...

—Y aún no sabemos dónde golpearán las otras legiones de César... —se sintió autorizado a decir Labieno.

Escipión pareció desconcertado.

—Pero, en cualquier caso, debemos bloquear a César de algún modo. Juba, ¿cuántos hombres puedes dejarnos?

—Ninguno —dijo con rotundidad el rey—. Solo un modesto contingente que vaya a retirar la paga...

Ni siquiera en aquel momento dramático Juba renunciaba al tributo que los romanos pagaban para tenerlo como aliado. Labieno volvió a sonreír, a duras penas.

—No puede ser —replicó Escipión—. César debe de haberse convencido de que sin la aportación del aliado númida no lo atacaremos. Así tendrá todo el tiempo del mundo para situarse en el territorio, y después será más difícil derrotarlo. Pero no ha calculado que tú tienes muchos hombres, Juba. Puedes dejarnos una parte y contar con los suficientes para defenderte de tus enemigos.

—No.

—Danos cinco mil, y nosotros te ayudaremos a absorber los reinos de Bogud y Boco cuando César haya sido derrotado —propuso entonces el comandante.

Labieno vio que Catón temblaba. En efecto, Escipión estaba yendo demasiado lejos.

Juba vaciló. Luego propuso a su vez:

—También quiero una salida occidental sobre la costa. Digamos hasta Útica.

—Útica excluida, por supuesto —rebatió Escipión.

—Incluida.

—¡Excluida!

—¡No es posible! —intervino Catón, que había hecho un gran esfuerzo para reprimirse hasta aquel momento—. Nos estamos prostituyendo ante un soberano extranjero. ¡No es admisible! Juba ya se ha comprometido a proporcionarnos tropas. ¡Pero no podemos pretender que desatienda sus fronteras por nosotros!

—Mejor perder África que perder Roma —dijo Escipión—. Y, además, las cosas cambian, en el curso de los años... —añadió, dando a entender que no consideraba definitiva ninguna de las promesas hechas a Juba.

Catón suspiró. También Actio Varo suspiró. Y así también Pompeyo hijo.

—¿Útica excluida? —repitió Escipión al rey númida.

—Útica excluida... —dijo, por fin, Juba.

—Así sea, pues —declaró Escipión—. Labieno y Petreio, iréis igualmente a Adrumeto. Llevaos la caballería auxiliar, los númidas, infantes y jinetes que el rey tenga la bondad de proporcionaros, y tres legiones. Si es necesario, esperaréis un día más, pero llevaos la mayor parte de tropas posible. Entablad batalla solo si las fuerzas de César son aún limitadas y no toméis demasiados riesgos. Yo os alcanzaré en cuanto la situación lo permita.

Labieno asintió. Miró a su hijo, cuyos ojos le imploraban que eligiera su legión. Asintió también él. Luego dijo:

—Como sabéis, tengo conmigo muchos auxiliares galos y germanos, que me han seguido desde las Galias, y con ellos los esclavos y los libertos que he alistado y entrenado para cabalgar. Nuestros soldados están en África desde hace tres años, conocen el terreno y pueden llamarse casi veteranos. Los soldados de César, en cambio, son casi todos reclutas y, como demuestran las revueltas en Italia, poco propensos a combatir. ¡Con la ayuda de los númidas, de los que los cesarianos no conocen las técnicas de combate, solo la proverbial Fortuna de César podría impedirnos vencer!

Luego, como todos los demás, se despidió del dueño de la casa, Catón, en una atmósfera que se había vuelto de nuevo sombría en el transcurso de pocos instantes. Yendo hacia los establos en compañía de Petreio, escuchó distraído sus palabras, mientras reflexionaba más bien sobre los movimientos del dictador. No era cierto que César hubiera desembarcado a propósito con pocos efectivos. Quizá estaba de verdad en dificultades. En todo caso, no había nada de casual en el simultáneo ataque de los príncipes mauritanos y de aquel viejo bribón de Publio Sitio. El dictador debía de haberlo acordado con antelación, y esto hacía las cosas infinitamente menos complicadas.

Para él. Sobre todo, para él.

Polvo. Una nube de polvo se alzaba desde las alturas que delimitaban el valle. Se extendía a lo ancho, en ciertos puntos más densa, en otros menos, rozando la cima de las colinas como pelos que el viento intentara arrancar del cuero cabelludo. Algunos reclutas habrían podido pensar que se trataba de una tempestad de arena llegada de más allá de los montes. No así César.

En su larga carrera militar, César había visto incluso demasiadas veces acercarse esas nubes de polvo. E invariablemente, detrás de ellas, dentro de ellas, había visto aparecer al enemigo. Miles de caballos lanzados al galope contra él, guerreros y soldados listos para asaltar a sus hombres, lanzas tendidas hacia sus ejércitos, escudos brillantes al sol, acababan siempre por emerger de la nube de polvo. Demasiadas veces había vivido aquellas escenas para no saber reconocer sus primeras señales.

Se sentía el mejor de todos para hacer la guerra. Y también en muchas otras cosas. Sobre todo, desde la muerte de Pompeyo, no veía quién podía disputarle la palma de más grande caudillo viviente.

Y no acababa aquí. Una victoria más y podría disputarle a Alejandro Magno el cetro de más grande caudillo de todos los tiempos. Una victoria más sobre sus enemigos romanos, y nadie, en el futuro, podría ya hablar mal de él, sembrar mentiras sobre su persona, desacreditar sus logros. Porque la historia la hacen siempre los vencedores.

Vio llegar al galope a los *exploratores*. Ya sabía qué venían a referirle.

—¡El enemigo se acerca, *imperator*! —le gritó uno de ellos mientras aún estaba a distancia.

—¿Cuántos?

Era una de las dos cosas que todavía necesitaba saber.

—Es difícil de cuantificar, con la polvareda que levantan. Digamos que son al menos el doble de nosotros...

—¿Composición de las tropas?

Era la otra información sobre la que basaría su táctica.

—Más de un tercio, caballería. Galos, germanos y sobre todo númidas.

—Bien. Sigue hasta el campamento. Estamos a solo tres millas de distancia. Reclama el conjunto de la caballería y a todos los arqueros. De inmediato.

—César, hay otra cosa...

César miró al explorador. Esperó que no le hiciera perder más tiempo: era un veterano, un experto del que se fiaba.

—Dime.

—He visto quién los guía...

César adelantó la barbilla. Cada uno de los enemigos presentes en África habría sido interesante de derrotar.

—Es... Tito Labieno. Lo he reconocido con claridad.

César dejó escapar un profundo suspiro.

De alivio. Pero el veterano no habría podido entenderlo.

—Ve al campamento —se limitó a decir el comandante.

—¿Labieno? Debe de odiarte mucho, si ha conseguido hacerse dar tantas tropas para enfrentarse a ti en cuanto has puesto un pie en África... —dijo Asinio Polión, que cabalgaba a su lado.

César no respondió. Se dirigió más bien al *cornicen* para que comunicara la disposición por centurias. De inmediato, ante el sonido del cuerno, las treinta cohortes de legionarios abandonaron el orden de marcha, en columna, y se reunieron por manípulos, dos centurias a la vez, con un frente más extenso, aunque sin dejar de caminar.

Luego el comandante llamó a los legados.

—Que se pongan el yelmo y estén listos para el combate —dijo.

Decidió que era el momento de responder a su amigo.

—Solo espero que me odie porque me considera una amenaza para la República, y no porque piense que era un obstáculo para su gloria personal...

—¿Cómo podrías ser un obstáculo para él? —protestó Polión—. Durante tu largo consulado en las Galias le diste decenas de ocasiones para lucirse y nunca menospreciaste sus méritos. Y él, en verdad, ha sabido aprovechar las oportunidades que le has dado para construirse una sólida reputación como comandante subalterno...

—Hay quien dice que no se conformaba con ser un subalterno... —insinuó Publio Saserna, otro de los integrantes del estado mayor del dictador. Era un terrateniente de la Galia Cisalpina, de rango ecuestre, que César sopesaba hacer entrar en el Senado. Junto a su hermano Cayo, había seguido al dictador a África para ganarse sobre el terreno, además de con sus aportaciones pecuniarias, el honor de entrar a formar parte del ilustre foro.

—Prefiero seguir considerándolo un idealista. A fin de cuentas, ¿qué es ahora, si no un subalterno, primero de Pompeyo y luego de Metelo Escipión? —respondió César.

—Nunca he entendido a ese hombre —continuó Polión—. Habéis sido inseparables desde niños, y siempre te ha sostenido en cada batalla, tanto política como militar. Como tribuno de la plebe ha promovido tus leyes, como legado ha ejecutado puntualmente tus órdenes. Y luego, de repente, justo en el momento más difícil para ti, frente a la perspectiva de tener que combatir para ver reconocidos tus méritos y, por tanto, también los suyos, te abandona. Pero, por Júpiter, tú nunca has escondido tus ambiciones: ¿por qué entonces no declaró antes su desacuerdo? ¿Por qué no se distanció antes de ti, en vez de ayudarte a resolver las situaciones más espinosas, sacarte de apuros, representarte de la manera más digna hasta un instante antes de su clamoroso cambio de posición?

Asinio Polión era un hombre inteligente. Tenía una mente más abierta que Aulo Ircio. Ircio había estado siempre tan influido por su odio, por su envidia hacia Labieno, que ni por asomo había sospechado qué papel desarrollaba de verdad desde el inicio de la guerra civil. Para Ircio, Labieno era sencillamente «el traidor», y el concepto coincidía a la perfección con la pésima opinión que siempre había tenido de él. Pero Asinio Polión no había estado en las Galias, y no había desarrollado ninguna envidia por Labieno. Es más, lo admiraba, como muchos otros que lo juzgaban solo por sus brillantes gestas.

«Mejor no profundizar demasiado en el tema», pensó

César. No podía decirle nada. No podía decirle nada a nadie.

Iba a ser un buen desafío esta vez. Para los dos. Era la primera vez que se enfrentaban como comandantes. Labieno, en estas circunstancias, no seguiría las órdenes de sus superiores, las daría él mismo. Y no podía permitirse darlas demasiado absurdas, para no perder credibilidad. César, por otra parte, estaba seguro de que Escipión lo acompañaría con algún otro nombre de prestigio.

Golpear duro. Labieno debía golpear duro, en todo caso. Y él debía responder también con dureza para evitar que sus hombres, y sobre todo los numerosos reclutas que componían su ejército, perdieran la confianza ya en el primer enfrentamiento.

Sería una batalla de verdad, a pesar de todo.

VI

> Entre tanto, César dispone una formación de combate en una sola hilera, como podía por su número exiguo. Coloca delante de la alineación a los arqueros, sobre las alas derecha e izquierda opone al enemigo los jinetes y recomienda estar atentos para no dejarse rodear por la numerosa caballería enemiga.
>
> ANÓNIMO, *La guerra de África*, 14, 2

Los hombres a disposición de César eran muchos más de los previstos. El dictador había actuado con rapidez para reunir a su ejército. Tito Labieno contó una treintena de cohortes, un par de miles de jinetes y un número exiguo de arqueros, unos ciento cincuenta. Y, por lo que parecía, el dictador no tenía ninguna intención de replegarse hacia el campamento.

Debería combatir contra un ejército considerable, y esto le daba una buena excusa para justificar una derrota. No sería el primero, ni el más galardonado, en perder contra

César, a pesar de disponer de una amplia superioridad numérica: Vercingétorix, Pompeyo, Tolomeo y Farnaces habían acabado en la red antes que él. El principal problema era Petreio, un comandante incluso demasiado experto para no ser inducido a la sospecha por movimientos timoratos, y demasiado anticesariano para no poner el máximo empeño en el enfrentamiento. Y luego estaba Quinto. Ahora, su hijo tenía también un grado que le permitía tomar la iniciativa, y Labieno estaba seguro de que no vacilaría frente a la posibilidad de poner a César de rodillas.

Justo lo que él debía esforzarse por evitar.

Labieno había tenido tiempo de elaborar una estrategia que le permitiera poner en apuros a César sin acabar con él. En un primer momento se había dirigido a Adrumeto, donde se decía que el dictador había atracado. Pero a lo largo del camino los exploradores le refirieron que el enemigo había renunciado a la conquista de ese sólido bastión, valientemente vigilado por Considio, y se había dirigido a Ruspina. De algún modo, César había conseguido obtener la rendición de la ciudad, y desde allí había establecido una guarnición también en la cercana Leptis, efectuando expediciones diarias en busca de trigo para su ejército. Y su campamento, montado en el altiplano donde surgía la ciudad, a tres millas del mar, era de hecho inexpugnable.

Mientras tanto, otras naves habían conseguido atracar y ponerse en contacto con el dictador, llevándole toda la caballería. Y el pretor Salustio Crispo tomó fácilmente posesión de la isla de Cercina, donde Actio Varo había almacenado notables cantidades de provisiones. En resumen, en pocos días César se había establecido con solidez en la costa.

Como siempre, la Fortuna había encontrado la manera de que las condiciones del dictador mejorasen de un día para otro. Empezando mal, justo después del desembarco, César había vuelto a ser un adversario temible en solo cuatro días, aunque continuaba encontrándose en evidente inferioridad. Pero Labieno sabía a la perfección que César se las había apañado en condiciones mucho más desesperadas, con y sin su ayuda.

Mucho más a menudo, sin embargo, con su ayuda, a uno u otro lado de la barricada. Y esto lo hacía sentirse extraordinariamente orgulloso de sí mismo.

Las victorias de César en Egipto y en el Ponto, como en su tiempo las de Hispania contra Afranio y Petreio, le habían dado un enorme placer. Habían demostrado, por si hacía falta, que el dictador era el más grande caudillo de todos los tiempos, incluso prescindiendo de su ayuda. Él ya lo sabía, pero muchos otros, y entre estos el mismo Quinto, siempre habían dudado de que César fuera un general brillante si no contaba con la ayuda de Labieno.

Labieno hubiera querido gritar a los cuatro vientos que el más grande caudillo de todos los tiempos, el hombre besado por los dioses más que cualquier otro, el predilecto de Venus y de la Fortuna, lo había elegido a él, y solo a él, para llevar a cabo sus planes. César lo había considerado tan bueno como para creerlo su *alter ego* en Hispania y en las Galias, y luego también su agente infiltrado entre los enemigos. Pero no le había pedido sencillamente que le proporcionara noticias, una tarea que cualquier espía habría estado en condiciones de desarrollar, y que estaba cubierta de manera amplia por los desertores. No, su papel era enormemente más difícil y delicado.

Recordaba haberse quedado de piedra, aquel día de casi cinco años antes, en el *praetorium* del campamento frente a Uxelludunum, en las Galias, cuando César se lo había propuesto. El genio había sugerido al entonces procónsul que aprovechara los intentos de sus adversarios de enfriar la estrecha relación que ligaba el uno al otro. En efecto, no era un misterio para nadie que desde Roma adulaban a Labieno para que se pasara al bando de los anticesarianos.

Así, César había decidido que su más estrecho colaborador le sería más útil fingiéndose contra él que a su lado. Y Labieno, golpeado una vez más por la genialidad de su comandante, había aceptado su nuevo rol con entusiasmo. Había aceptado incluso no revelárselo nunca a nadie, por muy mal que se pusiesen las cosas. Y era justo hacerlo así: nadie debía tener pretextos para sostener que las victorias de César en la guerra civil no habían sido del todo límpidas.

Al principio, había pensado que solo debía pasar informaciones a su comandante. Este era, a fin de cuentas, el objetivo de cualquier agente infiltrado. Pero el plan de César era de mucho más amplio alcance, y cuando el caudillo se lo reveló, Labieno se sintió aún más gratificado: solo un gran hombre podía concebirlo, y solo un gran hombre podía ponerlo en práctica. Nunca como entonces se había sentido tan digno de César y ligado a él de por vida.

César le había pedido que prolongara la guerra hasta la total aniquilación de todos sus antagonistas. Su tarea era inducir a los enemigos a resistir a ultranza, dar al dictador una excusa para eliminarlos a todos, sin compromisos destinados, antes o después, a revelarse solo como treguas. Su papel era el de sembrar odio, atizar a los adversarios y alimentar su determinación: solo así, César podría liquidar cualquier oposición y tener en sus manos las reformas que necesitaba el Estado, sin compromisos que disminuyeran su eficacia. Solo así tendría a su disposición un poder no condicionado por hombrecillos que pensaban solo en su propio interés, y no en la grandeza de Roma o en el bienestar de la población.

Y, hasta entonces, Labieno había tenido éxito. ¡Y qué éxito! Ya antes de cruzar el Rubicón, César había planteado repetidas veces algunas soluciones de compromiso, dejando que él, Labieno, contribuyera a que fueran rechazadas. Y él, mientras expresaba su más absoluto desprecio por su antiguo comandante, diciendo conocer sus puntos débiles, poniendo el énfasis en el presunto descontento de las tropas cesarianas, propagando el temor a las terribles represalias contra los opositores, ilusionando a los compañeros con vencer fácilmente, había impulsado siempre a Pompeyo, Catón y todos los demás a batirse aún, y aún, y aún, a pesar de cada nuevo fracaso.

Y después, cuando la situación se había precipitado hasta el punto de no retorno, Labieno procuró sobre todo sacar de apuros a su verdadero comandante. César se había atrevido varias veces a lo imposible, se había arrojado a las situaciones más críticas, y él había inducido a Pompeyo a elegir las soluciones tácticas menos indicadas para enfrentarse a él. Lo había convencido de resistir en el Picenum, aun sabiendo que el Picenum ya estaba del lado de César. Y lo había persuadido de abandonar Italia para preparar mejor el contraataque, permitiendo así que César se apoderara de Roma sin derramamiento de sangre. Y en los enfrentamientos directos había sido incluso decisivo: en Dirraquio, había obviado el error de valoración de César, induciendo a Pompeyo a no asaltar las posiciones en el momento de mayor debilidad del dictador. Y en Farsala, en la batalla decisiva, había encontrado la forma de transmitirle a César dónde realizaría Pompeyo el ataque principal, dándole la oportunidad de preparar las contramedidas.

Y si ahora estaban allí, en África, uno frente al otro, aún como enemigos, era precisamente porque su estrategia, la estrategia ideada por César y puesta en práctica por él, había funcionado a la perfección. Los opositores del dictador habían logrado encontrar la fuerza y los recursos para continuar la lucha a pesar de la muerte de su jefe indiscutible, de su punto de referencia y de la única, verdadera alternativa a César: Pompeyo Magno.

César había perdonado y puesto en libertad a muchos de ellos después de haberlos derrotado una primera vez. Ahora, el dictador tenía Roma en su poder, casi todo el mundo romano estaba bajo su control, el Senado de su parte y gran parte del ejército bajo sus órdenes. Él era el Estado, ahora, él era la ley, y ellos los rebeldes, aferrados con obstinación a sus mezquinos particularismos. Nadie culparía a César si después de haberlos derrotado los quitaba definitivamente del medio.

Después de haberlos derrotado. Y correspondía a él, Labieno, determinar el modo de llevarlos a la derrota. Ya sabía qué buscaba César: una nueva y gran batalla como Farsala para liquidarlos a todos de una vez. En esta ocasión, no escaparían.

—Somos muchos más que ellos.

Petreio interrumpió el flujo de sus pensamientos.

—¿Qué tal si los obligamos a adelgazar su alineación extendiendo la nuestra hasta donde sea posible?

Era la solución más racional. Cualquier comandante con sentido común la habría adoptado. Y Petreio era un comandante con sentido común.

También Labieno pasaba por tal, y debió responder afirmativamente.

—Estaba a punto de proponértelo, en efecto. Así, o lo cercamos, apretándolo por las alas, o lo romperemos por el centro, aprovechando el escaso espesor de sus alineaciones.

Luego, sabiendo que debía demostrar espíritu de iniciativa y sagacidad táctica, añadió:

—Los soldados de César son, en gran parte, reclutas, y los pocos veteranos con los que cuenta han combatido mucho, pero aún no en África y no contra los númidas. Aprovechémonos de ello y explotemos la rapidez de los hombres de Juba en los asaltos combinados de caballería e infantería, que tanto nos impresionaron cuando llegamos aquí...

Petreio lo comprendió al vuelo.

—¡Excelente! Alinéalos en el centro junto con los otros: unidades mixtas de infantes y jinetes, en total dos tercios de nuestras tropas. Los cansamos así y luego entro yo con el tercio restante, o la reserva, y acabamos con ellos. No tienen salvación: no hemos conseguido atacar a César cuando disponía de una sola legión, pero ahora es demasiado débil para oponerse a nosotros...

Labieno asintió. Para darle la razón a Petreio, claro, pero también, para sus adentros, porque su camarada le acababa de descubrir el punto débil de su táctica, el único que le permitiría a César evitar una derrota. Petreio no se daba cuenta, pero mientras César estuviera presente en el campo de batalla, mientras su genio, su tenacidad y su creatividad pudieran dar la vuelta a la situación y motivar a los soldados, sus fuerzas nunca serían demasiado débiles. La excesiva confianza en las propias posibilidades y la infravaloración de las de César habían condenado al fracaso a más de un enemigo del dictador. Con un poco de suerte, así sería también esta vez.

No era miedo. No, no era verdaderamente miedo. Ortwin no lo sentía cuando combatía a las órdenes de César, desde hacía más de una década. Tenía demasiada confianza en su comandante como para afrontar una batalla condicionado por la posibilidad de que pudiera ir mal.

Y la confianza en César no había menguado tampoco esta vez. Solo que... eran sus hombres los que no le inspiraban confianza. Veintitrés cohortes de reclutas sobre treinta, con las siete restantes compuestas, sí, por veteranos, pero de la X, que hacía poco que se había rebelado contra el dictador. Podían combatir a las órdenes del mejor general del mundo, pero no por eso estarían en condiciones de enfrentarse y vencer a un ejército numéricamente superior, dirigido además por válidos y experimentados comandantes.

El enemigo, emergido de la nube de polvo a lo largo de las alturas en el horizonte, había tomado forma, y de inmediato, como confirmación de los temores de Ortwin, infantes y tiradores de varias etnias se amontonaban sin claras distinciones entre unidades y sin que pudiera deducirse, en un primer momento, cuál era su número. Luego, el ejército enemigo había empezado a ensancharse: de las filas apiñadas en el centro continuaban saliendo soldados y guerreros, que fueron situándose en las alas extremas de la formación.

Y el murmullo, entre los legionarios de César, había crecido en intensidad. Al ver el frente enemigo extendiéndose con desmesura, hasta Ortwin temió que los soldados enemigos estuvieran en condiciones de rodearlos por completo. En un momento dado la línea se detuvo, pero de todos modos era tan larga que constituía una seria amenaza para los flancos de la columna de César.

Y no era el único aspecto inquietante. Había caballería a lo largo de toda la alineación. La mayor parte, naturalmente, se había ido a situar sobre las alas, justo enfrente del germano, que disponía de un millar de jinetes: la mitad de los que César había traído de Italia, contando, además, una vez en África, con la aportación de sus aliados mauritanos, Bogud y Boco. Pero estos últimos no estaban allí para reforzar sus filas: el dictador prefirió ordenarles que atacaran el reino de Juba para impedir que el rey númida proporcionase ayuda a sus adversarios.

Sin embargo, Ortwin veía jinetes en el centro, mezclados con los infantes. Los había galos y germanos, y esto disipaba cualquier duda sobre la presencia de Labieno en el campo de batalla. Pero, sobre todo, había númidas, y era la primera vez que los veía. Al parecer, la distracción de Bogud y Boco no había servido de nada: Juba tenía efectivos suficientes para aportar una parte, incluso notable, a favor de Escipión y Labieno.

Ortwin los observó con curiosidad y temor al mismo

tiempo. Su piel oscura era solo uno de los elementos que llamaban su atención. Alguno salía de las filas y cabalgaba algunos pasos adelante, provocando a los romanos con alaridos guturales en un idioma incomprensible. Y se dejaba ver: quizá Labieno pensaba que su aspecto y su actitud belicosa podían espantar a los reclutas, y no estaba muy alejado de la verdad.

En todo caso, lo impresionó que tuvieran el cráneo calvo sobre un lado y lleno de pelo sobre el otro. Como jinete experto que era, Ortwin notó que el caballo no tenía bocado, y las bridas no eran más que cuerdas de junco coloreado. Alguno gobernaba el caballo con una varita.

No tenían armaduras. Muchos llevaban una sencilla túnica corta, suelta sobre las caderas, y un manto anudado al hombro. Otros, sobre la túnica, llevaban una casaca de piel, presumiblemente de cabra o de oveja. Los escudos eran, en general, pequeños y redondos, pero había también algunos más grandes y tachonados. Para el ataque, disponían de jabalinas con la punta muy ahusada, e iban todos con los pies desnudos. Ortwin no dudó de que se trataba de jinetes muy hábiles.

También sus infantes combatían descalzos. Pero, en compensación, Juba los había equipado a la romana, con una coraza en anillos de hierro y un amplio escudo oval. Ortwin, por otra parte, había oído decir que el soberano había encuadrado la propia infantería en cuatro legiones, y allí debía de haber al menos una. Los númidas a pie se distinguían de los legionarios romanos no solo por la piel más oscura, sino también por el yelmo, provisto de una puntera en la cima. También ellos, como sus camaradas a caballo, disponían de jabalinas.

Continuó preguntándose por qué los infantes y jinetes númidas estaban situados en el centro de la alineación. Mientras tanto, le llegó la orden de ensancharse más, para permitir que la infantería extendiera el frente. Ejecutó la orden, preguntándose cuánto pretendía César adelgazar la alineación: antes, como su guardia de corps, lo habría sabido de inmediato. Pero ahora el dictador, reconociendo su valor al guiar a las tropas, prefería utilizarlo como comandante de ala, aunque el mando nominal del sector correspondía siempre a un prefecto romano.

De todos modos, Ortwin comprendió pronto qué se había visto obligado a hacer su general. La alineación cesariana se extendió, pero a costa de la profundidad. Cuando el germano terminó de desplazarse hacia el exterior, vio que los legionarios estaban dispuestos en una sola línea. Todo un riesgo: bastaba con que unos pocos legionarios cedieran para que el avance enemigo preludiase también un ataque simultáneo por detrás. Además, aunque se hubiera ensanchado la alineación, no alcanzaba la extensión de sus rivales. Por último, los jinetes enemigos sobre las alas eran tantos que difícilmente los suyos conseguirían sostener la carga.

La penetración y el cerco, por tanto, eran posibles en todas partes.

Mientras los ciento cincuenta arqueros cretenses se disponían frente a la alineación, un enlace transmitió a Ortwin las disposiciones de César. El dictador quería combatir con la infantería: la caballería tenía la tarea de asegurar la protección de los flancos, manteniendo a raya a la caballería enemiga. Y no era tarea fácil: los jinetes enemigos sobre las alas tenían una superioridad numérica de al menos tres a uno.

El germano no tuvo que esperar mucho para encontrar la confirmación a sus temores. De inmediato, los jinetes de Labieno comenzaron a moverse al galope, alejándose del extremo de la alineación principal. Desaparecieron detrás de las últimas estribaciones de las alturas donde habían aparecido la primera vez, y luego reaparecieron aún más en el exterior.

El diseño del traidor estaba claro: pretendía atrapar a la caballería de César, separarla de la infantería, atacarla por detrás y obligarla a retroceder para descubrir el flanco de la alineación.

Le tocaba a él no caer en la trampa.

No era fácil. Sintió que el nerviosismo serpenteaba entre las filas de sus hombres. No eran solo germanos: también había muchos galos y varios romanos, y no les agradaba la perspectiva de esperar con pasividad la carga de un enemigo tan superior en efectivos. Ortwin no podía culparlos: el riesgo de ser arrollados era altísimo, pero la alternativa, galopar hacia delante y enfrentarlos con ímpetu, podía tener consecuencias aún más graves. Trotó a lo largo del frente para detener a los guerreros que, como conductores de cuadrigas, no podían contenerse y se salían de la alineación. Golpeó varias veces con la lanza a quienes no conseguían permanecer en formación, aulló e imprecó, consolándose al ver que el prefecto hacía lo mismo. Luego debió dirigir la atención al enemigo: el estruendo de los cascos de los caballos de Labieno resonaba en sus oídos como una avalancha que se precipitara sobre él.

Tuvo tiempo de echar un vistazo al centro de la alineación enemiga: vio jinetes e infantes que avanzaban juntos hacia los legionarios, desafiando las escasas descargas de flechas que les disparaban los cretenses, pero protegidos por el tiro de sus arqueros, mucho más numerosos.

Luego se pegó al jinete que estaba a su lado, tendió la punta de la lanza hacia delante y se agazapó detrás del escudo.

Los jinetes enemigos aminoraron su marcha hasta situarse a poca distancia de los cesarianos. Arrojaron las lanzas y volvieron a galopar. Ortwin sufrió el impacto de una lanza en el escudo. Cerca de él, su compañero se desplomó en el suelo junto con su caballo herido. El germano no tuvo tiempo de averiguar si había muerto: la carga enemiga lo embistió de inmediato.

Comprendió que la barrera no resistiría.

César cabalgó hacia el más cercano centurión primípilo sin ni siquiera advertir a los guardias de corps y a los escuderos. Descolocados, estos intentaron perseguirlo al galope, pero el dictador se movió de manera repentina, y en un instante alcanzó a los soldados más avanzados, exponiéndose con gran peligrosidad al tiro de los arqueros enemigos. Pero no prestó atención: estaba demasiado furioso.

Furioso consigo mismo.

Ni siquiera había tomado en consideración la posibilidad de que Labieno adoptase tácticas diferentes de aquellas que conocía. No había pensado que la presencia de númidas entre las filas enemigas pudiera ser el preludio de soluciones inusuales que hubiera que poner en práctica.

En cambio, estaba siendo precisamente así. Y él no

había previsto ninguna contramedida. No era, desde luego, una actitud digna del más grande general de la historia.

Uno de los escuderos lo alcanzó. Fue a situarse junto al general, sobre el lado expuesto al frente enemigo, pero César estaba demasiado concentrado observando el combate como para poder apreciar el celo de su subordinado. El dictador vio que un centurión intentaba bloquear a sus hombres salidos de la alineación. Quiso darle alcance y comunicarle sus intenciones, pero una flecha abatió al oficial atravesándole un ojo, y su cresta traversa rodó en el polvo.

—¡Quietos! ¡Quietos! ¡Mantened la formación! —aulló César, pero los gritos de guerra de los númidas eran tan altos que sabía que sería escuchado con dificultad. Pocos pasos delante de él todo un *contubernium* cayó en la red tendida por Labieno. Los ocho soldados que lo componían estaban aún en línea con los otros cuando infantes númidas corrieron hacia ellos, se detuvieron a distancia de tiro y lanzaron las jabalinas. Los cesarianos, viéndolos casi desarmados y casi al alcance del gladio, no pudieron menos que saltar hacia delante. Pero una vez entraron en contacto con los enemigos, no se encontraron lidiando solo con los infantes. En efecto, los rápidos jinetes númidas habían flanqueado a sus camaradas, protegiendo su repliegue.

Los legionarios intentaron arrojar sus *pila*, pero los jinetes eran demasiado veloces y no se revelaron un blanco fácil. Fue entonces cuando entraron en acción los arqueros. Los soldados romanos, ya sin armas de lanzamiento, se ofrecieron impotentes a su tiro. Solo dos de los ocho legionarios consiguieron replegarse indemnes hasta la altura de la línea cesariana, mientras sostenían a uno atravesado por una flecha en la pantorrilla.

Era así en muchos sectores, a lo largo de toda la línea. Y los movimientos convulsos y desordenados de los legionarios inutilizaban también la acción de los ciento cincuenta arqueros que César, después de los tiros introductorios, había hecho retroceder detrás de las filas de los legionarios. No había manera de que pudieran tirar sin correr el riesgo de que sus flechas acabaran impactando contra sus camaradas más avanzados y en estrecho contacto con sus adversarios.

César espoleó de nuevo el caballo y, una vez más, el pobre escudero se afanó por seguirlo. Sin embargo, entre tanto, también el otro escudero lo había flanqueado, y el dictador pudo disfrutar de la habitual protección. Pero la posición lateral de los arqueros enemigos constituía una amenaza a su espalda. Los guardias germánicos se dieron cuenta y lo siguieron de cerca.

El caudillo cabalgó a lo largo de la línea romana un buen trecho, interrumpiendo el paso a cualquiera que intentase avanzar.

—¡No os alejéis de las enseñas! —gritaba—. ¡Mantened los rangos compactos! ¡Apretad los escudos! ¡No caigáis en sus provocaciones!

Oía los alaridos de los númidas a pocos pasos de distancia. Y oía sus jabalinas chocar contra los escudos de sus protectores. Eran las jabalinas destinadas a él, que los adversarios habían empezado a tirar con mayor frecuencia en el momento mismo en que se habían dado cuenta de su presencia en primera fila.

Llegó casi al centro de la alineación, solo para percatarse de que no podía avanzar más, al menos si no quería caer en la refriega. Allí la batalla era más intensa, y casi toda la línea había avanzado contra los enemigos, buscando el cuerpo a cuerpo, al que los númidas, siempre protegidos por sus jinetes, intentaban sustraerse.

Pensó en entrar también él en la refriega para exhortar a los soldados con su ejemplo. Pero luego decidió que aún no era el momento. Un comandante supremo debe mantener una visión total del combate para poder aportar las necesarias correcciones a la alineación. Y puede hacerlo solo manteniéndose fuera de la confusión, al menos mientras la situación no se precipite del todo. Y aún había tiempo para salir relativamente indemnes del enfrentamiento.

Deseó no tener que recurrir a ese último recurso. No por miedo a afrontar la muerte, sino porque, para la moral de la tropa, hubiera sido devastador toparse con la desesperación ya en el primer choque. En el futuro, quizá, lo haría. Pero no allí, y no aquel día.

Identificó otra cresta traversa de centurión. Estaba todavía en las filas. Cabalgó en su dirección.

—¡Que ningún legionario se aleje de las enseñas más de cuatro pasos! ¡Haz girar el orden de todas las centurias! —le gritó, y el otro asintió.

Luego los legionarios se abrieron delante de él y lo hicieron retroceder, junto al pequeño pelotón que lo acompañaba. César pudo cabalgar sin ser molestado hasta los márgenes de la larga alineación, donde actuaba el ala de caballería conducida por Ortwin. Y vio de inmediato que allí la situación se había precipitado. En el poco tiempo que había empleado en cabalgar hacia el centro, la presión de la caballería enemiga había aumentado hasta casi disolver la resistencia del valiente germano. Muchos jinetes estaban ahora de pie, mientras sus caballos agonizaban sobre el terreno y relinchaban por las heridas recibidas. Los combatientes aún montados habían sido obligados a replegarse, dejando descubierto el flanco de la infantería.

Ahora eran los legionarios los que debían enfrentarse a la presión de la caballería enemiga. Y no estaban saliendo demasiado airosos. El extremo de la larga línea enemiga parecía estar arrugándose, replegándose sobre sí misma, mientras los infantes se amontonaban los unos junto a los otros combatiendo en espacios reducidos.

César sabía qué sucedería. Había calculado que las alas no aguantarían. Lo que no había tenido en cuenta era que también el centro se desmoronara. Solo había una cosa que hacer.

—¡Un círculo! —gritó—. ¡Formad un círculo!

VII

> Petreio, convencido de que tenía prueba suficiente de la capacidad del ejército y de que habría ganado cuando hubiera querido, interrumpió la acción diciendo: «No quitemos la gloria a nuestro comandante Escipión». El resto pareció obra de la Fortuna de César: es decir, el hecho de que mientras los enemigos, según parecía, iban imponiéndose, la batalla fuera interrumpida de manera imprevista por los vencedores. Se dice que durante la fuga el mismo César se acercaba a los soldados, los obligaba a dar la vuelta y arrastrando con su propia mano a uno de los que llevaban las máximas enseñas, es decir, las águilas, frenó la fuga y lo empujó hacia delante.
>
> APIANO, *La guerra civil*, II, 95, 399-400

Las cosas se ponían feas para César, pensó Tito Labieno. Y, por tanto, se ponían feas también para él.

Cuando un comandante pierde la caballería y forma

un círculo con la infantería, quiere decir que está en serias dificultades. Quizá los romanos podrían resistir los asaltos de los guerreros númidas, mal armados. Pero aún estaba la reserva de infantería pesada de Petreio, y el legado estaba impaciente por asestar el golpe decisivo. Ni Labieno hubiera podido impedírselo.

Daría risa, si no fuera tan dramático. Labieno era el primer mando de todo un ejército, y existía la posibilidad de que se convirtiera en el primero que vencía a César. Justo él, que trabajaba para la derrota del partido para el que combatía. Quizá el primer y último vencedor de César, si se trataba de una derrota: y la fuerte presencia de reclutas entre los cesarianos permitía presagiar precisamente una derrota.

Su hijo estaría orgulloso de él. Quinto siempre había dicho que su padre era el mejor caudillo de Roma. Y si debía ser el único en derrotar a César, iba a serlo de verdad. Ni siquiera Pompeyo Magno había conseguido superar a aquel hombre que parecía invencible.

Y lo tenía en un puño. Solo había que hacer intervenir a la reserva y romper aquel cerco. En aquel punto, ni siquiera su genio podría salvar a César.

—Me parece el momento. ¿Atacamos con los legionarios?

Petreio se le acercó, apremiándolo a tomar una decisión.

No. César era el predilecto de los dioses. Los dioses le habían dado su genio para que reformase Roma, para que la salvase de la decadencia. Derrotando a César, Labieno minaría la potencia de Roma, la condenaría al declive. No podía hacerse responsable de un crimen tan nefasto. Y no podía condenar al amigo que le había salvado la vida, ni al comandante que lo había llevado a la cima del ejército, ni al político que le había permitido adquirir un prestigio de otro modo imposible de conseguir para un hombre de baja extracción como él.

—Son reclutas. Cederán pronto. Catón no estaría contento si los masacráramos. Conviene inducirlos a la rendición —respondió, al fin, a Petreio.

—Ah, ¿sí? ¿Y cómo piensas conseguirlo, si no es atacando con más decisión por parte de los númidas? Van muy mal armados, y solo sirven para las escaramuzas. Necesitamos la infantería pesada...

Labieno no contestó. Espoleó su caballo y cabalgó hacia delante, hacia las líneas enemigas. Alcanzó a los númidas que seguían acercándose y alejándose de las líneas romanas, lanzando jabalinas destinadas, la mayoría de las veces, a estrellarse contra el muro de escudos de los legionarios. Estos últimos, por otra parte, en su mayoría ya no tenían sus *pila*, y no podían más que mantener la posición sin atacar de ninguna manera a sus adversarios.

El legado se acercó más a los romanos. Al ver avanzar a su comandante, los arqueros númidas detuvieron su acción para no correr el riesgo de golpearlo. Un legionario cesariano se adelantó. Agitaba el gladio para mantener alejados a los númidas, pero se cuidaba bien de proteger su figura cubierta con el escudo.

Labieno se quitó el yelmo y llamó su atención.

—Pero, mira... Un recluta belicoso... Desde luego, César es muy hábil con las palabras: ¡también os ha entontecido a vosotros con sus discursos! Por Júpiter, ¡os ha metido en un grave peligro! Me dais pena: ¡habríais podido convertiros en buenos soldados, combatiendo por la República, y en cambio, por haber hecho caso a ese hombre, pronto solo seréis unos soldados muertos!

Había entendido que aquel hombre no era en absoluto un recluta. Y sabía a la perfección que, instándolo a la rendición, no haría otra cosa que alimentar su orgullo. Pero mientras tanto, Petreio solo podría acusarlo de intentar salvar la vida de unos soldados de Roma, como Catón había pedido reiteradas veces.

El legionario no tardó en responder.

—¡Tito Labieno! ¿Ya no sabes distinguir a un recluta de un veterano? Yo no soy un recluta, incluso he militado a tus órdenes, ¡puesto que soy de la X!

Labieno continuó:

—¿La X? No veo ninguna enseña de la X...

En efecto, la disposición en círculo había mezclado las centurias. En los alrededores no estaban ni siquiera las enseñas de la cohorte.

El legionario se quitó el yelmo.

—¿Me reconoces ahora, Labieno? —dijo.

Luego arrebató el *pilum* de la mano de uno de los soldados que acudían en su ayuda y lo arrojó con energía contra Labieno. La jabalina silbó en línea recta, con el asta girando por la fuerza con la que el soldado la había impulsado. El legado se vio perdido, y pensó que había llegado demasiado lejos. Lamentaba sobre todo no poder ser ya útil a César, y luego ya no poder hacer que su hijo se sintiera orgulloso de él. Se dio cuenta de que sus dos ambiciones se contradecían solo un momento antes de que el arma diera a su caballo directamente en el pecho.

El animal se desplomó en el suelo levantando una nube de polvo. Labieno sintió el vacío bajo la silla y también él rodó sobre el terreno. Enseguida oyó silbar en torno a sí las flechas mientras los alaridos de los númidas se volvían más insistentes. Los arqueros habían vuelto a tirar, los infantes africanos renovaban sus asaltos a la alineación romana. Los jinetes avanzaron hacia él, lo rodearon y lo protegieron. Uno de ellos le ofreció su caballo.

Mientras subía a la silla, Labieno echó un vistazo a las líneas enemigas. El veterano estaba en el suelo, traspasado por una flecha que le había clavado el *focale* al cuello. Sintió un arrebato de compasión hacia él, y un relámpago de remordimiento atravesó por un instante su ánimo. Pero no era el primer soldado, entre aquellos que habían militado a sus órdenes, en caer para permitir que César obtuviera la victoria, y no sería el último.

Los legionarios, junto al veterano caído, estaban paralizados por el terror. El temido Labieno, un veterano traspasado por el cuello, centenares de dardos que les llovían encima, guerreros aullantes que los acribillaban con jabalinas y alaridos inhumanos: decididamente, era demasiado para unos reclutas en su primera campaña, en su primer combate. Labieno cabalgó hacia la retaguardia confiando en que César conseguiría valerse del orgullo de los otros veteranos.

Él, por su parte, no podría retrasar más la entrada en liza de la reserva de Petreio.

Ortwin ya no sabía adónde ir. Después del primer impacto entre las caballerías, no había podido hacer más que concentrar a lo largo del flanco de la infantería a los supervivientes y a aquellos aún con caballo. Trató de impedir que la presión enemiga los aniquilara y agrediera a los legionarios, pero la tarea se volvía cada vez más difícil, hasta convertirse en imposible.

Sus hombres, sobrepasados por la superioridad numérica del enemigo, habían acabado desbandándose y exponiendo la infantería al ataque de los númidas incluso sobre las alas. Sin embargo, César había sido rápido para evitar el colapso del flanco, dando la orden de formar un círculo. Y mientras Ortwin cabalgaba a lo largo y a lo ancho para recuperar a los jinetes fugitivos y reconstituir las *turmae*, los legionarios aguantaban y mantenían la posición.

Pero también la resistencia de la infantería parecía al límite. El círculo se restringía de forma progresiva, sometido a la presión en todos los sectores. Ortwin miró a los hombres que había recogido. Eran un par de centenares, más bien maltrechos y atemorizados: de los demás, no sabía si estaban muertos, heridos o simplemente se habían dispersado. Quiso hacer alguna cosa, pero necesitaba órdenes. Cabalgó hacia las líneas romanas, pasando a través de enjambres de númidas que parecían no cansarse nunca de correr de un lado a otro. Cuando localizó la posición de César, apuntó hacia el interior del círculo. Los legionarios lo reconocieron y lo dejaron entrar, pero luego, cuando el último jinete encontró refugio dentro del círculo amigo, tuvieron dificultades para cerrar las líneas. Los enemigos trataron de aprovechar el paso para entrar a su vez, y solo después de una encendida refriega los romanos consiguieron hacerlos retroceder.

Ortwin notó que otros jinetes, en pequeños grupos, habían conseguido refugiarse en el interior del círculo. Las pérdidas habían sido menos relevantes de lo que había temido. Se dirigió hacia César. El dictador estaba rodeado por los guardias germánicos y por sus escuderos, cuyos escudos estaban llenos de dardos.

—¡César! ¡Tengo conmigo un par de centenares de jinetes! Lamento no haber conseguido resistir más tiempo. ¡Dame la ocasión de compensarte! —le gritó, antes incluso de llegar a su lado.

El dictador parecía menos preocupado de lo que cabría esperar. Otro comandante, por más frío y experto que fuese, no habría sabido disimular la agitación. Pero César sabía esconder bien sus emociones. Suponiendo que las tuviera.

—Has resistido incluso demasiado, Ortwin —respondió el caudillo, apartando la atención de las líneas por un instante—. Como siempre, has ido más allá del cumplimiento del deber. Y ahora te pido un nuevo esfuerzo: estamos por completo rodeados y, si seguimos así, acabarán aplastándonos. Tenemos que romper su alineación. Coge a los jinetes que has reunido y ábrete paso por aquella parte —indicó un sector del cerco—. Hiende la alineación enemiga mientras encuentres oposición, pero no pierdas nunca el contacto con la infantería. El prefecto hará lo mismo con la otra mitad de los jinetes del lado opuesto. Yo me encargaré de lo demás.

Ortwin hizo señas a los jinetes de que lo siguieran. Les explicó qué había que hacer, los hizo disponerse en cuña y se puso a la cabeza, como punta avanzada de la formación. Un soldado enviado por César, entre tanto, exhortaba a los infantes para que estuvieran preparados para ensancharse y dejar paso a la formación. Luego Ortwin hizo una señal para que cargaran y partió al galope.

Los legionarios se abrieron en abanico un momento antes de que el germano llegara a su altura. Ortwin prosiguió la carrera y poco después embistió a dos guerreros númidas a pie. Había también algunos jinetes, pero estaban en orden disperso y no pudieron más que apartarse, sin ni siquiera intentar resistir. Quienes cayeron en la trayectoria de la carga acabaron en el suelo junto con su caballo.

Cuando consideró que había avanzado bastante, el germano alzó el brazo y ralentizó la marcha progresivamente, para no ser arrollado por quienes lo seguían. Ante sí ya no se veía a ningún enemigo: ahora estaban todos a su derecha y a su izquierda, demasiado sorprendidos y desorganizados para intentar un contraataque.

—¡Mantén la posición y trata de impedir las comunicaciones entre las dos partes del ejército enemigo! —ordenó al subalterno que estaba a su lado, antes de dirigirse a la parte de atrás de la formación. Cuando llegó al final del contingente, vio que ya no había solución de continuidad con la infantería cesariana. El cerco de legionarios se había transformado en dos líneas paralelas, que corrían de un ala a la otra de la caballería, cortando literalmente en dos el ejército de Labieno e impidiendo cualquier comunicación entre las dos partes.

Pero lo que más impresionó a Ortwin fue el modo en que estaban formadas las dos líneas. Para enfrentarse a ambas secciones del ejército enemigo, los hombres estaban dispuestos espalda contra espalda, con las enseñas en el centro del corredor. Sus adversarios parecían desorientados y, por el momento, no estaban en condiciones de ejercitar la misma presión que antes. Los númidas se limitaban a aullar, pero sus gritos, menos convencidos y belicosos, ya no espantaban a nadie. Sin embargo, el ojo experto de Ortwin advirtió que las dos líneas, en extremo delgadas, podían atravesarse con facilidad: habría sido suficiente un ataque con todos los efectivos concentrados en un sector.

Al escrutar al enemigo, su mirada fue aún más lejos. La jornada estaba llegando a su fin. El combate había empezado en la hora quinta,* y se le ocurrió pensar que, quizá, ya todos tenían bastante. César había limitado los daños, y Labieno debía de haber tomado nota de que su ataque había fallado. Esperaba que el comandante enemigo diera la orden de retirada, y escrutó más allá del final de la alineación para vislumbrar algún signo que confirmara esa hipótesis.

Lo que vio, en cambio, fue un nuevo ejército aproximándose.

Era la hora. Por fin se entraba en liza. Quinto Labieno había esperado toda la jornada a que su padre autorizara a Petreio, con la reserva, a entrar en combate. Es más, no comprendía que los comandantes hubieran aguardado tanto: varias veces había insistido a Petreio para que interviniera. Si hubiese actuado antes, estaba seguro, ahora la batalla ya habría terminado y César, quizá, estaría prisionero.

Y el mérito habría sido de Tito Labieno, como era justo que fuese. Del hombre que había tenido el valor de abandonar al tirano a pesar de que estaba seguro de poder convertirse, a su sombra, en el segundo hombre de

* Las once de la mañana.

la República. Porque, de esto estaba convencido, si Labieno hubiera permanecido con César nadie habría podido oponerse a su ascenso. Los dos, juntos, hubieran sido invencibles, y nadie en el Estado romano habría podido resistirse si hubieran seguido colaborando.

Pero Tito Labieno había preferido recomenzar desde abajo, ser uno de los tantos legados de Pompeyo, con tal de defender la libertad de los romanos. Y Quinto estaba seguro de que, de todas formas, llegaría a la cima del Estado, antes o después. Y él junto a su padre. Sin embargo, a veces su progenitor parecía tener demasiados escrúpulos cuando combatía contra sus viejos camaradas. Parecía incluso demasiado cauto, como si temiera sufrir la reacción de César. Aquel hombre, de algún modo, conservaba un ascendente sobre él, lo que impedía a Labieno emplear todo su talento de general.

A veces tenía la impresión de que no era el verdadero Labieno el que combatía, sino su pálida contrafigura. Quinto no podía negar que había experimentado un arrebato de decepción cuando su padre desaprovechó la oportunidad de asestar un golpe definitivo al autócrata. Estaba convencido de que un día u otro su padre se mostraría superior a César, pero aquel día tardaba en llegar. Por ahora, el dictador se había salido con la suya, y solo porque Labieno, en Brundisium, en Dirraquio y en Farsala no había sabido ser más eficaz que Pompeyo Magno.

También aquel día parecía que las cosas estaban yendo igual. De potencialmente decisiva, la batalla se estaba revelando interlocutoria. Pero todavía no había terminado. El combate, en apariencia empatado, aún se podía reabrir y vencer con la entrada en liza de la reserva de Petreio.

Dio un último vistazo a la llanura. Transformando su cerco en una doble línea paralela, los cesarianos habían partido en dos el ejército de Labieno. Pero habría bastado un ataque concentrado en un sector para abrirse paso con facilidad y crear una conexión entre las dos partes del ejército. No solo esto: si atacaban con todos los efectivos, los cesarianos se verían obligados a retroceder, y acabarían inevitablemente entre los brazos de los númidas que los presionaban del lado opuesto. ¡Y claro que se podía vencer!

Se debía vencer. En aquellas condiciones, lo conseguiría incluso un comandante neófito. Más aún el gran Tito Labieno.

Quinto se colocó el yelmo con su hermosa cresta traversa, al cual aún no se había acostumbrado: lo miraba siempre durante un momento antes de ponérselo. Con el *vitignum*, el bastón de vid con que llamaba al orden a los suyos, golpeó la espalda de un soldado de la primera fila que parloteaba con el vecino. No había ninguna necesidad, pero le gustaba hacer «de centurión», aunque era consciente de que así se hacía odioso a la tropa. Pero le daba igual: siempre había sido detestado por sus camaradas cuando era un simple *miles*, y ahora no le importaba serlo también graduado.

A fin de cuentas, así se comportaba el centurión que lo había formado. El superior que repetidas veces había tratado de encuadrarlo y que lo había humillado incluso delante de Veleda. El graduado al que había matado en Farsala, una década después de la primera campaña como recluta en su centuria: Cayo Crastino. Crastino siempre había sido considerado un gran centurión por los comandantes superiores, y, por tanto, Quinto creía que podía conquistar su estima —y la de su padre, sobre todo— comportándose del mismo modo. Y al diablo la tropa, con la cual nunca había estado ligado ni siquiera como simple soldado.

Mandó al *optio* que se situara al final de la centuria. También esto era algo muy «de centurión». Luego dio la orden de marcha. Su unidad bajó la pendiente, pegándose a la de Publio Escevio, que guiaba la columna.

Pero ¿por qué demonios el hijo de Tito Labieno, con una experiencia de más de diez años y en condiciones de servir a la causa de la libertad mejor que cualquier otro, no era el primípilo? Ese Publio Escevio debía su cargo solo a su estrecha amistad con Metelo Escipión. De acuerdo, había hecho las campañas en Oriente con Pompeyo Magno, y este lo había presentado y recomendado a su suegro. Pero César había demostrado, con su fácil victoria en Zela, que esos ineptos orientales eran enemigos risibles, en comparación con los galos contra los que él, Quinto, había combatido durante años.

Y además, Escevio era amado y admirado por la tropa, y si un centurión es amado por los soldados, es que no es un buen oficial...

Quinto se juró a sí mismo que, antes del final de la campaña, se convertiría en el primípilo de la legión.

Como primípilo, tendría más voz en los consejos de guerra.

Y, quizá, como primípilo, tendría más fácil acceso a Veleda.

Dejó de lado el pensamiento de la mujer que había condicionado su vida y su carrera. Iba a destruir a César y, ahora por lo menos, debía consagrar todas sus energías a ese objetivo. Llegó a la retaguardia de la alineación que presionaba sobre los cesarianos, y vio que su padre cojeaba. Renunció a acercarse a él porque no parecía herido, solo contusionado. Lo vio confabular animadamente con Petreio, luego este último hizo señas al *tubicen* de que tocara el repliegue de los númidas que seguían en primera fila.

Los africanos retrocedieron de manera desordenada, mientras algunos romanos les indicaban la dirección que debían tomar para dejar campo libre a la reserva. Luego el *tubicen* tocó de nuevo. Era el momento. Publio Escevio hizo señas a los suyos para que avanzaran, y Quinto obedeció moviendo su propia centuria.

Como segunda centuria de la cohorte, debía permanecer detrás de la primera. En primera línea estaban también la tercera y la quinta, y detrás, respectivamente, la cuarta y la sexta. Pero Quinto no estaba de acuerdo en quedarse mirando mientras aquel enchufado se llevaba todo el mérito de la derrota de César. La alineación de ataque de la infantería terminaba justo con su cohorte, dispuesta en el extremo derecho. Había, por tanto, espacio en el exterior, en el área más allá de la cual estaban marchando las tropas de la caballería númida.

Quinto continuó vigilando ese espacio vacío durante todo el avance. Luego la caballería empezó a andar al galope dejando su sitio a los infantes: en el área permanecían solo Petreio y Labieno —este último, si bien visiblemente dolido, había vuelto a montar a caballo— con sus guardias de corps y los escuderos. El joven centurión se volvió atrás. Los númidas y los otros auxiliares que habían combatido durante toda la jornada se habían puesto otra vez en movimiento y seguían a poca distancia a la reserva: en pocos instantes, la delgada línea del enemigo sufriría la embestida de una alineación muy profunda.

Oyó los gritos de los númidas y los relinchos de sus caballos. Habían entrado en contacto con la formación cesariana, pero él no los podía ver. Decidió que era el momento: no tenía ninguna intención de limitarse a empujar a la centuria de Escevio para permitir que el primípilo rompiera la línea enemiga. Ordenó al *signifer* que avanzara en oblicuo hacia la derecha, y después se puso a su lado. Toda la unidad lo siguió, yendo a disponerse junto a la primera centuria. Las dos unidades estuvieron a la misma altura en el mismo momento en que la alineación se detenía para el lanzamiento de los *pila*. Demasiado tarde para que alguien pudiera hacer algo. En efecto, Quinto miró con el rabillo del ojo hacia el punto donde estaban Petreio y su padre, y captó su expresión desconcertada. Poco importaba: después de la victoria, nadie daría importancia a su insubordinación. Quizá solo Publio Escevio, pero de él no se preocupaba.

Cuando oyó el sonido de las trompetas, ordenó a sus hombres que lanzaran. Y fue un lanzamiento eficaz: tiraron sin temor a tener que esquivar las jabalinas enemigas, que los cesarianos ya habían agotado. En las filas del ejército rival se abrieron vacíos. Quinto decidió aprovecharlo de inmediato, y no esperó al nuevo toque de las trompetas para la carga. Penetraría en las líneas enemigas antes que su primípilo, y sería él, y no Escevio, quien creara un puente con el resto de la alineación.

Se abalanzó con el escudo contra el soldado que tenía enfrente. Lo tiró al suelo como si fuera una ramita. Esto le provocó un extraño efecto: por lo general, cuando se encontraba en primera fila, el impacto era mucho más devastador. No se chocaba solo con el soldado de delante, sino también contra todos aquellos que lo sostenían desde atrás. Esta vez, en cambio, detrás solo había un espacio vacío y, pocos pasos después, la espalda de otro soldado.

No se preocupó de acabar con el legionario al que había arrollado. Pero encontró el tiempo de hacer penetrar la punta del gladio en el cuello del soldado vuelto hacia el lado opuesto, entre la loriga y el protector de cuello. Cuando la extrajo, frente a él solo estaban los númidas y, a su lado, sus soldados. La alineación enemiga estaba desgarrada. Y había sido él quien lo había logrado.

De pronto, sin darse cuenta, se encontró de nuevo en el corredor, entre las dos filas cesarianas. Debió defenderse de los legionarios enemigos y vio caer a algunos de sus hombres, mientras los númidas dudaban en apoyarlo. Luego comprendió: la alineación cesariana había retrocedido bajo la presión del choque, pero había aguantado. Sin embargo, era solo cuestión de tiempo y él, desde el interior, trabajaría para apresurar su debacle.

Una debacle. «Aquí corremos el riesgo de una debacle», pensó César. El dictador miró a su estado mayor, esperando que no se le leyera en la cara el desaliento. Sabía que esperaban nuevas órdenes. Había dicho a los centuriones que absorbieran el asalto de la reserva enemiga retrocediendo de forma progresiva, con la esperanza de que los legionarios de la retaguardia consiguieran mantener a raya a los númidas que había detrás. El objetivo era acercarse todo lo posible al campamento para encontrar refugio allí antes de la destrucción completa del ejército.

Pero sin la colaboración de Labieno, era un objetivo imposible.

Por fortuna, la oposición de los númidas era blanda. Su táctica de «golpea y huye» los había obligado a correr desde la mañana, y estaban visiblemente cansados. Los legionarios se habían percatado de que tenían la vía de retirada bastante libre, y empezaban a aprovecharse de ello. Pero esto significaba que tendían a apresurar el repliegue, rompiendo los rangos y resquebrajando la cohesión necesaria para sostener la presión de la reserva enemiga.

Hacía falta una nueva disposición. En el curso de la jornada, César había modificado varias veces la alineación según las circunstancias. En una sola línea, al principio, luego en círculo y más tarde en dos líneas. Ahora las dos líneas eran demasiado delgadas para poder resistir demasiado: existía el riesgo de que algunos sectores cedieran aislando a las unidades unas de otras. Y entonces sí que se habría terminado de verdad...

Notó que en el extremo izquierdo ya había ocurrido. Hizo señas a los escuderos y a los guardias germánicos de que lo siguieran. Cabalgó hacia el ala donde actuaba Ortwin, atravesando una buena mitad del corredor. Vio que los jinetes mantenían a distancia a los númidas, que los superaban en número, con las lanzas, y trató de reclamar la atención del germano: como de costumbre, estaba en primera fila. Ordenó entonces a uno de sus guardias que fuera a sustituirlo para cubrir su repliegue. El bárbaro cabalgó hacia su jefe, lo flanqueó y le permitió retirarse, sustituyéndolo en el combate.

—¡César! ¡No podremos resistir demasiado! —empezó Ortwin en cuanto estuvo al alcance de la voz del comandante.

—Lo sé. Al menos, no en esta disposición. Quiero que te repliegues hacia el interior de nuestra alineación. ¡Haré aumentar la profundidad!

César vio que Ortwin saltaba enseguida hacia los suyos, luego reclamó al *tubicen*.

—¡Toca la disposición en tres filas, de inmediato! —gritó.

El instrumento emitió la señal. Y fue como si la mano de un dios gigantesco comprimiera el ejército de César. Las alas de caballería retrocedieron, las filas de infantería se estrecharon y luego se duplicaron, triplicaron y decuplicaron hasta disponerse en la alineación clásica que había permitido al dictador vencer decenas de batallas: tres reagrupamientos de líneas; la frontal de doce cohortes, las siguientes de nueve.

Pero a causa de la presión enemiga, no había una verdadera distinción entre unidades. No había, ni podía haber en aquellas condiciones, el orden habitual con que los romanos afrontaban las batallas. Las filas no eran nada compactas, y los enemigos continuaban introduciéndose por las brechas.

La única garantía que la nueva disposición daba a César era la prolongación de la agonía de su ejército.

Se percataron también sus hombres. Algunos sectores ya no oponían mucha resistencia: la alineación seguía acercándose al campamento, pero sus movimientos eran convulsos, arrítmicos, carentes de cualquier coordinación. César notó que, mientras que el ala de Ortwin aguantaba, la opuesta había cedido, y la infantería estaba próxima a la derrota.

Y la derrota de un sector presagia siempre la derrota de todo un ejército.

El dictador cabalgó hacia el punto más amenazado. Algunos soldados ya habían empezado a transformar el repliegue en una retirada: a los *optiones* les costaba contener la fuga de los más miedosos, y los centuriones estaban demasiado adelantados para darse cuenta.

Y luego apareció un águila. César vio descollar la enseña no en la fila anterior, donde habría debido estar, sino en las posteriores. El aquilífero retrocedía con más rapidez que los otros y detrás de él se había formado una cola de soldados. El dictador dejó en el sitio a los escuderos y cabalgó hacia el graduado. Una vez cerca, bajó del caballo y lo aferró por la piel que envolvía su yelmo.

—¡El enemigo está al otro lado, imbécil! ¡Al otro lado! —le aulló a la cara, sacudiéndolo con brusquedad y arrancándole la enseña de la mano.

Los otros soldados se detuvieron y, desconcertados, se volvieron de inmediato: preferían que, a continuación, César no recordase sus caras. El aquilífero, en cambio, inclinó la cabeza, humillado, y tendió el brazo para recuperar la enseña: parecía finalmente dispuesto a representarla con más dignidad.

Pero César ordenó que lo siguiera. Se abrió paso con decisión entre la formación y remontó las líneas, bajo las miradas horrorizadas de los soldados y de sus escuderos. Solo se detuvo cuando llegó a la primera fila. Con un golpe decidido, plantó el asta en el suelo y reclamó la atención del aquilífero.

—¡Aquí es donde debes estar! —le gritó, y aquel, con renovada determinación en la mirada, aferró la enseña y se mantuvo a la misma altura que los otros.

A poca distancia de César se arremolinaban los gladios de los adversarios, y algunos se percataron de su presencia. Aullaron su nombre, y un soldado intentó abalanzarse sobre él. Un legionario, situado a su lado, se interpuso entre el dictador y el enemigo recibiendo el golpe, que le dio en el costado y lo abatió al instante.

El soldado enemigo se dispuso a asestar otro golpe, pero justo en ese momento llegaron los escuderos del dictador. Sus escudos bloquearon la acción del legionario, que acabó a merced de los otros cesarianos. Inmediatamente después, César eludió los asaltos adversarios, replegándose por último hacia las filas posteriores.

Al salir de la alineación, el caudillo notó otro indicio de derrota a pocos pasos de distancia. Ahora era como intentar taponar una barca en la que se abrían continuamente fugas: el campamento estaba a la vista, y los soldados tendían a romper las filas para refugiarse en él. César respiró hondo y corrió hacia aquel sector: no podía hacer otra cosa, por otra parte.

De pronto, la tensión se aflojó. Los legionarios en las retaguardias y aquellos ya en fuga se dieron cuenta de que ya no había nadie de quien huir: en efecto, parecía que las filas más cercanas al enemigo habían dejado de agitarse. César volvió a montar en su caballo y miró más allá de la primera línea. Sus enemigos se replegaban de manera ordenada.

Entonces el dictador midió la distancia que había hasta el campamento: no estaba lejos. Sin embargo, los enemigos, si hubieran insistido, podrían haber eliminado al menos a las dos primeras alineaciones de su ejército antes de que encontraran refugio en él. Observó el sol, y vio que todavía estaba alejado de la línea del horizonte, tanto como para que sus adversarios estuvieran aún a tiempo de realizar una masacre.

Labieno lo había salvado.

Quinto se encontró aislado entre las líneas enemigas. Había avanzado tan profundamente, con su centuria, que ahora no era capaz de desvincularse con la misma rapidez del resto del ejército. Ni habría querido hacerlo.

Sin embargo, estaba hecho. El ejército de César estaba en las últimas: habría bastado un asalto decidido para desencadenar una derrota definitiva. ¿Qué podía haber inducido al mando a acordar el fin del combate? Había oído que los soldados gritaban que Petreio había sido herido: ¿y entonces? También Labieno, con anterioridad, había tenido un problema, pero no por eso la batalla había terminado. Tampoco había anochecido. ¿Por qué detenerse, entonces?

Hundía con furia el gladio, incapaz de resignarse a la idea de tener que retirarse. Sus hombres le gritaban que se replegara, pero él seguía luchando por abrirse paso hacia delante. Solo cuando se percató de que ya no tenía a su lado a ningún subalterno comprendió que no podía continuar la batalla solo. Protegiéndose con el escudo de la presión de los enemigos, se dio la vuelta y vio que sus hombres estaban a poca distancia de él, y luchaban por alcanzar sus líneas.

Cobardes. ¡Si lo ayudaban, quizá conseguirían bloquear la fuga de los cesarianos, empujando a los comandantes a ordenar un nuevo ataque!

Pero solo, en verdad no podía. Se resignó al repliegue y empezó a retroceder. En unos instantes se encontró junto a sus compañeros, que no hicieron nada por protegerlo. ¡Solo pensaban en salvar la piel, esos pusilánimes! Furioso, Quinto comenzó a empujar a sus propios hombres con el escudo, haciéndoles perder el equilibrio e incluso tirando a uno al suelo. Pero también traspasó al cesariano que se había acercado a él aprovechando la situación.

Para su fortuna, los enemigos pensaban más en alcanzar el campamento que en continuar la lucha. Quinto y sus hombres no encontraron una gran oposición, y no tuvieron dificultades para liberarse. Se alinearon con los últimos rezagados del ejército. El centurión no dijo nada a sus soldados, ni ellos le dijeron nada a él. Es más, los otros lo ignoraron, mientras él los contaba mentalmente. Vio que algunos, sostenidos por los compañeros, estaban heridos, pero una veintena de ellos no respondieron a la llamada. Solo entonces pensó que debería rendir cuentas por aquellas pérdidas.

Alcanzó a la centuria de Publio Escevio: he aquí uno que podría considerar gratuitas aquellas pérdidas, justamente su primípilo. Observó los efectivos de su superior: la unidad parecía casi al completo, y no le daba la impresión de que contase con muchos heridos. Lógico: ¿qué riesgos podía haber corrido una unidad cuyo comandante se había mantenido siempre a distancia del enemigo? Se presentó para informar, decidiendo que la mejor defensa era el ataque.

—¿Por qué nos hemos retirado? —preguntó antes de que le dirigieran a él preguntas o acusaciones.

Publio Escevio lo miró torcido.

—Marco Petreio ha sido atravesado en una pierna por un dardo. Y tu padre aún no se había recuperado de la caída del caballo. Han estimado que estábamos demasiado cerca del ocaso y del campamento enemigo para obtener una victoria decisiva...

—¡Tonterías! Había tiempo de sobra... —rebatió Quinto, siempre en tono agresivo.

—La verdad —suspiró el primípilo— es que no han querido quitar el honor de la victoria decisiva al comandante supremo, Metelo Escipión. Al menos, esto es cuanto parece que han dicho Labieno y Petreio...

También Quinto suspiró. La política. Siempre la maldita política. Hubiera debido sospecharlo. César hacía lo que le parecía, no debía rendir cuentas a nadie de sus decisiones. Pero Tito Labieno tenía unos superiores a los que no podía hacer sombra. Como en los tiempos de César, siempre había alguien que quería toda la gloria para sí mismo. Había sido la política la que había hecho de Publio Escevio un primípilo en su lugar, y había sido la política la que había impedido que su padre batiera a César de una vez por todas. Estaba claro que aquel vanidoso e incompetente de Escipión no habría tolerado que un subalterno le arrebatase los méritos. Sintió compasión por su padre, siempre obligado a someterse a la autoridad de hombres menos capaces que él, e imaginó la frustración que debía de sentir.

La voz de Publio Escevio interrumpió sus recriminaciones:

—¿Cuántas pérdidas has tenido tú?

—He contado veintiuno. Y más o menos otros tantos heridos. Más tarde podré ser más preciso...

—Es una media mucho más alta que cualquier otra centuria...

—Y no es casualidad: la mía es la única centuria que

ha corrido riesgos. Si todos hubieran hecho como yo, la batalla habría terminado hace rato.

Los dos se miraron a los ojos. Ninguno bajó la mirada. Escevio replicó:

—Si todos hubieran hecho como tú, no habríamos sido un ejército, sino un revoltijo de bárbaros sin coordinación, y la batalla habría terminado porque la habríamos perdido.

—Las batallas se vencen atreviéndose, no andándose con rodeos...

—Las batallas se vencen obedeciendo las órdenes de los superiores. Y sosteniendo a las unidades encargadas de impactar contra la alineación enemiga...

—¿Te atreves a decir que no he cumplido con mi deber?

—Tu deber era darme más fuerza de choque manteniendo la profundidad de la alineación, en vez de irte de paseo por el campo de batalla. Si lo hubieras hecho, yo habría penetrado en profundidad con mucha más eficacia que tú, que solo has hecho una demostración de estéril y pueril combatividad.

—¿Estéril combatividad? ¿Y tú qué has demostrado, entonces? ¿Estéril inacción?

Publio Escevio dijo, cortante:

—Informaré de tu comportamiento como insubordinado. Para mí, no eres digno de comandar una centuria. Aunque tu padre se preocupará de protegerte, como de costumbre... —añadió mientras se alejaba.

Quinto se estremeció de rabia. Los motivos por los que no se conseguía batir a César estaban suficientemente claros. Había demasiados pusilánimes en el ejército, demasiados oportunistas, demasiadas injerencias políticas. Nadie era capaz de ningún atrevimiento, y eso era justo lo que había que hacer contra un enemigo tan desprejuiciado. César siempre tendría alguna arma más que sus opositores si estos no se decidían de una vez a dejar de lado sus mezquinos cálculos y a consagrar todas las energías a su destrucción, por cualquier medio.

Publio Escevio era el emblema de la mezquindad imperante en la heterogénea alineación anticesariana. Bonachón, disciplinado, ordenado, acomodaticio, carente de espíritu crítico y de iniciativa: un ejemplo negativo para los soldados, de los que no podía más que sofocar la combatividad. Con gente como Estevio, no se llegaría a ninguna parte. Si hubiera estado él al mando de la primera centuria y, por tanto, de la primera cohorte, las cosas habrían ido de otro modo.

Y, estaba seguro, pronto sería precisamente así.

VIII

> Entre tanto, Marco Catón, que comandaba Útica, no cesaba de sermonear asidua y prolijamente a Cneo Pompeyo hijo, diciéndole: «Tu padre, a tu edad, viendo el Estado oprimido por malvados y perversos ciudadanos, y comprobando que los buenos habían sido privados de la patria y de la ciudadanía ya fuera con la muerte o con el exilio, reunió los restos del ejército de su padre y liberó Italia impulsado por el amor a la gloria y por la grandeza de ánimo, aunque no fuera más que un ciudadano particular y joven».
>
> ANÓNIMO, *La guerra de África*, 22, 1

El auxiliar recogió el alga de la playa y la enjuagó en una vasija. Luego se la ofreció a su caballo, que tenía a su lado. Ortwin escrutó la cara de los dos soberanos africanos que debía recoger en el muelle para escoltarlos hasta el *praetorium* del dictador. Se sentía profundamente incómodo: el triste espectáculo de un ejército hambriento amenazaba con resquebrajar la convicción con que los reyes de Mauritania habían decidido apoyar a César. De todos modos, si habían notado el episodio, no lo demostraban. Su mirada iba más lejos, hacia el altiplano en el cual César había hecho correr las fortificaciones que le aseguraban el control de toda el área en torno a Ruspina y el acceso al mar.

Y parecían admirados. No podía ser de otra manera, después de todo: los sistemas fortificados de César tenían el poder de asombrar a cualquiera. Dos valles paralelos partían, respectivamente, del campamento romano y de la ciudad, que surgían en los márgenes opuestos de un altiplano a tres millas de la ribera. Los valles seguían la pendiente bajando hacia el mar, donde estaban aún en construcción algunos muelles provistos de torres. Otro valle unía campamento y ciudad, circunscribiendo todo el altiplano y haciendo de él una única estructura fortificada elevada, que casi cualquier enemigo hubiera encontrado difícil expugnar.

El problema era que, fuera de ella, las fuerzas de César eran vulnerables. Las campiñas no ofrecían ya ningún sustento: los hombres de Escipión habían requisado todo el trigo disponible y lo habían almacenado en ciudades igual de bien defendidas, cuyo asedio expondría a los cesarianos al ataque de un ejército de socorro. Y no ofrecían tampoco hombres que alistar, después del reclutamiento indiscriminado al que los hombres de Escipión habían sometido a los *stipendiarii*, los indígenas a los que Roma había dejado tierras en propiedad tras el pago de un impuesto. Ni ofrecían cañizos y madera, que, desde luego, no abundaban en África. Para completar las obras de fortificación, César debió pedir madera incluso en Sicilia, y la esperaban junto con los refuerzos.

Además, había ocho legiones y quién sabía cuántos jinetes enemigos en aproximación, que quizá ya asediaban Adrumeto. Y se hablaba de más de un centenar de esos extraños y enormes animales, los elefantes, de piel robusta como una coraza y capaces aplastar a un hombre bajo sus patas: su nariz era tan larga que podía envolver a una persona como las espirales de una gran serpiente.

Un puñado de remeros rodios se apartó dejando paso al pelotón. También esa escena preocupó a Ortwin. Un *optio* les estaba explicando los rudimentos de la técnica de combate para convertirlos en soldados de infantería ligera. A los ojos de los anfitriones, la carencia de lanzadores y tiradores podía representar otro testimonio de la debilidad de César.

Y a Ortwin, estos mauritanos no le parecían en absoluto idiotas. Los estudió uno a uno. Que los dos reyes Bogud y Boco eran hermanos era evidente. Eran robustos, altos, ambos con rasgos marcados pero elegantes, y no debía de haber muchos años de diferencia entre ellos: probablemente estaban en torno a los cuarenta años. Tenían la barba cuidada y los ojos penetrantes. Ortwin no habría sabido quién de los dos tenía más personalidad. Ambos iban con uniforme militar, con una malla de anillos de hierro provista de amplias hombreras, seguida debajo de la pelvis por dos filas de *pterugi*, túnica corta y pantalones, y estaban armados con una espada corta en el talabarte, amplio escudo circular y larga lanza. En la cabeza llevaban un elegante yelmo con paragnátide y puntera.

Los seguía su escolta, un puñado de jinetes similares a los númidas a los que Ortwin se había enfrentado en la batalla tres días antes. A su lado, había tenido por fin la ocasión de ver a un hombre del cual había oído hablar mucho. Era un romano, proveniente de la Campania, pero que vivía entre los mauritanos desde hacía más de quince años. Los legionarios lo describían como un individuo que carecía absolutamente de escrúpulos, un aventurero corrompido de la peor especie, un especulador que habría sacado dinero del cadáver de su madre. Se había visto obligado a escapar de Italia después de haberse adherido a una conspiración que pretendía la subversión del Estado. La conjura estaba encabezada por un tal Catilina, un rebelde al que Marco Petreio, ahora entre los adversarios más irreductibles del dictador, había derrotado en batalla, e incluso César era sospechoso de haber participado en ella.

El personaje era riquísimo, se decía, hasta el punto de mantener un pequeño ejército privado que había puesto al servicio de Bogud y Boco. Parece que tenía ingentes propiedades en África y en Hispania, y que incluso estaba implicado en el suministro de grano de la capital. Sin embargo, si pusiera un pie en Italia sería arrestado por todas las deudas que había acumulado. Ortwin no dudaba de que su apoyo a César también tenía por objetivo conseguir que las sumas que debía a sus acreedores fueran condonadas.

Su nombre era Publio Sitio, y debía de tener más o menos la edad de César. Parecía tan en forma como el dictador, y no daba la impresión de que fuera un tipo que se echara atrás si había que combatir. Vestía un curioso equipo mixto, con una coraza y *pterugi* similares a los que llevaban los dos soberanos, pero con un yelmo romano con amplia crin, como los de los legados de César.

Y luego, estaba ella.

La reina. Era la mujer de Bogud, y Ortwin no había conseguido ocultar su estupor y su admiración cuando la vio descender de la nave. Nadie le había dicho que uno de los dos reyes vendría con su consorte: con todas esas naves enemigas patrullando la costa, el viaje por mar desde su reino era bastante peligroso. No por casualidad, cada día llegaban rumores de naves de carga cesarianas, provenientes de Sicilia, capturadas e incendiadas por los seguidores de Escipión. Lo último que esperaba, por tanto, era que los soberanos trajeran también a una reina.

Tampoco esperaba que fuese tan regia. Debía de ser jovencísima, de no más de dieciséis años, pero era alta para ser mujer. Sobre todo, eran largas sus piernas. El cinturón anudado a la larga túnica testimoniaba una cintura altísima, a la que hacía de digna coronación un busto orgullosamente erguido, con las puntas de los pequeños senos bien en evidencia, y dos amplios hombros, cuyos rasgos suaves se distinguían bajo el velo. Un velo que ocultaba también el rostro.

Publio Sitio había hablado en nombre de los dos reyes. Había dicho que también la reina Eunoe deseaba conocer a César. Contra su voluntad, Ortwin estaba corroído por la curiosidad: ¿qué clase de rostro podía pertenecer a aquel cuerpo majestuoso? ¿Podía ser menos bello, menos regio y elegante?

Trató de descubrir sus rasgos mientras remontaban la pendiente hacia el campamento de César. La escrutaba, cuidándose de no dar la impresión de que la observaba con tanto interés, aunque no consiguió ver más que el indistinto perfil de una nariz convexa y de una boca carnosa. Luego, sintió encima la mirada de la doncella que acompañaba a la reina y reaccionó con un repentino movimiento de la cabeza, mirando hacia otra parte.

—He dicho: la empalizada aún está incompleta en varios puntos...

La voz de Publio Sitio lo sacudió.

—No lo podemos hacer de otra forma, noble señor —respondió Ortwin, culpándose por su distracción—. Aquí hay poca madera. Hemos agotado todo lo que había en un radio de millas, pero no podemos ir demasiado lejos con los pelotones de aprovisionamiento sin correr el riesgo de ser atacados por el enemigo. Esperamos naves de carga con cañizo y madera de Sicilia. De todos modos, podrás advertir que César ha hecho elevar el terraplén y cavar un foso más profundo, donde aún falta la empalizada...

—En general, yo diría que os habéis instalado bien aquí —dijo Sitio, mirando a su alrededor y observando abajo, hacia la llanura—. Este altiplano parece ser una buena fortaleza. Por más hombres que tengan Escipión y Juba, no será fácil expugnarlo: está demasiado lejos del mar y demasiado alto respecto de la llanura, aunque es bastante sencillo de escalar. Pero también Escipión dispone de sólidos puntos fortificados: ha tenido mucho tiempo para reforzarse. En todos los aspectos... Aquí se corre el riesgo del estancamiento, y un estancamiento no hace más que penalizar a César...

No era la primera referencia a la presunta ociosidad durante su estancia en Egipto que Ortwin oía de los colaboradores de César. Más de uno se había lamentado, raras veces en presencia del dictador, del tiempo que este había pasado junto a Cleopatra después de la victoria en el delta del Nilo.

Él estuvo también en Egipto y habría querido gritar a cada uno de esos hombres que partir sin asegurar el poder de Cleopatra hubiera frustrado todos los esfuerzos anteriores, y amenazado con liberar de nuevo el país de la influencia de Roma. Y las riquezas de Egipto eran fundamentales: para la victoria en la guerra civil contra los pompeyanos y para reconstruir un Estado romano floreciente y próspero.

Además, ¿y si también César hubiera aprovechado para darse un respiro? Combatía incansablemente desde hacía más de una década, a menudo incluso en los meses invernales. Hasta un hombre como él, inmune a la fatiga, capaz de velar durante noches enteras, incansable a pie y a caballo, necesitaba un poco de reposo antes de afrontar nuevas fatigas. Era en interés de todos, y del mismo Estado romano, que su gobernante supremo afrontara con buen ánimo los nuevos y difíciles desafíos que lo esperaban.

A César le interesaba demasiado la suerte del Estado para concederse el lujo de descuidar sus altos deberes a favor de una reina de dudosas capacidades y de aún más dudosa belleza. Lo que había determinado la larga permanencia de César en Egipto habían sido las necesidades políticas, no desde luego las seducciones de una mujer, que no podían tener ningún ascendiente sobre un hombre agudo y distante como César. A los ojos de Ortwin, Cleopatra no tenía nada que pudiera fascinar a un guerrero: meliflua, lenta de movimientos, delgada, perennemente embadurnada con cremas y ungüentos, maquillada hasta parecer una máscara incluso en las situaciones no oficiales, estaba muy lejos de la mujer fuerte, esbelta y salvaje que se había acostumbrado a apreciar desde niño.

Una mujer como Veleda.

Las africanas, ellas sí que podían recordar a las mujeres germánicas, en cuanto a fiereza y orgullo. Pero aún no había visto una que pudiera definir de verdad como bella. Ni entre aquellas de piel clara ni entre las de piel más oscura.

Hasta aquel momento, al menos.

Entraron en el campamento. Allí el foso, el terraplén y la muralla ya habían sido completados y estaban provistos de torres en los ángulos. No había puntos débiles por ninguna parte. En previsión de una larga y difícil campaña, César ordenó que los edificios principales y los alojamientos de los oficiales estuvieran construidos como en un fuerte semipermanente, es decir, con madera, vigas y haces de leña. A continuación, había planteado que también fueran enlucidos e, incluso, pintados para que dieran la impresión de ser de piedra. La tropa, en cambio, disponía de las tiendas de cuero propias de un campamento provisional.

En las escarpas y a lo largo de las vías, parecía que la penuria de víveres y la situación precaria del ejército invasor no condicionaban de ninguna manera la actividad de los soldados. Pero era el campamento donde se encontraba César, y nadie osaba manifestar su desacuerdo en las proximidades del dictador. Ortwin sabía, sin embargo, que el descontento arreciaba. Y también se estaba propagando el temor de que, esta vez, el comandante estaba preparando la campaña sin su atención habitual, incluso superficialmente. La mayoría creía que César aún estaba pensando en su buena vida en Egipto, en Cleopatra y en el hijo que la reina llevaba en su regazo.

Diez días después del desembarco, muchos aún echaban en falta la definición de unos objetivos precisos. La flota, dispersada por el viento, había atracado donde había podido, sin un lugar donde confluir; es más, algunos bajeles vagaban todavía por la costa en busca del resto de la armada. Pero Ortwin sabía que César había evitado a propósito proporcionar un destino, para evitar que los desertores pudieran pasar la información a sus adversarios. Además, en Sicilia el dictador aún ignoraba qué ciudades portuarias estaban firmemente en manos enemigas y cuáles estaban dispuestas a abrirle las puertas, y quería sentirse libre para valorar la situación sobre el terreno.

Ortwin detuvo el pelotón delante de la entrada del *praeterium*, donde estaban apostados los guardias. Amagó con bajar del caballo, pero Bogud tendió la mano hacia él y lo detuvo.

—Debemos hablar con César de cuestiones políticas y militares, que a la reina no interesan —dijo el rey—. Estoy seguro de que el dictador podrá privarse de la presencia de un hombre de su guardia de corps. Te pido que la acompañes a la ciudad, donde pueda descansar y refrescarse, y la vigiles mientras estamos ocupados.

El germano se quedó sorprendido por la solicitud, pero en absoluto disgustado. Ciertamente, habría querido estar presente en aquel consejo de guerra que se anunciaba interesante, pero tenía la impresión de que los cuatro debían llegar a acuerdos que César prefería ocultar a sus subordinados. Miró por un instante a la reina velada, sintió de nuevo encima la mirada de la doncella, y de inmediato se volvió hacia Bogud, y asintió con respeto.

—Las llevaré al palacio que hemos reservado para los huéspedes. César ha establecido que sea vuestra residencia durante el tiempo que permanezcáis en Ruspina —comunicó al rey. Luego, no sabiendo cómo dirigirse a la reina, dijo a la doncella—: Venid conmigo.

Muy incómodo, pero también exaltado ante la idea de saber más sobre aquella mujer misteriosa, las guio fuera del campamento, bordeando la muralla que lo unía a Ruspina. A veces aflojaba la marcha para ponerse al lado de la reina y lanzarle miradas fugaces, pero ella no volvía la cabeza y continuaba avanzando con el busto erguido y la vista presumiblemente fija delante de sí.

A Ortwin se le ocurrió que podía intentar entablar una conversación. Quizá con la doncella. No era su costumbre, pero esta vez era distinto. Entonces supuso que era muy probable que ninguna de las dos mujeres conociera el latín, y renunció. Las condujo al interior de la ciudad y entró en el patio de la *domus*, de puro estilo romano, que César había confiscado: el dictador esperaba muchos encuentros y visitas para establecer alianzas, y quería que sus partidarios se encontraran a gusto. Ortwin habló con el personal de la vivienda, para ordenar trigo para su caballo, y ayudó a las mujeres a bajar de la silla y les abrió paso al interior del edificio, tras lo que llegaron, al fin, a los cubículos que consideraba más adecuados para las dos huéspedes.

Con la mano las exhortó a entrar y dijo a la doncella:

—Para cualquier cosa, estoy aquí fuera dando de comer al caballo. No dudéis en llamarme.

Tanto celo no era necesario: estaba el personal de la *domus* para satisfacer las exigencias de los huéspedes. Pero el rey le había pedido que permaneciera con ellas hasta el final del consejo, y quizá, mostrándose disponible, conseguiría descubrir algo más sobre la reina.

Se preguntó si la muchacha lo había entendido: la miró, y ella inclinó con timidez la cabeza. Entonces salió y se sentó en el patio, acariciando distraídamente al caballo. Uno de los sirvientes volvió con el heno, que Ortwin ofreció al animal.

Trató de pensar sobre qué estarían hablando César y sus huéspedes, quizá los huéspedes más importantes y útiles que el dictador podía recibir en tierras de África, pero no lograba concentrarse. Le volvía siempre a la mente el perfil misterioso de la reina, su porte altivo que, a pesar del diferente color de piel, le recordaba a Veleda.

De pronto, oyó unos pasos detrás de sí.

—¡Guerrero! ¡Guerrero!

Se volvió. Era la doncella.

—La reina desea pedirte un favor. Ven.

Después de todo, hablaba bien el latín.

Ortwin se levantó, conteniendo a duras penas el entusiasmo y la impaciencia, y la siguió al vestíbulo. Llegados al cubículo que alojaba a la reina, la doncella lo invitó a abrir la puerta y a entrar, mientras ella se detenía delante del umbral y desaparecía de inmediato en la propia estancia.

Ortwin se sintió de repente a disgusto, pero se armó de valor y entró. Y vio a Eunoe de pie junto a la cama.

Notó que estaba completamente desnuda antes de descubrir qué bello era su rostro.

Hubiera debido darle las gracias a ese imbécil de Publio Escevio, se dijo Quinto Labieno. Si se encontraba al lado de Veleda, se lo debía precisamente a su irritante primípilo. Después del informe del oficial superior sobre los hechos de Ruspina, su padre se había visto obligado a castigarlo. Se trataba de un castigo leve y temporal, como todos los que le habían sido reservados en el curso de los años por sus repetidas insubordinaciones.

En todo caso, era un castigo activo. Tito Labieno se había asegurado de que su hijo no fuera dejado de lado. Era, en cualquier caso, una nueva oportunidad para distinguirse en el combate, aunque fuera en un frente marginal y con un ejército irregular de combatientes improvisados. Su padre lo había hecho trasladar a Útica para rendir cuentas de su actuación en batalla al comandante supremo, Metelo Escipión. Pero corrían rumores de que Catón exigía una acción de Cneo Pompeyo, inactivo e improductivo desde que había llegado a África. Y no había duda de que el hijo de Pompeyo Magno requería la presencia de su viejo amigo Quinto en la empresa.

En resumen, Labieno lo había dispuesto todo de manera que su hijo se hallara en el lugar adecuado en el momento justo...

Y ahora, Quinto se encontraba allí, al lado del joven almirante, y frente a su objetivo: la ciudadela costera de Ascuros, puesto de avanzada del reino de Bogud. Parecía un objetivo incluso demasiado fácil de conquistar: Bogud estaba con César, sus tropas se habían dirigido hacia el reino de Juba. Se esperaban una fortaleza desguarnecida y somnolienta, y por eso Pompeyo había estimado suficiente una flota de una treintena de naves y un ejército de dos mil hombres, todos esclavos y libertos apresuradamente adiestrados y mal armados. El joven había asumido la tarea casi con fastidio, y Quinto sabía incluso demasiado bien por qué. También a él, en los tiempos de las guerras gálicas, le resultaba difícil separarse de Veleda.

En realidad, Pompeyo ni siquiera había debido separarse de ella. La muchacha se había ganado al almirante demostrando que sabía hacerse útil en combate durante una incursión a lo largo de la costa epirota el año anterior. Y Pompeyo, fascinado por sus dotes bélicas, la dejaba participar en las operaciones militares, exponiéndola a riesgos que Quinto nunca le habría permitido afrontar. Y no había ninguna necesidad de obligarla: Veleda tomaba parte de las acciones de guerra con entusiasmo, hasta el punto de haberse ganado un cierto aprecio entre los combatientes de la flota.

Era muy distinta de la Veleda que había salvado de la derrota de los germanos de su padre, Ariovisto, más de diez años antes. La que lo había embrujado era una muchacha de rasgos delicados, intacta y perfecta en cada parte de su cuerpo, esbelta y refinada, regia y altiva en sus actitudes, pero de mirada temerosa y necesitada de protección. La mujer en que se había convertido ahora parecía no tener miedo de nada. Tenía rasgos casi andróginos, una musculatura bien delineada y marcada, una figura asimétrica por la ausencia de su mano derecha y una mirada despiadada que no se detenía nunca sobre nadie.

Pero no por esto era menos bella.

Quinto se preguntaba siempre cuál era la naturaleza de la relación que había desarrollado con Pompeyo. El almirante estaba morbosamente atraído por ella, eso era seguro, y quizá también la amaba a su manera. La indolencia y el orgullo que se reflejaban en su rostro cuando la observaba era un claro testimonio de ello: Quinto recordaba cómo lo había vuelto loco tenerla toda para sí. Y recordaba el estado en que había encontrado a Drapes, el galo que la había tenido después de él.

Pero ¿ella? ¿Qué sentía ella por su amante? ¿Lo despreciaba, como lo había despreciado a él durante todo el período en que habían estado juntos, o se sentía gratificada por su consideración? ¿Solo esperaba la ocasión de escapar, como había hecho con él, o había encontrado por fin a un hombre que consideraba digno de ella? ¿Era posible que lo amase?

No, no podía ser. En Corfinium, en Brundisium, en Epiro y en Macedonia, Quinto había comprendido que Veleda aún conservaba un vínculo con él, un vínculo que, quizá, se había hecho más fuerte ahora que ya no estaban juntos. A fin de cuentas, la muchacha estaba con los anticesarianos porque había abandonado a César y sus compatriotas por su propia voluntad. Y había afrontado riesgos y peligros para localizarlo, para estar de nuevo con él. Algo debía de sentir, a pesar de todo.

Por supuesto, podía haberlo buscado solo porque necesitaba un protector. Y ahora que lo había encontrado en Pompeyo, quizá ya no pensaba en él.

Le gustaría descubrir si era de verdad así.

Miró hacia la ciudad que se disponían a asaltar. Pompeyo había hecho desembarcar una parte de la infantería ligera para que estableciese una base operativa en el interior, desde la que hacer partir un ataque simultáneo al naval. Aunque el objetivo parecía fácil, el almirante no quería dejar nada al azar, para no correr el riesgo de que Catón volviera a decirle, por enésima vez, que a su edad su padre había mostrado mucho más espíritu de iniciativa.

Pero Quinto no seguía la evolución de las operaciones. Miraba, porque de la vanguardia había querido formar parte también Veleda. Armada con su escudito circular, que se ataba al brazo mutilado, había empuñado la espada y bajado junto los otros, seguida por la mirada orgullosa de su amante, que no había hecho nada por disuadirla. Quinto había buscado sus ojos, esperando captar un destello de interés por él, pero ella no se había dignado ni a mirarlo.

Pompeyo, que como él estaba asomado más allá de la amurada, se desplazó hacia el costado opuesto para recibir una embarcación que no formaba parte de su flota. Se había acercado señalando la presencia a bordo de enviados de Útica. Dos auxiliares subieron a la almiranta y charlaron con él, después de lo cual el almirante se aproximó de nuevo a Quinto.

—Se requiere de inmediato tu presencia en Útica y luego en Adrumeto —le dijo Pompeyo—. Juba ha rechazado los ataques de los mauritanos, y ahora puede proporcionar más tropas. Así que Escipión ha decidido anticipar la ofensiva, y necesita todos los hombres disponibles. Vete, total aquí tu presencia es una formalidad. Sube a la embarcación mandada por Escipión.

Quinto reprimió a duras penas su decepción. Tendría que haberse alegrado de volver al frente principal y poder retomar el mando de su unidad tan pronto, pero... Veleda estaba en tierra, y él no había encontrado la manera de hablarle. Quién sabía cuándo tendría otra ocasión.

Inclinó la cabeza, haciendo un gesto de saludo a su amigo, y luego se encaminó hacia la embarcación a la que acababan de subir los enviados provenientes del mando general.

—¡Veleda!

Pompeyo prorrumpió en un grito angustiado. Quinto se volvió por instinto y vio que el almirante miraba fuera de borda. Lo alcanzó y miró también él más allá de la amurada. Estaba llegando una chalupa, con la muchacha a bordo.

Veleda estaba herida.

Los huéspedes de César estaban bastante desconcertados. Sobre todo, Bogud y Boco. Publio Sitio, en cambio, estaba más que nada divertido: había conocido a César en Hispania catorce años antes, y recordaba bien la extraordinaria capacidad del dictador de realizar varias actividades y mantener diferentes conversaciones a la vez. El general no parecía perder nunca el hilo del discurso. Por el contrario, sus numerosos interlocutores corrían el riesgo de no acabar entendiéndolo.

—Escribamos al cónsul Aulo Alieno y al legado Cayo Rabirio Póstumo en Sicilia —dictó César al *beneficiarius*—. Que anticipen la llegada de los refuerzos acordados para la primavera. Los quiero aquí de inmediato: muchas ciudades reclaman nuestra presencia y necesitamos soldados para defenderlas. Los métodos de Metelo Escipión no van a ninguna parte, aquí.

Asinio Polión, que filtraba su correspondencia como antaño hacía Aulo Ircio, dijo:

—Aquí tengo un mensaje de Salustio Crispo desde Cercina. Dice que ha requisado una gran cantidad de trigo, y se dispone a enviártelo. Ha debido ajusticiar a dos isleños que habían intentado prender fuego a las reservas. Corrompidos por Escipión, sin duda. La cuestión es que ha tenido que obligar a sus soldados a entrar en las casas y tomar como rehenes a varios niños para reprimir la hostilidad de la población...

—Bien. Ahora que hemos cumplido el objetivo de establecernos en la isla y apoderarnos del trigo, no hay razón para que Salustio continúe usando el puño de hierro. Escribámosle: que libere a los niños e indemnice a sus familias —respondió César.

—Haces bien, oh César, en diferenciarte de Escipión —dijo Publio Sitio—. Aquí los indígenas están descontentos con su régimen. Los campos van de mal en peor porque ha reclutado a todos los campesinos y los *stipendiarii*. Si no hay más trigo para el ejército, tampoco lo hay para la población. Además, impone pesados gravámenes que reducen a la gente a la más absoluta miseria. Y como si eso no bastase, deja que los guerreros de Juba mangoneen por los campos y hasta en las ciudades, permitiéndoles llevarse lo que quieran de las tiendas y dejándolos impunes. Parece incluso que alguna mujer romana ha sido ultrajada...

—En efecto. Es precisamente en esto en lo que debemos apoyarnos. Dentro de los límites de lo posible, como es natural —confirmó César—. Yo también necesito trigo y dinero. Debo alimentar y pagar a mis soldados, si quiero que combatan por mí. En los últimos tiempos hay demasiado descontento en la tropa, y no puedo correr el riesgo de que las cosas degeneren. Aquí en África los recursos no abundan, y debo coger lo que encuentro, sin andarme con rodeos. Me haré perdonar después de que haya vencido...

—Eso es, pasemos a qué harás después de que hayas vencido... ¿Cuáles son tus planes?

Boco estaba allí para negociar su ayuda, y no era un tipo que tuviera pelos en la lengua.

—Parece que muchas ciudades del interior no creen en mi presencia en África.

En vez de responder al rey, César se dirigió de nuevo al *beneficiarius*:

—Escribamos al menos una decena de copias de esta carta, luego enviémosla a los máximos magistrados de los centros que hay en la lista que me ha proporcionado mi amigo Asinio Polión. Toma nota: «Ilustre amigo del pueblo romano, el dictador Cayo Julio César ha atracado en África con un poderoso ejército y muchos refuerzos en camino. Él tiene la intención de restablecer la legalidad y el poder de Roma en estas tierras oprimidas por rebeldes sin escrúpulos. Estoy seguro de que querrás dar todo el apoyo posible al legítimo representante del pueblo romano, abriendo las puertas de tu ciudad a una guarnición de soldados que proteja la comunidad de las vejaciones del enemigo, y proporcionando al ejército de Roma el aprovisionamiento necesario, aunque esto incida en el nivel de vida de la población. Ningún sacrificio es superfluo para hacer triunfar la libertad y para recuperar una paz que gobernadores indignos como Actio Varo y soberanos feroces como Juba han impedido durante años. Y espero también que tus ciudadanos en edad de combatir se adhieran con entusiasmo al reclutamiento que, con la aprobación del Senado y del pueblo romano, quiero promover para hacer frente a los notables recursos de que el enemigo, depredando durante largo tiempo tu tierra, en la actualidad dispone». Firma y saluda.

Luego César se dirigió por último a los dos soberanos:

—Mi plan es hacer que las tierras africanas vuelvan bajo el dominio de Roma, con un control directo en forma de provincia, pero también con un control ejercitado a través de fieles y leales aliados. ¿Vosotros os consideráis tales?

—¿Tienes alguna duda al respecto? ¿Nuestra presencia aquí no lo demuestra? —dijo Boco, fingiéndose casi desdeñado—. ¿Y no lo demuestran quizá los ataques que hemos realizado en el reino de Juba desde que has desembarcado en África?

—Por supuesto. La mía era una pregunta retórica —respondió César, melifluo—. Yo mismo os di en su momento el título de rey, puesto que considero que Roma debe tener, en África, interlocutores más fiables que Juba y su aliado Masinisa.

En realidad, la fiabilidad de los dos mauritanos estaba ligada sobre todo a su deseo de liberarse de la fastidiosa presencia de Juba.

—¿Entonces? Supongo que tú quieres destronar a Juba e impedir que un nuevo rey númida suba al trono de Cirte. No querrás concluir la guerra sin haberlo eliminado... —lo apremió Bogud.

—¡Exacto! —César se enojó—. ¡Yo estoy en África precisamente para eliminar a Juba, que en su lucha contra la Urbe se hace ayudar por romanos rebeldes a la autoridad del Senado y del pueblo de Roma!

Le interesaba mucho especificarlo para poder jactarse de un triunfo también sobre un enemigo del continente africano. Un enemigo extranjero. La distinción era de capital importancia, a los ojos de los romanos.

—Pero como he conquistado las Galias para dárselas al pueblo romano, así haré con África —continuó el dictador. Sus ojos se habían vuelto de hielo. Su mirada cortante—. No hago las guerras ni gasto recursos o desperdicio vidas de ciudadanos romanos para regalar reinos a los extranjeros. Puedo regalar títulos, como el que os he dado, pero no reinos. El reino de Juba será una nueva provincia romana. Pero vosotros no tendréis que arrepentiros de vuestro apoyo. Mantened ocupado a Juba, conquistad su capital, y para vosotros serán las tierras de su aliado Masinisa, más a occidente...

Boco y Bogud se miraron, consternados. El primero consiguió hablar solo después de algunos instantes:

—Pero... ¿Tú quieres que conquistemos el reino de Juba sin proporcionarnos ninguna ayuda?

—Mi ayuda consiste en mantener ocupado a Metelo Escipión. Juba no puede incumplir sus compromisos con el procónsul, del cual ha recibido mucho dinero. Por tanto, una parte de su ejército estará ocupada luchando contra los romanos, y eso facilitará vuestra conquista.

—¡Pero Numidia es, de todos modos, un reino demasiado poderoso para nosotros! ¿Y deberíamos comprometer todas nuestras fuerzas para tener a cambio solo el pequeño reino de Masinisa? ¡Es absurdo!

—No tenéis elección. Si pierdo, os encontraréis a un Juba aún más poderoso, y estaréis a su merced. Os eliminará, acaso con la ayuda de Escipión, que os hará pagar caro la falta de apoyo...

Los dos hermanos se miraron de nuevo. Esta vez en sus rostros no se traslucía indignación, sino resignación. César había vencido otra vez.

—Así sea. El reino de Masinisa a dividir entre nosotros... —dijo Bogud con un hilo de voz.

—Pero tendremos que soportar muchos gastos —aventuró Boco—. El período posterior a una guerra es siempre muy difícil. Si hay miseria, puede haber rebeliones... Un reino, para prosperar, debe tener una ingente disponibilidad económica...

César sonrió. Su mirada había vuelto a ser complaciente y benigna.

—Juba es rico. Su tesoro es considerable, por cuanto sé. Habrá también para vosotros, no os preocupéis. César tiene fama de hombre generoso, y Roma sabe premiar a sus aliados. Lo que no tendréis en tierras, lo tendréis en riquezas. Para vuestro pueblo, naturalmente... Por ahora, solo quiero que conquistéis lo antes posible Cirte. Sin la capital, el rey perderá su prestigio y la confianza de los rebeldes también menguará.

—Eh... César.

Le tocaba a Publio Sitio plantear exigencias.

—Como sabes, también yo he incurrido en ingentes gastos para mantener a mis tropas. Las tropas que he puesto a tu disposición...

—No temas, Sitio. —César se levantó y le puso una mano en el hombro—. Eres un hombre con grandes competencias en el campo administrativo y económico. Mi intención es confiarte todo el territorio en torno a Cirte. Lo organizarás como colonia y podrás también conceder la ciudadanía romana a tus hombres, si estimas oportuno ubicarlos en su interior. El único límite de los ingresos que obtendrás será dictado por tu conciencia.

El duro rostro de Sitio se relajó.

—¿Y en Italia? Soy siempre un prófugo. Mis deudas son ingentes...

—Tampoco por eso debes preocuparte. Con la nueva ley sobre las deudas, descubrirás que las tuyas son menos numerosas de lo que crees. En todo caso, encontraremos la manera de satisfacer a tus acreedores...

Luego César se dirigió a todos los huéspedes:

—¡Bien, señores! ¡Parece que hoy hemos sentado unas sólidas bases para una alianza duradera! ¡Debemos beber buen vino para sancionar nuestro acuerdo!

Estaba a punto de llamar a los esclavos, pero Bogud atrajo de nuevo su atención:

—César... Me gustaría mucho presentarte a una persona que, estoy seguro, encontrará tu aprecio. Me permito pedirte que me acompañes a la ciudad para conocer a mi reina, Eunoe, de cuya belleza estoy muy orgulloso. Tengo la certeza de que quedarás aún más impresionado que con la reina de Egipto...

IX

> Amó también a algunas reinas, entre otras, la mauritana Eunoe, esposa de Bogud. A ella y a su marido, como escribió Nasón, hizo muchas y generosas donaciones.
>
> SUETONIO, *Vida de los Césares*, I, 52

Ortwin tuvo el instinto de salir de la estancia. Se percató de que temblaba. Sentía frío y calor al mismo tiempo. Apartó de inmediato la mirada de aquella magnífica mujer de piel oscura, que se ofrecía desnuda a sus ojos, y dio un paso atrás, hacia el umbral que acababa de cruzar.

—¡Espera! —oyó decir desde el interior del cubículo. Se detuvo, vaciló, suspiró y luego se asomó de nuevo por el umbral. Intentó demorar su mirada sobre ella. Eunoe seguía de pie, junto a la cama, y no hacía nada por ocultar su propio cuerpo. Ortwin nunca pensó que un ser humano pudiera tener un cuerpo semejante.

Su piel de ébano, brillante y bruñida, resplandecía

bajo la tenue luz que se filtraba por la ventana, y estaba envuelta por reflejos que hacían que la mujer semejara una aparición. Sus piernas eran interminables, sus caderas pulidas con finura. Sobre la cintura estrecha destacaba un ombligo que cautivaba la vista tanto como el triángulo de vello en medio de la pelvis. Sobre el busto sinuoso resaltaban dos pequeños senos perfectamente redondos, culminados en unos pezones de un color oscuro que Ortwin nunca había visto. A lo largo de los hombros amplios y cuadrados caía el cabello, al fin suelto.

La sonrisa triste y forzada de la muchacha exhibía unos magníficos dientes de un blanco resplandeciente, que creaba un acertado contraste con su piel. La nariz recta y delicada dividía dos ojos tan tristes como la sonrisa, pero encendidos y grandes, casi desencajados en una demanda de ayuda, más que en un intento de seducción. En toda su figura, los relieves de los músculos, los tendones y los huesos eran nítidos y bien definidos, como grabados por la mano de un sabio escultor. La suya, pensó Ortwin, habría sido la estatua más admirada en las calles de Roma.

—¿No me dices nada, guerrero?

La reina trató de provocar una reacción en el germano, que no había dado un paso hacia delante ni hacia atrás. Tampoco conseguía mantener demasiado la mirada sobre ella.

Ortwin intentó responder. Pero le costaba articular las palabras. Sentía los labios pegados el uno con el otro y, cuando logró abrirlos, experimentó una sensación de aridez en el paladar. Temió que la voz le saliera pastosa y ridícula, y vaciló aún. Por último, dijo, con un tono débil que parecía no pertenecerle:

—Reina, el tuyo no es un comportamiento... acorde con tu papel...

De pronto, Eunoe, inmóvil hasta aquel momento, se movió hacia él. Se acercó hasta hacerle advertir el extraño olor que emanaba de su piel. La nariz de Ortwin reaccionó con fastidio, pero un instante después fue asaltado de nuevo por una sensación de placer y exaltación que no sabía cómo controlar. Ella lo miró directamente a los ojos, con una intensidad que lo hizo vacilar.

—¿Y piensas que el de mi marido y de su hermano es un comportamiento acorde al de dos reyes?

—Qué... ¿Qué quieres decir?

Ortwin no paraba de temblar. Él, que no había temblado ni siquiera frente a las más arduas tareas que le había asignado César, ante empresas desesperadas, ante nubes de enemigos, temblaba delante de una mujer desnuda.

Ella ahora estaba tan cerca que le hacía percibir su aliento, que Ortwin encontró de inmediato terriblemente agradable.

—¿Por qué crees que me han traído aquí?

—Yo... yo no lo sé...

Estaba sudando, la armadura le pesaba.

—Estoy aquí porque quieren ofrecerme a César.

Ortwin creyó que no lo había entendido bien. Por otra parte, se sentía muy confuso y la cabeza le daba vueltas.

—¿Qué?

—Tal cual. Quieren que me introduzca en la cama de César.

—Pero... eres una reina...

—Y esto te hace entender qué valor tiene una reina en estas tierras. Solo soy una mercancía de intercambio...

—Pero... ¿por qué?

Aparte de Cleopatra, Ortwin solo había conocido a una reina. O mejor, a una mujer que habría podido y debido convertirse en tal: Veleda. Y no la imaginaba desarrollando el papel de meretriz.

—¿Por qué? Porque ofreciéndole una reina joven y bella como Cleopatra, piensan que pueden obtener mayores beneficios de su alianza con César. Piensan que César se prendará de mí como se dice que se prendó de Cleopatra y que, a través de mí, donará a Bogud y Boco un reino vasto y se preocupará también de tutelarlo, como ha hecho con Egipto...

Ortwin estaba confuso. Si alguien lo atacase en aquel momento, no estaría en condiciones de oponer resistencia. Siempre había estado convencido de que César era demasiado frío para dejarse enredar emocionalmente por una mujer. Siempre había pensado que Cleopatra solo le había ofrecido un pretexto para asumir el control de Egipto y descansar después de tantos años de ininterrumpida actividad. Pero ahora que se encontraba ante aquella criatura maravillosa, sensual y atractiva, ya no estaba seguro de que las mujeres no fueran capaces de orientar las elecciones de los hombres. Él mismo, por otra parte, estaba dispuesto a hacer lo que fuera por Veleda, aunque nunca había querido admitirlo.

—¿Y por qué ahora me quieres a mí? —consiguió decir, con un nudo en la garganta.

Por toda respuesta, Eunoe acercó el rostro al suyo y lo besó. Ortwin sintió por primera vez en su vida el contacto de dos suaves labios en los suyos. Sintió que la lengua de ella se insinuaba en su boca, buscaba su lengua, se anudaba en torno a ella y casi la arrastraba al exterior. Su estremecimiento se acentuó y el sudor se hizo más copioso. Hasta entonces, los más estrechos contactos físicos que había experimentado Ortwin eran los de las peleas en un enfrentamiento armado, el acre olor de las heridas y de la tensión, la piel desgarrada por su espada, la sangre, la orina y las heces de sus enemigos. Como muchos guerreros germanos, había pasado los años de la pubertad manteniéndose puro, y luego, al crecer, su dedicación a Veleda lo había privado de cualquier interés hacia el universo femenino.

Ahora empezaba a imaginar por qué tantos hombres se perdían en aquel universo.

Pero no él. Encontró la fuerza para separarse con dificultad.

—Te he preguntado por qué —repitió, pero no estaba seguro de que la voz le hubiera salido por la garganta.

Ella sonrió. Y esta vez fue una sonrisa divertida. Debía de haberse percatado de su escasa experiencia con las mujeres.

—¿Por qué? Porque quiero ser dueña de mi destino, por una vez. ¿Quieren darme a César, un viejo al que no conozco y que ellos han elegido para mí? Así sea. Pero antes me tomo a un hombre que me gusta y elijo yo. Un hombre joven, guapo y fuerte... —dijo acariciándole la barba. Y sin dejar de mirarlo con intensidad a los ojos.

Ortwin estaba cada vez más confuso. Se sentía en cierto modo un instrumento, y quiso huir. Pero, más allá de la atracción devastadora, experimentaba también compasión hacia aquella mujer, por su penosa situación, y hubiera querido ayudarla a que se sintiera mejor, más orgullosa de sí misma. Pero... nunca se había detenido a pensar en su primera vez con una mujer: ni siquiera con Veleda, que le parecía demasiado divina para imaginarla haciendo el amor. En todo caso, no pensaba que pudiera ocurrir así, con independencia de sus elecciones.

Pero, sobre todo, estaba la posibilidad de que los huéspedes volvieran y los sorprendieran. ¿Qué papelón le dejaba a César? Habría sido incluso peor que fracasar en una acción militar. De la alianza con aquellos dos reyes dependían la campaña y la victoria, y no se podía saber cómo reaccionarían si el guardia de corps más importante del dictador se permitía violar a la reina.

No, no era posible. Demasiado arriesgado. Y luego, por algún extraño e incomprensible motivo, sentía que le hacía una afrenta a Veleda. Debía al menos reencontrarla antes, para saber qué esperaba de él.

Precisamente cuando estaba a punto de alejarse, Eunoe le aferró con delicadeza una mano y la guio hacia su propia nalga. Él no tuvo fuerzas de oponerse de inmediato. Las yemas de sus dedos se aferraron y exploraron, como si tuvieran vida propia, una piel plena y dura, lisa y cálida. Ella se le restregó encima, buscando de nuevo su boca. Ortwin sintió que su cuerpo se descomponía en mil partes, cada una anhelante de vivir al margen de su voluntad.

Veleda había perdido mucha sangre. La flecha le había atravesado el hombro, y al médico a bordo de la almiranta, con Pompeyo apremiándolo al lado, le había costado extraerla. Por suerte para la muchacha, los hombres que estaban con ella se habían apresurado a llevarla de vuelta a la nave. También porque eran conscientes del peligro que habrían corrido en caso contrario: Pompeyo no era especialmente afectuoso con quien lo disgustaba. Es más, a menudo no lo era tampoco con quien lo complacía.

Según lo referido por sus compañeros, Veleda había avanzado por propia iniciativa hasta debajo de los muros en reconocimiento, exponiéndose al tiro de los arqueros desde las escarpas. Nadie dudaba de que Pompeyo encontraría a alguien a quien castigar por lo que había sucedido, pero entre tanto la atención del almirante estaba del todo concentrada en la salvación de la muchacha. El médico había extraído la flecha por el lado opuesto al que había entrado, o sea, por la espalda. Solo entonces Veleda recuperó el conocimiento, pero no había gritado, y Pompeyo no había dejado de alabar su valor a todos los presentes. Luego Veleda se desvaneció de nuevo, mientras el pobre médico intentaba detener la hemorragia sintiendo cómo le llovían encima toda clase de amenazas.

Desde entonces, la muchacha estaba inconsciente. No se había despertado cuando la trasladaron a la misma embarcación de Quinto, con destino a Útica, ni a continuación, durante las largas horas en que Quinto la estuvo velando, sin salir en ningún momento de la bodega. El mismo Pompeyo, de hecho, le había pedido que cuidara de ella hasta Útica, y él no había tenido necesidad de hacérselo repetir. Era por fin la ocasión que buscaba, aunque en circunstancias muy distintas a las que había deseado.

Nunca le había quitado los ojos de encima. Recordaba haber hecho lo mismo cuando era su mujer, de un modo que, se daba cuenta, era difícil no definir como morboso. También entonces solía observarla mientras dormía, mientras comía, mientras se lavaba. Pero, en aquel tiempo, raras veces renunciaba al impulso de tocarla, y luego de poseerla. Y ella no se rebelaba nunca, pero solo porque no podía hacer otra cosa. Es más, a veces su inacción era un modo de hacerle advertir su desprecio.

Ahora Veleda estaba de nuevo a su merced. Estaba allí, inmóvil, herida e inconsciente: habría podido hacerle lo que quisiera, y no se habría aprovechado más de lo que había hecho en las Galias. No habría habido ninguna diferencia: tampoco entonces ella participaba de ninguna manera en el acto. Pero ahora Quinto temía su reacción. ¿Y si se despertaba y le revelaba todo a Pompeyo? Y luego, estaba el asunto de la mano.

Se sentía terriblemente atraído hacia ella, pero aún turbado por su mutilación. En los tiempos de las Galias, desde el primer momento se había acostumbrado a considerarla no solo la mujer más bella, sino también la más cercana a la perfección que nunca hubiera encontrado: volverla a ver sin una mano representaba para él un trauma que aún le costaba superar. Durante mucho tiempo no había pensado en ella en los mismos términos que antes. Pero luego había resurgido la antigua pasión, si bien frenada por el horror que le causaba aquel muñón. Después había vuelto a figurársela en la intimidad, a imaginarse de nuevo con ella, incluso cuidando de ella: hasta había obligado a muchas de las prostitutas con las que iba a esconder la mano derecha, para tener la impresión de hacer el amor con ella y habituarse a la idea de hacerlo con una mujer mutilada.

Hacía horas que la observaba sin siquiera rozarla.

Nunca antes hubiera podido hacer algo así. Pronto llegaría a Útica, y quizá no volvería a tener la oportunidad de estar solo con ella, ni de tocarla ni de hablarle. Bueno, no podía hablarle, pero al menos sí podía tocarla...

Alargó el brazo y apoyó con delicadeza la mano sobre un seno. Era el opuesto al hombro vendado, y la túnica lo cubría por completo. Permaneció un poco así, tanteando las formas y deteniéndose en el pezón; luego se levantó y se trasladó al lado opuesto. Allí el médico había arrancado la manga de la túnica —una túnica de hombre y de soldado, con mangas—, y la parte externa del seno afloraba más allá del tejido. Quinto insinuó allí la mano y se demoró largamente, antes de recorrer todo el antebrazo y bajar hasta el ombligo. Palmo a palmo, fue reconociendo aquel cuerpo que había venerado durante años, descubriendo su nueva consistencia, una musculatura más definida, una piel apenas menos suave. Entre tanto, seguía mirando su rostro inmóvil y el resto de su cuerpo. Todo, salvo el brazo derecho.

Se sintió terriblemente excitado. Trató de alargar más el brazo, hasta la pelvis de la muchacha, pero encontró dificultoso el movimiento. Se levantó de nuevo y se desplazó a los pies del lecho. Se arrodilló y empezó a levantarle la túnica. Se detuvo un instante, mirándola aún a la cara: su respiración era casi imperceptible. Nada permitía deducir que se estuviera dando cuenta de algo.

Le levantó la túnica a la altura de la cintura y luego contempló lo que la indumentaria le había escondido hasta aquel momento. Los muslos de Veleda eran mucho más robustos y torneados de lo que recordaba, pero no se asombró: se había convertido en una guerrera, o al menos eso era lo que pretendía. Los acarició, luego acercó el rostro y empezó a besarlos. Los besó cada vez con más furia, hasta que desplazó los labios hacia el centro, hasta el espeso vello rubio encajado entre ellos.

Allí se detuvo un largo rato, antes de levantarse. Solo entonces se desplazó el taparrabos, se levantó a su vez la túnica y se recostó encima de ella. Y en un instante se encontró en su interior. Empujó, empujó y empujó, como si cada golpe pudiera empujarla a decirle que sí, que le gustaba, que lo había esperado durante años, que siempre había pensado en el momento en que pudieran estar juntos de nuevo, en el momento en que estuviesen otra vez el uno dentro de la otra.

Pero, golpe tras golpe, se daba cuenta de que todo era como antes. No había ninguna diferencia. Como entonces, ella no reaccionaba. Era el único modo en que sabía tomarla. Era el único modo en que podía tomarla. Vio que la herida de Veleda había vuelto a sangrar debajo del vendaje. Pero no supo detenerse, aunque la causa eran las tensiones y los roces a los que la sometía.

No se detuvo hasta que terminó. Solo entonces tuvo la precaución de no abandonarse sobre el cuerpo inerte de Veleda para no ahogarla. Se desplazó al costado, sentándose con la cabeza entre las rodillas. Y solo entonces se avergonzó de sí mismo, hasta el punto de estallar en un sollozo irrefrenable.

Lloró largamente. Lloró porque había entendido que nunca sabría tratarla de otra manera. Ese era su modo de amar, y ningún otro. La lección de Servilia hubiera podido aplicarla con una mujer por la que no sintiera nada, quizá con una mujer con la que pudiera encariñarse, pero nunca con aquella que lo había embrujado, tuviera dos manos o una.

Con Veleda, nunca sería capaz de controlarse mientras no estuviera seguro de que era correspondido. Pero ella nunca podría corresponderle si él continuaba tratándola así. Para Quinto, tomarla sin pedirle nada era un modo instintivo, incontrolable, de afirmar su superioridad sobre ella. Sobre ella que, no amándolo, lo ponía siempre en una situación de inferioridad.

—No... no cambiarás nunca, ¿verdad?

Su voz. Veleda había hablado. Quinto levantó la cabeza y la miró. Estaba despierta, consciente. Y lo observaba. Haciéndolo sentir inmensamente culpable.

Quinto suspiró. Hubiera querido morir de la vergüenza.

—Nunca cambiará lo que siento por ti —dijo, al fin, inclinando de nuevo la cabeza.

Ella levantó con esfuerzo el brazo mutilado.

—¿A pesar de esto?

Quinto lo observó. Por primera vez, no apartó la vista del muñón: lo contempló hasta que ella, exhausta, bajó el brazo.

—A pesar de eso —confirmó con resolución, después de un momento de vacilación.

Se oyeron pasos. Alguien estaba bajando a la bodega. Quinto se levantó de golpe y se apresuró a bajar la túnica de Veleda. Luego se recompuso y se colocó junto a ella, fingiendo que iba a cambiarle el vendaje. Para entonces, un marinero se encontraba ya en las inmediaciones. Quinto no sabría decir cuánto había visto de sus movimientos.

—Ha vuelto a sangrar. Debo cambiarle el vendaje lo antes posible —dijo, para justificarse, a pesar de que no le había preguntado nada.

El hombre lo miró sin hablarle durante un momento, luego observó a la muchacha. Quizá lo había entendido todo. Quinto decidió que no podía permitirse correr riesgos: sabía que Pompeyo, por una afrenta de esta envergadura, pasaría por encima de su amistad sin vacilar. Se desplazó un paso, recogió el gladio que había apoyado en el suelo junto con su equipo, lo extrajo de la funda y atravesó al marinero antes de que este entendiera lo que estaba sucediendo.

Se volvió hacia Veleda, que lo miraba horrorizada.

—Tú no dirás nada a Pompeyo, por supuesto. Sería capaz de desquitarse también contigo. Y además, he matado a un romano, y tú odias a los romanos, ¿no es verdad?

Veleda calló, y él lo tomó como un asentimiento. No había tiempo que perder. Cargó al hombro el cuerpo de su víctima y subió la escalera que llevaba al puente. Sacó cautamente la cabeza y miró a su alrededor. Entrevió a dos hombres, pero estaban vueltos a proa. Se apresuró a salir, se acercó a la amurada y, sin dudar ni un momento, arrojó el cadáver al mar. No se preocupó del ruido, porque un instante después ya estaba al inicio de la rampa que lo devolvía abajo. Pero su mirada se posó en el mar abierto, más allá de la popa.

Comprendió qué había venido a decirle aquel marinero.

La almiranta de Pompeyo y sus treinta naves ya estaban de regreso. Y casi los habían alcanzado.

El pequeño pelotón avanzaba hacia la vivienda que alojaba a Eunoe. César iba precedido por cuatro subordinados de Ortwin, y a su lado venía Publio Sitio. Inmediatamente detrás, estaban Bogud y Boco, que discutían con animación sobre las condiciones impuestas por el dictador para la alianza. Y cerraban el grupo otros cuatro guardias germánicos.

Ortwin los vio un instante después de haber salido del edificio. Respiró aliviado, y esperó que no se le notara en la cara la agitación y la confusión a que lo había precipitado el comportamiento de la reina mauritana. De llegar media hora antes, lo habrían sorprendido junto a Eunoe.

Y poco importaba que ella le hubiera suplicado que la tomara y que él se hubiera negado, a pesar del deseo que lo había asaltado. Ella estaba desnuda, y estaban solos. Esto bastaba para condenarlo.

Le había costado mucho rechazarla. Todavía estaba temblando, después del esfuerzo que había hecho para separarse de ella. Luchaba aún contra sí mismo, para convencerse de que no había sido un estúpido. Y para rechazar la sensación, cada vez más intensa, de arrepentimiento. Continuaba viendo frente a sí la imagen de aquella mujer bellísima que se le ofrecía, y no podía evitar figurarse aquello a lo que de forma deliberada había decidido renunciar.

Pero temblaba también al pensar en lo que habría sucedido si hubiera aceptado la oferta de Eunoe. Quizá incluso se hubiera roto la alianza, por su culpa, y nadie se lo habría perdonado. Había ido bien, podía considerase afortunado, e incluso un poco sabio, teniendo en cuenta todas las cosas. Pero no podía dejar de temblar.

Descargó la tensión acariciando a su caballo y, casi inconscientemente, escondiéndose detrás de él. El sudor se le estaba secando, lo que le provocó estremecimientos de frío, y no quería que César lo notase. César lo notaba todo, siempre.

El dictador se paró frente a él y lo saludó. Luego hizo llamar a uno de los esclavos para que acompañase a Bogud hasta la reina. El rey bajó del caballo y siguió al esclavo al interior de la casa.

César, Boco y Sitio se quedaron conversando, a la espera de que Bogud se asegurara de que la mujer estaba lista para el encuentro con el dictador. A medida que transcurría el tiempo, Ortwin sentía que se aflojaba la tensión dentro de sí. La de haberse salvado del peligro se disolvió por completo. Quedó solo la tensión vinculada a la imagen de la reina, que lo había turbado como ninguna otra cosa antes.

La espera fue más larga de cuanto era lícito esperar. Ortwin, sin embargo, no lo encontró extraño. Había dejado a Eunoe desnuda y con el cabello suelto, y la reina necesitaba un tiempo para volver a vestirse y acicalarse, si quería causar una buena impresión en César.

El germano se dijo a sí mismo que no le iba a costar mucho: el dictador apreciaba la belleza. Varias veces, en las Galias, había vigilado de noche su pabellón, después de haber visto entrar a muchachas y mujeres galas.

Bogud salió de pronto, solo y a paso rápido. Ortwin vio cómo se dirigía a él.

—¡Tú! Tú... ¡Has osado...! —le gritó a la cara el rey mauritano, antes de darle una bofetada.

Ortwin vaciló, pero no reaccionó. No entendía qué estaba sucediendo. Miró al rey, luego a César. Debía hablar el dictador.

—¡Ilustre soberano! —dijo, en efecto, César—. ¡Tu

comportamiento no es acorde con tu dignidad! ¿Qué tienes que reprochar a mi mejor guardia de corps?

Bogud lo miró. Echaba humo de la rabia.

—¿Mi dignidad? ¿Y la tuya, entonces? ¿Confío mi mujer a uno de tus hombres y él intenta violarla? Pero ¿a qué clase de hombres has confiado tu seguridad?

—¿Ortwin?

César parecía asombrado. Dirigió una mirada interrogativa al germano, que se limitó a sacudir la cabeza. ¿Qué valor podían tener sus palabras, por otra parte?

El dictador se dirigió de nuevo a Bogud:

—Ortwin es un combatiente de probado valor y un hombre en el que deposito mi máxima confianza. No haría nunca nada que pudiera incomodar a su comandante.

—¡Y, en cambio, lo ha hecho, y cómo! ¡Ha osado entrar en mi casa y poner sus manos sobre la reina! ¡Eunoe aún está estremecida por lo ocurrido! ¡Exijo que sea castigado de inmediato! Si no sabes poner freno a tus hombres, César, ¿cómo piensas derrotar a tus adversarios?

Ortwin vio que César temblaba, pero solo por un instante. Lo conocía lo suficiente para saber que nunca le perdonaría a Bogud aquella frase. Y que, por tanto, nunca lo perdonaría a él por haber sido la causa.

Sin embargo, ni siquiera tenía sentido tratar de decirle que solo era una mezquina venganza de la reina por haberse sentido rechazada: solo lo incomodaría aún más.

César necesitaba demasiado a aquellos dos reyes y no debía contrariarlos. El dictador recuperó el pleno autocontrol, sonrió, melifluo, al soberano y dijo:

—Es justo. Entre tanto, que Ortwin sea llevado a prisión. Luego decidiremos qué hacer con él. Espero, querido Bogud, que este incidente no perjudique nuestras prometedoras relaciones, que serán, sin duda, muy provechosas para todos nosotros, si no nos dejamos arrastrar por las emociones...

Bogud pareció calmarse. También él tenía mucho que perder.

—No..., desde luego que no, César. A fin de cuentas, no ha sucedido nada grave. Eunoe ha sufrido una afrenta y yo con ella. Estaba agitada, pero ahora está lista y ansiosa por conocerte...

—Bien —dijo César, bajando del caballo.

Hizo un gesto con la cabeza al rey para que lo introdujera en la casa, y uno con la mano a los germanos que lo acompañaban para que tomaran en custodia a su comandante. Los guerreros bajaron a su vez del caballo y se acercaron a Ortwin, pero se detuvieron a pocos pasos de distancia de él, confusos y avergonzados.

Fue Ortwin quien se quitó el cinturón y les ofreció su espada. La cogieron de mala gana, pero no hicieron nada más. Ortwin suspiró y dio un paso hacia ellos, con un gesto de asentimiento. Muy despacio, los dos lo cogieron por los brazos, lo ayudaron a subir al caballo, le quitaron la bolsa con el yelmo y el escudo y montaron, a su vez, para partir hacia la puerta de la ciudad.

Justo en aquel momento, del edificio salieron Eunoe, César y Bogud. Ortwin se volvió, y por un instante sus ojos se encontraron con los de la mujer que había querido arruinarlo.

Ella dirigió la mirada a otra parte.

Pompeyo bajó a la bodega dando fuertes pisadas, seguido por un hombre que Quinto reconoció como el médico de a bordo de la almiranta. Se dirigió hacia el lecho de Veleda sin dignarse a mirar a su amigo. Notó de inmediato que el vendaje estaba en parte suelto e impregnado de sangre. Pasó una mano por el pelo de la muchacha, que le dirigió una sonrisa forzada. Solo entonces el almirante desplazó los ojos sobre Quinto, que tenía unas vendas en la mano.

—Pero ¿qué estás haciendo, por Júpiter? —le dijo con brusquedad.

Quinto se esforzó por esconder su incomodidad.

—Sangraba. Estaba tratando de cambiarle las vendas...

—Esa es una tarea de los médicos. ¿Qué te traes entre manos? —replicó Pompeyo, impaciente. Estaba más agresivo de lo normal, Quinto temió que se hubiera dado cuenta de algo. Y aún más temía que Veleda le dijera qué había sucedido, a ella y al marinero: la miró esperando captar en su expresión algún indicio sobre sus intenciones. No leyó nada.

Pompeyo hizo un gesto al doctor para que procediera. Luego se puso a su lado, observando todo lo que hacía. Quinto continuó esperando, sin decir palabra, estudiando la actitud de su amigo, que, sin embargo, solo parecía preocupado por la suerte de su amante. Buena señal, se dijo: si hubiera sospechado algo, alguien como él no habría vacilado en dar rienda suelta a su ira.

Estaba demasiado tenso para soportar la espera. Cuando vio que el vendaje estaba ya casi listo, decidió entablar conversación:

—¿Cómo es que estás de vuelta? ¿Se han rendido de inmediato?

Pompeyo sacudió la cabeza.

—¡Qué va! Estábamos disponiéndonos para el asalto, cuando han salido por una puerta de la ciudad para una incursión y nos han sorprendido. No pensaba que estuvieran ya organizados, ¡por todos los dioses! Aún no había hecho montar ninguna muralla, pero esos cobardes de mis hombres se han dejado desbaratar de inmediato: ni siquiera han intentado oponer resistencia. Por otra parte, ¿qué podía esperar de esclavos y libertos?

Quinto se quedó estupefacto. El Pompeyo que él conocía, el de la brillante incursión sobre Orico, que había costado parte de la flota y una importante base naval a César en la anterior guerra en Epiro, no se habría dejado sorprender tan banalmente. Lo del ejército improvisado era una excusa que no se sostenía. Estaba claro que el almirante no soportaba el distanciamiento de Veleda. Su ligereza, su distracción solo se debían a la preocupación por su amante herida.

También él estaba enamorado.

Y nunca la soltaría.

—Y ahora, ¿qué harás? —preguntó Quinto a su amigo.

—¿Qué haré? Puedes estar seguro de que no tengo ninguna intención de volver a Útica para que Catón vuelva a decirme que no estoy a la altura de mi padre. En Hispania la situación es prometedora. Las provincias están alborotadas, y el poder de César es débil. Además, aún puedo contar con las clientelas de mi padre. Te dejo en Útica y zarpo hacia las Baleares. Allí estableceré mi cuartel general a la espera de reclutar tropas suficientes para atacar al nuevo gobernador, Lépido.

Quinto se quedó consternado. Sobre todo, porque perdía la posibilidad de ver otra vez a Veleda.

—Pero... Ni siquiera has pedido la autorización de Metelo Escipión. ¡Lo verá como una insubordinación! ¡Peor, como una deserción! ¿Y Catón? ¿No piensas en todas las maldiciones que va a lanzar sobre ti?

—No me importa. César ya está con bastantes dificultades en África. Mi presencia es más útil en Hispania, donde puedo contar con los apoyos de los que disfrutaba mi padre para realizar otro ataque al tirano. Si se encuentra atacado también en la península Ibérica deberá enviar tropas, sustrayéndolas de los refuerzos para su campaña africana. Por tanto, Escipión ganará y no podrá decir que no lo he favorecido. En todo caso, es la mejor estrategia posible, y no veo quién puede cuestionármela.

Quinto pensó con desesperación en alguna argumentación que pudiera empujar a su amigo a cambiar de idea. No la encontró.

—Ahora salid —dijo perentoriamente Pompeyo, dirigiéndose a él y al médico—. Nosotros tenemos que hacer.

Quinto subió la escalera, reflexionando. Tampoco Pompeyo tenía escrúpulos en poseer a la muchacha a pesar de que estaba herida de gravedad. El almirante no era mejor que él. Quizá fuera verdad que nadie conseguía controlarse con Veleda. Quizá fuera verdad que embrujaba a los hombres: después de todo, le había hecho perder de nuevo la cabeza a pesar de su mutilación.

Una vez en el puente, notó que los marineros se estaban preguntando dónde estaba el hombre al que había matado. Temió, de nuevo, que Veleda se lo dijera todo a Pompeyo. Quizá en aquel momento no estaban haciendo el amor, sino que estaban hablando de que él la había tomado como un cobarde, mientras estaba inconsciente, y de cómo luego había asesinado al hombre que tal vez los había sorprendido.

Luego recordó que ella le había hablado, justo después. Justo después. Quizá había estado despierta. Probablemente había estado despierta. Y no había reaccionado. Lo había dejado hacer.

No, no lo denunciaría.

Veleda sentía algo por él. Ahora estaba seguro.

X

> Después de lo cual César, que había enviado adelante la caballería, llegó a aquel lugar ignorando la emboscada, mientras sus adversarios, desatendiendo u olvidando las órdenes de Labieno o temiendo ser aplastados en el fondo del valle por los jinetes, empezaron a salir de los barrancos en pequeños grupos e individualmente, y a dirigirse hacia la cima de la colina.
>
> ANÓNIMO, *La guerra de África*, 50, 3

César se preguntó qué debería decir a los hombres para convencerlos de que aquel no era el amanecer más devastador desde que habían puesto un pie en África. Encontró la mirada abatida de Asinio Polión y de Cayo Saserna, que se habían apresurado a alcanzarlo en cuanto lo vieron salir de la tienda. También ellos, con todo el estado mayor, esperaban palabras de consuelo, de ánimo.

Miró a su alrededor. La débil luz del sol recién surgido hacía aún más evidente la magnitud de la devastación, cuyo alcance el dictador solo había podido intuir durante la noche. El simulacro de campamento montado la tarde anterior se había transformado en un pantano fangoso del que afloraban los vestigios de los alojamientos de los soldados. Algunas tiendas de los oficiales estaban aún en pie, pero amplias desgarraduras destacaban en la mayor parte de ellas, como si hubieran sido bombardeadas por las rocas de las catapultas enemigas.

Y, en cambio, había sido el granizo. Enormes granos de pedrisco. Como si los dioses, enojados con César, hubieran lanzado peñascos sobre su ejército. Al menos, esto era lo que pensaba la tropa...

No había sido una gran idea la de venir a Uzita. Pero algo había que hacer para inducir a Escipión a presentar batalla. Aquel comandante de pantomima era menos desprevenido de lo que parecía, se vio obligado a admitir César: sin las legiones de Juba, se había cuidado mucho de afrontar un combate campal en la zona de Ruspina. Y así, el dictador había quemado su campamento y se había desplazado con todo el ejército a lo largo de la llanura y la costa hacia el sudeste. En una noche había alcanzado Uzita, firmemente vigilada por los hombres de Escipión. El emplazamiento se encontraba sobre un terreno elevado y estaba bien defendido: no sería ninguna broma expugnarlo. Pero no era su conquista lo que interesaba a César: esperaba que Escipión, viendo la ciudad amenazada, atacase por fin.

Y, en efecto, Escipión se había alineado para la batalla. Pero lo había hecho para conjurar el peligro de un verdadero enfrentamiento, a menos que el comandante enemigo fuera un estúpido. De hecho, se había valido de la ciudad misma como centro de la propia formación, que había dispuesto a los dos lados de los muros, mientras permanecía a la espera del ataque enemigo. Y habría sido un ataque suicida. Un asalto a la ciudad solo para ser cercado por las alas del ejército enemigo: inadmisible, incluso para un temerario como César.

Y luego estaba el asunto de los elefantes. Escipión se había cuidado mucho de hacer ostentación de los treinta elefantes de los que disponía, colocándolos a lo largo de la alineación como torres de una ideal prolongación de los muros de la ciudad. Sabía muy bien qué efecto tendrían sobre los hombres de César, y en particular sobre los reclutas, que nunca habían combatido contra semejantes colosos. El dictador, en realidad, conocía lo suficiente la historia de Alejandro Magno para saber qué poco eficaces se revelaban los paquidermos en la batalla. El macedonio solía decir que contra el enemigo eran empujados por las órdenes, contra los amigos por el miedo: bastaba espantarlos, en resumen, para que se dirigieran contra sus propios soldados.

El verdadero problema eran los caballos: si no estaban habituados a su presencia, no tardaban en espantarse. Precisamente por eso, desde Sicilia, junto a los refuerzos, César esperaba también elefantes: quería que, antes de entrar en batalla, los caballos se habituaran a su olor, y que los reclutas descubrieran lo inofensivos que podían llegar a ser. Además, ya había decidido separar una cohorte de la V legión, reclutada en las Galias, para que se especializara en poner fuera de combate a aquellas bestias.

Eran muchos, por tanto, los motivos para desear, al igual que Escipión, diferir el combate. Pero había uno, decisivo, que, en cambio, hacía necesario un enfrentamiento cuanto antes. Bogud, Boco y Sitio ya se habían puesto manos a la obra. Habían conquistado Cirte, la capital de Juba, obligando al rey númida a emplear todos sus recursos en la defensa del reino. Solos, sin embargo, no eran lo bastante fuertes para derrotarlo de forma definitiva y, por otra parte, el tiempo trabajaba a favor de Juba: antes o después el rey númida recuperaría terreno y reforzaría el ejército de Escipión.

La batalla, pues, debería tener lugar pronto. Con o sin refuerzos. Con o sin elefantes.

Por suerte, aún había margen: lo único de lo que César estaba seguro era de su superioridad numérica, al menos hasta que Juba consiguiera enviar refuerzos a Escipión.

Pero ahora, esa granizada lo complicaba todo. Los legionarios vagaban desconsolados por los vestigios del campamento, embarrados y empapados, buscando en el fango sus magros haberes. Para ganar espacio en las pocas naves de carga de que disponía, César había dispuesto que los soldados dejaran en casa los esclavos, los pertrechos y las tiendas. Y en aquellas semanas de campaña, los legionarios tuvieron que soportar cargas y cometidos que de costumbre dejaban a sus sirvientes.

César se dio cuenta de que había pisado lo que debía de haber sido un refugio improvisado de algún legionario: sorgo, cañas y túnicas de recambio entrelazados para hacer toldos, que no habían soportado la furia de la precipitación. Vio cómo emergían del terreno los restos del trigo que habían confiscado en Ruspina. También las reservas de comida habían desaparecido. Por otra parte, no le pilló de sorpresa: ya durante la noche, en plena emergencia, mientras los legionarios trataban de defenderse del granizo poniéndose los escudos encima de sus cabezas, se había culpado a sí mismo por reservar las pocas tiendas disponibles a los oficiales, en lugar de a proteger la comida. Pero algunos oficiales debían ser adulados porque sus padres, de rango ecuestre o senatorio, contribuían con préstamos forzosos a subvencionar la campaña.

Miró su capa purpúrea. Estaba chamuscada y sucia de fango. Durante la noche, había terminado junto a uno de los fuegos embestidos por el granizo: la piedra caída del cielo lo había apagado, levantando a su vez centenares de chispas que terminaron encima de él e incendiaron la prenda. Los soldados habían competido por apagar las llamas, y para él había sido un consuelo saber que aún estaban dispuestos a enfrentarse a los peligros por su comandante. Pero también sabía que, una vez pasada la emergencia, el día mostraría el desastre en que amenazaba con transformarse la campaña. La campaña que debía asestar el golpe definitivo a los rebeldes.

Y entonces empezarían las recriminaciones, las quejas y las protestas. La tropa era supersticiosa, y no dejaba de repetir la historia del mal auspicio ligado al desembarco: en aquella ocasión, César, al bajar de la nave, había tropezado dándose de bruces contra la ribera. El dictador había intentado revertir las posibles interpretaciones nefastas del episodio, agarrando un puñado de arena y gritando delante de todos: «¡Te tengo, África!», pero las repetidas dificultades en que se debatía el ejército y los poco prometedores acontecimientos bélicos habían convencido a más de un soldado de que la campaña había nacido bajo una mala estrella.

Y de muy poco parecía haber servido, hasta entonces,

la presencia en el estado mayor cesariano de Escipión Salato, un desprevenido e insignificante hombrecillo que solo tenía el mérito de llevar un nombre juzgado sinónimo de victoria. En efecto, se decía que un Escipión era imbatible, en África, desde los tiempos del Africano en Zama, y muchos soldados habían mostrado reparos a la hora de embarcarse precisamente porque estarían obligados a combatir contra un Escipión. Pues bien, también él había encontrado un Escipión, pero su escaso peso en el ejército y su inexistente carisma parecían haber diluido hasta el valor simbólico a su presencia.

Se necesitaban pruebas concretas. Hechos que demostraran el poder de César a pesar de los infaustos presagios. Así, el dictador había pasado el resto de la noche encerrado en su tienda, escribiendo cartas a las otras ciudades de la costa, prometiendo beneficios y dinero a quienes decidieran ayudarle. A los responsables de Sicilia, para que se apresuraran a enviar refuerzos. A los senadores y a sus partidarios en Roma, para prevenir cualquier noticia derrotista que los indujera a retirarle su apoyo. A Bogud, Boco y Sitio para azuzarlos a golpear a Juba con más fuerza aún.

Y había tenido tiempo incluso de pensar en Eunoe, la espléndida mujer que Bogud había querido poner a su disposición. Su encuentro con ella había sido bastante decepcionante. No estaba habituado a poseer a una mujer sin haberla seducido antes, y no había obtenido mucho placer. La reina era una muchacha lo bastante hermosa como para despertar su interés e inducirlo, en otro momento, a probar con ella el sutil placer de la conquista. Pero habían querido ofrecérsela como un don y, si hubiera sido por él, en esas condiciones nunca la habría aceptado.

Pero no quería contrariar a Bogud y, si el rey mauritano pensaba que podía obtener mayores ventajas a través de su mujer, tenía la intención de dejárselo creer.

Con Cleopatra había sido otra cosa.

Ella, al menos, le había hecho creer que la había seducido. Por supuesto, la reina de Egipto había visto en él un sólido sostén a sus propias ambiciones, que César sospechaba que eran desmesuradas. Y esto disipaba cualquier duda a propósito de sus intenciones iniciales. Pero luego, estaba convencido, también había conseguido fascinarla lo suficiente para ligarla al hombre, además de al dictador de Roma. En caso contrario, no se habría demorado tanto en su corte. No habría perdido el tiempo solo para sacar placer físico de una relación.

Eunoe, en cambio... Eunoe había seguido las órdenes de su mezquino consorte. Y cuando la miró a los ojos, durante el coito, solo pudo ver tedio, fastidio y humillación. Pero mientras tuviera necesidad de Bogud, nunca rechazaría verla. Es más, quizá trataría incluso de verla de nuevo, como para dejar creer al marido que estaba enamorado de ella.

—Quizá deberías decir algo a los hombres... —le sugirió Cayo Saserna, evitando así un estremecimiento de nostalgia.

—En efecto, estaba a punto de hacerlo —contestó César, molesto—. Convócalos de inmediato —lo castigó, asignándole una tarea desde luego no de legado—. Y ve a buscar también a ese imbécil de Salato.

Saserna obedeció, resignado, pasándole el encargo al primer centurión que tuvo la desgracia de cruzarse con él. En poco tiempo, se reunió ante César un ejército de sombras: pollitos empapados que de combatientes no tenían nada, ni siquiera las armaduras. La granizada los había sorprendido durante el sueño, y a nadie se le ocurrió añadir al peso del agua también el de las corazas y el yelmo. Si Escipión hubiera atacado en aquel momento, no habrían podido salvarse: parecían un ejército ya derrotado y, sin embargo, aún no habían librado una verdadera batalla.

Después, Saserna regresó con el Salato. César ordenó a aquel improbable talismán que se pusiera a su lado. Quería que los hombres lo vieran e infundir confianza con su presencia, aunque había muy poco de qué complacerse en aquel individuo. Caminaba con torpeza y tenía un sobrepeso más que evidente. Su aire benigno y desorientado desentonaba decididamente en aquel contexto, incluso entonces, cuando los soldados, exhaustos por los acontecimientos de la noche, tenían un aspecto tan poco marcial.

César suspiró. Muchas veces había levantado la moral de sus hombres en los momentos difíciles de su larga carrera militar. Pero esta vez tendría que improvisar uno de sus mejores discursos.

—¡Soldados! ¡Sé a la perfección que esta campaña os está sometiendo a una dura prueba! Aquellos de vosotros que estuvisteis combatiendo en Farsala recordaréis que recomendé bloquear la fuga de todos los enemigos, para evitar que fuera solo la victoria de un día. Por desgracia, los más pertinaces de nuestros adversarios consiguieron escapar y, también después de la muerte de Pompeyo Magno, han revelado insospechadas energías. ¡Pero nosotros somos cada vez más fuertes! ¡Y cualquiera que haya combatido conmigo sabe que puedo perder una batalla, pero que he vencido todas las guerras!

Y venceré también esta, os lo puedo garantizar. ¡Cuando tengamos la oportunidad de desafiar en un verdadero enfrentamiento campal a las fuerzas de Escipión, nuestra superioridad saldrá a la luz!

»¡Y es precisamente un enfrentamiento campal lo que debemos buscar! Metelo Escipión lo evita porque no puede valerse de las tropas de Juba, pero nosotros lo obligaremos a combatir. ¡Sin los númidas, está condenado desde el principio! Y sabe que está condenado: no puede jactarse de mi experiencia y carece de personalidad. ¿Cómo puede pretender ejercer el mando con autoridad un hombre, un magistrado romano, que ha renunciado a usar la capa purpúrea para no ofender a un rey bárbaro como Juba? ¿Cómo puede un magistrado romano, o alguien que se define como tal, someter a tributos a la población solo para pagar a su vez un tributo a un rey bárbaro? Debemos vencer, pues. ¡Debemos vencer para evitar que semejantes personajes enfanguen el nombre de Roma en el mundo! ¡Y lo haremos, porque Escipión es débil: no es un comandante capaz y tiene menos tropas que nosotros! ¡Sobre todo cuando lleguen también la IX y la X legión al completo!

César se percató de que se había levantado un murmullo entre la multitud. No esperaba, cierto, una ovación en aquellas circunstancias, pero estaba seguro de que al menos había atraído su atención. Y, en cambio, los soldados estaban distraídos, hablaban entre ellos sin dar señales de haberlo escuchado. En un instante, vio aumentar la agitación: gente que se tiraba de los pelos, que levantaba los brazos al cielo rogando a los dioses, que se arrodillaba, que se desesperaba, que reñía.

Entonces vio a un explorador a caballo que se acercaba a toda velocidad. Sea lo que fuere que viniera a decirle, los soldados ya estaban al tanto, como era evidente.

El jinete detuvo el animal a pocos pasos de su posición, sin conseguir evitar levantar salpicaduras de fango. Desmontó y se presentó ante el dictador.

—¡César! ¡Al campamento de Metelo Escipión ha llegado Juba en persona! ¡Y trae consigo al menos tres de sus legiones, varios miles de jinetes y otros treinta elefantes! —dijo, entre las miradas atónitas de todo el estado mayor.

Esta vez no iba a resultar fácil. Nunca lo era, por otra parte, dejarse batir por César sin levantar la sospecha de que lo hacía a propósito. Y se hacía cada vez más difícil, pensó Tito Labieno disponiendo sus tropas para la emboscada. Al dictador las cosas no le estaban yendo demasiado bien: estaba aislado en territorio hostil, acosado por la escasez de suministros, y su proverbial ascendente sobre las tropas, por lo que se decía, vacilaba peligrosamente. Y ahora, ya ni siquiera tenía superioridad numérica.

La llegada de Juba había sorprendido también a Labieno. Estaba convencido de que el rey no podría alejarse de su reino mientras lo estaban atacando. Pero Escipión había encontrado el modo de convencerlo de que acudiera en su ayuda. Aquel loco había llegado a prometerle toda el África romana, por Júpiter. Toda el África romana a un bárbaro sanguinario para que masacrase a otros romanos. Y si también Catón se había mantenido al margen de la negociación; sin duda, una vez que se enterase, no tendría nada de lo que reírse.

Estaban malvendiendo el imperio, con tal de deshacerse del dictador.

César tenía razón: con gente así no era posible llegar a compromisos. Nunca se conformarían. Era preciso derrotarlos sin apelación, tal y como ellos pretendían hacer con él. Y, se daba cuenta, cuanto más se acentuaban las dificultades de César, más fundamental era su aportación.

Había reflexionado largamente, durante todo el trayecto hasta el lugar elegido para la celada, sobre cómo tender la emboscada sin perjudicar a César y, al mismo tiempo, sin debilitar su posición en el seno del estado mayor de Escipión. El comandante en jefe había confiado en él y en su caballería para contener el intento del dictador de apoderarse de las alturas que circunscribían la llanura en torno a Uzita. En los días precedentes, César había conseguido echar a las guarniciones que Escipión había instalado allí, y ahora su próximo movimiento se daba por descontado: completar el cerco de la ciudad apoderándose también del terreno elevado al sur, que una amplia garganta, cavada a modo de gruta, separaba del resto de la cadena. A los pies de la altura meridional, desde la pendiente abrupta y empinada, un denso olivar parecía el lugar ideal para esconder las tropas.

No podía ocultarlas en ninguna otra parte. Había sido el propio Escipión quien había dado por sentado que aquel era el escondite ideal. Labieno solo pudo elegir cuáles de sus tropas anidarían entre los árboles y cuáles ubicaría en la cima de la colina para vigilarla y disponer de una segunda línea de ataque con la que rodear al enemigo. Y él había decidido el único modo en que podía favorecer a César.

Entre los árboles, había colocado parte de la caballería y de la infantería ligera númida. Si todo iba como esperaba, el dictador tendría tiempo de reaccionar a la emboscada. En la colina, y a lo largo de la pendiente boscosa, estaban, en cambio, sus jinetes galos y germanos. Labieno se quedó con estos últimos a esperar la llegada de la columna de los cesarianos, a cuya cabeza los exploradores habían señalado al dictador en persona.

Los primeros jinetes enemigos aparecieron en la base de la colina. Según la lógica, Labieno debería dar la orden de ataque cuando toda la columna estuviera junto al monte y el olivar. Pero confió en que no fuera necesario. Esperó todavía a que la vanguardia de la caballería cesariana avanzase, pero no sucedió nada. Empezaron a aparecer los primeros legionarios, y aún nada. Pronto debería dar la orden de ataque, si no quería quedar en una mala posición ante el alto mando.

Apretó con nerviosismo las bridas de su caballo, mientras sentía las miradas de sus subalternos. Percibía, en torno a él, la excitación ante lo que muchos consideraban una emboscada decisiva. La presencia de César en la columna en marcha, el tablero insidioso para cualquiera que avanzase en el fondo del valle y la sorpresa de la acción podrían ciertamente poner fin a la guerra con una simple escaramuza. Y corría el riesgo de que fuera precisamente así, si lo que había previsto no sucedía pronto.

Luego oyó unos alaridos. Alaridos de los númidas. Estaba sucediendo. Los vio remontar la pendiente en orden disperso, sin ni siquiera intentar atacar a sus adversarios.

Hubiera querido lanzar un grito de satisfacción. Había previsto que los númidas, refractarios a la disciplina y carentes de sangre fría, a la vista de los jinetes enemigos no sabrían mantener la posición. En efecto, el estrecho espacio en el que estaban alineados no era su terreno de batalla y tenían miedo de ser aplastados en el fondo del valle.

Ahora, si César era aún el que una vez fue, Labieno no tendría que limitarse sencillamente a renunciar a un asalto ya fallido. También debería defenderse del contraataque enemigo.

No tuvo ni siquiera tiempo de pensar en ello cuando ya algunos cesarianos bajaban de la silla y remontaban la pendiente espadas en mano, pegando mandobles en la espalda de los fugitivos. Detrás de él, ya se veía emerger de los árboles a los legionarios. No pudo decirse que se sentía disgustado por el papelón que estaban haciendo los númidas: quizá, después de este fracaso, Juba se mostraría menos soberbio.

Pero con los suyos debía mostrarse iracundo.

—¡Esos númidas cobardes lo han estropeado todo! ¡Venga, ahora nosotros tenemos que defender la posición! ¡En círculo! —gritó a sus bárbaros. De inmediato, galos y germanos se dispusieron junto a la línea fortificada que ceñía parte del monte, completándola con su alineación. En las torres, los arqueros tendieron los arcos, a la espera de la orden de tirar sobre los enemigos.

Pero cuando aparecieron los cesarianos, de inmediato se hizo evidente para todos que ningún arquero hubiera podido tirar sin correr el riesgo de golpear a uno de los númidas en fuga. Romanos y africanos estaban tan cerca los unos de los otros que los mismos jinetes de Labieno no supieron cómo afrontar aquella avalancha de gente que iba a su encuentro. Los númidas se arrojaron sobre los jinetes, esperando que los dejaran pasar y que luego cerraran la alineación para rechazar a los perseguidores. Pero algunos jinetes de César, más rápidos y emprendedores que sus camaradas, los persiguieron de cerca y consiguieron insinuarse entre las brechas.

La celada corría el riesgo de transformarse en una derrota. Había que evitarla, se dijo Labieno, si no quería que a las culpas de los númidas se sumaran también las suyas. Cabalgó hacia una de las brechas más amplias, donde los hombres de César ya parecían capaces de tomar el control de todo el sector. Extrajo la espada y cortó de cuajo la cabeza de un germano que se había adelantado más que los otros cesarianos. Los compañeros del bárbaro frenaron, se detuvieron, vacilaron, dando valor a los defensores que tenían dificultades para mantener sus filas frente a la derrota de los númidas. Algunos de ellos retrocedieron llevándose consigo a los enemigos que habían superado la barrera, se enfrentaron a ellos y los rechazaron más allá de la línea fortificada.

Labieno tomó consigo un pelotón de jinetes. Se dirigió hacia otro sector que parecía a punto de ceder. Se vio obligado a arrollar a un enjambre de númidas aterrorizados y confusos, luego cayó sobre un grupo de legionarios cesarianos que acababa de dispersar una fila de sus hombres. Clavó la espada en la garganta de un adversario, lo levantó y lo lanzó encima del que seguía, pisando luego a ambos con los cascos del caballo. Los jinetes que estaban con él se sintieron motivados y no se revelaron menos eficientes. En poco tiempo, aquel sector estaría de nuevo bajo su control.

Pero los cesarianos eran cada vez más: poco después

la colina sería de ellos. Labieno hizo tocar retirada. Nadie podría acusarlo de haberse retirado demasiado pronto: no había razón para arriesgar la vida de centenares de hombres por una posición ya perdida. Por culpa de los númidas.

Cabalgó junto a los puntos más débiles de la línea y se posicionó de inmediato detrás de las filas de los suyos para impedir que el repliegue se transformara en una derrota. Cada vez que un jinete parecía que quería acelerar el paso, lo bloqueaba y lo obligaba a mantener la alineación. De los númidas no se preocupó: su fuga había sido tan precipitada que ya se los imaginaba junto al campamento de Juba. Con el paso del tiempo, la presión de los cesarianos se hizo más débil: al dictador le interesaba la posesión de la altura, y los suyos tenían la orden de no avanzar más. En la vertiente opuesta a la que daba hacia la ciudad, Labieno pudo sentirse a salvo.

—Si no hubiera sido por ti, legado, esta acción se habría transformado en una derrota por culpa de esos númidas.

Un subordinado se acercó a él y lo felicitó.

—Eres un comandante al que estoy orgulloso de servir.

Labieno asintió. También esta vez había conseguido dejar ganar a César sin perder su prestigio como comandante.

Eso significaba que le darían al menos otra oportunidad para ayudarlo.

XI

> Los jinetes cesarianos, rechazados por el imprevisto choque de toda la masa de los enemigos, retrocedieron un poco. Y esto tuvo un resultado diferente del que esperaban los adversarios. De hecho, a mitad de camino César recondujo hacia atrás a las tropas y fue en ayuda de sus jinetes. La llegada de las legiones hizo que los jinetes se reanimaran, dieron vuelta los caballos y asaltaron a los númidas que, dispersos, los perseguían impetuosamente [...].
>
> ANÓNIMO, *La guerra de África*, 52, 2-3

—No hay manera de hacerlas desembarcar, por todos los dioses. Las flotas que patrullan la costa son demasiadas para que la IX y la X consigan tomar tierra... —dijo desconsolado Asinio Polión, mirando a un César que estaba ocupado leyendo la correspondencia en el *praetorium* de su campamento frente a Uzita.

—¿Cuántos días hace que hemos avistado nuestras

naves? ¿Tres días? ¡Ya deben de estar hambrientos y sedientos, maldita sea! —respondió César, alzando por fin la nariz de los documentos—. Pero entre la flota de Considio y la de Actio Varo no hay un punto de amarre que pueda considerarse seguro...

—Habría que enviar un buen contingente de caballería para proteger el desembarco. Si consiguiéramos comunicarnos con ellos, podríamos localizar un punto favorable... —propuso Cayo Saserna.

—¿Y a quién quieres que envíe? Aquí ya estamos en inferioridad numérica. Ni soñar con destacar más gente en otra parte: hasta me arrepiento de haber dejado todas esas cohortes en Ruspina y en Leptis... Y además, Ortwin sería el comandante ideal para semejante acción. Y, sin embargo, ahora tengo que tenerlo en prisión para complacer a ese imbécil de Bogud...

—¿Ortwin? ¿Es posible que no haya un romano al que confiar las incursiones de la caballería? —preguntó Polión, asombrado.

César suspiró.

—El único que puede tratar de igualar a Labieno es precisamente Ortwin. A un romano, hoy por hoy, puedo pedirle lo ordinario: lo extraordinario es cosa solo al alcance de Ortwin...

—Pero tendrás que ajusticiarlo, antes o después, si quieres mantener la alianza con Bogud... —observó Escipión Salato, al que César mantenía en el estado mayor solo por darle relieve a los ojos de la tropa. Sus observaciones eran pura conversación: nunca intervenía para una valoración estratégica. Y era mejor así.

El dictador sacudió la cabeza. Prefirió cambiar de tema.

—¿En qué punto estamos con la construcción de las dos líneas fortificadas entre aquí y las alturas? ¿Estará para el anochecer?

Fue Polión quien respondió:

—El terraplén y el foso están en un buen punto en ambas vertientes. Para la empalizada superior, no, no lo conseguiremos. Además, no hay bastante madera en los alrededores. Deberemos ir más lejos para hallarla, con el peligro que eso supone para las patrullas de aprovisionamiento, que pueden caer en manos de Escipión...

—Habrá que hacerlo, de todos modos. Necesito una cobertura completa, si quiero atacar Uzita. Como en Alesia, más o menos. Necesitamos una zona de seguridad para protegernos de los ataques por la espalda y de costado provenientes tanto de los campamentos de Escipión, Juba y Labieno, como de eventuales incursiones desde la ciudad.

Ninguno de los presentes había estado en Alesia. Pero todos conocían los detalles de la que había sido la obra maestra de bloqueo de César, cinco años antes.

—Si te las apañaste en aquella situación, esta vez será un paseo —dijo Polión—. Pero nos hemos visto obligados a erigir un terraplén más bajo de lo normal. Si se empeñan, lo superarán. Una legión no es suficiente para los trabajos de desmonte en una línea tan larga...

—No quiero correr el riesgo de una ruptura, restando fuerzas del escudo de protección de caballería e infantería —replicó César—. Correría el riesgo de abatir definitivamente la moral de los hombres, ya poco motivados. La caballería enemiga lleva todo el día atormentándonos con asaltos y escaramuzas. No, no puedo destacar otras unidades al trabajo de desmonte...

—Sin embargo, pensaba que, después del fracaso de esta mañana, se quedarían un poco tranquilos... —dijo Cayo Saserna, que había acompañado a César en la conquista de las alturas más meridionales—. Los númidas han ofrecido escasa resistencia, su emboscada ha fallado, Labieno ha vuelto al campamento con el rabo entre las piernas: con un inicio de jornada semejante, se necesitan muchas agallas para buscarse más problemas...

—Para ellos es de vital importancia impedir la construcción de la muralla... —pudo comentar Polión, justo antes de que un mensajero polvoriento entrara en la tienda.

—¡César, han atacado con muchos efectivos nuestra caballería mientras se estaba retirando cerca de la puesta del sol! ¡Los nuestros están cediendo! Es precisamente un sector donde la muralla está incompleta. ¡Hay riesgo de ruptura!

César se puso en pie de un salto.

—¿Cuántos son?

—Muchos. Parece que en el ataque participan Escipión, Juba y Labieno. Mucha caballería e infantería ligera.

César miró a Cayo Saserna. Decididamente, el fracaso de la mañana no los había disuadido de intentar impedir, como fuera, la construcción de la muralla.

Ya tenía puesta la armadura. Decidió dejar el yelmo, para hacerse reconocer por los soldados atacados y animarlos con su presencia. Ordenó que las legiones convergieran en el punto amenazado, luego convocó a la guardia de corps, saltó a su caballo sin esperar a que su asistente lo ayudara y galopó hacia la primera línea. Si también estaban Escipión y Juba dirigiendo el ataque, Labieno no podría hacer mucho para ayudarlo si no quería exponerse. Esta vez debía apañárselas solo, si quería que el legado le fuera útil en momentos más decisivos.

El dictador recorrió la fortificación en toda su longitud, comprobando lo lejos que estaba aún de constituir una barrera eficaz. En la mejor de las hipótesis, pasarían varios días antes de poder considerarla una defensa adecuada. Y si no cerraba enseguida la brecha, ya no sería posible amenazar con seriedad la ciudad. Nunca como en aquel momento había necesitado una victoria que levantase la moral de sus hombres.

Cuando llegó al sector, el sol sobre el mar ya tocaba la línea del horizonte. Y de inmediato se percató de que la victoria iba a ser difícil. La defensa estaba cerca del colapso. La caballería, encargada de hacer de escudo a los asaltos enemigos durante todo el día, casi se había disuelto frente a la enorme superioridad numérica de los jinetes númidas. Los legionarios se amontonaban a lo largo del terraplén de manera caótica, obstaculizándose mutuamente, hasta el punto de empujarse unos y otros hasta el foso. Los jinetes cesarianos acababan encima de ellos. También los caballos, al caer en el foso, se rompían las patas y aplastaban a quienes tenían la desgracia de estar debajo de ellos.

César llamó a los escuderos y se dirigió hacia un grupo de jinetes en desbandada, que no sabían qué sitio ocupar en el campo de batalla. No vio al prefecto, quizá estuviera en el lado opuesto: en aquella confusión era imposible localizar a los oficiales y los estandartes. Gritó a los jinetes que se reunieran de inmediato con los otros camaradas y formaran la barrera. Luego, sin ni siquiera asegurarse de que estuvieran en condiciones de ejecutar la orden, se desplazó hacia los infantes. Los legionarios de las otras unidades empezaban a acudir, pero solo creaban más confusión, amontonándose, a la vez, encima de sus camaradas y empujándolos a los brazos del enemigo. La ausencia de un escudo constituido por la caballería exponía a las primeras filas de infantes a la carga de los jinetes númidas, que se acercaban, arrojaban sus jabalinas y luego retrocedían, para regresar enseguida, listos para nuevos lanzamientos.

Había que aguantar. Era necesario resistir al menos hasta que estuviera por completo oscuro. De noche, los enemigos difícilmente avanzarían más allá del terraplén. Pero sin una caballería para apoyar a la infantería, no era empresa fácil. César ordenó a los centuriones que dispusieran las cohortes en cuatro filas para dar profundidad a la alineación y conjurar una penetración en profundidad por parte de los adversarios. Pero las primeras filas continuaban agrietándose frente a los ataques de los númidas.

Así, era imposible adelantarse. Pronto la alineación perdería cohesión, lo que abriría el avance de Escipión y Juba. E incluso de Labieno, que no podría hacer nada para impedirlo.

Solo quedaba una cosa por hacer. Mandó llamar a un mensajero.

El carcelero hizo entrar al germano en la celda de Ortwin. Este miró con curiosidad al recién llegado. Por primera vez, tenía la posibilidad de hablar con un compatriota que había hecho una elección opuesta a la suya. Y sería una interesante distracción: llevaba días devanándose los sesos para encontrar un modo de salir de aquella absurda situación en que lo había metido la perfidia de Eunoe.

Tarde o temprano César lo iba a ajusticiar, de eso estaba seguro. No tenía idea de qué pensaba personalmente el dictador, y si de verdad estaba enfadado con él. En todo caso, la razón de Estado imponía que lo ejecutara. César nunca lo había visitado en prisión desde el día del incidente, pero al menos no había tomado de inmediato una decisión sobre él, como habría querido Bogud. Esto podía significar que tenía algunas dudas. Quizá también él estaba buscando una solución de compromiso que le permitiera salvar la cara frente al aliado y su orgullo.

O quizá solo estaba ocupado en asuntos más serios. De hecho, habría tenido motivos.

—¿Cómo te ha ido con César?

El recién llegado parecía tener la intención de entablar conversación.

—Siempre me ha ido muy bien. Es el mejor comandante que se pueda desear —respondió Ortwin, resuelto. Y lo pensaba de verdad.

—A juzgar por donde te encuentras, no se diría que él ha quedado igual de satisfecho de ti... —sonrió el otro.

—Si hubiera hecho de verdad aquello de lo que se me acusa, tendría todas las razones para tenerme encerrado.

Prefirió cambiar de tema.

—¿Cómo te han cogido?

—Esta mañana he ido demasiado lejos durante las acciones para fastidiar a vuestros zapadores. Me han hecho prisionero. Pero ¿es verdad, como dicen vuestras proclamas, que César paga bien?

Ortwin sospechó que el germano había ido «demasiado lejos» para esconder su intención de desertar. Desde hacía algunos días, César había hecho distribuir en los campamentos enemigos unas octavillas de papiro que invitaban a los soldados de Escipión a pasarse a su bando, prometiendo el mismo tratamiento y los mismos premios que a sus legionarios. El germano, como era obvio, no sabía leer, pero de aquella extraña forma de propaganda debía de haberse hablado mucho entre las filas enemigas.

—César es muy generoso con quien le sirve. ¿De dónde vienes y por qué estás aquí? —preguntó.

—Me llamo Bote, y soy del pueblo de los suevos. Combatía al servicio de mi señor, Sigmar, que había tomado el mando después de la muerte del rey Ariovisto. Pero luego, hace pocos meses, la familia de Ariovisto recuperó el control, mató a Sigmar en una emboscada y a mí no me quedó más remedio que buscar fortuna aquí, en África. Algunos compatriotas han venido a reclutar guerreros para Tito Labieno y Metelo Escipión: la paga era buena y he aceptado. Pero para mí, entre los romanos, vale tanto uno como el otro...

Nada podría despertar más la atención de Ortwin que aquello que Bote acababa de decir.

—Espera, espera... —lo interrumpió—. ¿Quieres decir que la familia de Ariovisto, ahora, está de nuevo en el poder entre los suevos?

Estaba demasiado atónito para decirle que también él era suevo.

—Es lo que he dicho. De todas formas, cuando partí no tenían más que una incierta hegemonía. Creo que aún deberán luchar para imponerse. Los hijos de Ariovisto están todos muertos, pero hay un sobrino, Heilmar, muy competente, debo reconocerlo: ha sabido reunir a su alrededor a muchos guerreros, a pesar de su juventud...

Ortwin se sintió invadido por la excitación. ¡En la tierra de los suevos había de nuevo sitio para Veleda! ¡Podría realizar su sueño de volver a su patria para recuperar el trono que le correspondía, y quizá ni siquiera lo sabía! Era de locos: él siempre lo había creído un sueño imposible. Es más, después de la muerte de Ariovisto, asesinado en una disputa, consideraba en peligro a cualquiera que perteneciese a su familia. Se lo había dicho mil veces a Veleda, para disuadirla de regresar. Pero ella nunca había renunciado a la esperanza, y Ortwin, para hacerla feliz, se había comprometido a acompañarla más allá del Rhenus, siempre que se dieran las condiciones.

Y justo ahora se estaban dando las condiciones.

Debía encontrarla. Encontrarla y llevarla a Germania. Ahora sí que tenía que ofrecerle algo más que Quinto Labieno.

—¿Has visto a una muchacha germana en el campamento de Tito Labieno o en alguna otra legión? —preguntó a Bote, que parecía un buen muchacho, todo dicho sea. César podría valerse de él con provecho.

—¿Una muchacha germana? Hay varias, entre los germanos y entre los romanos... —respondió Bote, un poco perplejo.

—Esta no tiene la mano derecha...

Se estremeció. El recuerdo del momento en que le había cortado la mano lo perseguiría hasta el fin de sus días.

—¡Ah! ¡Podías haberlo dicho antes! No la he visto porque nunca me he acercado a la flota, pero sé quién es: es la amante y la esclava de Pompeyo, el almirante, el hijo de Pompeyo Magno...

Ortwin puso los ojos como platos.

—¿De Pompeyo? ¿No de Quin...? ¿No de otro romano?

—Del mismísimo Pompeyo. ¿Crees que no lo sé? Todos hablan de ello... La muchacha es también una guerrera: combate con un pequeño escudo circular atado al brazo manco y...

Pero Ortwin ya no lo seguía. Era ella. Y Quinto le había mentido: ya no era su mujer. De un modo u otro, quizá a propósito, quizá no, había terminado entre los brazos del hijo de Pompeyo Magno. Y estaba en la flota. Pero daba igual el romano con el que estuviera, nada la entretendría allí en África si supiera lo que podía ofrecerle él.

Debía escapar. Ya no tenía sentido permanecer allí, a la espera de una probable ejecución. Debía escapar y unirse a las tropas de Tito Labieno, y luego alcanzar a Veleda antes de que Quinto lo desenmascarase y se lo impidiera. En cierto modo, lo lamentaba por sus compatriotas, que lo admiraban y creían en él, pero difícilmente tendría manera de volver a dirigirlos. Y lo lamentaba también por César, por el cual conservaba intacta su estima. Pero difícilmente el dictador volvería a servirse de él.

Sí, tendría que escapar.

Mientras el incansable Bote seguía hablando, Ortwin reclamó la atención de uno de los guardias, un joven recluta dormido más allá del umbral de la estancia donde estaban recluidos. El muchacho se acercó al entramado de madera que separaba la celda de la antecámara del edificio. Ortwin estuvo tentado de hacerse ayudar por su compatriota, pero luego pensó que había llegado hasta allí para servir a César, y no tenía ninguna intención de meterlo en líos. Mejor no implicarlo.

—¿Qué quieres? —preguntó el legionario.

Su brazo ya estaba al alcance de Ortwin. Bastaba alargar una mano para bloquearlo. El germano empezó a meter la mano entre el enrejado, pero en aquel momento se abrió la puerta principal. Se acercó un soldado con armadura ligera y cubierto de polvo. Lo conocía bien: era un correo, y varias veces había recibido de él los mensajes del comandante en jefe.

—Ortwin, sal de inmediato de aquí —le dijo el romano—. César te necesita.

Sombras. Un montón de sombras aullantes se agitaba en el crepúsculo. Sombras lentas y pesadas en el interior de la muralla; ágiles y fugaces en el exterior. Los númidas parecían sombras incluso de día, con esa piel oscura y esos rápidos movimientos que tanto habían sacudido a los legionarios romanos desde el momento de su llegada a África. Sin embargo, los romanos tenían las corazas, los yelmos y sus amplios escudos: ¿por qué tendrían miedo de unos guerreros semidesnudos?

Ortwin se dio cuenta de que había demasiada desconfianza entre las filas cesarianas para que estuvieran aún presentes el acostumbrado espíritu de sacrificio y la habitual determinación a conseguir la victoria a toda costa para su comandante. La campaña había nacido bajo malos auspicios, y ahora ni siquiera César lograba revitalizar los ánimos para extraer el máximo de los soldados. Comprendió que se trataba, de momento, de limitar los daños, sin pedir más a la tropa. A la espera de tiempos mejores. Pero para limitar los daños había que reunir a la caballería.

Supo qué quería decirle César antes aun de que el dictador se lo dijera. Ortwin lo alcanzó y se quedó a la espera de órdenes. El comandante iba a caballo, y recorría el lado externo de la alineación de infantería para contener su disgregación. Vio al germano y se detuvo, pero no perdió el tiempo observándolo.

—¡Ortwin, reúne a la caballería, alinéala de inmediato delante del terraplén y resiste! ¡Verás que acabarán retirándose cuando el sol se haya puesto definitivamente!

Como siempre, el germano no habló ni vaciló un solo instante. Cabalgó hacia el primer grupo de jinetes que localizó en la vista indistinta del ocaso. Si César lo había llamado, era probable que no tuviera la intención de ajusticiarlo, y quizá podría recuperar a Veleda ayudando al dictador a vencer en aquella guerra que parecía embrujada. Los jinetes saludaron su llegada con manifestaciones de alegría: en el ejército de César, Ortwin era muy querido, incluso entre los combatientes que no estaban bajo su mando directo.

Los guio en torno a la alineación romana. Tenía la intención de rastrear a todos los jinetes que encontraba a lo largo de los flancos de la infantería, de la que César estaba fatigosamente tratando de mantener unidos los rangos. Pero oscurecía cada vez más, y era más difícil percatarse a tiempo de las irregularidades del terreno. Tuvo una prueba de ello pocos instantes después, al ver caer de la silla al guerrero que cabalgaba a su lado: su caballo cojeó al pisar una piedra y se desplomó de repente en el suelo.

Ortwin no pudo hacer otra cosa que comprobar si al menos el soldado estaba ileso, y luego continuó cabalgando hacia delante. Encontró a los primeros rezagados, se hizo reconocer y los llevó consigo. Recorrió todo el margen posterior de la alineación romana, descubriendo que muchos jinetes habían acabado justo allí, algunos sin caballo y heridos, otros solo a la espera de órdenes. Sus filas se engrosaron progresivamente con cualquiera que estuviese aún en condiciones de montar: cuando subió el flanco opuesto de aquel del que había partido, varios centenares de jinetes galos, germanos e hispánicos lo seguían, listos para obedecer sus órdenes.

Llegó a la primera línea. Volaban flechas y jabalinas, y casi todas en dirección a la alineación romana. Pero muy pocas daban en el blanco, ahora: la puntería de los númidas era obstaculizada por la oscuridad cada vez más densa. Además, se estaba levantando un fuerte viento que desviaba todos los tiros. Sin embargo, los legionarios habían retrocedido peligrosamente mucho más allá de la muralla, y la precisión enemiga no permitía extender la alineación para impedir que los rodearan sobre los flancos. Poco después, los hombres de Escipión empezarían a dispersarse en el área de los cesarianos, y ya no sería posible hacerlos retroceder.

No había alternativa. Convocó a los decuriones y les explicó qué hacer. Luego los envió de vuelta a sus respectivas unidades, esperando que dispusieran a sus hombres en cuña. No mucho después, se delineó una formación que recordaba vagamente un triángulo seguido por un rectángulo. Como de costumbre, Ortwin se puso a la cabeza de la alineación, en la punta más avanzada del triángulo.

Ahora estaba tan oscuro que de los combatientes solo se veía la silueta. No era fácil distinguir a los romanos de los númidas, salvo por el hecho de que unos intentaban permanecer inmóviles mientras que los otros eran dinamismo puro. Ortwin eligió un punto al que dirigir la carga para hender la alineación enemiga, alzó el brazo y lanzó el grito de guerra.

Espoleó el caballo y partió al asalto. Después de pocos pasos, empezó a arrollar cuerpos y armas, a pasar por encima de soldados vivos y soldados muertos, quizá incluso sobre romanos. A medida que se abría camino en la contienda, los combatientes, advertidos por el ruido de los cascos, trataban de evitar el choque y le dejaban espacio. Gracias a la escasa resistencia que encontraba, Ortwin pudo mantener compacta la formación en cuña, que se limitó a alargarse hasta cubrir todo el frente, según lo que el germano había dispuesto con los decuriones.

Los enemigos aún estaban desconcertados por la carga, y dejaron que los cesarianos dispusieran una barrera casi sin ser molestados. Pero Ortwin no había pasado exactamente a lo largo de la línea que dividía a los romanos de los númidas. Muchos africanos habían quedado separados del grueso de su propio ejército. El germano fue a ver cómo se las estaban apañando los legionarios contra ellos: tal como había previsto, los númidas eran inconsistentes sin camaradas que los sostuvieran, y los romanos parecían en condiciones de ganar con facilidad contra esos pocos infantes mal armados.

El viento se volvía cada vez más fuerte. Mirando a los

romanos, Ortwin sintió que el polvo le arañaba la cara. Para Escipión, Labieno y Juba, ahora, ya no era posible continuar el ataque: la barrera de la caballería estaba de nuevo intacta, y el viento soplaba contra sus tropas. Los númidas que habían quedado a merced de los legionarios estaban acabados.

También esta vez había ido bien. Pero ¿por cuánto tiempo más la Fortuna asistiría a César?

XII

> En aquella nave fueron capturados el jinete romano Publio Vestrio y Publio Ligario, acólito de Afranio, que liberado por César en Hispania junto a los otros, se había luego dirigido donde Pompeyo; por tanto, huido de la derrota había ido a África donde Varo: César, por la traición y la deslealtad, ordenó matarlo.
>
> ANÓNIMO, *La guerra de África*, 64, 1

César sintió que estaba a punto de perder el control. Temió tener uno de sus ataques. Solo faltaba esto: que los soldados lo vieran babear y defecar con los ojos fuera de las órbitas y un temblor por todo el cuerpo. Ante sí veía desfilar, heridos y abatidos, a los jinetes que habían logrado sobrevivir del único y modesto combate que había tenido lugar en aquella jornada: la jornada de la gran batalla campal, la que habría debido sancionar su victoria definitiva.

Después de sus primeras victorias en las Galias, ya no

había albergado dudas sobre su destino. Sabía que acabaría imponiéndose y que cambiaría la historia de Roma. Y nunca había albergado dudas sobre el apoyo de la Fortuna y de Venus, que le habían permitido arreglárselas en las situaciones más desesperadas. Pero esta maldita campaña africana parecía desmentir todas las certezas adquiridas en su brillante carrera militar y política.

También antes de Farsala, en la campaña de Dirraquio, pareció que las cosas se ponían feas más de una vez. Los refuerzos de Antonio que no llegaban, la inferioridad numérica, la falta de suministros, las derrotas... Pero, entonces, nunca había dudado de la victoria final sobre Pompeyo. Estaba seguro, en aquel tiempo, de que tenía las energías necesarias para obligar al enemigo a la batalla, antes o después, y estaba igualmente convencido de poder contar con la determinación y el espíritu de sacrificio de sus hombres.

Dos factores que ya no se daban por sentados, y que ahora marcaban la diferencia.

Se sentía cansado. Exhausto por quince años de guerras solo interrumpidos por los pocos meses pasados junto a Cleopatra. Demasiado pocos para poder afrontar pruebas difíciles con la misma vitalidad de antes. Por más empeño que pusiera, por más objetivos conseguidos, siempre había una nueva prueba que superar, un enemigo que derrotar, un esfuerzo que sostener, un hombre que convencer. Sí, estaba cansado, y los soldados, quizá, lo habían notado. Probablemente era por eso por lo que ya no conseguía ejercer sobre ellos el mismo ascendente de antaño. Ni sobre los veteranos, tan cansados como él y aún menos motivados, ni sobre los reclutas, que se iniciaban en el ejército en un clima muy distinto de la exaltación que había acompañado a las guerras gálicas.

Se preguntó si esto no era la decadencia. Cada hombre, por mucho que hubiera sido besado por los dioses, debía tener a disposición un cierto número de años para combatir, antes de que sus recursos empezaran a agotarse. Y él había combatido más que cualquier otro, en verano y en invierno, contra los pueblos más diversos y contra los romanos, contra enemigos belicosos y adversarios obstinados. Y, al mismo tiempo, había sostenido luchas políticas por la supervivencia que habrían extenuado a cualquiera.

Se preguntó si no deseaba la batalla campal solo para poder abreviar la guerra y conjurar el riesgo de derrumbarse, mental y físicamente. Alejandro Magno había muerto joven, no estaba claro de qué, pero lo cierto es que el agotamiento debió de desempeñar un papel relevante en su destino. Qué casualidad: el macedonio había combatido con intensidad durante quince años, al igual que él. ¿Es que se le acababa el tiempo?

—¡Ánimo, soldados! —dijo a la infantería ligera que regresaba, también ella con muchos heridos y vistosos vacíos entre sus filas—. ¡Si no aceptan el enfrentamiento campal es porque tienen miedo! ¡Sois siempre vosotros los más fuertes, recordadlo!

Pero le pareció que nadie le hacía caso: solo querían irse a descansar. A descansar y a rumiar sobre otra jornada desfavorable, sin aquella victoria que él había presentado como segura poco más de un mes antes.

Aquel día había parecido el adecuado. Fue el propio Escipión quien se había desplegado para la batalla, después de todo. Y cuando César vio a sus tropas salir de los campamentos, no pudo menos que prorrumpir en un grito de alegría. De inmediato hizo alinear a su vez las tropas, gracias a la llegada, por fin, de la IX y de la X legión y a la aportación de los gétulos, a los que habían incitado a rebelarse contra Juba. En cualquier caso, Escipión no era estúpido, y una vez más, como algunas semanas antes, se había dispuesto en una posición muy favorable: había desplegado a sus tropas en la pendiente, arrimándose a la ciudad de modo que Uzita constituyese la extrema estribación de su ala izquierda. No era atacable, a menos que quisieran ir al encuentro de un desastre seguro.

¡Pero ahora estaba en clara superioridad numérica, por todos los dioses! ¿Por qué no había descendido a la llanura y atacado, después de haber visto a César alinear las tropas en los márgenes de las fortificaciones?

Once legiones suyas, una de Considio, tres de Juba, al menos veinte mil jinetes, quizá otros tantos soldados de infantería ligera, e incluso sesenta elefantes. ¿Por qué no había atacado, con una superioridad tan aplastante? ¿Por qué no había pensado en zamparse de un solo bocado diez legiones —ni siquiera al completo—, siete cohortes, poco más de tres mil jinetes, mil arqueros y otros tantos gétulos?

Difícilmente Juba estaría disponible mucho tiempo. Con la rebelión de los gétulos en curso, eran tres las guerras que el rey númida debía sostener: contra los mauritanos, contra los gétulos y, por supuesto, contra los romanos. Aunque los mauritanos, desde que Bogud había sabido de la excarcelación de Ortwin, parecían llevar el conflicto con escasa convicción. Pronto, de todos modos, Juba debería destacar al menos una legión en defensa de lo que quedaba de su reino. Si Escipión no había atacado ahora que había salido del campamento por propia iniciativa, y con todas las fuerzas disponibles, era difícil que fuera a hacerlo en otro momento.

Para César, había sido una gran frustración. Estaba tan seguro de que iba a combatir que había arengado a sus hombres y dado la señal de estar listos para avanzar al amanecer. Y, en cambio, los dos ejércitos habían permanecido inmóviles hasta la hora décima,* a no más de trescientos pasos el uno del otro. Algo nunca visto. Y él se había sentido ridículo. Sí, ya le había ocurrido en el pasado disponerse para la batalla y luego no combatir: había hecho arengas que no habían servido, había esperado durante horas bajo el sol sin objetivo, había recorrido las filas de sus soldados completamente equipados para luego tener que regresar a su tienda sin haber concluido nada. Y entonces lo había considerado siempre una fase normal de aproximación a la victoria, una nueva manifestación de su carisma, un aspecto de la guerra.

Pero ahora, esa vana arenga, esa larga espera sin hacer nada le habían parecido solo el espejo de su incapacidad para poner fin a aquella campaña.

El espejo de su decadencia.

¡Malditos! ¡Malditos Metelo Escipión, Catón, Actio Varo, Pompeyo hijo y todos los demás irreductibles adversarios, que no entendían lo importantes que eran sus reformas para el poder de Roma, incluso para la supervivencia de Roma! ¿Por qué lo obligaban a consumir energías y recursos en guerras que ya nada podían aña-

* Las cuatro de la tarde.

dir a su extraordinaria reputación militar, en vez de permitirle emplearlos para el bien del Estado?

Debería haber sido una jornada triunfal y, en cambio, había sido una jornada nefasta. Y no solo por el fallido enfrentamiento entre los dos ejércitos. Precisamente cuando las tropas estaban empezando a volver a las fortificaciones, esos imbéciles de los gétulos habían ido al ataque, y parte de la caballería los había seguido. Además, habían ido a empantanarse en un terreno cenagoso, ofreciéndose como víctimas predestinadas al contraataque enemigo.

Justo lo que faltaba para infligir un último golpe a la moral ya baja de los soldados. Una moral que él ya no conseguía levantar, y esto era lo que más lo espantaba. Esta era, le pareció, la señal más evidente de su decadencia.

Se apoderó de él un odio irrefrenable hacia sus enemigos. Los enemigos del Estado, de Roma. Hacia Metelo Escipión, dispuesto a regalar todos los territorios romanos en África a Juba con tal de no ver triunfar a César. Hacia Catón, al que siempre había odiado por principio. Hacia Actio Varo, Petreio y Afranio, a los que había hecho prisioneros, indultado y liberado, solo para volver a verlos de nuevo a la cabeza de las legiones enemigas. ¡Ya no merecían ninguna clemencia! ¡Ninguna clemencia para quien traiciona la palabra dada, para quien traiciona a Roma!

—¡Traed aquí a Publio Ligario, de inmediato! —ordenó a los guardias de corps germánicos, que estaban siempre junto a él.

Asinio Polión lo miró, perplejo.

—¿Qué intenciones tienes?

Debió de advertir que el dictador estaba muy agitado, y se preguntaba adónde quería ir a parar. Publio Ligario había sido capturado pocos días antes en el puerto de Adrumeto durante una incursión, en el curso de la cual César había conseguido incendiar algunas naves de carga enemigas.

—Basta de clemencia con mis enemigos. Hasta ahora siempre he acabado arrepintiéndome...

—Ten cuidado —replicó Polión—. Ha sido precisamente tu proverbial clemencia la que te ha granjeado el apoyo de muchos indecisos y la que, en el pasado, ha impulsado a muchos soldados a la rendición. ¿Qué ocurrirá cuando se sepa que has cambiado de actitud?

—Mi clemencia solo ha hecho de mis enemigos una hidra de muchas cabezas. Y además, Escipión acaba de ejecutar al centurión y a los veteranos de la X que acabaron a la deriva durante el traslado desde Sicilia. Nadie podrá acusarme de ser peor que él...

En aquel momento llegaron los guardias germánicos con el prisionero. César llamó la atención de su más reciente adquisición, Bote, que acababa de desertar de Escipión.

—¡Tú, mátalo! —le dijo.

El germano extrajo la espada de la funda y pasó la hoja por la garganta del romano, que se desplomó en el suelo salpicando con su sangre. Ni una palabra por parte del bárbaro, ni por parte de Ligario, demasiado sorprendido para conseguir articular nada en el breve tiempo transcurrido entre la orden y su ejecución.

Y ni una palabra por parte de Asinio Polión y de todos los soldados presentes.

—Este hombre fue hecho prisionero después de la batalla de Ilerda, en Hispania, y luego liberado, con la promesa de que ya no tomaría las armas contra mí —dijo César, en voz alta—. En cambio, ha combatido en Farsala y ahora se disponía a hacerlo en África. No merecía ninguna clemencia, y así será con cualquiera que se obstine en oponerse al poder que me han conferido el Senado y el pueblo de Roma. ¡Los rebeldes no serán perdonados, sino ajusticiados!

Se detuvo y esperó la ovación. Pero no hubo ninguna ovación.

Solo silencio, y movimientos lentos, cansados, de soldados exhaustos por una entera jornada de pie, con el equipo al completo y bajo un sol ardiente. Y solo miradas ausentes, expresiones de asco y gestos de fastidio.

No es que la jornada hubiera ido mal. Era la campaña la que los había vuelto así.

Y también su cansancio.

César hubiera querido invocar en voz alta la ayuda de Labieno para que lo oyera hasta su campamento.

Pero solo lo pensó.

Los honderos tiraron sus proyectiles contra los elefantes. Los paquidermos barritaron. Algunos se alzaron sobre las patas posteriores y dieron una vuelta sobre sí mismos, moviéndose hacia los legionarios que tenían detrás. Otros sencillamente retrocedieron. Y otros, por último, permanecieron en su puesto, sin avanzar hacia los honderos ni retroceder en dirección a los legionarios.

—¡Tirad! ¡Tirad ahora! —gritó el primípilo Publio Escevio a los soldados. Todos los centuriones de la primera cohorte de la IV legión bajaron el brazo, y de inmediato sus legionarios arrojaron contra los animales las piedras que tenían en la mano.

Todos, salvo Quinto Labieno.

Sus hombres, desorientados, tiraron de todos modos, pero algunos instantes después de los demás. El elefante que estaba frente a ellos, que tampoco había reaccionado al tiro de los honderos, permaneció inmóvil.

Quinto Labieno no dio más órdenes. Permaneció observando qué ocurría en las otras centurias, convencido de que su teoría quedaría confirmada. En la unidad sobre el flanco derecho, el paquidermo se detuvo solo junto a la primera fila, sembrando tal desorden que, un instante después, los hombres se habían abierto de forma instintiva en dos alas para dejarlo pasar. A pesar de los esfuerzos del hombre que lo guiaba desde una torreta situada sobre el lomo, el animal se introdujo en el corredor y corrió fuera del campo de maniobras.

Poco más allá, en la centuria del primípilo, las cosas habían ido mejor. El paquidermo, golpeado por las piedras de los legionarios, se había vuelto de nuevo y había partido a toda velocidad contra los honderos que lo habían acribillado la primera vez. Solo que no había más honderos a los que atropellar. En otros lugares, en cambio, los elefantes se mostraban muy poco eficaces, tal como Quinto había previsto. En la mejor de las hipótesis, no constituían una amenaza ni para los presuntos enemigos ni para los legionarios, que habrían debido abrirse paso con su carga.

Quinto hizo un gesto de desprecio. El adiestramiento de aquellas bestias se estaba revelando un fracaso. A pesar de que Juba afirmaba que los había criado para combatir, se estaban demostrando muy poco fiables. Escipión pretendía que los soldados romanos fueran entrenados para combatir con su apoyo, y lo organizó de tal modo que los honderos simulaban al enemigo. Se esperaba que los elefantes, una vez golpeados, huyeran y acabaran sobre quienes los seguían. Justo por este motivo, los legionarios habían sido provistos de piedras: lanzándolas, empujaban de nuevo a los paquidermos contra el enemigo.

Tal vez Escipión se sintiera orgulloso de la idea que había tenido. Pero era muy probable que hubiera olvidado que, cuando se trata de animales, a una acción no necesariamente corresponde la reacción prevista. Según Quinto, ese adiestramiento no servía para nada y poco se recurriría a él durante la batalla.

—¿Se puede saber qué te pasa por la cabeza?

Publio Escevio se había acercado a él y su expresión era más siniestra que nunca.

—Yo, en cambio, quisiera saber qué le pasa por la cabeza a nuestro mando. ¡Estas bestias no solo son inútiles, sino también dañinas! —respondió Quinto, que solo debía acatar las órdenes de su superior.

—Mi elefante ha cumplido plenamente con su deber. ¡Los hemos rechazado hacia delante, y habrían desbaratado las filas enemigas si los honderos no hubieran salido corriendo!

—¡Exacto! ¿De qué sirve enviarlos contra oponentes ficticios? Así no sabremos nunca si son eficaces contra una legión alineada. ¡Los legionarios no salen corriendo como nuestros honderos! Y, de todos modos, solo una parte de los elefantes ha acabado yendo hacia delante. ¡Los otros, o no se han movido, obstaculizando el eventual avance de los nuestros, o incluso se nos han caído encima! ¡Todo este asunto es una idiotez!

—Este asunto lo ha establecido el alto mando, y nosotros tenemos que adaptarnos a sus órdenes. Me han ordenado que adiestrara a los hombres de este modo, y así lo haré. ¡No nos corresponde juzgar! En todo caso, la eficacia de un elefante depende también de las capacidades del centurión de empujarlo en la dirección correcta: mi centuria lo ha espantado lo suficiente para inducirlo hacia el enemigo... La tuya, en cambio, es el reflejo de tu incompetencia...

—Me niego a dar una orden idiota. No me he convertido en centurión para aplicar al pie de la letra incluso las directivas más obtusas, como haces tú. También este asunto de las piedras... ¿Cómo demonios hace un legionario para orientarse entre piedras, jabalinas y gladios? ¿Teniendo, además, el escudo en el brazo izquierdo? ¡Así solo confundimos sus ideas y limitamos su combatividad!

—¡Un legionario romano no es un bárbaro, ni un idiota como tú! Sabe a la perfección que debe arrojar la piedra, luego pasarse de una mano a la otra los *pila* que ha de tirar y, por último, desenvainar el gladio. Quizá esto sea demasiado difícil para ti: por otra parte, César no se habría privado de tu padre y de ti si hubierais sido competentes. A pesar de vuestras proclamas, tu padre pierde cada vez que se enfrenta a él, y tú eres el peor oficial del ejército...

Escevio acompañó sus crueles palabras con un golpe de *vitignum* en el estómago del interlocutor.

Los soldados se miraron incrédulos. Era la primera vez, que recordaran, que un centurión usaba el bastón de mando contra otro oficial.

Quinto no tardó en reaccionar. Con un rápido movimiento, arrancó el *vitignum* de la mano del primípilo y le devolvió el golpe. El de Escevio había sido poco más que una palmadita, el suyo fue asestado con fuerza. El centurión se dobló en dos con un alarido ahogado, cayó de rodillas sujetándose el estómago, dobló el cuello y pareció a punto de asfixiarse.

—¡Esto es lo que vale un oficial que ha conseguido el grado lamiendo el culo de sus superiores! —gritó Quinto, levantando de nuevo el bastón de vid.

Todos los legionarios a su alrededor asistían atónitos a la escena. Dos de los soldados más cercanos vieron que el nuevo golpe estaba destinado a la nuca descubierta del primípilo y se precipitaron a detener a Quinto. Consiguieron bloquearle el brazo un momento antes de que lo aporreara, y debieron luchar para arrancarle el *vitignum* de la mano.

Quinto estaba furioso.

—¿Qué hacéis con un primípilo así? ¡Os hará perder la guerra, él y todos los demás oficiales igual de incapaces! —gritó, dirigiéndose tanto a sus soldados como a los de Escevio—. ¡Será por culpa de ellos por lo que perderemos la libertad y nos convertiremos en esclavos de César!

Escevio, entre tanto, se había levantado. A duras penas, recuperó la lucidez y su porte orgulloso.

—Informaré de esto. ¡Acabarás limpiando letrinas, aunque seas el hijo de Labieno! —dijo.

Después se volvió y se dirigió hacia la salida del campamento. Recorrió la trinchera que llevaba al área de la caballería, entró en el fortín y llegó al *praetorium*. Dijo a los guardias que quería hablar con Tito Labieno. Un primípilo no debía esperar demasiado para ser recibido por un legado y, en efecto, lo introdujeron de inmediato en el *tablinium* del comandante, del cual, justo en aquel momento, salía un bárbaro.

Un germano, a juzgar por su aspecto, se dijo Escevio. Una profunda cicatriz surcaba su rostro: partía de la ceja izquierda, cortaba su nariz y terminaba en la mejilla opuesta. Sea lo que fuere que le hubiera ocurrido, pensó el primípilo, divertido, tenía suerte de que el golpe le hubiera pasado en medio de los ojos, dejándoselos intactos.

Labieno se puso rígido de forma instintiva cuando lo vio entrar. Escevio no se asombró: nunca había mostrado simpatía por el legado y, en todo caso, su expresión parecía más sombría de lo habitual. Decidió no perder el tiempo en formalidades.

—Legado, vengo a denunciar la agresión de un simple centurión a un primípilo —dijo, mirándolo directamente a los ojos.

—El primípilo eres tú, imagino... —respondió Labieno, receloso y desconfiado.

—Y el agresor es tu hijo.

Labieno reflexionó.

—¿Por qué debería creerte? Podrías haberlo provocado...

—Lo he reprendido, si acaso, no provocado. Soy su superior, recuérdalo bien. Y, en todo caso, hay dos centurias completas que pueden testimoniar cómo sucedieron los hechos.

—¿Y por qué vienes a contármelo a mí? ¿Cómo es que no has ido directo a hablar con Metelo Escipión?

—Iré a hablar con Metelo Escipión, puedes estar seguro. Pero primero quería decírtelo a ti para apelar a tu sentido común y pedirte que no intercedas por tu hijo, al menos esta vez. Sus insubordinaciones no hacen bien a la tropa, y sabes a la perfección que no es apto para el mando. Si de verdad quieres derrotar a César, deberías evitar que tu hijo mine la solidez del ejército.

—¡Claro que quiero derrotar a César! ¡Pero dejar de lado a un combatiente válido y valiente como Quinto no me ayudará a hacerlo! Mi hijo es uno de los hombres con mayor experiencia en todo el ejército de Roma. Ha participado en un número impresionante de campañas, y aunque es un poco impulsivo, en la batalla sabe combatir como pocos.

—Debe ser castigado. Sus intemperancias podrían costar caras un día u otro. Si tú de verdad quieres derrotar a César...

—Pero ¿por qué continúas poniendo en duda que yo desee derrotar a César?

La expresión de Labieno se volvió de nuevo hostil. Escevio era un hombre recto y franco.

—Porque has combatido largamente a su lado, y me resulta difícil creer que tú quieras su ruina. Es un gran general, quizá el más grande, pero ni siquiera él puede apañárselas contra una coalición que incluye entre sus filas a quien conoce todos sus secretos y sus debilidades. A menos que...

—¿A menos que qué? —lo apremió Labieno.

—A menos que a quien lo conoce bien le falte valor para golpearlo a fondo...

—Ah, ¿sí? ¿Y por qué lo he abandonado, entonces?

—Eso no puedo saberlo. Razones tuyas. Quizá sea cierto lo que se dice por ahí: te consideras mejor que él y no querías que te hiciera sombra...

—Si me considero mejor que él, entonces debería desear derrotarlo más que cualquier otra cosa...

—Quizá. O quizá no. Ahora, lo que me importa es que tú no te opongas al justo castigo que Quinto se merece.

—Lo pensaré. Pero ahora, sin embargo, no puedo privar a su centuria del comandante. Veremos cómo va la guerra. Mañana, por ejemplo, necesito tu legión para tender una nueva emboscada a César...

Publio Escevio tuvo la impresión de que Labieno quería halagarlo, quizá incluso comprarlo, para inducirlo así a olvidar el comportamiento de Quinto. Pero la perspectiva de participar en una posible acción que pusiera fuera de juego a César y regalase a sus artífices fama y dinero era demasiado atractiva para resistirse.

—Esto, te pongo al corriente, no me impedirá informar al mando supremo. Pero... ¿de qué se trata?

—Sabemos que César va a aprovisionarse de trigo a siete millas de aquí hacia el este, más allá de las colinas. He descubierto que los habitantes de la zona tienen la costumbre de esconder las cosechas en grutas en el subsuelo para salvarlas de las redadas. Parece que cada día César hace el mismo camino con la caballería y dos legiones. Tengo la intención de apostarme a lo largo de las alturas con caballería, infantería ligera y al menos una legión para sorprenderlo. Esta vez no tendrá salvación...

Escevio se quedó un instante en silencio.

—Cuenta con la IV legión. Si la eliges, y si el legado está de acuerdo, tus probabilidades de tener éxito en la emboscada aumentarán, sin duda... —dijo al fin.

—Y aumentarán también las probabilidades de Quinto de no quedar mal... —replicó Labieno.

El primípilo reflexionó, una vez más.

Y asintió.

XIII

> Entre tanto César, informado por desertores de la emboscada de Labieno, se detuvo en aquel lugar pocos días hasta que los enemigos se volvieron descuidados, al hacer tantas veces lo mismo según una regla cotidiana; de pronto por la mañana ordenó que tres legiones veteranas salieran por la puerta decumana con una parte de la caballería y, mandando delante a los jinetes, de repente masacró a los adversarios, que escondidos al acecho en los valles se dejaron sorprender, matando a cerca de quinientos de armadura ligera y expulsando a los otros en vergonzosa fuga.
>
> ANÓNIMO, *La guerra de África*, 66, 1

César gritó a Ortwin que cediera terreno, pero despacio. Que simulara un repliegue, no una derrota. El germano hizo señas a sus hombres para que retrocedieran, pero el empuje enemigo era cada vez más difícil de contener. Bajaban de los montes como un río en crecida soldados de infantería ligera y jinetes númidas, como siempre muy ágiles a la hora de golpear y luego eludiendo la reacción enemiga.

Por ahora, solo el frente estaba comprometido, pero César no dudaba de que también los flancos serían asaltados de un momento a otro: Labieno habría hecho un papelón ante el alto mando si no hubiera planificado una emboscada capaz de rodearlo.

Pero esta vez no correspondía a Labieno sacarlo del apuro. Su amigo le había enviado al falso desertor germano precisamente para informarle de que le iba a tender una emboscada, y César se había preparado en consecuencia. El legado había entendido que el dictador necesitaba con desesperación una victoria que levantase la moral de sus hombres, y le estaba ofreciendo una oportunidad de obtenerla. Pero, al mismo tiempo, Labieno debía también mostrarse impecable para no correr el riesgo de ser retirado del mando o, peor aún, de ser descubierto.

Pronto los númidas obtendrían una bonita sorpresa. La caballería que César había llevado para el aprovisionamiento no estaba tan aislada como parecía.

Ortwin, como de costumbre, combatía como un león. Siempre en primera fila, siempre dispuesto a intervenir donde hubiera un compañero en dificultades. Para privarlo de un hombre semejante se necesitaba mucho más que el falso orgullo de Bogud, listo para prostituir a su esposa con un dictador, pero no con un guerrero. Y había sido solo el orgullo herido de Eunoe lo que había provocado el incidente: César la obligó a decir la verdad durante su encuentro. Mirándola con esos ojos penetrantes que resquebrajaban incluso la voluntad más granítica, la fue presionando hasta que la mujer confesó que se había ofrecido a Ortwin y que había sido rechazada.

César no había dudado un solo instante de la lealtad del germano. Conocía bastante a los hombres para depositar en él la misma confianza que en Labieno. A ambos les hubiera confiado su vida, en todo momento, y en efecto era lo que hacía desde hacía años. Además, juzgaba a Ortwin en particular insensible a los encantos femeninos, y se habría sorprendido mucho si se hubiera metido en semejante lío.

Pero había que adular a Bogud. Y debía también llenarlo de dinero para acallar sus pretensiones. Un verdadero fastidio, sobre todo en aquel momento en que disponía de tan escasos recursos.

También el hombre que le había enviado Labieno se estaba comportando muy bien. Estaba en primera fila, pegando mandobles sobre cada númida que intentaba acercarse. No podía quejarse: entre sus guardias de corps galos y germánicos, sin duda el legado había elegido a los más capaces para que desarrollaran la delicada tarea de falsos desertores. Se necesitaba gente de confianza, gente que supiera conservar el terrible secreto en que se basaban sus éxitos en la guerra civil.

Cuando César le expuso su plan a Labieno, cuatro años antes en Uxelludunum, el legado le preguntó qué método debía seguir para transmitirle la información. Él le había sugerido utilizar a los más fiables de su guardia de corps como falsos desertores. Y convinieron que fueran pocos, no más de cinco, para evitar que el mando considerase su unidad menos fiable que las otras y encontrase sospechosa la cantidad de deserciones. Y también para que los detalles del plan quedaran circunscritos a un limitado número de personas: personas en las que depositar la máxima confianza, capaces incluso de mantener bajo tortura el secreto sobre el verdadero papel de Labieno entre los anticesarianos.

Cinco. Cinco posibilidades para transmitirse informaciones de vital importancia. Y Labieno había sido muy escrupuloso para no desperdiciarlas. Hasta ahora, había utilizado una en Brundisium, para señalarle las intenciones de Pompeyo. Otra en Farsala, para hacerle llegar a César el plan de batalla de Pompeyo. Otra antes del inicio de la campaña de África, para informarle de las fuerzas a disposición de Escipión, y otra ahora, en una operación en apariencia marginal, pero importante para devolver la confianza a los cesarianos desmoralizados.

Una. Ahora solo quedaba una posibilidad. Y César esperaba que Labieno la reservase para la batalla decisiva.

Pero entre tanto, había que conseguir esta victoria. Por más ferozmente que lucharan, Ortwin y los suyos no conseguían dañar significativamente al enemigo. Los númidas se sustraían a los mandobles y a las estocadas, pero en compensación algunos de sus golpes, cada tanto, daban en el blanco. Ortwin, por otra parte, tenía sobre todo la orden de mantener apretadas las filas, y no podía permitir que sus hombres se lanzaran más allá de la línea de la formación en persecución de los guerreros africanos.

El germano tenía también otra tarea: cerrar las filas cuando se abriese una brecha. César vio cómo se desplazaba a lo largo del frente y alcanzaba el lugar en el que acababa de caer otro germano, atravesado en el cuello por un lanzamiento particularmente acertado de jabalina. En la brecha se habían insinuado con rapidez tres númidas a pie, los cuales, protegidos por sus camaradas a caballo un poco más atrás, intentaban hacer desmontar a los germanos más cercanos y ampliar ese espacio vacío.

En efecto, de inmediato un caballo se desplomó en el suelo, con la panza desgarrada por las puntas de sus jabalinas. El jinete en la silla se desestabilizó y no logró defenderse a tiempo de la estocada del númida, y se encontró con una jabalina en el vientre. Más tarde, la cabeza del guerrero africano fue cortada en dos por el mandoble de un germano aún a caballo. Pero, entre tanto, otros guerreros númidas habían podido acercarse y arrojaban con toda tranquilidad sus jabalinas.

Ortwin llegó al galope, arrollando a dos africanos que, a punto de alcanzar a sus compañeros, habían penetrado en las filas cesarianas. Con la espada, cortó otras dos cabezas, luego hizo estrechar uno al lado del otro a los germanos aún a caballo. En un instante, las filas volvieron a compactarse, y Ortwin cabalgó hacia otro sector que parecía a punto de colapsar.

Magnífico, pensó César. ¡Cien hombres como él y hubiera ganado la guerra hace rato! No excluía hacerlo senador, antes o después. Siempre que sobreviviera al conflicto, por supuesto: con todos los riesgos que tomaba, era un milagro que Ortwin siguiera vivo. En la batalla, siempre podía contar con su ejemplo para animar a los hombres, al igual que Labieno había hecho repetidas veces durante las campañas galas.

Entonces los vio. Los legionarios enemigos estaban descendiendo de las colinas. Calculó que eran al menos un par de cohortes: poca cosa, pero suficiente para complicar el repliegue de su caballería. Ahora también los flancos de la alineación estaban amenazados, además del frente. César reclamó a los mensajeros, ordenándoles que volvieran inmediatamente atrás. Era el momento de ganar esta batalla.

Publio Escevio dirigió a sus hombres al ataque. Confirmó que Quinto Labieno y los demás centuriones, en la pendiente opuesta, habían movido sus respectivas centurias y volvió a bajar la colina, ordenando a los suyos a mantener la formación a pesar de la presencia de los árboles. Parecía fácil: los jinetes de César estaban bloqueados en el frente por los númidas, y no serían capaces de concentrar sus fuerzas sobre los flancos.

Una vez en la llanura, el primípilo gritó al ala izquierda que se ensanchara hasta completar el cerco, impidiendo la retirada de los jinetes enemigos. Por otra parte, vio que la centuria de Quinto Labieno no hacía lo mismo. Al contrario que las órdenes recibidas, estaba concentrando el ataque en un solo sector, aquel donde consideraba que estaba el objetivo importante.

Julio César.

¡Imbécil! Ante todo, había que rodear al enemigo, sin dejarle una vía de escape. Solo así se podría garantizar la completa destrucción o la captura de los adversarios, César incluido. Pero aquel idiota estaba tan ansioso por ser el artífice de la ruina del dictador que olvidaba cualquier plan táctico.

De todos modos, él tenía un deber que cumplir. Los jinetes cesarianos no esperaban más que una contención por parte de los legionarios: resultaba impensable que los infantes atacaran a la caballería. Escevio, en cambio, hizo formar en testudo a sus hombres y luego los condujo a la carga. La sorpresa de los jinetes fue evidente: el impacto con el muro de escudos los pilló desprevenidos, hizo saltar a algunos de la silla, encabritó a los caballos y dio inicio a la disgregación de la alineación sobre ese flanco.

Pero por culpa de la obtusa maniobra de Quinto Labieno, los cesarianos conservaban una vía de escape sobre la parte posterior del flanco opuesto. Y la estaban aprovechando para extender la alineación y concederse más espacio para afrontar la presión adversaria. Escevio vio a la unidad de Quinto empantanada contra los jinetes en torno a César, los más válidos y capaces de que podía disponer el dictador. Los legionarios no conseguían dar un paso hacia delante, a pesar de que el dictador estaba a escasa distancia, justo detrás de la línea defensiva montada para su protección.

El primípilo tuvo un arranque de ira, luego reclamó al *optio* y le confió el mando de la centuria, tomando una treintena de legionarios, que llevó consigo para dar la vuelta en torno a la columna enemiga. Alcanzó la parte opuesta y los hizo alinear de nuevo en testudo contra el flanco cesariano, ordenándoles que mantuvieran la posición a toda costa.

Luego trató de llamar la atención de Quinto Labieno, que continuaba lanzando a sus hombres al ataque de los guardias de corps de César. Le hizo amplias señales, pero aquel no lo vio, o fingió no verlo. Lo vieron sus hombres, uno de los cuales advirtió a su superior. Quinto le lanzó una mirada, y Escevio le hizo señas de que lo alcanzara. Nada que hacer: el hijo de Labieno se volvió hacia el enemigo y prosiguió sus estériles asaltos.

La presión de los jinetes se había hecho insostenible para solo treinta legionarios. Puesto que el cerco, por culpa de Quinto, había fracasado, los jinetes tenían espacio suficiente para cargar y darse el relevo. Escevio vio alternarse aquellos contra los que había combatido con otros provenientes de otro sector. Como los anteriores, estos últimos encontraron el espacio para lanzarse al galope contra sus hombres, frustrando de raíz su intento de testudo defensivo.

Muchos legionarios cayeron al suelo y uno incluso fue arrollado por los cascos de un caballo. Escevio estaba casi a su lado: oyó cómo se rompían sus huesos y sus alaridos de dolor, que se apagaron de repente. El jinete que había pasado por encima del soldado se le puso a tiro sobre el flanco expuesto. El primípilo avanzó algunos pasos y, cubriéndose con el escudo, intentó hundir el gladio en el cuello del caballo.

Falló por muy poco. Con el instinto dictado por la experiencia, levantó el escudo y paró el previsible mandoble del jinete, luego asestó otra estocada, esta vez hacia el muslo del adversario. Le arrancó un trozo del calzón y quizá también un pedazo de carne. El hombre lanzó un alarido salvaje, Escevio levantó la mirada y encontró sus ojos.

Ojos surcados por una profunda cicatriz que atravesaba la nariz.

A lo lejos, un cuerno resonó en el valle. Escevio miró en la dirección de la que habían venido los cesarianos, y vio, en la distancia, humo levantándose del terreno. Aguzó la mirada. Era una nube de polvo.

Esa nube de polvo.
Y se acercaba.

Quinto se había lanzado contra la guardia de corps de César esperando encontrar también a Ortwin. Deseaba capturar al dictador, pero también arrancarle el pellejo a aquel germano que le había robado a Veleda. Pero Ortwin no estaba. Quizá se encontraba en otra parte de la alineación, quizá se había quedado en el campamento. En todo caso, había que alcanzar a César, y exhortó aún a sus hombres a romper la barrera. Pero sabía bien que difícilmente unos infantes, por más que estuvieran en superioridad numérica, podrían disgregar una formación de caballería.

Sin embargo, insistía. Todos los demás sectores de la columna cesariana estaban bajo asalto, y ninguno, por tanto, podía ayudar al dictador. Antes o después, estaba seguro, algún sector cedería, y los guardias de César no conseguirían resistir el ataque simultáneo de frente y por detrás. Pero sus hombres seguían cayendo. Las largas lanzas de los germanos los mantenían a raya, y cada tanto daban también en el blanco. Quinto iba por delante de los demás, pero varias veces había perdido el equilibrio y corría el riesgo de acabar bajo los cascos de los caballos.

—¡Las legiones! ¡Las legiones de César! —oyó gritar. Durante un momento, todos los combatientes ignoraron a sus respectivos contrincantes y miraron en una sola dirección.

El horizonte estaba marcado por una densa línea de legionarios. Sus contornos se hacían cada vez más nítidos en medio de la nube de polvo levantada por sus sandalias.

—¡Tres legiones! ¡Tres legiones están avanzando hacia nosotros! ¡Era una trampa!

El grito provenía de un jinete númida de avanzadilla. De inmediato los legionarios de la centuria de Quinto se desplazaron a una distancia segura de los jinetes de César. Pero no escaparon. Tampoco escaparon los romanos de las otras unidades. El pánico, más bien, se difundió en un instante entre las filas de los númidas, que primero dejaron de atacar a los enemigos y luego retrocedieron visiblemente.

Cuando los legionarios de César se pusieron a distancia de tiro de *pilum*, los africanos, como empujados por una orden general, se dieron a la fuga. Los legionarios de Quinto y Escevio vieron cómo se precipitaban sobre ellos y fueron casi arrollados. Alguno fue incluso atravesado por las jabalinas que los númidas usaban de forma indiscriminada para abrirse camino hacia las alturas.

En ese momento, los jinetes de César, sin ninguna oposición, pasaron al contraataque. Casi todos partieron al galope dispuestos a arremeter contra los africanos que les daban la espalda. Quinto trató de detener a algún númida que se cruzó en su camino y obligarlo a volver hacia el enemigo. Pero aquel hombre, presa de la histeria, se soltaba y escapaba. Eran demasiados. No había manera de detenerlos.

Quinto se sintió obligado a dar la orden de retirada, pero se percató de que sus hombres ya estaban imitando a los de Escevio, que se replegaban en buen orden. Se resignó a hacer lo mismo, lanzando una última mirada en dirección a César. Pudo distinguirlo entre los movimientos convulsos de las cabezas de los númidas que pasaban volando a su lado, contemplando triunfante su nueva victoria.

Y entonces vio que Ortwin lo había alcanzado. César le habló y señaló en su dirección, donde era más densa la masa de los númidas en fuga. El germano tomó consigo a otros jinetes y volvió a galopar apuntando a los fugitivos. Su espada empezó a subir y a bajar, y cada vez era más roja. Quinto sintió el impulso de detenerse y esperarlo. Apretó el gladio y clavó los pies en el terreno, pero de inmediato un númida chocó con él haciéndole perder el equilibrio. Cayó al suelo y recibió la patada de otro fugitivo. Pudo levantarse, pero se vio obligado a retroceder para no caer de nuevo bajo la presión de los africanos.

Los númidas continuaban empujándolo hacia atrás. Ortwin avanzaba apenas entre la multitud de sus oponentes, pero avanzaba. Sin embargo, parecía siempre a la misma distancia de él. Quinto trató de acercarse, pero fue empujado otra vez más atrás. La multitud se hizo cada vez más densa, Ortwin tuvo que detenerse y se consagró a acabar con aquellos que tenía alrededor. Quinto acabó junto a unos árboles, donde la caballería no podía llegar.

Lo había perdido. Lo había perdido también esta vez.

Publio Escevio no se daba tregua. Hacía rato que había salido del *valetudinarium*, donde había visitado a sus soldados heridos en la batalla recién sostenida.

E ignominiosamente perdida.

Daba vueltas por el campamento como un espectro,

sin ni siquiera considerar la hipótesis de concederse el sacrosanto reposo que, no obstante, le correspondería tras una jornada tan dura. Pero no podía dejar de pensar en aquel germano. El germano al que estaba a punto de matar.

El germano que había visto salir, apenas la tarde anterior, del alojamiento de Tito Labieno.

Vio a Quinto Labieno. Se jactaba con los soldados de otra cohorte de sus dudosas gestas en el enfrentamiento sostenido poco antes. Tuvo el impulso de acercarse a él, cogerlo por las orejas y humillarlo delante de todos. Pero luego renunció: de momento, había otra cuestión que lo acuciaba. Y concernía a su padre.

Caminó decidido hacia la salida del campamento. Debía hablar cuanto antes con Tito Labieno. Aquel día había ido todo mal. Habían pensado en preparar una trampa a César y, en cambio, había sido César quien se la había tendido a ellos. Porque había sido una trampa, no había duda. En los días precedentes, el dictador había llevado consigo a la caballería solo en las expediciones de búsqueda de forraje. Aquel día, justo aquel día, se había hecho seguir a la debida distancia por nada menos que tres legiones. No habría incomodado a todos esos soldados si no hubiera estado seguro de que serían útiles para conseguir una victoria campal. Aquel enfrentamiento había costado a los anticesarianos más de quinientos muertos: el mayor número de pérdidas en un solo combate desde que había empezado la campaña.

Pero ¿quién podía haber advertido al dictador de que Labieno le estaba preparando una emboscada? Inevitablemente, todos los días algún soldado desertaba de las filas de Escipión y pasaba a las adversarias. César, en aquellas octavillas que seguía haciendo llegar a los campamentos enemigos, prometía mucho dinero a quien se adhiriera a su causa. Poco importaba que estuviera en dificultades y que sus posibilidades de victoria se hubieran reducido. Poco importaba que sus propios legionarios se hubieran rebelado porque ya no mantenía sus promesas: Escipión no era un comandante que supiera dirigirse a sus soldados, ni se preocupaba de hacerles más que promesas genéricas. Y así, siempre había alguno que picaba.

Como aquel germano desfigurado. Aquel hombre había desertado, y César lo había incorporado de inmediato en primera fila en el combate. Aquel hombre era uno de los germanos que Labieno había traído consigo de las Galias, quizá incluso uno de sus guardias de corps. Y la tarde anterior a aquella emboscada estaba deliberando precisamente con el comandante que había concebido la trampa.

Era evidente que Labieno confiaba en las personas equivocadas. Y, por tanto, como siempre había imaginado, el legado no era tan útil a la causa de la libertad. Había sido una ligereza hablar del plan a un hombre que se disponía a traicionarlo: y si alguien de su guardia de corps se había revelado tan poco fiable, era lícito sospechar también de los otros.

Llegó frente a la entrada del campamento de Labieno cuando el sol ya se había puesto. Dijo a los centinelas que quería hablar con el legado, pero le comunicaron que Labieno había ido al campamento de Juba, con los otros comandantes. El campamento del rey númida no estaba lejos, y el primípilo por tanto no vaciló en dirigirse hacia allí. Se preguntó cómo debería presentar la cuestión al legado. Era su superior y, por más que no lo estimase, Escevio tenía un gran respeto por la jerarquía. Debería afrontar el asunto con tacto, sondeando el terreno para entender si el general ya se había planteado el problema y, si acaso, para ayudarlo con discreción a darse cuenta de la situación: sus bárbaros, los guerreros a los que tanto había alabado sus capacidades, no eran de fiar. Quizá estaban demasiado ligados a sus compatriotas, que militaban en las filas de César...

Se hizo reconocer por los centinelas en la muralla del campamento de Juba. Le parecieron distraídos, pero luego lo hicieron entrar sin problemas. Cuando cruzó la puerta, vio ante sí una escena que estaba seguro que ya no podría olvidar.

El rey númida había encontrado un modo alternativo de emplear la madera recogida por la tropa en los días anteriores para construir la muralla de conexión entre los campamentos. Un modo horripilante. En el campamento había más cruces que tiendas, y en las cruces estaban colgados algunos hombres.

Escevio miró a su alrededor, experimentando una sensación de náusea. Había cientos de cruces, y casi todos los hombres que colgaban de ellas aún estaban vivos. Era un lamento coral, el suyo, un canto fúnebre todavía más inquietante por la tenue luz de las antorchas que irradiaba temblorosa sobre el campamento.

Se acercó a un grupo de cruces y observó. Eran guerreros, los mismos guerreros que habían combatido aquel día. Algunos estaban atados por los brazos a la viga horizontal de la cruz. Otros... bueno, otros estaban clavados. De estos últimos, la mayoría ya había muerto: quizá no habían sido capaces de sostenerse sobre los brazos para respirar, y terminaron ahogándose. Los demás, entre tanto, intentaban con desesperación izarse, haciendo fuerza no solo con los brazos, sino también con las plantas de los pies a lo largo del poste, casi excavando en la madera a pesar de las astillas.

Aquel debía de ser el modo en que Juba entendía el diezmo. Probablemente, el feroz soberano númida no había quedado muy satisfecho del comportamiento de sus guerreros en la batalla. Ninguno podría negar, por otra parte, que había sido su huida la que había determinado la derrota, aunque, desde el momento en que habían aparecido las tres legiones de César, el resultado del enfrentamiento era, de todos modos, previsible.

Aquel pensamiento lo devolvió a la razón por la que estaba allí. Se sacudió del horror y caminó hacia el centro del campamento, donde supuso que encontraría la tienda del rey y, por tanto, también a sus invitados. No pudo menos que pasar entre otros grupos de crucificados y escuchar sus lamentos sofocados, tampoco pudo evitar ensuciarse con la sangre que emanaba de sus cuerpos. En su fuero interno, sintió que no los podía culpar demasiado por haber huido: participaban en una guerra que no era la suya, y se habían visto acorralados. Él no habría diezmado así a sus hombres. En todo caso, no de aquel modo bárbaro.

No. No era culpa suya. Era culpa de algún otro, de los errores de un comandante tan superficial como para divulgar sus planes a un potencial desertor. César lo sabía todo, y se había preparado, como en Farsala.

Como en Farsala.

En Farsala, César había frustrado la carga de la caballería con una inédita doble reserva, creada a propósito para la ocasión. También en aquel caso, alguien le había informado de los planes de Pompeyo Magno.

Y había sido precisamente Labieno quien había dirigido aquella carga.

Escevio se detuvo. Permaneció inmóvil durante un momento, luego dio marcha atrás y se encaminó hacia la salida. Debía reflexionar. Debía reflexionar más y hacer algunas investigaciones. Luego hablaría.

Pero no con Labieno. Directamente con Metelo Escipión.

XIV

> Por estos motivos, que antes he recordado, César estaba ansioso y se había vuelto más lento y más ponderado, abandonando aquella prontitud en el combate que antaño había sido su costumbre.
>
> ANÓNIMO, *La guerra de África*, 73, 1

Decadencia.

Se estaba convirtiendo en una obsesión para él. Ahora, ni tan siquiera con los soplos de Labieno conseguía imponerse, se dijo a sí mismo César mientras veía a sus soldados retroceder ante los huidizos ataques de los númidas.

Decadencia. Quizá este era el motivo por el cual el legado le había enviado un nuevo desertor: debía de haber intuido que su comandante ya no era el de antes, y había pensado en que debía darle toda la ayuda posible antes de que perdiera el control del ejército. Y si Labieno veía su decadencia, quizá la habían intuido también sus adversarios. Pero ¿para qué desperdiciar el último desertor, la última posibilidad de conocer con antelación los planes enemigos, si solo servía para capturar o destruir una pequeña parte del ejército de Escipión? En vez de seguir la batalla que se desarrollaba ante sus ojos, César seguía devanándose los sesos para interpretar los movimientos de Labieno. El dictador había entendido que en Uzita, ahora, el estancamiento entre los dos ejércitos enfrentados y el gran número de trincheras hacía muy improbable la batalla campal que necesitaba. Además, la zona, ampliamente explotada para el aprovisionamiento, ya no ofrecía los recursos que necesitaba para sostener al ejército. Por ese motivo había desmontado el campamento y llevado el ejército a Aggar,* una ciudadela a veinticinco millas al sudeste del anterior campo de batalla, que se había demostrado dispuesta a abrirle las puertas.

Metelo Escipión lo había seguido de inmediato, acampando a siete millas de él, hacia el oeste, una vez más con las tropas divididas en tres campamentos. De nuevo, los dos ejércitos se enfrentaban, y había sido entonces cuando César recibió con sorpresa al desertor enviado por Labieno. Este había informado que dos legiones serían mandadas a la zona de Zeta, otras siete millas al oeste del campamento de Escipión, para el aprovisionamiento.

Estaba claro que Labieno quería que atacase aquellas dos unidades. Pero ¿solo para obtener un nuevo éxito parcial, que expulsase al menos por un tiempo los fantasmas de la decadencia y levantase la moral de sus hombres, o para inducir a Escipión a la tan anhelada batalla campal?

* El Maklouba.

La diferencia era sustancial. En el primer caso, sería suficiente con desplazarse con la caballería y un par de legiones. En el segundo, César debería actuar como en la última emboscada en las inmediaciones de Uzita.

Y luego estaba Zeta. La ciudadela no se había declarado de su parte, y habría sido oportuno ocuparla para evitar ataques por la retaguardia durante el enfrentamiento.

El dictador había reflexionado largamente antes de entrar en acción. Y al final había adoptado una solución de compromiso que nunca hubiera considerado antes.

Cuando no estaba en la fase declinante de su carrera.

Primero, había desplazado el campamento más al oeste, a un terreno más elevado, y luego salió de la nueva base con casi todo el ejército hacia Zeta. Pero perdió mucho tiempo trasladando el campamento. Y todavía había perdido más negociando la rendición de la ciudad en la que, por fin, al mediodía había conseguido que entrase una guarnición. Y con Zeta, ya eran cinco los centros fortificados de los que había tomado posesión: Leptis, Ruspina, Acilla, Aggar y finalmente Zeta.

Pero, de momento, la toma de la ciudad no le había aportado ninguna ventaja: años antes, se dijo, hubiera ido al grano, en vez de perder tiempo y energías en objetivos intermedios. Mientras tanto, la columna de las dos legiones enemigas había sido alcanzada por la caballería númida, gala y germánica, conducida presumiblemente por el mismo Labieno, que quizá había esperado todo lo posible antes de intervenir. Además, César había sido informado por los exploradores de que Escipión estaba listo con tropas y elefantes alineados delante del propio campamento, con vistas a un eventual enfrentamiento.

Pero anochecía, y ya no era posible ninguna batalla campal. A menos que César quisiera afrontarla lejos del campamento, con su larga columna en movimiento y con el peligro de encontrarse bloqueado en un punto inadecuado para un atrincheramiento temporal.

En resumen, lo único que había podido hacer había sido regresar al campamento, con la perspectiva de tener que convencer a la tropa de que mover todo el ejército para conseguir la rendición de una ciudad era su verdadera intención, y no un repliegue. Debería haber sido una jornada memorable y, en cambio, aunque ya no sucediera nada más, probablemente concluiría con otro mazazo para la moral de los hombres. Y todo a causa de su excesiva cautela y de errores que solo podía imputar a sí mismo.

El problema era que algo estaba sucediendo. Algo que amenazaba con transformar la jornada en una derrota. Los númidas parecían combatir con mucha mayor determinación que en días anteriores. Parecía que Juba había recurrido al diezmo después de su papelón en las inmediaciones de Uzita, y todo indicaba que el castigo había provocado el efecto esperado. Los soldados no conseguían orientarse frente a los continuos asaltos de los africanos, más dinámicos que nunca y hábiles para sustraerse a cualquier reacción. Los caballos caían por docenas, atravesados por las flechas de los arqueros enemigos, mientras los legionarios desperdiciaban sus *pila* en tiros que raras veces daban en el blanco. La retaguardia, la más sometida a la presión enemiga, estaba en evidente dificultad, y era un lastre para el resto de la columna.

En aquellas condiciones, volver al campamento no

era una empresa fácil. El acoso de los númidas había ralentizado hasta tal punto la marcha que, en tres horas, la columna solo había dado cien pasos. César reconocía que Labieno no llevaba nunca el ataque hasta el final, y eso era bueno: los hombres parecían desconcertados, atemorizados por el dinamismo de los africanos, y corrían el riesgo de romper las filas al primer asalto serio. Y también estaban cansados: habían marchado millas y millas, llevaban muchas horas sin comer, habían agotado el agua y hasta los caballos estaban sedientos. A ese ritmo, existía el riesgo de tener que acampar y pasar la noche en un punto cualquiera, sin agua y sin la posibilidad de atrincherarse de manera adecuada. Y con el riesgo añadido, a la mañana siguiente, de encontrarse rodeados por todo el ejército de Escipión.

Vio que Ortwin cabalgaba hacia él.

—¡Las dos legiones que queríamos atacar se disponen a cortarnos el camino, convergiendo sobre la cabeza de la columna! —gritó el germano—. ¡Dame la posibilidad de penetrar con una carga de caballería en el punto de intersección entre las dos unidades! ¡De otro modo, acabaremos aplastados entre el frente y la retaguardia y ya no daremos un paso!

César asintió, sin decir una palabra, sin un gesto de ánimo. Tenía la impresión de estar sufriendo los acontecimientos, y eso era una novedad: por lo general, era él quien los determinaba, atreviéndose a lo inverosímil, pero sabiendo siempre calcular el riesgo. Le habían dicho que, en Carras, en la gigantesca derrota que había costado a Roma tantas legiones, Craso se había comportado de manera análoga, y él lo había culpado de no haber sabido reaccionar. Pero ahora entendía lo que había experimentado su viejo socio: cuando te sientes aplastado por los acontecimientos, estás cansado y te sientes inseguro del ascendiente sobre tus hombres, no tienes la fuerza para reaccionar.

Todo esto tenía un nombre: una palabra que ahora ya parecía conocer incluso demasiado bien.

Decadencia.

No tenía más remedio que confiar en Ortwin. Él sí que parecía aún en la plenitud de sus fuerzas, físicas y mentales. De inmediato tuvo la prueba: en pocos instantes, el germano reunió tras de sí un gran número de jinetes, probablemente los únicos todavía en condiciones de cabalgar. Luego, los guio hacia la cabeza de la columna. César hizo señas a los escuderos para que lo acompañaran, y tomó la misma dirección para seguir las gestas del valiente germano.

Ortwin tenía razón. Las dos legiones enemigas se habían alineado una al lado de la otra, en cuatro filas, dejando solo un limitado espacio en el punto que las dividía. Y era allí donde Ortwin tenía la intención de cargar, era evidente, para abrir la formación y crear un espacio lo bastante amplio como para permitir el paso de la columna cesariana. Pero sería del todo inútil si las legiones no lo hubieran seguido de inmediato, aprovechando la desbandada provocada por el ataque de la caballería. César se sacudió y llamó al legado de la XIII legión, que marchaba a la cabeza de la columna.

—¡Estate listo para meterte en el corredor en cuanto la caballería quiebre la alineación enemiga! Pero mantén el *agmen quadratum* —le gritó.

En efecto, las legiones marchaban con los legionarios dispuestos en formación cuadrangular, vacía en el centro, para poder afrontar ataques desde cualquier lado. Y si conseguían penetrar en la alineación enemiga, la disposición resultaría aún más útil. Después, había que esperar que, una vez partida la barrera, las dos legiones enemigas ya no fueran capaces de bloquear a las siete que César había llevado consigo.

El dictador recuperó la confianza. Observó a Ortwin disponiéndose, como de costumbre, en la punta más avanzada de la cuña de caballería, lo vio bajar el brazo y justo después el estandarte se movió. La formación partió al ataque con un grito colectivo de guerra que habría estremecido al más experimentado de los veteranos. Galos, germanos e hispánicos se lanzaron juntos contra el enemigo, desplazándose gradualmente y con admirable coordinación hacia el centro, con una fuerza de choque espantosa que hizo vibrar el terreno a su alrededor.

Y sus contrincantes no se quedaron esperando el impacto. Se abrieron como un mar surcado por una gran nave, con los soldados como olas que salpicaban a derecha y a izquierda. Los legionarios de Escipión se amontonaron los unos sobre los otros de manera caótica, sin reaccionar, sin poder moverse con facilidad entre la multitud. César hizo señas al legado: era el momento.

Este hizo sonar el avance al *tubicen*, y las legiones marcharon de inmediato a paso sostenido para no perder el contacto con la caballería. Solo entonces los legionarios enemigos intentaron reorganizarse y empezaron a cerrarse sobre las alas de la columna.

Publio Escevio pudo ver cómo se le caía encima uno de sus hombres. Había evitado por un pelo ser arrollado por los jinetes de César lanzados al galope. El primípilo acabó en el suelo y, cuando se levantó, vio a algunos de los suyos lanzando las jabalinas contra los enemigos, que continuaban pasando a toda velocidad frente a ellos apuntando hacia la parte de atrás de la alineación. Agitó los brazos y despotricó para impedir que desperdiciaran los *pila*, e incluso fue a detener los brazos que se arremolinaban para tomar impulso. No tenía sentido, decía, tirar sobre los jinetes, que ya habían pasado, y privarse de la posibilidad de usar las jabalinas contra los legionarios que se acercaban.

En efecto, era la marcha de la infantería la que era necesario frenar. Había que obligarla a detenerse antes del ocaso para que instalara el campamento en medio de la llanura. Sin víveres, sin reservas de agua, acribillados durante toda la noche por los arqueros enemigos, difícilmente los legionarios estarían en condiciones de resistir el asalto del ejército de Escipión al día siguiente.

Trató de que sus hombres recuperaran una apariencia de cohesión para poder ejercer una presión sobre los flancos de la columna enemiga. Echó un vistazo a los demás oficiales de la cohorte, sobre todo para comprobar que Quinto Labieno no estuviera haciendo una de las suyas. Los legionarios de su subordinado ya habían arrojado todas las jabalinas, sin eficacia, a juzgar por la solidez de la formación enemiga. Vio al centurión lanzarse contra el muro de escudos de la escuadra enemiga, exhortando a sus hombres a seguirlo sin preocuparse primero de alinearlos en formación: parecían un grupo de bárbaros que atacaban en su típico modo caótico e irreflexivo. Difícilmente el asalto tendría algún efecto.

Infame prole, la de los Labieno. Escevio estaba cada

vez más convencido. No podía afirmar la mala fe del joven, pero sobre su padre tenía más de una sospecha. Desde la tarde en que vio a los númidas crucificados, un gusano había ido creciendo en su mente. Y se había dedicado a reconstruir la carrera de Tito Labieno desde el momento en que había entrado al servicio de Pompeyo Magno. Hablando con otros soldados presentes en los acontecimientos, interrogando a los testigos, apelando a su propia memoria, había hecho un análisis del papel desarrollado por el legado en cada enfrentamiento con César.

Y de este modo, había descubierto una curiosa serie de coincidencias. Cuando César cruzó el Rubicón, Labieno sugirió a Pompeyo que contara con el Picenum y, en cambio, precisamente las ciudades de aquella región habían estado entre las más solícitas en abrir las puertas al procónsul rebelde. Y, en el Picenum, Labieno pudo disponer de vastas clientelas. A continuación, en Dirraquio, en el último día de los combates, había disuadido a Pompeyo de atacar el campamento enemigo, desguarnecido después de la derrota de las legiones cesarianas.

Más tarde, en Farsala, Labieno había dirigido la carga de caballería contra el ala derecha de César, encontrándola inesperadamente reforzada por una segunda reserva añadida a la tercera alineación. Y el ataque había fracasado de forma miserable, lo que afectó al resultado final de la batalla. En Ruspina, Labieno, junto con Petreio, estuvo a punto de derrotar a un César que acababa de desembarcar, pero se detuvo precisamente cuando lo tenía acorralado. En Uzita, había tendido en persona nada menos que dos emboscadas a César: en la primera, había colocado a los númidas donde no podían moverse con libertad, y el ataque se vio al fin frustrado por su huida. En la segunda, César había sido advertido, y reaccionó con una reserva demasiado consistente para resistirse a ella. Y el germano que lo había avisado, presumiblemente, era un desertor de la guardia de Labieno.

Había suficientes elementos para suponer lo increíble. A saber, que Tito Labieno, uno de los principales componentes del estado mayor anticesariano, era en realidad un agente de César. Escevio había hecho investigaciones para descubrir cuántos guerreros habían desertado entre aquellos con que el legado se había presentado a Pompeyo Magno después de haber abandonado a César. Sí, había habido desertores, pero esto no significaba nada: su porcentaje no era más alto que el de las otras unidades. De hecho, era incluso más bajo. Estos pocos indicios no serían suficientes para convencer a Metelo Escipión. Pero al menos podrían sembrar también en él la duda, empujándolo a apartar a Labieno, a partir de ahora, de las tareas más relevantes.

En su intento de encontrar otras pruebas más sustanciales, sin embargo, había pretendido que se asignara a su legión el encargo de aprovisionarse en el territorio de Zeta. Poco antes había estado informándose, y tuvo noticia de una nueva deserción en el contingente a las órdenes de Labieno. Luego se había puesto en marcha, esperando que César les tendiera una emboscada, lo que confirmaría de nuevo su hipótesis.

Y así había ido. El dictador había aparecido con puntualidad en las inmediaciones de la columna de aprovisionamiento con casi todo el ejército, pero, contrariamente a su costumbre, había actuado sin resolución. Sus vacilaciones dieron a Labieno y Lucio Afranio el tiempo de intervenir para cubrir las dos legiones, y las cosas, para César, habían acabado poniéndose mal.

Y ahora Escevio estaba convencido de que su hipótesis era correcta: Labieno había advertido a César también esta vez. Si después había intervenido para contrarrestarlo, era solo porque, obligado a compartir el mando con Lucio Afranio, no podía arriesgarse a adoptar una actitud demasiado renuente.

Ahora Escevio solo esperaba que el combate acabara pronto. Al anochecer, iría a ver a Metelo Escipión para contárselo todo.

Se lo haría ver él a ese primípilo pusilánime. Le demostraría cómo debe combatir un oficial. Quinto Labieno se lanzó de nuevo contra el muro de escudos sobre el flanco de la columna cesariana. Ya había sido rechazado, pero esta vez estaba seguro de que su ejemplo le granjearía el apoyo de sus subordinados.

El ejemplo. Eso era lo que servía para motivar a los soldados, como le había enseñado su padre desde que era un recluta. Arrojarse contra el enemigo servía para avergonzar a los otros, para estimular su orgullo y para extraer de ellos su máximo rendimiento. No como Publio Escevio, que había perdido un montón de tiempo disponiendo a sus hombres, con orden y cautela, antes de conducirlos al ataque. En el período transcurrido para recuperar la posición, estaba seguro, sus legionarios habían pensado, y pensado, y pensado, y al final su determinación se había visto afectada por la duda, el miedo y la incertidumbre.

Si hubiera sido él el primípilo... toda la cohorte habría desencadenado un ataque feroz, que los cesarianos no hubieran sido capaces de resistir. Y, en cambio, aquel imbécil parecía empeñado en una sesión de adiestramiento, con movimientos coordinados y diligentes disposiciones que apagaban progresivamente la ferocidad de sus soldados. No se ganaba la guerra con esa gente, estaba cada vez más convencido. Si hubiera caído... ¿Quién le habría negado su puesto?

Quinto decidió que demostraría sobre el terreno, a todos los miembros de la primera cohorte, quién se merecía de verdad el puesto de primípilo. Aunque los mezquinos juegos políticos le impedían que alcanzase ese grado, asignado a un protegido del comandante en jefe, los hombres verían por sí mismos quién era más valiente y hábil, él o Publio Escevio.

Los adversarios alineados frente a él lo vieron desatándose de repente como una furia. Sus soldados, después de algunos instantes de sorpresa, lo siguieron mientras se arrojaba a su vez contra el muro de escudos. Quinto hundía el gladio y empujaba el escudo sin pausa, aullaba a sus hombres que hicieran lo mismo, pegaba patadas para que los cesarianos perdieran el equilibrio y pudiera golpearlos desde arriba. Continuó con la misma vehemencia durante un buen rato, hasta que se dio cuenta de que había penetrado en la alineación enemiga, bastante dentro del cuadrilátero.

Estuvo orgulloso de sí mismo. Acababa de demostrar que tenía razón. Eran la fuerza y el valor, y solo ellos, los que resolvían las batallas. No esas tonterías con las que Escevio llenaba la cabeza de sus hombres. Luego advirtió una cresta traversa que avanzaba contra los soldados alineados, más o menos a la altura que había alcanzado él. Miró mejor, aunque seguía defendiéndose de los mandobles enemigos. Detrás de aquella cresta había toda una formación, que se abría paso en la alineación enemiga con una eficacia igual a la suya. Algún otro centurión había seguido su ejemplo, sin duda. Ya empezaban a darle más crédito a él que a Escevio.

Se abrió camino en esa dirección. Trabajando en conjunto, las dos centurias obtendrían mejores resultados. Pero, sobre todo, tenía unas ganas terribles de dar órdenes a aquel centurión que había decidido imitarlo. Quería comportarse como un primípilo.

Paró con el escudo un mandoble en el vientre, luego dio un rodillazo al adversario de enfrente, alcanzándolo en el muslo. El hombre se detuvo un instante, y Quinto aprovechó para sorprenderlo sobre el flanco descubierto, donde hundió el gladio. Extrajo el arma justo a tiempo para evitar el asalto de otro adversario, que acabó encontrándose frente a uno de sus subalternos. El joven oficial se volvió. Sus hombres estaban todos en los alrededores, mezclados con los enemigos, aislados los unos de los otros: pero combatían con tenacidad.

Luego volvió a mirar hacia delante. Logró distinguir al centurión al que pretendía alcanzar. Por un instante su mirada atravesó la multitud, el polvo, las cabezas y los yelmos y los penachos que se agitaban a la altura de sus ojos. La centuria estaba compacta. Una unidad penetraba en el interior de la alineación enemiga gracias a su cohesión. Y a su cabeza estaba Publio Escevio.

También él lo había conseguido, maldición. Aquel incapaz era tan afortunado que disponía de hombres capaces de abrir una brecha, a pesar de su cautela. Soltó un alarido de rabia: pero ¿qué debía hacer para demostrarse superior a él?

Vio que también Escevio trataba de avanzar en su dirección. El primípilo había tenido su misma idea: reunir las centurias y proceder en profundidad para romper la alineación enemiga. A Quinto se le ocurrió otro modo de demostrar su superioridad. Gritó:

—¡Esceviooooo!

Luego se arrojó sobre el adversario más cercano, lo arrolló con su fogosidad y le plantó el gladio en medio de la frente.

Espero que Escevio comprendiera y aceptara el desafío.

Volvió a blandir su gladio, buscando con los ojos al primípilo. Lo entrevió aparecer y desaparecer entre la selva de cabezas que se agitaban en la refriega. Por un instante, le pareció que asentía. Ya no tuvo dudas cuando lo vio de nuevo: parecía una furia, ahora, y avanzaba a pesar de los obstáculos a los que el cuerpo a cuerpo lo obligaba.

Ahora, los hombres comprobarían quién era más rápido deshaciéndose de los enemigos.

Quinto empezó a apremiar al legionario que tenía enfrente. Lo acribilló a golpes hasta resquebrajarle el escudo, luego aprovechó el único instante en que aquel había bajado la guardia para atravesarlo por el cuello. Un chorro de sangre le inundó el rostro. Lanzó un vistazo delante de sí: Escevio estaba extrayendo el gladio del ojo de un enemigo.

Volvió a blandir el arma. Ahora tenía enfrente a dos cesarianos. Se puso de lado para ofrecer un blanco más restringido y cargó contra uno con el escudo, manteniendo el gladio apuntado sobre el otro. Empujó al primero al suelo, hirió al segundo en el brazo derecho, poniéndolo fuera de combate. Hizo caer el talón sobre el rostro del que había caído, luego con el borde inferior del escudo lo golpeó en el cuello: otro golpe y le habría separado la cabeza del tronco, pero no tenía tiempo. Le bastaba con haberlo matado.

Encontró el modo de mirar más allá: Escevio estaba más cerca. Vio de forma clara que su escudo caía sobre un adversario, de cuya nuca salió inmediatamente después la punta ensangrentada de un gladio. Se preguntó a cuántos habría matado el primípilo hasta entonces. Se lo preguntaría, y luego pediría a sus hombres que se lo confirmaran, porque no se fiaba de su palabra.

Quinto avanzó más. Ahora los adversarios se hacían más cautos, vacilaban antes de enfrentarse a él: preferían dirigirse hacia sus hombres, que avanzaban a su espalda. Se apresuró. Escevio, en cambio, estaba luchando contra dos enemigos. Quinto encontró el camino libre: hubiera podido ayudarlo, pero se detuvo y esperó a que algún cesariano viniera a pelear con él.

Empezó a batirse con un nuevo adversario, pero con más suavidad. No quería matarlo demasiado pronto y verse obligado a ayudar al primípilo: que Escevio se las apañase solo. Vio que su superior metía el gladio entre las piernas de un antagonista, levantaba su cuerpo aullante y lo tiraba sobre el otro enemigo. Este último perdió el equilibrio y, antes aun de que recuperara la estabilidad, fue alcanzado por un mandoble en el estómago. Solo entonces Quinto se lanzó contra su propio antagonista: lo último que le interesaba era que fuera Escevio quien viniera en su ayuda.

Un mandoble en el costado lo liberó del obstáculo. Ahora podía avanzar hacia el primípilo: serían sus hombres los que determinarían quién había hecho más camino y matado a más enemigos. Pero entonces, mientras los dos centuriones estaban a punto de reunirse, se adelantaron otros tres legionarios enemigos.

Los dos oficiales se alinearon el uno al lado del otro, dispuestos a afrontarlos juntos.

—¡Eres un impulsivo, Labieno! ¡Pero también un valiente y un gran soldado! —aulló Escevio, que asestó el primer mandoble. Quinto no respondió. Rechazó el ataque enemigo con el escudo y paró el golpe de otro legionario desviándolo con el gladio. Luego, con el rabillo del ojo vio que Escevio punzaba en el costado a su propio adversario. Aquel se retorció, y el primípilo le dio el golpe de gracia.

Eran dos contra dos, ahora. Cada uno se encontró delante a otro, pero Quinto se sintió estremecido de rabia: su superior se estaba demostrando un gran combatiente, y ya no le parecía tan fácil mostrarse mejor que él. Se enfrentó al ataque del propio antagonista con el escudo, mientras a su lado Escevio hacía lo mismo con el suyo.

Fue un instante. Una intuición fugaz que no supo resistir. Vio que el contrincante de Escevio presionaba con vehemencia. Vio que aquel contrincante sustraía a Escevio de la vista de sus hombres. Y notó el flanco del primípilo expuesto.

Expuesto a su gladio.

Esperó un nuevo asalto del cesariano y luego hundió el gladio en los riñones de Escevio. El primípilo volvió la cabeza, lo miró durante un segundo con una expresión incrédula y se desplomó en el suelo.

También los dos cesarianos estaban incrédulos. Se detuvieron un instante, lo que dio a Quinto el tiempo de golpearlos. Eran los únicos dos testigos y debían ser eliminados. El centurión se cubrió con el escudo y rajó la garganta del antagonista de Escevio, que aún estaba preguntándose qué había sucedido. Luego se concentró en su propio enemigo, al que empujó varias veces con el escudo antes de obligarlo a descubrirse y darle en el hombro. Aquel se desplomó en el suelo, gimiendo. Estaba fuera de combate, pero debía ser matado. Un nuevo golpe, en plena frente, resolvió el problema. Quinto vio cómo el cráneo se abría en dos debajo del yelmo.

—¡Han matado al primípilo! ¡Han matado a Publio Escevio! —aulló, dirigiéndose a los legionarios que podían oírlo—. ¡Reunid la cohorte! ¡Venga! ¡En formación! ¡Tratemos de alcanzar el flanco opuesto!

Pero los hombres no reaccionaron a sus órdenes. Muchos buscaban con los ojos el cuerpo de Publio Escevio, otros parecían desorientados, confusos. Entre tanto, la alineación cesariana había vuelto a avanzar. Quinto notó que los jinetes habían regresado y ahora escoltaban la cabeza de la columna, protegiéndola en el frente y en los flancos. Su maniobra había tenido éxito, y con toda probabilidad en la retaguardia habían encontrado el modo de escapar de la presión de los númidas.

Si no salía de allí, pronto sería arrollado por su avance junto a todos sus hombres. Alcanzó a los otros y los empujó a abrir una brecha para salir de la formación. Los cesarianos no los molestaron más: solo tenían ganas de volver al campamento, y no tenían ninguna intención de mantener aún aquel cuerpo extraño en el interior de su alineación.

Había terminado. Habían perdido. Su padre había perdido una vez más. Pero él había vencido. Era él, ahora, el nuevo primípilo de la IV legión.

XV

Había una laguna para las salinas, y entre ella y el mar se extendía una estrecha lengua de tierra de no más de mil quinientos pasos. Escipión intentaba entrar para prestar ayuda a los tapsitanos. Que esto iba a ocurrir no se le había escapado a César. De hecho, el día anterior había fortificado un castillo en aquel lugar y dejó allí una guarnición de tres cohortes, y con las demás tropas rodeó de líneas fortificadas Tapso por medio de un campamento en forma de media luna. Escipión, entre tanto, impedido en la marcha iniciada, tuvo que pasar el día y la noche siguientes sobre la laguna, y cuando el cielo blanqueó tomó posición no lejos del campamento y de la guarnición que antes he recordado a mil quinientos pasos de la parte del mar. Fue entonces cuando comenzó a fortificar el campamento.

ANÓNIMO, *La guerra de África*, 80, 1-3

Tapso, África, 5 de abril del 46 a. C.
(finales del invierno)

Pero ¿en qué lío se había metido el dictador?

Ortwin se preguntó si la obsesión de su comandante por llegar a toda costa a una batalla campal no lo estaría conduciendo a la ruina. La presión de los asaltantes era bastante suave en aquel momento, pero el germano tenía la impresión de que Escipión disponía de tiempo y un modo de completar el cerco. Bastaba reflexionar sobre la orografía del lugar para darse cuenta de que había muchas posibilidades de que se transformara en una tumba para los cesarianos.

¿Era posible que César hubiera cometido semejante error estratégico? Ya no era él, de acuerdo. Desde hacía algún tiempo parecía cansado y nervioso, incluso timorato e inseguro: unas características que hasta entonces Ortwin no creyó que llegaría nunca a atribuirle. En cinco meses de campaña, el dictador no había obtenido un solo éxito relevante. Sin duda, no podía considerarse un éxito la ocupación de algunos centros fortificados: de hecho, cada nueva conquista comportaba el destacamento de una guarnición, lo que reducía los efectivos de su ejército, ya insuficientes para sostener un enfrentamiento con los ejércitos coaligados de Escipión, Juba y Afranio. Ni siquiera la reciente llegada de otros cuatro mil legionarios desde Italia había valido para que César ganara una superioridad numérica.

Aunque había que reconocer que el dictador tampoco había sufrido derrotas. Pero había evitado varias por los pelos, y esto había producido un efecto nada beneficioso sobre la tropa, que ya no creía en él como en el pasado.

La actual situación de estancamiento dañaba más a quien, como César, tenía fama de gran caudillo que a mediocridades como Escipión, Afranio, Petreio y un renegado Labieno. No por casualidad, los enemigos se cuidaban mucho de aceptar el enfrentamiento, incluso cuando se alineaban en formación de batalla. Había ocurrido varias veces en los alrededores de Aggar: al final de cada jornada de espera, los unos frente a los otros, la impresión general era de que había sido César quien había perdido.

El dictador era consciente, y había terminado por cambiar el tablero operativo. Pero solo para acentuar esta sensación de fracaso. En efecto, pocos días antes había conducido a las tropas frente a Tisdra, con la esperanza de que Escipión se expusiera para socorrer a su guarnición. Y, en cambio, César se había visto obligado a volver a Aggar después de haberse dado cuenta de que el lugar, carente de fuentes de agua, no era precisamente el más idóneo para hacer acampar al ejército.

Al final, el dictador había decidido jugarse el todo por el todo. Y había apuntado hacia Tapso, la fortaleza, después de Útica, más importante de que disponía Metelo Escipión: nadie podía dudar de que sus enemigos harían lo imposible por socorrerla.

Pero Tapso era también la ciudad más insidiosa que Ortwin hubiera visto nunca para un ejército que pretendiera sitiarla.

Se alzaba sobre la punta de un promontorio, y esto hacía difícil rodearla sin una flota poderosa. Pero era el interior, sobre todo, lo que debería extinguir en cualquier asaltante toda veleidad de conquista. A Tapso se llegaba solo a través de dos finas lenguas de tierra, dos istmos que giraban en torno a un amplio lago salado. Las riberas pantanosas de la laguna, por una parte, y las costas escarpadas, por la otra, hacían aún más restringidas las vías de acceso a la ciudad.

Intentar asediar la fortaleza sin prever que un ejército de socorro podría cerrar toda vía de escape era pura locura. Tapso no era Alesia, África no era las Galias: alrededor del objetivo no había una amplia llanura donde dispersarse rompiendo las posiciones enemigas. Estaban solo el mar y dos angostos corredores que, para un adversario, era hasta demasiado fácil bloquear. Ortwin no conseguía imaginar qué esperaba César de una acción en aquel lugar infausto.

O quizá sí. Y lo que imaginaba le daba miedo. Era un tablero tan ventajoso para Escipión como para poder convencerlo por fin de dar batalla. Y César quería el enfrentamiento campal más que cualquier otra cosa. Quizá incluso más que una victoria, ahora: quizá pensase que estaba perdido, y prefería terminar con una batalla antes de volver a Roma sin haber concluido nada o, peor aún, tener que rendirse por culpa del hambre.

Si las cosas eran en verdad así, se trataba de un movimiento dictado por la desesperación. César estaba llevando a decenas de miles de hombres hacia una muerte inútil.

Que César se había entrampado él solo estaba claro. Ortwin cabalgaba a lo largo de la muralla construida apenas el día anterior en medio del istmo, pensando que debía ayudar a los defensores que estaban siendo atacados por hombres de Escipión. Pero ningún sector parecía en dificultades: solo tres cohortes y unos pocos escuadrones de caballería eran suficientes para mantener a raya la presión de decenas de miles de hombres.

En efecto, Escipión se había precipitado socorriendo a la ciudad asediada, y no había perdido el tiempo efectuando un primer intento de ruptura rápida. Pero, probablemente, la suya era solo una acción que pretendía mantener a César bajo presión, obligándolo a sustraer soldados de la construcción de las obras de fortificación en torno al poblado posterior. Si la muralla en torno a Tapso quedaba incompleta, el dictador se vería obligado a afrontar la batalla ya próxima con la amenaza de un ataque de la guarnición a sus espaldas.

Ortwin se acordó de una historia que le habían contado algunos legionarios. Había un sitio, en una tierra lejana llamada Grecia, donde corrían aguas y cascadas calientes. Allí, en un lejano pasado, un puñado de guerreros, quizá solo trescientos, consiguió bloquear durante mucho tiempo a un ejército inmenso en un restringido paso entre el mar y una montaña.

Pero esos guerreros, según había entendido, habrían podido escapar si hubieran querido: tenían la patria a sus espaldas. Los hombres de César, en cambio, no tenían elección. En cuanto Escipión bloquease también el otro brazo de tierra, sería el fin.

Y Ortwin, como todos en el ejército de César, sabía la suerte que Juba, dos años antes, había reservado a los hombres que se salvaron del desastre de Curión. Si Actio Varo no había conseguido entonces limitar los excesos del soberano númida, nadie esperaba que supiera hacerlo Metelo Escipión: alguien que temía ponerse el manto purpúreo para no mortificar al rey...

África era una tierra embrujada para César. Embrujada y maldita. Hasta el punto de que lo había privado de su fuerza. Hasta el punto de que, quizá, lo había hecho incluso enloquecer...

Si no se tratase de César, Ortwin habría sacado la conclusión de que estaba acabado. Y lo habría abandonado. Se habría unido a los enemigos antes de su caída, no tanto para escapar de la derrota, como un cobarde cualquiera, como para conservar la posibilidad de encontrar a Veleda y devolverla a su patria. Las últimas noticias apuntaban que Cneo Pompeyo el Joven estaba en Hispania y, por tanto, también la princesa debía de estar en la península Ibérica.

Pero no podía abandonar a César. Le había sido fiel durante más de una década, y había sido generosamente recompensado. Y además, seguía siendo César: los dioses que tanto lo habían favorecido hasta entonces no podían haberlo abandonado.

Tantas veces había estado al borde de la derrota, y siempre había salido vencedor: en el Sambre contra los belgas, en Alesia contra los galos, en Alejandría contra los egipcios, en Dirraquio contra Pompeyo Magno... La Fortuna y su determinación le habían permitido seguir adelante una y otra vez.

También ahora podía conseguirlo. César debía de tener escondido algún recurso. Debía de tenerlo.

Esperó que fuera así.

Tito Labieno salió deprimido del consejo de guerra. Observó desconsolado a las tropas mientras se reunían al primer toque del cuerno, a los centuriones dar disposiciones para el orden de marcha, a los legados volver animados a sus alojamientos para preparar la maniobra acordada. El sol estaba a punto de desaparecer tras el horizonte, pero en el campamento la actividad bullía frenética, gracias al entusiasmo por lo que todos consideraban el paso en falso de César.

Se arrepentía de haberse jugado el último desertor solo para permitir que el dictador obtuviera otro éxito interlocutorio. Pero había entendido que César estaba en grandes dificultades, había oído rumores de descontento entre sus tropas y percibido su desconsuelo, su indecisión: se sentía en el deber de ayudarlo a recuperar la moral y la confianza en sí mismo, con independencia de la necesidad de conservar el último recurso para la batalla decisiva. También porque le había parecido que, si seguía así, César ni siquiera podría llegar a la batalla decisiva.

Ahora, por lo visto, el momento había llegado. El dictador se había metido en aquel callejón sin salida, precisamente con el objetivo de empujar a Escipión a la batalla. Pero aquella estrategia corría el riesgo de volverse contra quien la había ideado.

¿Acaso César se había olvidado de que ya no tenía hombres de confianza? ¿Acaso aún contaba con el envío de un desertor para conocer los planes de Escipión? Habría sido un error imperdonable para un hombre lúcido como él. Pero, pensó Labieno con un estremecimiento, también coherente con las señales de cansancio que su viejo comandante mostraba desde que estaba en África.

¿Acaso Cleopatra lo había ablandado? Sin embargo, contra Farnaces había obtenido una victoria brillante, una de las más clamorosas de su carrera... Y había conseguido aplacar la rebelión de la X, en Italia... Aún parecía tener el temple de antaño, tras su estancia en Egipto.

O quizá lo había agotado en esos últimos esfuerzos. Tal vez no esperaba que, después de la muerte de Pompeyo Magno, la oposición resistiera y se mantuviera tan determinada, y ahora había sido vencido por el desaliento.

En cualquier caso, concluyó Labieno, si no encontraba el modo de ayudar al dictador ni siquiera la Fortuna conseguiría salvarlo esta vez.

Reflexionó, pasando revista a sus hombres más leales: aquellos que combatían a su lado desde hacía más tiempo, aquellos que le parecían más dispuestos a sacrificarse por él. Ninguno le pareció tan digno de confianza como para servir a su propósito. Cualquiera habría estado tentado de sacar un enorme beneficio económico, apartando a Escipión. Él mismo, varias veces, había sentido todo el peso del enorme secreto de que era depositario, y había vivido largamente en el temor de que uno de sus hombres de confianza lo traicionara, a pesar de todo.

Sin embargo, debía arriesgarse. Y debía hacerlo enseguida, mientras Escipión se ponía en marcha hacia el brazo opuesto de la laguna. En uno o dos días, su comandante habría fortificado aquel istmo y metido a César en una jaula. César debía saber de inmediato que Escipión lo estaba rodeando para poder sorprenderlo con las fortificaciones aún incompletas. También era posible que los exploradores avisaran al dictador a tiempo: pero la cautela que había caracterizado su actitud, en los últimos meses, difícilmente le permitiría pasar al contraataque con la suficiente rapidez.

Labieno saltó al caballo y galopó hacia su propio campamento, que compartía con las tropas de Lucio Afranio y Marco Petreio. Tenía la orden, por otra parte, de movilizar a sus hombres para que mantuvieran la presión sobre las fortificaciones enemigas a lo largo del mismo istmo donde habían acampado. También Juba se quedaría en los alrededores, cediendo parte de sus hombres y elefantes a Escipión. Este, por su parte, acamparía en el lado opuesto de la laguna con sus ocho legiones, incluida la IV, de la que Quinto se había convertido en primípilo.

Lanzó su caballo a una carrera frenética, mientras acababa de decidir a quién confiaría la tarea más importante que hubiera asignado nunca a un subalterno. Entró en el campamento y empezó a escrutar los rostros de los soldados, esperando captar una expresión que le inspirase confianza. Encontró a un decurión, y delegó en él la tarea de referir a los mandos de las secciones quién debía salir con las propias unidades y quién debía permanecer de reserva. En las inmediaciones de su tienda, bajó del caballo y empezó a escrutar a sus guardias de corps. Era entre ellos entre los que debía encontrar al hombre adecuado.

Cuando lo vieron aparecer, los germanos y los galos empezaron a acribillarlo con preguntas. ¿Era verdad que César estaba acabado? ¿Cuándo empezaría la acción decisiva? ¿Escipión tenía la intención de dar batalla de inmediato o se limitaría a esperar? ¿Quién iría del otro lado de la laguna para cerrar la tenaza? ¿Se atacaría también desde Tapso? Y la flota de Actio Varo, ¿qué papel tendría?

Labieno no consiguió ocultar su fastidio. Al principio, dio respuestas secas, después ni eso. Permaneció callado mientras los soldados se amontonaban a su alrededor, sintiendo crecer dentro de sí el temor de decepcionar a

César. Todo el entusiasmo que demostraban los suyos traicionaba un evidente odio por el dictador: un odio que, como era obvio, habían tomado prestado del que él mismo mostró desde el momento que había fingido abandonarle.

Por otro lado, resultaba evidente: sus soldados eran fieles de verdad. Y, en consecuencia, se habían acostumbrado a considerar a César el enemigo por excelencia, la amenaza que batir a toda costa. ¿Cómo podría revelarles que aún estaba a su servicio, que había causado la muerte de tantos camaradas, sin desorientarlos ni decepcionarlos? ¿Y sin ser juzgado como un traidor al que debían desobedecer e incluso denunciar?

Se abrió paso entre la multitud sin demasiados cumplidos y entró en su tienda. Se sentó, apoyó los codos sobre la mesa y se llevó la mano a la cabeza. Fue invadido por la desesperación. Se preguntó qué podría hacer, en el supuesto de que no consiguiera advertir a César. La respuesta fue inexorable: nada. Escipión había decidido que no participaría en la eventual batalla sobre el brazo opuesto de la laguna, sino que solo debería bloquear la probable fuga de los cesarianos guiando a su caballería a lo largo del istmo. No tenía, pues, la posibilidad de condicionar la evolución del enfrentamiento, solo la de dejar filtrar a eventuales fugitivos.

Demasiado poco para salvar a César.

Exhaló un profundo suspiro: había reflexionado largamente sobre la presunta y quizá probable decadencia de César. Pero no sobre la propia, por lo visto. Se resolvió a llamar a uno de los guardias de centinela.

—Tráeme de inmediato a Moritasgo —ordenó, esperando haber elegido bien.

El guerrero galo se presentó pocos instantes después. Labieno lo examinó, recordando las empresas que habían realizado juntos: estuvo con él desde el inicio de las guerras gálicas, lo empleó con provecho contra los tréveros y contra los parisios, lo había visto distinguirse varias veces en los combates contra los cesarianos. Por cuanto recordaba, a veces lo había oído expresando cierto aprecio por la destreza de César como caudillo. Tenía la sensación de que combatía porque le gustaba hacerlo, no por idealismo ni por dinero.

—Debo asignarte una tarea delicada —dijo, levantándose de la silla.

—Estoy a tus órdenes, legado. Como siempre —respondió rápido el galo, acariciándose los largos bigotes y mostrando la más completa atención.

—La más delicada que hayas nunca desarrollado.

Esta vez el galo permaneció en silencio. Pero su mirada se hizo aún más atenta.

—Pues bien, quiero que desertes de inmediato.

Moritasgo abrió los ojos como platos.

—Sí, has entendido bien. Quiero que desertes de inmediato y que informes a César de la maniobra de Escipión. Y quiero que le digas que ataque enseguida a los legionarios de nuestro comandante, antes de que construyan la muralla.

La angustia se apoderó de Labieno. Le pareció que acababa de traicionar a César. Los hombres que habían desertado hasta entonces fueron informados de cuál sería su tarea antes de que se pasara al bando de Pompeyo Magno. Sabían desde el principio qué se esperaba de ellos y en ningún caso sentían que estaban cometiendo una traición. Pero esta vez...

—¿Entonces?

El galo no respondía. No era buena señal. Labieno se acercó a él y lo miró a los ojos.

—Yo... combato para Metelo Escipión contra el tirano que vosotros, los romanos, odiáis. Y también tú... hasta hoy...

—No. Yo siempre he combatido para César.

Era mejor decirle la verdad. Quizá así Moritasgo no lo consideraría un traidor. Y quizá de esta manera lograría conservar la estima hacia su comandante.

El galo pareció aún más turbado.

—Por tanto..., déjame entender: ¿hasta hoy, siguiendo tus órdenes, yo no he combatido contra César, sino para César?

—En cierto sentido..., sí.

—Por tanto, he causado la muerte de algunos de mis compañeros mientras actuaba para ti...

Esa era la pregunta que Labieno temía.

—Cuando un comandante conduce a la batalla a sus propios hombres, ¿quizá no causa la muerte de algunos de ellos? —respondió.

Por un momento, el galo no supo qué contestar, y Labieno esperó haberlo puesto entre la espada y la pared.

—Pero, al menos, saben por qué y para quién están muriendo... —acabó por replicar.

—Por dinero, sobre todo por dinero —rebatió el legado, dejándose arrastrar por el desasosiego—. Y también tú recibirás mucho dinero de César, si haces lo que te digo. ¡Pero debes hacerlo de inmediato! —lo apremió.

El galo parecía todo lo que Labieno había deseado que no pareciese: perplejo, desconfiado y desconcertado. Si hubiera tenido la posibilidad de volver atrás... Pero ya no había elección.

—Está bien. Haré lo que ordenas —dijo de repente el galo.

Con escasa convicción, Labieno se dirigió hacia un pequeño armario, lo abrió y cogió de un cofrecito un sestercio. Extrajo el gladio y, con la punta, hizo una incisión en la moneda.

—He aquí, dásela a César para que sepa que te envío yo —dijo a Moritasgo, entregándosela.

El galo la cogió, titubeante, luego inclinó la cabeza en señal de saludo y salió de la tienda. Labieno vio cómo se marchaba, sin conseguir liberarse de la sensación de haber cometido un error. Comprendió que se había metido en un lío colosal. Ahora debía arriesgar el todo por el todo, si quería salvarse. Y, sobre todo, salvar a César.

Se levantó de golpe, extrajo el gladio de la funda y se dio con la empuñadura en la cara, golpeando con violencia sobre la nariz. Se tambaleó. Un cálido reguero de sangre brotó de su nariz y fue descendiendo hacia su boca: su sabor era agrio como la amargura que lo atormentaba. Recuperó el control y salió de la tienda.

—¡Legado! ¿Qué ha sucedido? —le preguntó uno de los centinelas, mirándolo desconcertado.

—He acusado a Moritasgo de ser un traidor. Me lo había revelado un compañero suyo antes de morir, durante el último enfrentamiento con César. He estado vigilando sus movimientos, estos días, y hoy lo he puesto contra las cuerdas. Al verse descubierto, me ha golpeado y ha huido. Con toda probabilidad, ahora estará desertando...

—¡Vamos a alcanzarlo, rápido! —gritó otro guardia.

Labieno era un comandante tan estimado que nadie ponía en duda nunca sus palabras.

El legado hubiera preferido perseguir a Moritasgo solo, pero no podía dar pábulo a más sospechas. Se limitó a permitir que lo siguieran solo los germanos. Los galos hubieran podido ser más escrupulosos tratándose de uno de sus compatriotas. Entre germanos y galos, se daba aún cierta rivalidad.

Subió al caballo y miró a su alrededor. La débil luz del sol casi había desaparecido, y la de las primeras antorchas encendidas le permitió localizar la incierta silueta de Moritasgo, ya próxima a la salida del fuerte.

—No atraigáis la atención de los demás. No quiero turbar a los hombres —mintió para impedir que los suyos tomaran iniciativas.

Avanzó a trote ligero siguiendo las huellas de galo. Vio cómo salía. Continuó siguiéndolo a distancia, hasta que también él estuvo fuera. Después fue más difícil seguir sus movimientos. Aguzó la vista para tratar de averiguar qué dirección había tomado. Si Moritasgo tenía de verdad la intención de traicionarlo, se dijo, iría hacia el oeste, hacia el campamento de Escipión. Y no al norte, donde se encontraban las líneas cesarianas. Pero si el galo iba hacia al oeste, sería complicado convencer a sus acompañantes de que estaba desertando.

Debía detenerlo de inmediato.

Aceleró la marcha, y los otros fueron detrás de él. Se acercó al galo, y solo entonces Moritasgo se dio cuenta de que lo estaban persiguiendo. Pero no escapó. Mala señal: quería decir que no tenía por qué ocultarse.

O quizá solo estuviera desorientado. Ahora estaban cerca del campamento de Escipión. Era probable que estuviera yendo a denunciarlo. Labieno se estremeció. El acre sabor de la sangre se mezcló con el del miedo por el desastre inminente. Esperó que la Fortuna de César lo ayudara.

Sin dejar de cabalgar, se aproximó a uno de sus subalternos y le arrancó la lanza de la mano. Ahora estaba bastante cerca. Moritasgo lo reconoció.

—¡Labieno! Labieno es un...

No pudo acabar la frase.

Cayó del caballo. La lanza arrojada por el legado lo había atravesado en pleno pecho.

Labieno no detuvo la carrera del caballo hasta que estuvo a su lado. El galo estaba tendido sobre el terreno y el legado se apresuró a bajar de la silla para asegurarse de que ya no podía hablar. Le dio la vuelta, y vio que tenía los ojos desencajados. Un reguero de sangre corría por su boca.

Habría podido suspirar de alivio. Pero sabía que no había terminado.

—Si quería desertar, ¿por qué estaba yendo hacia donde está Escipión?

La pregunta de uno de los soldados lo confirmaba.

—Evidentemente, no era hacia el campamento de Escipión adonde se dirigía, sino que pretendía rodear la laguna para alcanzar a César por el otro brazo. Quizá pensaba que estaba demasiado expuesto yendo directo hacia las líneas enemigas al norte —respondió.

Deseaba, de hecho, que aquel galo estuviera yendo hacia el campamento de Escipión. No querría haberlo matado inútilmente.

Justo en aquel momento, desde el campamento de Metelo Escipión apareció la cabeza de una columna de soldados. La maniobra de envolvimiento había empezado. A la débil luz de las antorchas, las siluetas se movían seguras y ordenadas. Detrás surgieron los macizos e indistintos contornos de un elefante, luego de otro. La atención de los guerreros en torno a Labieno fue atraída de inmediato por el espectáculo.

En condiciones normales, pensó el legado, se realizaría una investigación sobre el episodio. Pero, por ahora, la batalla que se aproximaba aplazaría cualquier indagación. Después..., bien, después, si Escipión ganaba, nadie se interesaría por aquel galo. Y si perdía, ya no tendría ninguna importancia.

De todos modos, el inicio de la maniobra de Escipión hacía aún más urgente una solución a su dilema. Labieno volvió a montar a caballo, reconfortado por las conversaciones de los soldados que, pendientes ya de las legiones en marcha, parecían haber dejado de lado el asunto de Moritasgo. Galopó hacia su campamento, entró y regresó precipitadamente a su tienda. Se sentó y cogió una tablilla encerada con un punzón. Reflexionó durante algunos instantes, tratando de recordar el código de César, que no usaba desde hacía tiempo, y luego escribió unas palabras.

Salió de nuevo de la tienda, se hizo con un arco y una flecha, apoyó la tabilla en el suelo, tensó después el arma, colocó la flecha y la arrojó contra la tablilla. La punta traspasó el objeto. Lo recogió, se puso el arco en bandolera y volvió a montar a caballo. Su comportamiento, por supuesto, atrajo la atención de los soldados. Entrevió incluso a Lucio Afranio, que lo observaba desde lejos. Además, el rumor de la presunta agresión que había sufrido se había difundido, y un intenso clamor recorría todo el campamento.

Espoleó el caballo y salió de nuevo del campamento. Los soldados, que se estaban amontonando en torno a su tienda, se apartaron para dejarlo pasar, pero muchos, a pie o a caballo, lo siguieron inmediatamente después, curiosos y perplejos. Mejor, pensó Labieno: con tantos testigos presentes, su acción tendría tal resonancia que haría olvidar la muerte del galo.

Cabalgó, esta vez, en dirección a las líneas de César, un poco más al norte. Cuando llegó, se percató de que tenía detrás un buen enjambre de soldados. Se detuvo a una cierta distancia de la muralla enemiga, suficiente para permitirle arrojar la flecha más allá de la empalizada. Cuando oyó que el ruido de los cascos detrás de sí se había detenido, gritó:

—¡César! ¿Me escuchas, César? ¡Soy Tito Labieno, el hombre de cuyas hazañas te has apropiado durante años! ¡El hombre al que debes tu ascenso! ¡El hombre que se ha arrepentido demasiado tarde de haberte dado tanto poder! ¡Un poder que has usado para poner a Roma bajo tu yugo y privar a todos de la libertad!

»¡César! ¡Acabo de matar a uno de tus seguidores, y haré lo mismo contigo cuando por fin tengas las agallas de combatir en primera línea! ¡Sí, en primera línea, como siempre he hecho yo, también cuando combatía para ti, mientras que tú, durante las batallas, estabas cómodamente sentado en tu silla curul!

»¡Estás acabado, César! ¡Ya no eres el de antes! ¡Tus propios hombres ya no creen en ti! ¡África será tu tumba, y la ciudad de Tapso pasará a la historia por haber sido el teatro de la última interpretación de un tirano!

Una ovación siguió al final de su arenga. Y una flecha se clavó en el terreno a pocos pasos de distancia de él.

Desde las escarpas alguien había tenido la bonita idea de hacerlo callar para ganar puntos con César. Pero estaba oscuro, ahora, y el riesgo de que le golpearan era casi inexistente.

Él, en cambio, no tenía el problema de tener que dar en el blanco. Tenía suficiente con superar la empalizada.

—¡Aquí tienes mi mensaje personal, en recuerdo de los viejos tiempos! —gritó de nuevo. Luego tendió el arco, colocó la flecha con la tablilla y tiró.

No le quedaba más que confiar en la diligencia de los soldados de César. Los había provocado bastante para que se apresuraran a llevarle el mensaje.

Un mensaje que solo él estaría en condiciones de descifrar.

Y luego, que los dioses protegieran a Quinto.

XVI

> Así refieren algunas fuentes esta batalla. Pero otras dicen que César no participó en el asalto, porque mientras desplegaba ordenadamente el ejército sufrió un ataque epiléptico. Él se percató de cuanto sucedía antes de perder la conciencia y verse superado por el mal, y cuando sus facultades flaquearon se hizo llevar a una de las torres vecinas y allí consiguió tranquilizarse.
>
> Plutarco, *Vidas paralelas*, César, 53

César observó la alineación que acababa de disponer para la batalla. Los hombres parecían preparados. En las alas, los veteranos daban la impresión de no estar más que esperando la señal de ataque. Habían entendido todos que, esta vez, Escipión no podría evitar el enfrentamiento.

Su alineación estaba muy incompleta y se interrumpía en varios puntos por la muralla en construcción. Sus soldados hormigueaban a un lado y otro de las secciones del terraplén, siguiendo las disposiciones confusas de sus oficiales y presos del desconcierto por la repentina aparición del enemigo.

Algunos tropezaban con los montones de tierra aún no allanados y compactados, otros perdían el equilibrio y caían en los fosos solo en parte excavados delante de las zonas de muralla.

Tenía razón Labieno. Escipión no esperaba que su antagonista le cayera encima con tanta rapidez. Quizá ni siquiera se lo esperaba Labieno, si se había considerado en el deber de enviarle aquel mensaje en el que lo exhortaba a actuar de inmediato. Debía de haber dado también él la impresión de que ya no poseía la misma determinación que antes. ¡Por todos los dioses, si su decadencia era evidente también a los ojos de quien no lo veía desde hacía años, entonces ya no era posible escondérsela a nadie!

César miró de nuevo a sus soldados. Había verdadero entusiasmo en sus filas. La visión del ejército enemigo en dificultades debía de haberlos alentado, quizá presagiaban el fin de aquella larga y extenuante campaña y no veían la hora de realizar el último esfuerzo para hacerse con los premios tan largamente prometidos y anhelados. Sí, estaban listos.

Era él quien no lo estaba, por desgracia.

Continuaba pensando en Pompeyo Magno. Tenía la impresión de que su espectro se cernía sobre su cabeza. En Farsala, su antiguo yerno debía de haber experimentado más o menos las mismas sensaciones que él ahora. Y había perdido. Debía de haberse sentido viejo y cansado, justo como él se sentía en ese momento. Y quizá había temido no lograr imponerse contra un adversario más determinado. Quizá había buscado dentro de sí, sin conseguir encontrarla, la antigua energía que le había permitido triunfar en repetidas batallas y campañas sobre los pueblos más aguerridos e insidiosos. Y quizá le había asaltado el pánico de frustrar, con una derrota, todo aquello que había hecho en el pasado para ganarse un lugar destacado en la Historia.

¿Había llegado su turno? ¿Había llegado también él al final de su epopeya? ¿Le correspondía a él, ahora, tener que reconocer que ya no era el de antes y conducir a sus hombres a la batalla, por primera vez, sin mostrar la determinación que siempre les había exigido a ellos?

Reflexionó con espanto en los honores que acababa de acordar por carta con el Senado. La dictadura por diez años. Inspector de las costumbres durante un trienio. El derecho de sentarse entre los dos cónsules en el Senado y expresar siempre primero su opinión. Nombrar a los magistrados. Dar la señal de salida en las carreras de cuadrigas. El derecho a tener una estatua de bronce sobre la representación del mundo, con una inscripción que atestiguase su condición de semidiós. Y el derecho al triunfo, desde luego.

Como si ya hubiera vencido. Había estado tan seguro de sí mismo como para pensar que podía disponer del imperio a su antojo. ¡Pero era precisamente lo que habían hecho los socios de Pompeyo Magno antes de Farsala! Estaban tan seguros de vencer que habían pasado días y días litigando sobre los cargos que ocuparían y los patrimonios que iban a confiscar. Y, en cambio, habían perdido, porque su líder estaba en decadencia.

Y pensar que siempre había ridiculizado a los comandantes timoratos, aquellos que pretendían inspirar valor en sus hombres sin tenerlo ellos mismos, confianza careciendo de toda seguridad. No, no debía aflojar precisamente ahora. Un último esfuerzo, solo un último esfuerzo, y todo el mundo romano estaría a sus pies. Y podría descansar, por fin, antes de entregarse a nuevas y grandes hazañas.

Se preguntó si al menos sus palabras tendrían la fuerza de antes. Mil veces había motivado a sus legionarios arengándolos antes del enfrentamiento, mil veces los había inflamado con el calor de su convicción. Y aún más a menudo había conseguido imponer su voluntad a hombres de toda condición, fingiendo incluso, en sus discursos, pensamientos que le eran por completo ajenos.

Esta vez también tendría que actuar. Como tantas otras veces con las personas, pero nunca antes de una batalla. En la batalla, nunca había tenido necesidad de mentir. Antes de un combate, siempre había transmitido a los soldados la propia certeza de la victoria, la convicción de que podrían imponerse sobre un enemigo nunca tan decidido como él. Ahora era diferente: debería convencerlos de algo de lo que él mismo dudaba.

Decidió adoptar un sistema distinto de su habitual arenga. Un sistema que también lo alentara a sí mismo. Espoleó el caballo y se acercó a la primera línea de la X legión, que había colocado en la extrema derecha, flanqueada por la XIII. Sobre el ala opuesta estaban las otras dos legiones veteranas, la XIV y la IX. La V estaba repartida en dos mitades, cada una situada delante de la alineación, junto a la infantería ligera y los tiradores, para ahuyentar a los elefantes. En el centro, las tres legiones de reclutas. Las dos últimas las había dejado vigilando la muralla construida en torno a Tapso, bajo las órdenes de su legado Nonio Asprenas.

Bajó del caballo y caminó, mostrando indiferencia hacia los soldados de la X. Aún no había conseguido perdonarlos tras su sedición en Italia del año anterior. Desde que habían puesto el pie en África, nunca se había dirigido a ellos directamente, y prefería más bien recurrir a intermediarios. Siguió adelante y alcanzó las filas de la XIII. Al final, se dirigió a uno de los legionarios. Eligió a propósito a uno de los de más edad, deseando que el recuerdo de sus gestas en común le diera la fuerza para afrontar una nueva empresa.

Le puso una mano en la espalda, apretándole la hombrera de la loriga.

—¡Lucio Fulginio, hace más de diez años que combates con honor a mi servicio! Recuerdo cuánto valor mostraste ya como recluta en la campaña contra los belgas. ¿Recuerdas también tú cuántos eran los enemigos? ¡Tantos que su campamento se extendía ocho millas! Os correspondió a vosotros, los de la reserva, cavar los fosos y construir las fortalezas con que protegernos sobre las alas para evitar que nos rodearan. ¿Y unas semanas después? ¿Recuerdas las barreras de arbustos con que nos recibieron los nervios? Consiguieron sorprendernos, pero yo mismo acudí en ayuda del ejército con la reserva, de la que formabas parte. ¿Recuerdas cuando arranqué del brazo de un compañero tuyo el escudo y os guie a primera línea para socorrer a las legiones en dificultades? Nuestros compañeros de armas vieron a su comandante y recuperaron el valor, y vosotros acabasteis el trabajo.

César trataba de infundirse valor y confianza a sí mismo, antes que a cualquier otro. Si había sido capaz de tanto valor, no podía vacilar ante un desafío en apariencia menos exigente.

—¡Claro que me acuerdo, César! —dijo el legionario, aprovechando la vacilación del dictador—. Los nervios se defendieron hasta el final, combatiendo sobre montones de cadáveres: ¡lanzaban flechas y hasta los *pila* que conseguían reutilizar!

César asintió, los otros de la XIII invocaron su nombre.

—¡Y tú, Lucio Torcuato! —el comandante se dirigió a otro soldado—. ¿Recuerdas todo lo que fuimos capaces de hacer juntos en Alesia? Resistimos toda la noche a la lluvia de piedras, dardos y jabalinas que embistió el muro, rechazamos las escaleras y los cañizos que los galos intentaban apoyar en el terraplén, privamos a los asaltantes de las hoces con las que pretendían demoler la muralla. ¡Contuvimos cada intento de ruptura, desde la ciudad y desde la llanura, defendiendo casi treinta millas de fortificaciones! ¡Era un área tan vasta que, cuando vencimos en la batalla con el contraataque decisivo en un sector, los demás sectores solo se dieron cuenta al ver a los legionarios desfilando con los despojos de los enemigos muertos! ¡Juntos! ¡Juntos hemos realizado estas hazañas memorables, porque juntos somos invencibles!

Otra ovación siguió a sus palabras.

—¡Y tú, Cayo Salviano! ¡Fuiste uno de los primeros en atravesar el Rubicón, cuando decidí defender mis derechos y los vuestros, enfrentándonos a la casta de sediciosos que quería negarnos el justo premio por las hazañas realizadas en nombre de Roma! ¡Y no vacilaste en violar con las armas el suelo itálico, confiando a ciegas en tu comandante! Somos compañeros de armas, todos estamos en la misma barca, todos sentimos la misma necesidad de afirmar nuestros derechos. ¡Hemos compartido alegrías y dolores, adversidades y satisfacciones, haciendo nuestra vida digna de ser vivida, y aún más digna de ser recordada y celebrada por nuestros herederos! ¡Y ahora no tenemos más que superar el último obstáculo para ganarnos la inmortalidad!

La XIII elevó al cielo una ovación que encontró de inmediato eco en las legiones cercanas, saltando de fila en fila desde el mar hasta la laguna. César estimó que había animado bastante a sus hombres. Volvió a su caballo, montó en la silla y recuperó su posición en el extremo derecho de la alineación, casi a la orilla del mar. Luego observó al enemigo frente a sí. Ya podían distinguirse los elefantes. Escipión los había dispuesto sobre las alas, ocho en cada una, como un escudo para ocultar la confusión que reinaba en sus líneas. En el centro solo se veían infantes, pero se podía apreciar cierta continuidad en la alineación. Los jinetes estaban en las alas, emergiendo a ambos lados de los paquidermos, a orillas del mar.

Era el momento. Metelo Escipión aún no había conseguido alinear a sus hombres con la necesaria cohesión. No resistirían un asalto de los veteranos. En cuanto a los elefantes..., la V ya se encargaría de ellos. Tenía la victoria en un puño.

Sin embargo, no conseguía dar la orden. Un oscuro temor le impedía pronunciar la consigna: *¡Felicitas!* Su discurso no había servido de nada, era inútil ilusionarse. No había exaltado a los hombres más de lo que ya lo estaban, viendo a los adversarios casi a su merced, y no había infundido determinación y confianza en su ánimo, atormentado aún por la sensación de estar destinado al mismo fin que Pompeyo Magno.

—¡César, da la orden!

El legado de la X trató de atraer su atención.

—Pero ¿a qué esperamos? —una voz, indistinta, entre las filas de los legionarios.

—Si esperamos más, llegará también Juba y todos los otros...

Otra, más irritada.

—Te lo ruego, César, ¡lanza el ataque! —le imploró su legado.

Pompeyo Magno. Se sentía viejo y cansado, y había perdido.

—Pero ¿por qué César no da la orden?

—¿Qué está sucediendo? ¿Por qué estamos todavía aquí parados?

—¿Queremos hacer como Pompeyo, que mantuvo quietos a sus hombres en Farsala mientras eran embestidos por nuestra carga? ¿Queremos dejarnos arrollar por los elefantes?

Pompeyo Magno. En Farsala estaba viejo y cansado, y había perdido.

—¡Ataquemos! ¡Ataquemos!

—¡Aniquilémoslos!

—¡Son nuestros!

—¡Tocad las trompetas!

—¡César, permite que nosotros, los de la X, nos redimamos!

César se sintió asaltado por un temblor. Una sensación que conocía incluso demasiado bien.

Un legionario, dos legionarios, tres legionarios salieron de las filas y se lanzaron hacia delante. Todos los demás de la misma cohorte los siguieron de cerca. Sus centuriones intentaron detener a algunos, pero corrieron casi el riesgo de caer. Al fin, se pusieron a correr también ellos. Después, también las otras cohortes empezaron a moverse. Toda la X había partido al ataque.

Sin que se hubiera lanzado la consigna. Sin que hubieran sonado las trompetas.

César los observó. Quería levantar el brazo, pero se sintió vencido por la rigidez. Trató de pronunciar la consigna: «*¡Feli...!*», pero sus dientes comenzaron a rechinar mientras sentía el sabor de la sangre en la boca y la baba que empezaba a correr por su mentón.

—Ortwin... Llé... llévame detrás de la fortificación... —consiguió decir. Y después nada.

Ortwin y sus germanos, alineados cerca de él, vieron cómo se desplomaba sobre el caballo, presa de espasmos y convulsiones. Luego el dictador cayó despacio de la silla. Ortwin se apresuró a desplegar a sus hombres en torno al comandante para que los soldados no lo vieran en esas condiciones. Bajó de la silla también él y lo levantó para que no se ahogara en su propia baba. Pudo aun así echar un vistazo a los legionarios. Vio sus espaldas ya lejanas, cada vez más cerca de la formación enemiga.

La batalla había empezado. Sin César.

Él ya lo había dicho: esos malditos elefantes no servirían de nada. Peor aún, serían incluso un estorbo. Quinto lanzó la piedra que tenía en su poder contra el paquidermo, sin terminar de creerse que lo haría volver contra el enemigo. Los honderos de César estaban arrojando de todo sobre el animal, mientras sus camaradas estaban tan asustados que no conseguían tomar ninguna iniciativa.

Aparte de escapar, se entiende.

El elefante barritó y se levantó sobre las patas posteriores. La alineación, en la cual se habían abierto amplias brechas, onduló hacia atrás. Como los demás centuriones, Quinto trataba de contener el repliegue de los suyos, empujándolos el uno contra el otro con el escudo y amenazándolos con la punta del gladio. Pero debía también protegerse del animal, que no hacía ningún caso de sus conductores, que estaban en la torrecilla anclada sobre el lomo.

Alguno se decidió, por fin, a tirar las piedras, pero los lanzamientos eran demasiado pocos y demasiado suaves, en comparación con el denso tiro de proyectiles de los cesarianos. Los elefantes se habían transformado, de hecho, en una especie de carros de guerra para abrir el camino a la infantería enemiga: el ala derecha cesariana se acercaba cada vez más.

Y la X legión estaba por delante de todos.

Quinto, consternado, la reconoció por el emblema del toro que descollaba en los escudos y en los estandartes. Eran ellos, los mismos que se habían rebelado contra César y que César había castigado: los veteranos con los que todos pensaban que el dictador ya no podía contar.

Y a medida que se acercaban, Quinto, entre un movimiento y otro del elefante que se agitaba ante él, entreveía sus expresiones. En los rostros estaba esculpida la misma ferocidad de Farsala, cuando habían arrollado la alineación de Pompeyo Magno.

En aquella ocasión, al menos, la alineación enemiga

los estaba esperando en posición de firmes y con los rangos cerrados. Esta vez, para los veteranos sería aún más fácil. Elefantes enloquecidos delante de todo, zanjas, montones de tierra y empalizadas intermitentes detrás, el mar y los pantanos de la laguna al lado: no era César quien estaba atrapado, como Escipión había creído bloqueando los dos istmos.

Eran ellos los que estaban en una trampa.

Los hombres lo habían entendido. Todos. El terror y la consternación recorrían sus rostros, el escalofrío y el temblor invadían sus cuerpos. Hasta los animales de los númidas alineados sobre el ala, casi a la orilla del mar, parecían aterrorizados: pateaban y relinchaban, intentando mantenerse fuera del alcance de los elefantes, cuyos movimientos se habían vuelto impredecibles. Los jinetes trataban de controlar a sus animales, pero muchos ya se habían replegado más allá de la muralla, frustrando cualquier propósito de cargar contra el flanco enemigo.

Los legionarios de César ralentizaron su marcha. Sin embargo, estaban cerca. Quinto se preguntó el motivo. Luego vio que algunos soldados de la V se aproximaban a los elefantes y tiraban jabalinas, y lo entendió. Los de la X temían introducirse entre un elefante y otro: se habían detenido para esperar a que los paquidermos les abrieran el camino.

Aún había una esperanza, y residía precisamente en los elefantes. Debía hacérselo entender a sus hombres. Mientras los paquidermos permanecieran en su sitio, harían de escudo protector contra la furia de los veteranos. Si lograba mantener unidos a sus hombres y empujar a esas bestias contra el enemigo, podría dirigir el contraataque.

Él, antes que cualquier otro oficial, dando inicio a la reconquista.

Los elefantes, los veteranos enemigos, sus hombres, el mar a uno de sus lados, la caballería en desbandada, los obstáculos justo detrás... Muchos factores que tener en cuenta, muchas variables. Le pareció que enloquecía.

—¡Quieto, imbécil! ¡Quédate quieto aquí! —aulló al soldado más cercano, que tendía a retroceder. El hombre pareció no entenderlo, quizá incluso ni lo vio, y entonces Quinto le asestó un golpe en el rostro con el dorso de la mano que apretaba el gladio. Le hizo sangrar por la nariz y luego se acercó a otro de sus hombres, que parecía igual de aterrorizado. Sin embargo, este, temiendo sufrir la misma suerte que su compañero, recuperó la posición.

—¡Los *pila*! ¡Lanzad los *pila* sobre los elefantes! —gritó a los suyos—. ¡Y aullad! ¡Aullad a más no poder!

No era esa la orden del alto mando: las jabalinas deberían usarse contra los adversarios, no contra los elefantes. Pero el alto mando no había previsto que las piedras podían no llegar a ser suficientes: los *pila*, se convenció Quinto, serían más útiles si lanzaban a los paquidermos contra los enemigos que si eran lanzados directamente contra los propios enemigos.

Arrancó un *pilum* de la mano de un subalterno, aulló como un bárbaro y lo lanzó contra las patas del animal. El arma penetró en la dura coraza de la bestia, que movió la trompa a derecha y a izquierda. De inmediato algunos legionarios imitaron al primípilo: otras jabalinas se clavaron en las patas del elefante, que se alzó sobre las posteriores y amagó con darse la vuelta. Pero desde atrás seguían llegándole toda clase de proyectiles: las unidades antipaquidermos de los cesarianos parecían más organizadas. El elefante se irguió hasta casi ponerse de pie, y Quinto vio cómo los dos ocupantes de la torre salían disparados. Cuando el animal cayó al suelo, una pata se desplomó sobre uno de los dos desdichados, partiéndolo literalmente en dos.

Los hombres de Quinto lanzaron un alarido coral de terror. Los rangos se rompieron y muchos, temiendo acabar igual, dieron la espalda al enemigo y buscaron refugio más allá de la muralla. Pero en la confusión, algunos cayeron en el foso o tropezaron con los montones de tierra. También Quinto retrocedió algunos pasos, pero solo para contener la fuga de sus hombres. Apuntó el gladio a la garganta de un legionario y lo empujó hacia delante y con el escudo asestó un golpe contra otro soldado, tirándolo al suelo. Justo después, empezó a darle patadas hasta que se levantó.

El elefante, mientras tanto, parecía por completo enloquecido por el dolor. Barritaba, no avanzaba ni retrocedía, acribillado desde las dos direcciones. Luego, dio media vuelta y empezó a desplazarse de lado, primero despacio, luego cada vez más veloz.

Pero otro elefante corría paralelamente a la línea de la formación de Escipión: y era mucho más rápido. También en otros sitios, como era evidente, las pobres bestias eran acribilladas tanto por delante como por detrás. Durante un momento, también Quinto se quedó paralizado: el terreno vibraba bajo los golpes de sus patas, y un estruendo continuo parecía presagiar una enorme catástrofe.

Los dos paquidermos no aflojaron su loca carrera ni siquiera cuando se encontraron el uno frente al otro. Su impacto resonó por todo el istmo, del mar a la laguna, haciendo vibrar las fortificaciones aún precarias. Fue como si dos ejércitos hubieran chocado. Las torres de sus lomos se partieron en mil pedazos, y los hombres que estaban en su interior volaron sobre las cabezas de los soldados, petrificados por el terror. Por fin, los paquidermos se desplomaron en el suelo con un nuevo y atronador ruido, levantando una nube de polvo. Se elevaron incluso los montículos de tierra de relleno aún no allanada, envolviendo a los soldados en una densa niebla que suspendió todo movimiento, paralizando a todos en la angustia durante un largo rato.

Tampoco Quinto se atrevió a moverse. No veía nada, no oía nada, no sabía qué lo esperaba algunos pasos adelante o atrás: otro elefante, la jabalina de un adversario, la histeria de un subalterno, un foso o un palo puntiagudo.

Poco a poco, la niebla fue disipándose. Siluetas indistintas se materializaron ante sus ojos, espectros de hombres confusos, asustados, angustiados.

Sus hombres.

Luego vio dos siluetas más macizas. Otros dos elefantes daban vueltas en esa tierra de nadie que separaba las dos alineaciones, sin que sus conductores estuvieran en condiciones de controlarlos. Oyó un silbido, y luego otro. Un proyectil, quizá lanzado por una honda, alcanzó directamente a un soldado, que se desplomó en el suelo. Los cesarianos volvían a tirar.

La mole gigantesca de una de las dos bestias se hizo de repente más nítida. Se estaba acercando, y además corriendo. La trompa del elefante se tendió hacia Quinto, como si quisiera atraparlo. El centurión se movió de forma instintiva hacia un lado y el paquidermo siguió avanzando. Pero detrás de Quinto había otros hombres: el animal los arrolló, los aplastó, los arrojó lejos, los barrió.

La brecha, para los cesarianos, estaba abierta.

Quinto miró hacia delante. Un ligero polvillo aleteaba aún en el aire, haciendo más inquietantes las figuras de los veteranos que se aproximaban. Encontró el tiempo de volverse y comprobar la posición de sus hombres: solo vio sus espaldas, algunas más cercanas, muchas otras ya lejos.

El barrito lo cogió por sorpresa. Se había olvidado del segundo elefante. Sintió que algo lo envolvía y lo levantaba. Las espiras de la trompa lo apretaron con fuerza hasta que le faltó la respiración, los rápidos movimientos arriba y abajo, a derecha y a izquierda, le provocaron náuseas y un fuerte mareo. Dejó caer el escudo, empuñó el gladio como un puñal y empezó a asestar golpes a la dura piel del animal, que continuaba corriendo dentro de la alineación de Escipión.

Hacia el foso, hacia la muralla.

La presión de la trompa se hacía cada vez más cerrada. Quinto continuó golpeando, pero la vista se le debilitaba, las sienes le palpitaban enloquecidas. Distinguió la muralla ya próxima y golpeó más, incidiendo, perforando la piel del animal mientras empujaba el gladio con ambos brazos. Por fin, el animal aflojó. Quinto sintió que la trompa vibraba en un barrito que pareció un rugido y la serpiente que lo envolvía se abrió de repente, lanzándolo al aire.

El centurión aterrizó sobre un montón de tierra, con una punzada de dolor insoportable en el costado. Inmediatamente después, un ruido. Miró un poco más allá: el elefante se había desplomado en el foso, sobre los soldados que habían caído allí mientras huían o, de forma deliberada, se habían refugiado para escapar de la persecución de los cesarianos.

Que cada vez estaban más cerca.

Miró a su alrededor. No encontrarían ninguna oposición. Ya no había ejército, sino una tropa en desbandada. La batalla aún no había empezado y, sin embargo, las tropas de Escipión retrocedían. El miedo, la inexperiencia, la incógnita representada por los elefantes, la incompetencia de los mandos, la presteza de César, el ímpetu de sus veteranos, todo esto había determinado el resultado del enfrentamiento aun antes de que comenzara.

Casi no había ningún soldado que se encarara con el enemigo. El pánico se había adueñado de los númidas a caballo, que se habían desvanecido. Los que iban a pie se apiñaban a través de los puntos aún no fortificados de la muralla, arrollando a los legionarios aislados y arrojándolos en el foso. Ningún soldado seguía ya sus estandartes, los oficiales se agitaban en vano para mantener unidas las centurias, los elefantes enloquecidos continuaban cosechando víctimas incluso después de haber superado la muralla.

Y todo sin que hubiera habido un solo contacto con el enemigo.

Los soldados solo pensaban en escapar. De espaldas, por el suelo, trepando por las empalizadas, se ofrecían como víctimas sacrificiales a los legionarios de César, que avanzaban inexorables. No obstante, no habría sido difícil enfrentarse al enemigo: la alineación había avanzado en oblicuo, casi en orden disperso, el ala derecha antes que la izquierda, dejando amplios espacios entre una unidad y la otra. Un ejército apenas más compacto hubiera podido acabar con ellos con facilidad. Si no hubieran recurrido a esos malditos elefantes...

Ahora sería una masacre, pensó Quinto, advirtiendo que había retrocedido instintivamente también él frente al avance de la X. A menos que su padre, Tito Labieno, hubiera organizado las tropas de Juba y de Afranio del lado opuesto a la laguna, contraatacando a espaldas de los hombres de César. Entonces, quizá, los soldados de Escipión tendrían tiempo de reorganizarse y reaccionar, cerrando por fin a los cesarianos en la proyectada tenaza.

No todo estaba perdido. Lo estaría, en efecto, si no estuviera Tito Labieno en el otro lado. Solo él estaba en condiciones de lograr que venciera Escipión en aquella situación en apariencia desesperada.

Quizá aún había una esperanza.

XVII

> Por este hecho, varios jinetes y senadores romanos, espantados, se retiraron de la batalla, para no ser también ellos asesinados por los soldados que, por tan grande victoria, se habían tomado la licencia de cometer crímenes sin medida esperando impunidad tras las grandes hazañas realizadas.
>
> ANÓNIMO, *La guerra de África*, 85, 8

Ortwin observaba a los legionarios ensañarse con los fugitivos e incluso sobre quienes se rendían. No había habido un solo momento, hasta entonces, en que la victoria de César hubiera estado en discusión. El dictador había abordado con actitud temerosa el enfrentamiento, en una condición de manifiesta inferioridad estratégica, e incluso había sido abatido por un ataque de ese mal oscuro que lo perseguía desde hacía años, privando a los hombres de su guía.

Sin embargo, a pesar de todo, esta batalla corría el riesgo de transformarse en su victoria más rotunda.

Miró a su comandante aguantándose apenas en la silla. Parecía haberse recuperado, tras permanecer inconsciente durante todo el asalto al campamento de Escipión. Pero aún no estaba en condiciones de participar de forma activa en el enfrentamiento, admitiendo que pudiera llamarse así a la sanguinaria redada que estaban protagonizando sus hombres. César aún era acosado por débiles estremecimientos, sus ojos lagrimeaban, aún tenía el mentón y las mejillas brillantes y sucios de saliva seca, su pelo alborotado ondeaba sobre la frente con entradas.

El germano esperaba órdenes, pero el dictador no abría la boca. Sin embargo, parecía muy consciente: sus ojos seguían con atención cuanto ocurría en el espacio comprendido entre los campamentos de Juba, Afranio y Labieno, en los cuales habían buscado salvación los fugitivos de Metelo Escipión.

Era sorprendente la rapidez con que se había disuelto el ejército enemigo. Del lado del istmo, las tropas de Escipión no habían opuesto ninguna resistencia, dándose a la fuga aun antes de ser atacados por la X legión. Como César había previsto, gracias a la presión de la V, los elefantes habían sembrado el caos entre sus propias filas. Después, la muralla de su campamento se había transformado en una trampa que había ralentizado la fuga, poniéndolos a merced de sus perseguidores. Primero solo los legionarios de la X, luego todos los demás, se habían encarnizado con los adversarios caídos en la fosa, apiñados entre una y otra sección del valle, o bloqueados por la empalizada. Y cuando terminaron con ellos, volvieron para perseguir a todos los demás, que creían haber encontrado la salvación refugiándose con el rey númida.

Ortwin se culpó por haber dudado de la estrategia de César. Había sido brillante, a pesar de todo. Había atraído al enemigo a la batalla mostrándose en una trampa, y lo había empujado a dividir el ejército en dos secciones. Así había podido enfrentarse solo una parte de las tropas de Escipión, sobre la cual había obtenido una victoria tan aplastante y repentina que no había dejado a la otra parte el tiempo necesario para reaccionar.

En efecto, la humillante derrota de las tropas de Escipión había aterrorizado y desmoralizado a los soldados que estaban a la espera en los campamentos. Casi arrollados por sus camaradas, espantados y poco propensos a enfrentarse directamente con el enemigo, no pudieron hacer otra cosa que imitarlos. Sus comandantes, que debían de saber que el desastre era inmmiente, se apresuraron a darse a la fuga, junto con los senadores, los jinetes y todos los personajes de rango de la coalición enemiga. Parecía estar de nuevo en Farsala: la cuestión, ahora, era solo descubrir a los cabecillas de la rebelión a César, para concluir en definitiva la guerra.

No. Había algo más en juego. En Farsala, César había dado a los legionarios la precisa orden de encarnizarse solo contra los aliados de Pompeyo, y de perdonar, en lo posible, a los ciudadanos romanos. Y los legionarios, entonces, no estaban tan exasperados por años de guerras civiles y privaciones como para obligar a los oficiales a contenerlos. Ahora, en cambio, eran unas furias endemoniadas. Los cinco desafortunados meses de campaña africana eran solo el último acto de una serie de luchas de una punta a otra del Imperio romano: de Italia a Hispania, de Epiro a Grecia, de las Galias a África, pasando por el Ponto y Egipto. Con el transcurso de los años, los veteranos se habían habituado a considerar a sus antagonistas como los responsables de su vida miserable, los enemigos naturales que les impedían conseguir, con su obstinación, el justo premio por sus anteriores hazañas.

Y había llegado el momento de ajustar las cuentas.

Ortwin miró, desconsolado, a los legionarios que arremetían contra los soldados que habían arrojado las armas y se habían agolpado en las alturas. Vio cómo masacraban a hombres con los brazos levantados y hasta sin loriga, a senadores y jinetes con refinadas ropas civiles, vivanderos, esclavos y asistentes sin ninguna culpa, más que la de encontrarse allí en aquel momento. Los oficiales trataban de detenerlos, pero no parecían demasiado determinados, quizá por miedo a una posible reacción, o quizá porque en lo más íntimo simpatizaban con sus subalternos.

Entre ellos estaba también ese mentecato de Escipión Salato. Ahora que no parecía que hubiera peligro, se había arrojado también él a la refriega. César no pareció turbado por aquella repentina temeridad: ahora que había vencido, el dictador ya no consideraba una prioridad que se mantuviera con vida como amuleto para los soldados. El torpe miembro del estado mayor daba vueltas entre los cesarianos y, de vez en cuando, alargaba el brazo hacia los prisioneros para punzar a alguno con el gladio. Pero, aparte de provocar alguna herida superficial y llenarlos de insultos, no tenía el valor de hacer nada más.

Entonces Ortwin divisó a un centurión más decidido que los otros intentando detener a un soldado que había degollado a dos legionarios indefensos. El oficial tiraba del *miles* procurando retenerlo por la coraza, pero el otro se soltaba, aullando como un enajenado, y seguía avanzando en dirección a otro soldado con los brazos levantados. En ese momento, el centurión se interpuso entre el legionario y el prisionero. Trató de oponer el gladio, pero no fue lo bastante rápido: la estocada de su subalterno lo alcanzó en el estómago. El oficial cayó al suelo, incrédulo, mirándose las vísceras fuera del cuerpo junto con la hoja, que el soldado usó inmediatamente después contra el prisionero.

Ortwin consideró que era suficiente. Ni siquiera después de las batallas contra los bárbaros más refractarios había visto a los legionarios ensañarse sobre los derrotados hasta el punto de acabar con sus superiores.

Resolvió volverse hacia su comandante.

—César... Quizá ha llegado el momento de empezar a hacer prisioneros...

César no movió un músculo. Continuó mirando el siniestro espectáculo que se ofrecía a sus ojos.

—No —dijo, al fin, sin ninguna inflexión en la voz.

Sí, era muy distinto de Farsala. César había cambiado desde la época de Farsala.

Tito Labieno fue asaltado por la angustia. Debería haberse alegrado por la derrota de Metelo Escipión, pero las proporciones que había asumido lo inducían a temer seriamente por la vida de Quinto. Como había esperado, César había actuado con prontitud, causando la derrota del ejército que había ido a desafiarlo. La disgregación de las tropas de Escipión había sido tan fulminante que había provocado asimismo el caos en el ejército sobre el brazo opuesto de la laguna. Los comandantes y los legados también se habían dado a la fuga, renunciando a cualquier intento de organizar una apariencia de reacción, ni que fuera una defensa. En esas circunstancias, nadie podría acusarlo de no haber conducido a la caballería al contraataque.

Sin embargo, los legionarios de César parecían poseídos. No le sorprendió que ante su ímpetu huyeran todos, reclutas y veteranos, comandantes y senadores. Daba la impresión de que no querían hacer prisioneros, ni parecía que César tuviera el propósito de poner freno a su furia. Y podía llegar a entenderlo: el dictador los había sometido a privaciones y sacrificios durante demasiado tiempo, había aplazado mucho los premios prometidos, para osar negarles ahora algo que no le costaba nada.

Pero ¿qué había sido de Quinto? Los campamentos de Juba y de Afranio parecían destinados a convertirse en el escenario de una enorme carnicería, y solo podía esperar que su hijo no se hubiera refugiado precisamente allí. Quinto era un soldado muy experimentado, en realidad, para no saber que esos campamentos podían transformarse, en la mejor de las hipótesis, en recintos para prisioneros. Y él no era el tipo de persona que pudiera rendirse ante César. Quizá estuviera huyendo a lo largo de la costa con el resto de los comandantes y los soldados no dispuestos a rendirse. Por otro lado, Quinto era también lo bastante vehemente como para haber intentado una defensa a ultranza, que en esas condiciones solo podía significar el suicidio.

Labieno sabía que su tarea estaba muy lejos de haber concluido. César esperaba que siguiera a los jefes y vigilase sus movimientos, como había hecho después de

Farsala. Metelo Escipión, Lucio Afranio, Marco Petreio, Fausto Sila y el mismo Juba ya habían escapado, sin decirle nada y quizá sin ni siquiera haber hablado entre ellos, y con toda probabilidad sin una meta común que, en la certeza de la victoria, ninguno se había preocupado de establecer antes de la batalla.

Era posible que cada uno de ellos hubiera tomado una dirección diferente. Aparte del rey númida, que habría vuelto a lo que quedaba de su reino, los otros no podían más que tratar de embarcarse para alcanzar a Pompeyo el Joven en Hispania. De hecho, difícilmente África ofrecería asilo a los enemigos del dictador triunfante. Muchas comunidades indígenas estarían ansiosas por complacer al vencedor —o por hacerse perdonar la falta de apoyo— y traicionarían a quien hubiera buscado refugio entre ellos. Y César, además de perseguir a aquellos que habían huido de la batalla, tenía particular interés en Actio Varo y en Catón.

Debería marcharse también él, se dijo Labieno. Al menos, para no caer en las manos de algún cesariano excitado, que se habría sentido orgulloso de llevar su cabeza a César. Pero no conseguía decidirse: miraba a los legionarios afluir en los campamentos, alcanzar las alturas, o bien proseguir por la costa, esperando ver a Quinto. Por el momento, el cordón creado por sus auxiliares galos parecía aguantar: daba la impresión de que los legionarios enemigos estaban más interesados en proseguir la matanza sobre la infantería ahora inofensiva que en desafiar a la caballería con los rangos aún intactos.

Se fijó en el aquilífero de la IV legión. Huía también él. Algunos de sus camaradas intentaban ralentizar la persecución enemiga oponiendo resistencia, para permitirle poner a salvo la enseña. Si Quinto aún estaba vivo, debía de estar entre ellos: en ningún caso iba a permitir que el emblema de la legión cayera en las manos de César.

Labieno aguzó la mirada, espoleó el caballo y se acercó al río de hombres que corría junto al campamento. Vio una cresta traversa, luego vio otra. Rogó a los dioses que al menos uno de los dos centuriones fuera su hijo, y exhortó a sus jinetes a seguirlo: disponía de al menos mil quinientos hombres, en aquel momento, y quería usarlos para cerrar el camino a los perseguidores, por lo menos el tiempo suficiente para permitir alejarse a la unidad en fuga.

Descendió al galope la pendiente de la modesta altura sobre la que se había situado. Algunos de sus hombres intentaron adelantarlo, para que evitara así el contacto con el enemigo, pero él volvió a espolear y aceleró el paso: no era su costumbre que lo escudaran sus propios hombres. Cayó sobre el flanco de los adversarios, que procedían en orden disperso y sin ninguna cohesión. Hendió sus amplios rangos poco más allá de la línea de unión entre perseguidores y perseguidos, donde las dos alineaciones se fundían en una confusa reyerta. Interrumpió las filas de los cesarianos truncando literalmente la cabeza de su columna y dejando a algunos hombres aislados en el otro lado, apretujados entre los soldados de infantería en fuga y sus jinetes.

Una vez alcanzado el extremo opuesto, ordenó a los suyos que se detuvieran y mantuvieran la posición hasta nueva orden. Luego cabalgó hacia los infantes en busca de Quinto.

—¡Legado! ¡Has salvado la legión! ¡Ya no hay nadie que dé órdenes!

Un centurión se le había acercado, con una expresión de gratitud pintada en el rostro. Pero no era el primípilo. Se sintió en el deber de decir algo:

—¿Estáis todos aquí?

—Los más rápidos en escapar ya estarán en el campamento de Afranio o en el de Juba. Los demás están todos muertos... ¿Qué debemos hacer?

Labieno suspiró.

—No vayáis a los campamentos. Los veteranos de César no se conforman con hacer prisioneros. Proseguid a lo largo de la costa, y esperad a avistar alguna de nuestras flotas... O hacia el interior, y luego marchad en dirección a Útica.

El oficial asintió. Justo después, reclamó a sus hombres exhortándolos a constituir un orden de marcha. Labieno continuó buscando. Vio la otra cresta traversa y siguió cabalgando en su dirección. El centurión estaba acabando con un enemigo que había quedado aislado. Se le acercó, sin poder contenerse.

—¡Quinto! —gritó.

El centurión no se volvió. Pero Labieno conocía los movimientos de su hijo.

No era él.

Fue asaltado por el desconsuelo. Servir a César tenía un precio.

Un precio quizá demasiado caro.

XVIII

> Yo no quiero tener que agradecer a ese tirano sus injusticias. Porque es una injusticia que comete concediendo la salvación, como un amo, a personas a las que no tiene el derecho de dominar.
>
> PLUTARCO,
> *Vidas paralelas*, Catón Uticense, 66

La nave entró en la rada de Útica al atardecer. Detrás del barco podían distinguirse solo dos de las diez embarcaciones que componían la flotilla enviada por Cneo Pompeyo. El fuerte viento había obligado a las otras a cambiar de ruta, y ahora sería necesario esperar también su llegada, antes de volver a partir.

Pero no era lo único que no iba bien. Veleda se dio cuenta mientras observaba a esa gran masa de gente agolpándose a lo largo del muelle. No parecían personas ansiosas por celebrar una victoria.

No. Demasiadas veces había vivido la desesperación

de los parias, el miedo de una población en peligro, para no reconocer sus señales.

Aquella parecía gente ansiosa por huir de las consecuencias de una derrota.

Las noticias que Pompeyo había recibido en Hispania daban a César por liquidado.

Metelo Escipión aseguraba que lo había metido en una trampa, se jactaba de haberlo reducido al límite y solicitaba al almirante algunas naves de carga para poder transportar a Italia las propias tropas y aquellas que estaba seguro de poder arrebatar al dictador. Su propósito era precipitarse sobre Roma para asumir el control de la ciudad y del Senado antes de que Marco Antonio y los demás lugartenientes del dictador organizaran una defensa.

Pero Pompeyo no se fiaba en exceso de la valoración de un hombre al que no estimaba demasiado. Y tampoco había aceptado quedarse sin la mayor parte de la flota. Así, había terminado por obedecer solo formalmente, enviando una modesta flotilla.

Veleda, por su parte, había insistido en participar en la empresa y, solo después de mucha insistencia, su amante había accedido. Pero ahora que estaba frente a las costas de África, la muchacha se preguntó por qué querría regresar. A Pompeyo le había dicho que deseaba romper su monótona existencia en Hispania, donde no había nada más que hacer que convencer a las comunidades para que abandonasen la causa de César y alistar nuevos soldados. Y en parte era verdad. Cuando por fin partió, se dio cuenta de que lo había hecho, sobre todo, para liberarse de su obsesiva presencia. Y la única manera de separarse de él era apoyarse en su orgullo al considerarla una mujer guerrera.

Pero ahora que el perfil de las costas africanas se había hecho bien visible, Veleda advirtió de que en su ánimo alborotaban también otras pulsiones. El pensamiento de Quinto había aflorado de nuevo en su mente desde que había sabido que habría una gran batalla. Quizá una batalla decisiva. El hijo de Labieno nunca la había tratado mejor que Pompeyo, y no tenía razones para preferirlo a él, como carcelero, que al almirante. Es más, hubiera debido desear que cayera en combate para conjurar cualquier posibilidad de que, en el futuro, Quinto la pusiera de nuevo en peligro, intentando sustraerla de su amante.

Sin embargo... Sin embargo, no conseguía odiarlo hasta ese punto. En el pasado había creído odiarlo más que a cualquier otro, cierto, pero ahora ya no estaba tan segura. Por más mal que le hubiera hecho, ¿cómo podía odiar a quien le había salvado varias veces la vida? ¿Cómo podía desear la muerte de quien la amaba con tanta desesperación?

Quinto era un guerrero excepcional y un hombre extraordinariamente débil. Un individuo capaz de suscitar tanta admiración por sus gestas como rechazo por su comportamiento. Intentó preguntarse qué sentía en realidad por él. Nunca antes lo había hecho, nunca había tenido el valor: la respuesta le daba demasiado miedo. Si no era odio, temía que fuera amor. Esperó que fuera solo compasión: no habría querido nunca amar a un hombre semejante.

Como siempre desde que se interrogaba sobre los propios sentimientos, desde algún oscuro recoveco de su ánimo afloró la imagen ahora confusa de Ortwin. También él era un valiente guerrero; de hecho, era incluso superior a Quinto, en este aspecto. Y en muchos otros aspectos, debía reconocerlo. Era su compatriota, era atento y respetuoso y nunca le había puesto un dedo encima. Al contrario de Quinto, que era detestado por todos, sabía hacerse amar por los suyos: un verdadero jefe, aunque fuera de modesta extracción. También él, sobre todo él, hubiera podido ejercer una gran fascinación sobre ella, si hubiera querido.

Pero Ortwin se había vendido a César. Había preferido ofrecer su dedicación a una causa que no le concernía y, es más, a la que habría debido oponerse. Era un traidor a su gente. Y además, siempre la había ignorado. Nunca había ido más allá de un interés formal por ella, sin duda ligado al compromiso que había adquirido con Ariovisto de proteger a las mujeres de su familia. Su actitud protectora, evidentemente, no era más que una obligación que se sentía en el deber de cumplir para silenciar la propia conciencia de traidor de los suevos. Lo había odiado también a él, en el pasado, casi tanto como a Quinto. Lo había odiado tanto como para llegar a abandonarlo, a pesar de los desafíos a los que había tenido que hacer frente tras huir de él.

Sin embargo..., sin embargo, su compatriota, entre los numerosos hombres que habían condicionado su destino, había sido el único que la había tratado con respeto. Con el paso de los años, se había preguntado cuál había sido el verdadero motivo que la había impulsado a sustraerse de su tutela y de la existencia digna que Ortwin le había asegurado con César. Durante mucho tiempo, estuvo convencida de que solo había sido por el enojo por su comportamiento como siervo de los romanos. Pero luego, en los peores momentos de su infeliz existencia, había aflorado la sospecha de que lo había hecho por enfado. Por despecho.

Por no haber conseguido que él la amara. Él, un hombre al que no hubiera dudado en elegir como compañero.

¿Por quién estaba allí en África, pues? Veleda se lo preguntó una vez más. ¿Para ver de nuevo a Quinto o para descubrir el destino de Ortwin? Si era verdad que César estaba acabado, también sus germanos lo estarían. Quizá todos habían muerto defendiendo a su comandante, a su amo. O tal vez se hubiesen rendido y hubieran pasado al servicio de Metelo Escipión, o más bien de Tito Labieno. No, no Ortwin: estaba demasiado ligado a César para servir a un nuevo caudillo. A pesar de lo que ella le había hecho creer en el pasado, consideraba a Ortwin un hombre leal, que aceptaba cambiar de partido solo cuando no tenía elección.

La asaltó la angustia. Ahora sabía por qué había vuelto.

—Según parece, ha sucedido algo gordo... —le dijo el comandante de la nave, acercándose. Como todos, el capitán sabía a quién pertenecía Veleda, y la trataba con el máximo respeto. Sabía también que, si le hubiera sucedido algo desagradable, Pompeyo se lo habría hecho pagar caro.

Ahora que su nave estaba próxima al muelle, la agitación de la multitud era claramente perceptible. Sí, algo gordo debía de haber ocurrido. Veleda se asomó a la amurada agarrándose de la jarcia con la única mano de que disponía, aguzando la vista para captar algún elemento de valoración antes aun de bajar a tierra. De hecho, no estaba claro que se pudiera bajar a tierra, en aquellas circunstancias.

Había mujeres, niños y ancianos a lo largo del muelle. Familias enteras con sus bártulos, gente acomodada, en su mayor parte, pero también jóvenes sin otra cosa que la túnica encima. Veleda había vivido demasiado tiempo en campamentos militares como para no reconocer a unos soldados, aunque estuvieran sin equipo.

El capitán se acercó al muelle con circunspección. Tampoco él las tenía todas consigo. En efecto, apenas los marineros arrojaron el ancla y el cabo para atracar, en tierra se desencadenó una estampida. Todos se agolparon en el punto en que la tripulación tendría que bajar la pasarela. Pero el comandante bloqueó a sus hombres antes de que lo hicieran.

—Pero ¿qué ha sucedido? —gritó, asomándose por la amurada.

Un barullo de voces se superpuso, haciendo imposible entender algo. El capitán hizo señas para que callaran y, cuando todos estuvieron en silencio, señaló a un hombre de aspecto noble.

—Habla tú —dijo.

El hombre miró a su alrededor, asegurándose de que podía hablar sin desgañitarse.

—Pero ¿de dónde venís? ¿No sabéis nada? —preguntó a su vez al capitán.

—Venimos de Hispania. Somos las primeras naves mandadas por Cneo Pompeyo para el transporte de las tropas... —respondió el comandante, perplejo.

—¡Y, sin embargo, no transportaréis tropas! —replicó el hombre, con tono excitado—. ¡Transportaréis civiles! César ha vencido en Tapso. Juba se ha retirado a su reino y de Metelo Escipión no se tienen noticias. Todos los comandantes han huido, y el ejército ya no existe. Y mientras tanto, César está de camino. Yo he contribuido de manera considerable a la causa de Escipión. Y, como yo, también otros miembros del Consejo de los Trescientos de Útica están demasiado comprometidos como para esperar la clemencia de César. ¡Debemos escapar!

Veleda no se lo podía creer. César había vencido. Ortwin había vencido. Y estaban llegando.

—¡Pero están también los soldados! —gritó uno de los jóvenes en las inmediaciones—. ¡Los comandantes que consigan huir a Hispania y Pompeyo necesitarán más tropas para continuar luchando contra César! ¡Los soldados tienen la prioridad!

Otro militar quiso dar su opinión:

—¡Trierarca! ¡Si César permite a sus aliados mauritanos lo que Actio Varo dejó hacer a Juba con los soldados de Curión, tendrás una masacre sobre la conciencia!

El capitán parecía confuso. No había recibido órdenes que le permitieran afrontar de algún modo la situación.

—Pero... ¿y Marco Porcio Catón? Él no es un tipo que huya. ¿No ha establecido él qué es mejor hacer? —acabó preguntando. Veleda le leyó en el rostro la angustia de tener que decidir por propia iniciativa el destino de todas aquellas personas.

—El propretor ha tomado nota de que los Trescientos no estaban de acuerdo en la política que debía adoptarse con relación a César, y al final los ha dejado a todos libres de elegir cómo comportarse —respondió el senador—. En suma, nos ha dado permiso para partir. Por su parte, ha decidido no oponerse a César y no continuar la guerra. Por tanto, no hay nada que te prohíba dejarnos subir a bordo y llevarnos lejos de aquí...

—¡Es a nosotros a quienes debes llevar! —contestó otro soldado.

El senador extrajo de un saco algunas piezas de una vajilla de plata y oro.

—Nosotros podemos pagar, y bien. Intenta imaginar cuánto te beneficiará el viaje si cada noble o comerciante te paga de este modo. ¿Qué pueden darte estos andrajosos desamparados? —planteó, señalando a los soldados.

Y mientras una pelea amenazaba con estallar en el muelle, Veleda vio que los ojos del comandante chispeaban a la vista de los objetos preciosos. Su elección era demasiado previsible. No podría culparlo si, en ausencia de órdenes superiores, pensase sobre todo en su propio beneficio. Pero debía impedir que partiera de inmediato, antes de que consiguiera tener noticias de la suerte de Quinto.

Y de mostrarle a Ortwin que seguía viva.

—Tomes la decisión que tomes —dijo al capitán—, recuerda que no podemos movernos antes de que hayan llegado al puerto todas las naves de las que tienes el mando.

El capitán hizo un gesto de fastidio. Quizá hubiera querido decirle que se callara, que se ocupara de sus asuntos, pero no podía tratar así a la mujer del jefe. Y, además, no podía más que darle la razón. A regañadientes, asintió.

Pero su asentimiento no le bastaba. ¿Y si las naves llegaban de inmediato?

—De todos modos —especificó la muchacha—, recuerda que ahora más que nunca Pompeyo necesita hombres para continuar la lucha contra el tirano...

—Pero también necesita dinero para reclutarlos... —intentó decir el comandante.

—Y eso quiere decir que trataremos de cargar tanto soldados como nobles solventes en las diez naves de las que disponemos... —concluyó ella.

El capitán permaneció algunos instantes mirando el muelle, donde los primeros empujones habían provocado ya algunas caídas al agua, y luego volvió a asentir. Se dirigió a la multitud, invocando de nuevo el silencio.

—Por ahora, no podemos cargar a nadie. Debemos esperar a que llegue el resto de la flota. Entonces veremos. Mientras tanto, ¡quien quiera puede buscar otro barco que esté a punto de zarpar! —gritó.

Una oleada de protestas se elevó desde abajo. Pero el capitán no se quedó allí para oírlas. Se alejó de la amurada y dio la orden de retirar el ancla para desplazarse al centro de la rada y conjurar el riesgo de ser abordados desde tierra.

Veleda siguió escrutando los ojos de los soldados agolpados a lo largo del muelle. Era casi de noche, pero no le pareció reconocer a Quinto. Luego, mientras la nave empezaba a moverse, advirtió un movimiento al fondo, hacia la ciudad. Siluetas de jinetes se movían en la penumbra. Alguno se adelantó, haciéndose apenas más distinguible. La muchacha reconoció los caballos de menor tamaño que los de los romanos, reconoció también el modo de cabalgar y captó algunos detalles del equipo.

Eran germanos.

Pero ¿eran los germanos de César o los de Labieno?

—¡Soy Quinto Labieno, el centurión primípilo de la IV legión, y quiero hablar de inmediato con el propretor Marco Porcio Catón!

Quinto irrumpió como una furia en el vestíbulo del palacio del gobernador de Útica. Sin equipo, con la túnica hecha jirones, la barba descuidada y el pelo alborotado, tenía cortes por todo el cuerpo y estaba cubierto de sangre coagulada. Pero su actitud decidida y autoritaria consiguió intimidar a los centinelas, que vacilaron un instante antes de intentar bloquearlo. Para entonces, él ya había pasado.

Uno de los guardias trató de retenerlo por la túnica, pero la mirada inyectada en sangre del oficial lo indujo a soltarlo de inmediato. Los hombres de Quinto, un reducido grupo de prófugos exasperados por los días de marcha a través del desierto, parecían poco propensos a la paciencia: algunos de ellos se adelantaron, amenazando con entrar a su vez.

El centinela renunció a perseguir al centurión.

—¡No puedes entrar! ¡Este no es el momento! —se limitó a gritarle desde detrás.

Pero Quinto volvió a caminar sin dignarse a mirarlo, encaminándose hacia el atrio.

El primípilo estaba harto de la evanescencia del alto mando: llevaba una semana buscando a un comandante superior del que recibir alguna disposición, pero se habían desvanecido todos antes aun de que acabara la batalla de Tapso. Desde entonces, ya no había visto a nadie que revistiera un grado superior al suyo.

Aparte de su padre, por supuesto. Tito Labieno era el único que había intentado contener la derrota. Es más, se podía decir que le había salvado la vida, y no era desde luego la primera vez. Con sus germanos y galos, el legado había hecho de escudo contra los cesarianos, permitiendo que lo que restaba de la IV se alejara del campo de batalla sin más pérdidas. Quinto vio cómo pasaba por su lado a la cabeza de sus hombres. Trató de hacerse reconocer para pedirle indicaciones sobre qué medidas tomar a partir de entonces, pero estaba sin uniforme y le costó abrirse paso entre la multitud. Labieno no lo vio y marchó antes de que su hijo pudiera alcanzarlo.

En aquellos dramáticos momentos, pensaba Quinto, su padre había sido el único comandante que se había mostrado digno del papel que ocupaba, el único capaz de dignidad incluso en la derrota. Si la lucha contra el tirano proseguía, nadie podría negarle el mando supremo. Ni siquiera Catón, al cual, por otra parte, no le agradaban los papeles operativos sobre el terreno. Ni Pompeyo, que se había ido a Hispania antes de que las cosas se precipitaran.

Pero, entre tanto, Quinto estaba ansioso por hablar con Catón. El propretor no era de los que huyen, de eso estaba seguro. No tenía dudas de que lo encontraría en su palacio, decidido a esperar a César. No se lo imaginaba agachando la cabeza ante el hombre que él, el primero y en tiempos insospechados, había señalado como una amenaza para la República. Y Útica estaba en condiciones de resistir al opresor: Catón había potenciado sus defensas, elevado las torres y los muros, incrementado la guarnición y cubierto las escarpas con máquinas de lanzamiento.

Sí, se lo pondrían difícil a César cuando se presentase delante de los muros. Él, Catón y también Tito Labieno, en cuanto llegara: los únicos capaces de no huir ante el usurpador.

Dio vueltas por el atrio en busca de alguien que le explicara dónde encontrar a Catón. Era noche profunda, y el propretor debía de estar durmiendo. Aun así, Quinto no tenía ninguna intención de esperar hasta la mañana siguiente. El tiempo apremiaba, y César ya podía estar cerca. Prosiguió hacia el *tablinium*, donde por fin encontró a un hombre. Era anciano, y parecía haberse dormido sobre un triclinio. Junto a él, Quinto distinguió unos utensilios médicos y unas vendas llenas de sangre.

Un esclavo de la casa, sin duda. Probablemente, un esclavo con nociones de medicina, se dijo Quinto, acercándose al hombre. Lo agarró por el hombro y lo sacudió.

—¡Tú, esclavo! ¿Dónde está Catón? ¡Quiero hablar con él de inmediato! —le exigió, sin preocuparse de bajar la voz.

El hombre se despertó de golpe. Lo miró, primero con expresión atontada, luego con una mirada atenta que fue a posarse sobre el gladio en el cinturón. Quinto oyó unos pasos detrás de sí. En el umbral de la estancia aparecieron otros dos esclavos, uno de los cuales tenía en la mano un cesto de fruta. Ambos lo miraron, atemorizados y desconfiados.

—Tú, ¿quién eres? —le preguntó el viejo que estaba sentado.

El centurión le dio su nombre. Y reafirmó su solicitud.

—Yo soy Cleante, el médico personal del propretor. Y no soy más esclavo que tú. Ahora no puedes ver a Catón —le respondió, poniéndose de pie. Luego se volvió hacia los dos esclavos—. Dejad aquí la fruta que os he pedido y volved a la cocina. Si os necesito, os llamaré.

La situación no turbó a Quinto lo más mínimo.

—Quiero verlo ahora, sin embargo. He hecho una semana ininterrumpida de caminata en el desierto para recibir una miserable orden de alguien que cuente algo.

—Te he dicho que no es posible. Está descansando.

—Me importa un pimiento si duerme. Hay miles de muertos que reclaman venganza, los comandantes han desaparecido, y solo él puede decirme qué debo hacer.

—No puede decirte nada. Ha intentado organizar una defensa, proponiendo incluso la liberación de los esclavos. Pero luego ha dado la orden de que cada uno se las apañe como mejor crea...

—¡Tonterías! No puede haber dado una orden semejante. ¡No Catón! —insistió Quinto—. ¡Quítate de en medio, lo buscaré yo mismo!

Quinto empujó al anciano y dio algunos pasos hacia el corredor.

—¡Quieto! —le gritó Cleante—. Catón ha intentado suicidarse...

Quinto se volvió con brusquedad. Permaneció unos instantes en silencio.

—Entonces, ¿no está muerto?

—No. Por suerte, nos hemos dado cuenta a tiempo. Lo hemos encontrado en un charco de sangre, con las vísceras fuera del estómago desgarrado. Se las volví a introducir, lo curé y vendé, y lo he dejado descansando. Comprendes perfectamente que no está en condiciones de hablar...

Quinto seguía reflexionando.

—Si está vivo, entonces está también en condiciones de hablar. Necesito órdenes.

Cleante sacudió la cabeza.

—Te lo prohíbo de la manera más...

No tuvo tiempo de concluir la frase. El centurión lo agarró por la túnica.

—Escúchame, viejo: aquí fuera tengo a una treintena de legionarios exasperados. Si salgo de aquí sin una orden de Catón, no soy responsable de lo que hagan. ¿Está claro?

El médico se estremeció de terror. Exhaló un suspiro y dijo:

—Ven conmigo. Verás tú mismo en qué condiciones está...

Luego cogió una lámpara y se encaminó por el corredor. Llegó a la puerta de un cubículo y la abrió con circunspección. La estancia estaba a oscuras, y la luz en la mano de Cleante iluminaba una zona muy limitada. El médico avanzó algunos pasos mientras Quinto, impaciente, trataba de habituar sus ojos a la oscuridad.

De pronto, el centurión tomó la iniciativa. Cansado de todas las vacilaciones del viejo, bufó y le arrancó la lámpara de la mano. Luego, sin atender las silenciosas protestas de Cleante, que gesticulaba para invitarlo a la cautela, avanzó con paso decidido hacia el fondo de la estancia.

La luz alcanzó por fin la cama. Y lo que había quedado de Catón. Cleante lanzó un grito, Quinto sostuvo a duras penas la lámpara. El propretor yacía bocarriba, con los brazos y la cabeza colgando por el borde de la cama. Las vendas ensangrentadas estaban en el suelo, a poca distancia, como si las hubiera tirado. Las vísceras salían del estómago y pendían a lo largo del torso hasta llegar a su cara, de donde sobresalían dos ojos desorbitados. El pelo se perdía en un charco de sangre, que todavía iba expandiéndose por el pavimento.

Cleante, desesperado, llamó a voz en cuello a los esclavos, y entre tanto levantó el cuerpo exánime de Catón tendiéndolo sobre la cama. Quinto depositó la lámpara a los pies del lecho y, con la cabeza inclinada y a paso lento, salió de la estancia sin decir palabra.

Había acertado. Catón no era un tipo que terminase rindiéndose ante César, ni tampoco de los que seguían huyendo. Pero no había considerado que existía también otro modo de oponerse al tirano: robándole la satisfacción de una rendición. O peor aún, de un perdón, que el autócrata parecía preferir para subrayar el alcance de su propio poder. Catón no quería deberle la vida a su mortal enemigo y, con su suicidio, había dado un ejemplo para cualquiera que odiase de verdad a César.

Este hombre sí que tenía agallas. Se había suicidado, lo habían salvado y curado, y él se había arrancado los puntos, reabierto las heridas y despojado de nuevo de sus vísceras. De una coherencia extrema, hasta el fin. Se preguntó si él sería capaz de hacer lo mismo.

Se preguntó si su padre también estaría sopesando el suicidio, antes de verse obligado a rendirse ante César: Tito Labieno no era menos determinado que Catón, y no odiaba al tirano menos que el propretor. Tampoco él habría dado nunca a César la satisfacción de indultarlo. Sobre los otros comandantes, en cambio, tenía reparos: si habían huido tan pronto del campo de batalla, dudaba que tuvieran la determinación suficiente para poner fin a la propia vida.

Y también sobre sí mismo albergaba dudas: nunca se habría rendido a César, pero no se suicidaría a menos que no tuviera otro remedio.

Pero la cuestión, ahora, era otra. Si alguien como Catón había decidido suicidarse, quería decir que ya no había nada que hacer. Debía encontrar el modo de alcanzar Hispania, porque la única alternativa a la rendición era la muerte.

Inmerso en sus pensamientos, Quinto atravesó el atrio y salió del vestíbulo casi sin darse cuenta. Una vez fuera, sus hombres fueron a su encuentro y lo rodearon.

—¿Qué ha dicho el propretor? ¿Ha llegado también tu padre, con sus auxiliares germanos y galos...?

Quinto se tranquilizó. Un comandante que sabía lo que se hacía. Un comandante que por fin sabría cómo actuar.

—Muy bien. Catón ha muerto. Ahora Tito Labieno es el jefe de la coalición anticesariana. ¡Unámonos a él y pongámonos a sus órdenes! —dijo con entusiasmo.

—Mmm..., no es tan sencillo, centurión... —objetó un soldado.

Quinto observó también a los otros: ni mucho menos parecían conformes.

—¿Qué quieres decir?

—Quiero decir que han hecho entrar a Tito Labieno y sus hombres en el Consejo de los Trescientos por una poterna lateral...

—¿Por qué?

—Ya ha llegado un contingente de caballería enviado por César para tomar posesión de la ciudad. El cuestor Lucio César está muy ansioso por merecer el perdón del dictador, y ha hecho abrir las puertas... Es más, según parece ha ido incluso a su encuentro...

Quinto fue asaltado por el desánimo. Era previsible que, con Catón fuera de juego, aquel lejano pariente del dictador, un individuo pusilánime nunca demasiado comprometido con una u otra parte en la guerra civil, intrigase para ponerse de acuerdo con el vencedor.

—¿Qué hacemos? —lo apremió el subalterno.

Quinto habría querido responderle que no tenía ni idea. Hacía tiempo que anhelaba ascender de rango, aunque sabía que no estaba hecho para dar órdenes como nunca lo había estado para recibirlas. Él solo sabía combatir. Había aprendido que tomar decisiones cuando las cosas iban bien era relativamente fácil, incluso para él. Pero cuando se precipitaban, la presión se hacía demasiado fuerte como para permitirle pensar con lucidez. Sin embargo, ahora era primípilo, por Júpiter, y debía tomar alguna decisión.

—Tratemos de alcanzar el puerto. Si los enemigos ya están en la ciudad, seguramente Tito Labieno se dirigirá hacia allí —dijo por último.

XIX

> Partió hacia Útica después de haber enviado delante a Marco Mesala con la caballería.
>
> ANÓNIMO, *La guerra de África*, 86, 3

Desapareció. De pronto, como reaccionando a una orden, las sombras de los jinetes que merodeaban en los márgenes de la zona portuaria se habían desvanecido. Veleda hurgó con los ojos entre los edificios junto al muelle, pero ya no vio moverse nada. Algunas de las personas que se agolpaban en el embarcadero, ya resignadas a esperar la llegada de las otras naves, habían vuelto a sus casas; otras permanecían en los alrededores, listas para aprovechar la primera ocasión para zarpar. Otras más recorrían el muelle a lo largo y a lo ancho, negociando con los propietarios de las embarcaciones atracadas el precio del transporte a Hispania o a Sicilia.

El capitán esperó aún algunos instantes para asegurarse de que ya no había peligro. Había visto también él esas siluetas, pero concluyó que se trataba de soldados de la guarnición que venían a inspeccionar la situación en el puerto. Veleda no estaba en absoluto convencida: a menos que las cosas hubieran cambiado en esos últimos tiempos, sabía que los germanos solo estaban al servicio de Labieno o de César. Difícilmente un tradicionalista como Catón habría decidido valerse de ellos.

Al final, el comandante optó por bajar al mar un par de chalupas y descender a tierra para buscar provisiones. Veleda exigió acompañar a los encargados del aprovisionamiento y, a pesar de las protestas del capitán, acabó consiguiéndolo: armada con la espada y su pequeño escudo atado al brazo manco, ocupó su sitio en una de las pequeñas embarcaciones y alcanzó el muelle.

Los soldados que la acompañaban preguntaron por las tiendas más próximas dónde podían adquirir artículos de primera necesidad. Luego requisaron tres carros sobre los que amontonar las vituallas y se encaminaron hacia el interior de Útica. Veleda no cesaba de mirar alrededor, cautelosa y tensa, e hizo guardia frente a las tiendas en las que sus compañeros buscaban suministros. El tiempo del cierre de las actividades comerciales había pasado hacía rato y, en muchas ocasiones, debieron golpear a los portones para obligar a los comerciantes a que bajasen y abrieran su tienda.

Una calma irreal reinaba en los callejones de la ciudad. Los únicos habitantes aún en circulación eran los del puerto o los que volvían a sus casas. Por los comerciantes, Veleda y los demás supieron que se esperaba a César de un momento a otro: muchos se disponían a sostener un asedio o, en el caso de que las autoridades se rindiesen, a defenderse de los excesos de la soldadesca, que en Tapso no había vacilado en masacrar a los soldados a pesar de que se habían rendido.

Llenos los carros de pan, fruta, verdura y carne, los soldados decidieron volver al muelle. Acababan de empezar el trayecto de retorno cuando, a sus espaldas, del fondo del callejón aparecieron unos hombres que corrían en su misma dirección.

La luz incierta de las antorchas permitió intuir que eran soldados. En malas condiciones, pero soldados, con el equipo hecho jirones. Veleda se detuvo y apuntó la espada hacia delante. Lo mismo hicieron sus compañeros.

—¡No os detengáis! ¡No os detengáis! ¡Están llegando! —chilló uno de los recién llegados. Siguieron corriendo, tratando de adelantar a los carros que ocupaban casi todo el ancho de la calle.

—Pero ¿qué sucede? —gritó uno de los compañeros de Veleda.

Nadie respondió. Quienes pudieron los adelantaron. Pero uno de ellos se detuvo poco después de haber pasado más allá de la muchacha.

—¡Veleda!—exclamó.

A duras penas, la muchacha reconoció a Quinto. Se sobresaltó: nunca lo había visto tan desastrado.

—Quinto... —consiguió decir, solamente. No sabía qué emoción expresar. Tampoco entendía qué sentía al verlo vivo.

—Pero... ¿qué haces aquí? —preguntó el romano. Luego recordó las disposiciones del mando supremo y comentó con amargura—: Habéis venido a por nosotros,

¿verdad? Pero no para regresar triunfantes a Italia, sino para que escapemos a Hispania...

Le puso una mano sobre el hombro y le acarició con rudeza el brazo. Luego se sacudió.

—¿Está también Pompeyo, pues?

—No.

Quinto calló por un instante. Luego reaccionó:

—Ahora no hay tiempo. El cuestor ha hecho entrar la caballería de César. ¡Huyamos de inmediato al puerto!

La cogió de la mano y echó a correr de nuevo.

Pero Veleda se detuvo.

—¡Tenemos los carros! No podemos regresar sin ellos: ¡la tripulación necesita las provisiones!

Quinto resopló de impaciencia, pero luego se puso él mismo a tirar de los bueyes para hacerlos marchar más rápido. Sin embargo, solo dio unos pasos. A poca distancia, se oyó un ruido de cascos.

Muchos cascos.

Una vez más aquellas siluetas. Los jinetes se acercaban al galope. Veleda no tuvo necesidad de escrutar demasiado en la oscuridad para comprender que eran bárbaros. Pero ¿cómo es que provenían del interior de la ciudad, cuando antes los había visto en el puerto?

—¡Atravesad los carros! ¡Rápido! —gritó Quinto, haciendo valer su rango.

Los soldados que habían bajado de la nave vacilaron. Pero una jabalina vibró en la sombra y fue a clavarse en el abdomen de uno de los compañeros del primípilo. Alaridos de guerra se elevaron entre los perseguidores. Alaridos bárbaros. Justo después, todos se pusieron manos a la obra para disponer los carros en horizontal. Quinto degolló a los bueyes, que se desplomaron en el suelo: sus cuerpos contribuyeron a obstruir el paso, y los jinetes más rápidos se vieron obligados a tirar de las riendas de los caballos y a detenerse.

Otras jabalinas centellearon en la oscuridad. Otros alaridos bárbaros se elevaron, esta vez de rabia. Veleda se volvió. Entre esos guerreros podía estar Ortwin. Vaciló un instante, mientras todos sus compañeros huían. Entre tanto, tres bárbaros bajaron de sus respectivos caballos, saltaron la barrera de carros y corrieron tras ellos mientras los otros se afanaban en remover la barrera.

Quinto se había quedado a esperarla. Veleda decidió por último moverse, pero ya era demasiado tarde. Los tres guerreros se abalanzaron sobre ellos. Eran galos. Quinto se puso delante para protegerla, pero no tenía escudo y su gladio era más corto que las espadas de sus oponentes. La muchacha, consciente de la situación, se echó al suelo y asestó un tajo en la pantorrilla de un adversario, que lanzó un alarido y cayó. Después, lo remató con un segundo golpe antes de que todos los demás pudieran recuperarse de la sorpresa.

También Quinto fue rápido en aprovechar el estupor de los enemigos. Atravesó de inmediato a uno y asestó una patada al otro, que consiguió pararla con el escudo pero perdió el equilibrio. Esto dio al primípilo el tiempo de tirar de Veleda y escapar. La muchacha no pudo por menos que volverse aún y buscar a Ortwin con la mirada: pero solo vio a otros jinetes insinuándose en una pequeña brecha entre los carros.

El puerto no estaba lejos. Se trataba ahora de llegar junto a la nave: las dos catapultas del barco mantendrían alejados a los jinetes durante un rato. Pero los germanos y los galos tenían caballos, ellos no.

No se hicieron ilusiones: las posibilidades de sobrevivir eran casi nulas.

Ortwin dio la orden de ensanchar la brecha. Aquellos eran soldados enemigos, y había que impedir que llegaran a las naves ancladas en el puerto. César había sido claro con el prefecto Mesala: ocupar la ciudad y sobre todo el puerto.

—Si los enemigos huyen tierra adentro —había dicho—, siempre los podremos atrapar porque ahora África es nuestra, pero si escapan por mar, los perderemos y nos los encontraremos en el futuro.

La ocupación de Útica no había sido un problema. El cuestor Lucio César había ido incluso a su encuentro, a pocas millas de la ciudad, y los había escoltado al interior de los muros. El prefecto se había dirigido al palacio del propretor, dejando a Ortwin la tarea de vigilar el puerto con la mitad de los hombres, unos quinientos. Y ahora se descubría que, a pesar de la disponibilidad del cuestor, había soldados que no tenían intención de rendirse.

Por fin la brecha fue lo bastante grande para permitir el paso de varios jinetes a la vez. Pasó también Ortwin, que se puso de nuevo a la cabeza de sus hombres mientras perseguían a los fugitivos. Trató de valorar cuántos eran bajo la débil luz de las escasas antorchas colgadas de los edificios. Parecían pocos, pero no podía saber cuántos podrían encontrarse en el puerto: para conjurar el peligro de caer en una emboscada, fue más despacio para dar ocasión a todos sus hombres de atravesar la barrera.

Se acercó a los guerreros galos que habían ignorado sus órdenes saltando los carros y prosiguiendo a pie.

Pasó junto a los cuerpos de dos de ellos, caídos por culpa de su impetuosidad, y alcanzó a los otros. Los adelantó y ganó más terreno sobre los últimos fugitivos. Cuando estuvo a pocos pasos de ellos, advirtió que había una mujer.

Con un escudito en el brazo.

No era posible. El corazón le dio un vuelco.

—¡Veleda! —gritó, con la voz rota por la emoción.

La mujer aflojó el paso y se volvió.

Era ella. No necesitó distinguir nada más. Su silueta orgullosa era inconfundible.

El hombre que estaba a su lado lanzó un alarido feroz. La empujó lejos y se plantó allí donde estaba.

—Ven aquí solo, si tienes el valor, Ortwin... —dijo.

También aquella voz era inconfundible.

Quinto Labieno. Aquel canalla aún estaba con Veleda.

Ortwin hubiera querido gritarle que volviera con él. Que abandonara a Pompeyo, Quinto o a cualquier otro hombre del que fuera amante, y regresara con sus compatriotas. Su patria, quizá, estaba lista para acogerla de nuevo, ahora.

Pero antes debía demostrarle que era superior a Quinto. Que sabía protegerla mejor que Quinto. Con un brazo, hizo señas a los suyos de que se detuvieran. Luego bajó del caballo y desenvainó la espada. Echó un vistazo a la imagen que había tras el romano: Veleda se encontraba a pocos pasos de Quinto, inmóvil. Detrás de ella se abría el puerto, con numerosas personas agitándose en el embarcadero y, al fondo, las siluetas de las naves atracadas.

Pero a su alrededor nadie hacía el más mínimo ruido. Solo algún bufido de caballo. Ortwin avanzó un paso.

Quinto también se movió. El germano se dio cuenta de que estaba mejor equipado que su adversario. No quería dar a Veleda motivos para que pensase que no había sido un enfrentamiento justo. Se quitó el yelmo y tiró el escudo.

—Podrías quedártelos... No cambia nada, para ti —fue la réplica de Quinto.

Ortwin se disponía ya a asestar un mandoble cuando oyó el sonido de un cuerno. Inmediatamente después, un tamborileo de cascos hendió el silencio de la noche. Aparecieron de la nada. Decenas de jinetes. Centenares de jinetes, germanos y galos también ellos. Estaban a espaldas de sus hombres y también frente a él. Estaban de hecho por todas partes. Algunos cabalgaron en su dirección y se interpusieron entre él y Quinto.

Estaba por completo rodeado.

Tito Labieno recorrió la línea de sus hombres que, inmóviles, mantenían a tiro a los jinetes enemigos. Y a cada instante les advertía que no hicieran movimientos imprudentes: no tenía la intención de provocar ninguna batalla. Su objetivo era otro. O mejor, eran dos: pero uno no podía revelarlo a nadie.

La tensión, entre los dos grupos de auxiliares, era palpable: las expresiones siniestras de los guerreros de ambos bandos sugerían que el más mínimo movimiento podría desencadenar una refriega. Solo el resultado previsible del combate impedía que alguno se dejara llevar por la impulsividad, sin esperar las órdenes de su comandante.

Por ahora.

El legado llegó al sector donde los suyos habían impedido el enfrentamiento. Buscaba al jefe de los cesarianos, pero una silueta femenina atrajo enseguida su atención. Mientras se acercaba, reconoció con sorpresa su identidad solo después de haber visto quién estaba a su lado.

Quinto.

Quinto, al lado de Veleda, la mujer de Pompeyo.

—¡Quinto! ¡Te creía muerto! ¡Gracias a los dioses! —no pudo menos que exclamar.

—Date las gracias a ti mismo, padre —respondió Quinto—. Tú me salvaste en Tapso, interponiéndote entre la IV y los que nos perseguían. No me reconociste entre la multitud porque iba sin uniforme...

—Y te he salvado otra vez, según parece... —comentó Labieno, señalando a los jinetes enemigos.

—No lo creo. A ese Ortwin lo habría dejado seco en pocos instantes... —dijo Quinto con sorna, y señalando más allá del cordón de los jinetes.

Labieno miró en la dirección indicada por su hijo. Y reconoció a Ortwin. Recordaba su valor, y también su rectitud. Bien, con él se podía negociar.

Se volvió de nuevo a su hijo.

—Ah, ¿sí? ¿Y qué te hace pensar que, muerto él, todos los demás te habrían dejado vivo?

Quinto agachó la cabeza. En cualquier caso, lo decepcionaba no haber podido dar finalmente al germano lo que se merecía.

—¿Y tú, muchacha? ¿Qué haces aquí? —preguntó Labieno a Veleda.

—He venido con la flota enviada por Pompeyo a petición vuestra. Pero, según parece, vuestros planes han cambiado.

Labieno suspiró.

—Sí. Es justo por eso por lo que he bloqueado a la vanguardia de César. Necesito rehenes.

El legado se desplazó, cabalgando hacia Ortwin. Sus hombres se abrieron para dejarlo pasar, y Labieno se halló cara a cara con el germano, que parecía profundamente mortificado.

—Nos encontramos después de muchos años, Ortwin —empezó Labieno—. Y después de haber combatido un largo tiempo juntos...

—Nos encontramos, pero como enemigos, Labieno. Y esta vez has ganado tú. Me he dejado engañar como un pollo...

—No te culpes, Ortwin. No podías saber que había llegado a la ciudad. Lo ignoraban hasta mi hijo y sus hombres. Y apenas he sabido que la vanguardia de César estaba cerca, he pensado en darle una sorpresa...

—¿Qué intenciones tienes ahora?

—Intercambiar nuestra partida por vuestra vida, por supuesto. César debe de estar a punto de llegar, ¿no es así?

—Puedes jurar que no tardará en llegar. Y en cuanto esté aquí con sus legiones, será tu fin...

—Lo dudo. Si intenta atacarme, los primeros en caer seréis vosotros. Y al menos unos cuantos de nosotros tendremos, en cualquier caso, la posibilidad de zarpar, dado que estamos cerca del puerto. Una masacre recíproca no conviene a nadie, diría...

Ortwin reflexionó un instante. Detestaba la idea de quc, por su culpa, César dejase escapar a uno de sus enemigos más peligrosos.

—El dictador no llegará antes de la mañana. ¿Piensas

esperarlo así, con más de mil hombres apuntándose los unos a los otros con sus lanzas? Y, además, el prefecto Mesala intentará forzar el bloqueo...

—El prefecto Mesala no tiene bastantes hombres para forzar nada. Eres un soldado experimentado y lo sabes muy bien. Ordena a tus hombres que bajen las armas y se pongan cómodos. La noche es larga...

El germano suspiró. Se dirigió a los suyos y les ordenó que depusieran las armas. Luego organizó unos turnos de vigilia, para permitir que los soldados descansaran. Por último, se dirigió de nuevo a Labieno.

—Legado, una cosa más. Quiero hablar con mi compatriota —dijo, echando un vistazo más allá del cordón de jinetes para encontrar la mirada de la muchacha.

—¡En absoluto! —gritó Quinto, que había seguido el diálogo—. ¡Si lo intenta lo mataré como a un perro!

Labieno miró a Ortwin.

—Me parece una pésima idea, en todo caso.

Ortwin estaba furioso, pero se dio cuenta de que no podía forzar la situación. La vida de sus hombres pendía de un hilo. Consiguió cruzar por un instante su mirada con la de Veleda, y le pareció no leer el despecho que había esperado. Se convenció de que era solo una impresión, se resignó y fue a sentarse junto a sus hombres, con la cabeza gacha.

Labieno estaba satisfecho. Después de tantos años, por fin había encontrado la forma de hablar directamente con César.

La armadura del dictador centelleó en la plena luz del sol, mientras César dejaba atrás a su guardia y avanzaba hacia Labieno, solo. También el legado trotaba hacia su antiguo comandante, seguido por la mirada de miles de ojos, entre sus soldados, la gente del puerto y las tripulaciones de las naves ancladas en la rada. Para muchos, entre los veteranos de uno u otro caudillo, la escena era una réplica del encuentro que habían tenido cuatro años antes, que acabó sancionando la separación entre los dos.

César y Labieno habían acordado reunirse a solas, sin guardias de corps. No había sido fácil convencer a sus más estrechos seguidores de que aceptaran una condición tan peligrosa para ambos, pero sobre todo para el dictador, que se jugaba mucho. Sus soldados, sin embargo, permanecían a poca distancia, y el encuentro se producía entre dos alas de combatientes, listos para actuar a la más mínima amenaza.

Desde las casas vecinas, los habitantes de Útica se asomaban a las ventanas para ser testigos del encuentro. La gente en el muelle ni siquiera prestaba atención a las otras naves de Pompeyo que estaban entrando en la rada. César, como de costumbre, iba sin yelmo y con sus pocos cabellos peinados hacia delante, para ocultar la frente alta y las profundas sienes.

Labieno notó que el dictador había envejecido mucho. Más de los cuatro años pasados desde la última vez que lo había visto. Se observaron durante largo rato antes de hablarse. El legado captó su mirada cansada, ya no firme y fría como en el pasado, las arrugas profundas, a pesar de los ungüentos que solía usar para la piel, el rostro demacrado, los hombros más encorvados y los brazos más delgados. El manto purpúreo lo envolvía sin que consiguiera darle la majestuosidad de antaño, sino más bien como un velo piadoso extendido sobre su decadencia.

—Que los dioses estén contigo, Tito Labieno.

César fue el primero en romper el silencio.

—Y contigo, César —respondió el legado—. ¿Cómo estás?

Labieno no pudo menos que preguntárselo. Lo veía muy fatigado.

—Lo ves por ti mismo, supongo. Ha sido más duro de lo previsto. Más duro de cuanto podíamos suponer cuando planificamos los acontecimientos, en Uxellodunum, hace cinco años...

—Y no ha terminado. Pompeyo está recuperando Hispania...

—Sí. Y no puedo permitirlo. Por suerte, esta vez, a diferencia de Farsala, he quitado del medio a los rebeldes...

—Ha sido una gran victoria, la tuya...

—Sí. Una gran victoria, también gracias a ti, como siempre. Ocho mil caídos, entre los hombres de Metelo Escipión, y solo trescientos de los míos... Tres campamentos conquistados de un solo golpe. Lo que hacía falta para levantar una campaña no precisamente a la altura de mi reputación... He cometido algunos errores... —dijo César, como queriendo justificarse.

Labieno cambió discretamente de conversación.

—¿Tienes noticias de los otros comandantes?

—Sí. Están casi todos muertos. Catón se ha suicidado. Publio Sitio ha conseguido capturar a Lucio Afranio y Fausto Sila: tenía la orden de matarlos y así lo ha hecho, sin demasiado escándalo. Juba, acompañado de Marco Petreio, ha tratado de atrincherarse en su residencia de Zama, pero los ciudadanos no lo han dejado entrar. Parece que había preparado una pira sobre la que quemarse a sí mismo, a su familia y a todos los habitantes de la ciudad, en caso de derrota. Desde luego, no se puede culpar a sus súbditos de que lo hayan echado. De todos modos, él y Petreio se han matado mutuamente desafiándose en duelo. Su general, Saburra, que había derrotado a Curión, ha sido muerto por Sitio. A Cayo Considio lo han liquidado los gétulos. Actio Varo, en cambio, ha conseguido embarcar. Y también lo había conseguido Metelo Escipión. Pero una tempestad los ha empujado hacia la costa a la altura de Hipona, donde estaban las naves de Sitio. Lo han perseguido y rodeado, pero se ha quitado la vida antes de ser hecho prisionero. Mejor así. Catón y él me han evitado un gran apuro: para mantenerme fiel a mi clemencia hubiera debido perdonarlos, pero luego me habría visto obligado a eliminarlos, de un modo u otro...

Entonces César vio a Quinto.

—En compensación, veo que tu hijo se las ha apañado. Me alegro por ti...

—Sí. Los dioses sean loados. Entonces, por lo que cuentas, ahora solo te quedan Cneo Pompeyo, su hermano menor Sexto Pompeyo, y Actio Varo...

—Y Tito Labieno...

—Sí. Esta puesta en escena, como habrás entendido, era precisamente para hacer posible y creíble mi fuga. Porque tú necesitas que yo vaya a Hispania, ¿no es así?

—Cierto. Ahora la lucha es sin cuartel. Y con los reincidentes ya no puedo permitirme ninguna clemencia. Ahora no me siento en condiciones de afrontar una nueva campaña contra unas personas tan determinadas que son capaces de llegar al suicidio con tal de no ceder.

Y más que nunca necesito tu ayuda. Por ahora, debo regresar a Italia para arreglar un montón de asuntos y, sobre todo, celebrar el triunfo. Los soldados nunca me seguirían en otra campaña sin haber primero desfilado en triunfo y recibido el premio prometido. Los he hecho combatir en infinitos frentes, en las Galias, Hispania, Grecia, Egipto, Asia y África, y tienen razones de descontento para dar y regalar: esta vez la rebelión adquiriría proporciones tan vastas que no creo que pudiera hacerle frente...

—Ya no tengo guerreros de confianza que puedan pasarte información, pero...

—No te preocupes. El joven Pompeyo es un impulsivo, y no tardará en presentar batalla en cuanto estime que ha reclutado suficientes tropas. Tu tarea podrá limitarte a acrecentar su confianza, acaso incluso ayudándolo en el reclutamiento.

Labieno no respondió de inmediato, y César calló. Se miraron fijamente.

—¿Eso es todo? —preguntó el legado.

—Es todo.

Se hizo el silencio entre los dos. Se miraron de nuevo. Y fue otra vez César quien habló:

—Sabes, ¿verdad?, que tu papel nunca podrá ser revelado...

—Lo sé. Y no me importa. Tu triunfo es también mi triunfo, y no quiero que sea manchado con insinuaciones sobre los medios que has usado para imponerte sobre tus enemigos... Si tú eres considerado el caudillo más grande de la historia, para mí será suficiente saber que he contribuido a convertirte en tal... Y si Roma resurge gracias a tu obra, sabré que no he vivido en vano.

—Los dioses saben que es precisamente gracias a ti por lo que me convertiré en el más grande de todos.

—Eso es. Me basta que lo sepan los dioses. Los mortales no me importan...

César asintió.

—Comunicaré a mis hombres que sois libres de embarcaros. Llevaos los auxiliares que habéis capturado hasta el muelle, subid luego a las naves y dejadlos a todos en tierra. No os molestaremos, por supuesto.

Esta vez fue Labieno quien asintió. Tuvo el impulso de estrecharle la mano, pero los miraban demasiados ojos. Hizo solo un gesto con la cabeza y dio la vuelta sobre su caballo, sin conseguir quitarse de la mente la frase que César había pronunciado antes.

«Con los reincidentes ya no puedo permitirme ninguna clemencia.»

XX

> No temáis a mis soldados: consideradlos nada más que la guardia de mi imperio, que al mismo tiempo es también el vuestro. Es preciso mantenerlos por muchas razones. Pero serán mantenidos no contra vosotros, sino en vuestro beneficio, y se sentirán contentos de la paga que se les dará y agradecidos a quien se la haya dado. Esta es la razón por la que se cobrarán más tributos de lo habitual, y para que al mismo tiempo los soldados sediciosos estén tranquilos y victoriosos y, habiendo recibido una paga suficiente, no provoquen desórdenes.
>
> DION CASIO,
> *Historia romana*, XLIII, 18, 1-2

ROMA, AGOSTO DEL 46 A.C.
(PRINCIPIOS DEL VERANO)

Ahora le tocaba a él. Por fin, toda Roma estaba en las calles, y solo por un motivo. Para celebrar sus victorias, sus hazañas, su fama y su poder. Su indiscutida superioridad sobre cualquier otro en el mundo.

Sobre cualquier otro en la historia de Roma.

Pero César sabía muy bien que un montón de gente estaba allí solo para criticarlo. Incluso sus soldados. También ellos esperaban el día del triunfo para tomarse algunas licencias verbales y decir en voz alta qué pensaban de su comandante. Del general que los había hecho ricos y famosos. Y pocos serían cordiales con él, estaba seguro. Siempre estaba el espectro de Pompeyo Magno que aleteaba sobre su cabeza ceñida de laurel. El último de sus tres triunfos había sido el más fastuoso que se recordara, y era innegable que todos lo compararían. Como ya comparaban la moderación de Pompeyo en el ejercicio del poder y su despotismo.

Sin embargo, ya había hecho distribuir los donativos prometidos. Es más, había ido incluso más lejos. Aparte de los trescientos sestercios por cabeza que había prometido al pueblo al principio de la guerra civil, había añadido otros cien para hacerse perdonar el retraso. Y a estos debían sumarse los diez celemines de trigo y las diez libras de aceite a cada ciudadano, y la condonación de los alquileres hasta dos mil sestercios por año.

Lo que se preparaba en las plazas, además, estaba a la vista de todos. Había hecho colocar centenares de mesas para ofrecer una comida y gestionar una distribución de carne. Había hecho quitar las metas en el circo erigiendo en su lugar dos campamentos, para preparar una gran batalla de infantería entre prisioneros de guerra y criminales comunes. Había hecho construir un estadio provisional en el Campo de Marte para las competiciones de atletismo. Había reservado algunos espacios en el Foro para los juegos de gladiadores. Había hecho desfilar por las calles de la ciudad a miles de animales exóticos para que todos vieran qué espectáculo de caza iba a representarse.

Y había más. Había hecho cavar un gran estanque en la Codeta Menor para ofrecer a los romanos una batalla naval. Ningún cartel, ninguna representación gráfica podían reproducir la intensidad de un enfrentamiento en el mar como el que sostuvieron en las Galias y en Egipto, y así había decidido replicarlo del natural. Y los ciudadanos habían visto ya desfilar los birremes, los trirremes y los cuatrirremes transportados hacia el Campo de Marte para el espectáculo...

También había hecho extender cortinas de preciosa y costosa tela proveniente de Oriente, para que a los espectadores no les molestase el sol durante los espectáculos. Todos deberían haber notado que los estadios ahora eran más confortables...

¿Todo esto no hacía que cualquier ciudadano romano, hasta del más indigente, se sintiera un pudiente privilegiado ni que fuera durante un tiempo? No había descuidado nada para convencer a los romanos de que estaban finalmente en las manos de la persona justa, del único que podía restituirles el orgullo de pertenecer a la Urbe. El gran espectáculo todavía debía empezar, pero cualquiera, en Roma, debía de haberse hecho una idea de su magnificencia. Sin embargo, aún habia quien dudaba que pudiera superar la opulencia de Pompeyo. Todos habían podido constatar hasta dónde podía llegar la generosidad de César. No obstante, había aún quien negaba que hubiera actuado en interés de Roma.

Incluso entre los soldados había quien refunfuñaba.

No obstante, había licenciado con honores a los veteranos más ancianos y premiado a cada soldado con veinticuatro mil sestercios, que se sumaban a los dos mil pagados al inicio del conflicto. Los centuriones habían recibido el doble, los tribunos y los prefectos de caballería el cuádruple. ¿Quién había hecho tan ricos a los que habían combatido para él? Ni siquiera Pompeyo, a pesar de que había conquistado el próspero Oriente. Es más, si su antiguo yerno había recompensado a sus soldados era un mérito que debía atribuirse en exclusiva a César, que había obtenido la aprobación de un Senado que se oponía en un principio. Y esto la gente lo sabía, por todos los dioses: ¡sabían que Pompeyo nunca habría obtenido las gratificaciones para el ejército si no hubiera sido por el entonces cónsul Cayo Julio César! ¿Cómo podían obstinarse aún en comparar la generosidad y las capacidades de Pompeyo con las suyas?

Ahora se disponía a hacer desfilar a sus soldados en cuatro triunfos consecutivos. Ningún otro combatiente, en ninguna otra época pasada o futura tendría semejante oportunidad. Un guerrero puede aspirar, en la mejor de las hipótesis, a participar en un triunfo en el arco de toda una carrera: pero cuatro es un sueño que nadie se atrevería a tener... Sin embargo, continuaban lamentándose. Y mofándose de él. Por lo visto, su generosidad no le hacía merecedor del derecho a ser respetado, a que se tolerasen sus propias debilidades.

En cuanto se sintieron autorizados a expresar con toda franqueza sus pensamientos, no vacilaron en quejarse por los gastos de las celebraciones, que consideraban excesivos. Sobre todo, porque se trataba de dinero, más dinero que habrían podido recibir ellos. El desfile aún no había empezado, y ya sacaban a relucir aquella vieja calumnia sobre Nicomedes de Bitinia, el soberano del que se decía que en su juventud había sido su amante. «César, que ha doblegado a todos, se ha doblegado a Nicomedes»: esta cantinela parecía ser ya el himno preferido de los legionarios, y el dictador temía que siguieran burlándose de él también durante la ceremonia. Le hubiera gustado ordenarles que callaran de una vez por todas, hubiera querido jurar ante los dioses que no era verdad, pero temía hacer el ridículo.

La tenían tomada incluso con Cleopatra, a la que había hecho venir de Egipto para que asistiera al triunfo y presenciara el desfile de su propia hermana, Arsinoe, encadenada... Pero ¿qué más querían? ¿Acaso no había mantenido todas sus promesas? ¿No había ido incluso más allá? ¿Por qué no lo alababan y no lo reverenciaban como a un semidiós? ¿Acaso no había demostrado que era superior a cualquier otro ser humano? ¿Acaso no había dado repetidas veces prueba de ser el predilecto de los dioses? ¿No temían los descontentos incurrir en la ira divina criticando su justa tutela de Roma, que había conquistado con fatigas dignas de Hércules?

Sonaron las trompetas. El cortejo debía ponerse en movimiento. Los primeros en entrar en el recinto amurallado a través de la puerta triunfal fueron los carros con las imágenes de las campañas. César se sentía satisfecho. Más allá de la puerta se había reunido, en los márgenes de la calle, una nutrida muchedumbre. Pronto la gente podría descubrir y admirar las gestas que habían permitido a César convertirse en el amo de las Galias. Empresas ya viejas, paradójicamente, si bien realizadas no hacía más de una década y que, por tanto, ya habían entrado en la historia y en la memoria colectiva.

Hicieron su aparición, de forma sucesiva, los carteles relativos a su gran victoria sobre los helvecios, representados como una multitud de bárbaros amontonados a la ribera de un río. A su éxito sobre los germanos de Ariovisto, en los que se destacaba la imagen del rey fugándose sobre una pequeña embarcación en el Rhenus. A su triunfo sobre los belgas, escenificado entre los densos bosques de la Galia septentrional. A la batalla naval contra los vénetos, en la que podía apreciarse la diferencia entre las altas e imponentes naves enemigas y los pequeños trirremes romanos. A las batallas contra los britanos, donde se veían sus temibles carros de guerra. A la expedición de socorro al campamento de Quinto Cicerón, rodeado por la nieve. A la construcción del gran puente sobre el Rhenus. A las obras de asedio a Avaricum y a Alesia, en cuyas imágenes el dictador había querido dar relevancia al enorme trabajo de los legionarios para montar terraplenes y empalizadas, fosos y hoyos. A la rendición de Vercingétorix, con el jefe galo postrándose a sus pies. A la conquista de Uxelludunum, con la amputación de las manos de sus defensores. A la derrota de Correo, donde se admiraba el genial fuerte desarrollado en vertical, hecho construir por el procónsul para que sus enemigos creyeran que los romanos estaban aterrorizados.

Después de que el último cartel desapareciera más allá del arco que daba a la ciudad, llegó el turno de los carros con el botín. «Esto se pone cada vez mejor», pensó César. El público vería entonces que esos carteles no contaban simplemente historias, y quedaría deslumbrado por el resultado más tangible de sus éxitos. Centenares de carros colmados con toda suerte de objetos preciosos: oro, plata, joyas, cerámicas, tejidos, todas las cosas que incrementarían el erario y harían a Roma más rica y poderosa. Ya solo por este motivo, los romanos, todos los romanos, deberían estarle agradecidos toda la eternidad.

Sin solución de continuidad, al botín siguieron los carros de los prisioneros, entre los cuales destacaba Vercingétorix. César lo había hecho mantener con vida durante seis años en la Cárcel Tuliana, pero no había podido evitar que de ese pedazo de hombre derrotado en Alesia quedara solo una pálida sombra. Lo había hecho alimentar y le había dado tiempo para que se repusiera, antes de exponerlo al público, con su mejor y más llamativa indumentaria, traída a propósito de las manufacturas galas para la ocasión. Pantalones abullonados, loriga de cuero acolchado con tachuelas de metal y equipo completo: escudo hexagonal multicolor, lanza y yelmo con un águila en la cima y dos largas alas que subían de las sienes.

César no le había devuelto las armas, demasiado gastadas y raídas, que Vercingétorix había puesto a sus pies en el momento de la rendición. Las que llevaba el galo eran armas nuevas, brillantes, relucientes, las más idóneas para mostrar su gloria de guerrero: la grandeza de un comandante que solo un caudillo aún más grande podría derrotar.

Vercingétorix era uno de los platos fuertes del triunfo. Los otros eran la princesa egipcia Arsinoe, hermana de Cleopatra, y Juba II, el amansado hijo del siniestro rey númida. Una verdadera lástima, se dijo, contar solo con las representaciones de todos los demás: Ariovisto, Casivelauno, Ambiórix, Viridomaro, Correo, Comio, Achila, Potino, Tolomeo, Farnaces, Juba... ¿A cuántos enemigos había tenido que enfrentarse y derrotar en el campo de batalla en todos esos años? Innumerables, si se contaban también los romanos. Pero a esos nunca podría exhibirlos...

Esta reflexión lo empujó a escrutar a los senadores, que esperaban su turno para ponerse en marcha. También ellos, sobre todo ellos, lo obedecían por miedo, no ciertamente por devoción. Para muchos de esos senadores, Catón había sido un punto de referencia, solo superado en autoridad por Cicerón. Su suicidio, en ciertos aspectos, había sido una auténtica desgracia: lo había elevado a mártir, lo había convertido en el presunto baluarte de una libertad que no era más que la aviesa defensa de una casta, la salvaguarda de usos y costumbres anacrónicos y cada vez más nocivos para el destino de Roma. Se sabía que el propio Cicerón estaba redactando un elogio de Catón, y el interés con que se esperaba el escrito era una clara señal de la admiración que aún despertaba.

Y era también una señal de desaprobación hacia quien, aunque indirectamente, lo había empujado al suicidio.

Pero ¿qué querían de él? Hubiera podido hacer como Sila, como Mario, como Cina: ejecutar a cualquiera que no lo hubiera apoyado, o simplemente a cualquiera que fuese bastante rico para disponer de un patrimonio que valiera la pena confiscar. Hubiera podido instaurar un régimen de terror, dejando a sus hombres y a sus auxiliares bárbaros libres para mangonear por las calles, entrar en las casas, coger lo que les apeteciera sin rendir cuentas a nadie.

Y, en cambio, tenía a los soldados en el interior de los muros solo para asegurar el orden. Con su presencia, habían disminuido de manera drástica los delitos y los hurtos, y todos los ciudadanos, de los plebeyos a los aristócratas, por fin podían circular por la calle sin correr el riesgo de no poder regresar a casa. Los continuos disturbios que habían caracterizado la historia reciente de Roma, las peleas entre facciones que el mismo Marco Antonio no había sabido frenar, eran ahora un lejano recuerdo, gracias a las rondas de los legionarios.

La militarización de Roma se había revelado ventajosa para todos, al módico precio de unos legítimos incrementos de los tributos. Sin embargo, los senadores habían encontrado el modo de quejarse incluso de esto: la presencia de los soldados en la ciudad iba en contra de la tradición, afirmaban. Aquella misma tradición que había llevado a Roma al borde de la ruina. El aumento de los tributos era injustificado, según ellos, como si una larga guerra civil no hiciera necesaria una mayor disponibilidad de capitales para proveer al restablecimiento de la legalidad.

César los miró con desprecio. Estaban allí, con su gordura mal disimulada por las amplias togas pretextas drapeadas con cuidado, confabulándose, lanzándose a consideraciones hipócritas sobre lo que habría sido mejor para Roma, mientras que, en cambio, solo pensaban en lo que habría sido mejor para cada uno de ellos. Cuanto más los observaba, más se convencía de haber actuado con corrección al forzar los acontecimientos con el fin de arrebatarles el poder del que eran depositarios casi exclusivos, con grave perjuicio para la Urbe. Cuanto más los veía perder el tiempo en vacuas cháchara, más se persuadía de que él era el único antídoto para la decadencia que afligía a Roma, la única solución contra los males que la estaban llevando a la ruina. El censo que pretendía promover demostraría la drástica caída de la población y, con ella, el fracaso de los sistemas de administración que esos miserables individuos habían establecido con estupidez y soberbia.

Tráfico caótico, pobreza generalizada y un calendario enloquecido, en el cual el tiempo de la cosecha ya no caía en verano ni el de la vendimia en otoño. Tribunales sometidos a juicios divergentes y dilaciones, individuos exiliados, proscritos y condenados de forma injusta, magistraturas asignadas sin más criterio que el dinero, despoblación de las ciudades a causa de las guerras civiles y crecimiento demográfico casi nulo, gobernadores de provincias que, como él, se hacían poderosos con largos mandatos y acababan convirtiéndose en una amenaza para el Estado. Había mucho que hacer para restituir al imperio una funcionalidad que le permitiera sobrevivir e incluso expandirse. Si hubiera dejado hacer a esos imbéciles, si hubiera dejado que Catón los convenciera de la infalibilidad de la tradición, Roma se habría derrumbado con sorprendente rapidez.

César representaba la salvación para la Urbe. Labieno era perfectamente consciente de ello, y se había expuesto a riesgos inenarrables solo para que pudiera imponerse. César, y solo César, era la cura de la enfermedad que sufría el imperio. ¿Era posible que no se dieran cuenta? ¿Era posible que estuvieran tan anclados en sus mezquinos intereses como para colaborar con él solo por obligación? ¿Acaso él no había contraído deudas y más deudas por el bien de Roma? ¿Era posible que su ejemplo no contase nada? ¿Y que la gente común no notase la diferencia entre el desinterés y la codicia?

Solo podía contar con los senadores gracias a su pusilanimidad. Tenían demasiado miedo para oponerse abiertamente a él, y hasta para ir más allá de sus estériles protestas por el supuesto honor de firmar. Y estaban tan atemorizados que ni siquiera era necesario amenazar con persecuciones y masacres: la simple constatación de que tenía el poder de hacerlo los inducía a inclinar la cabeza.

Empezaron a moverse también ellos. Desfilaron a través de la puerta triunfal tratando de adoptar una actitud orgullosa, injustificada por completo ya que no se celebraba nada de lo que hubieran dicho o hecho. Cerraban la comitiva de senadores y magistrados los principales colaboradores del dictador: tampoco sobre ellos podía expresar César juicios demasiado halagüeños.

Marco Antonio no parecía muy contento. Y era natural. Se había demostrado un pésimo administrador, incluso peor que sus predecesores. Como castigo, no se le había permitido participar en la campaña africana, privándolo así del único modo que tenía de reivindicarse, o sea, el campo de batalla. Antes Antonio había tenido una verdadera veneración hacia él, pero ahora... ahora era probable que sintiera rencor.

Cerca de Antonio estaba Marco Junio Bruto, el hijo de Servilia. De Bruto no había nada que temer, pero no porque el joven estuviera de verdad convencido de que la adhesión a su partido era la mejor elección: era un muchacho que se oponía a cualquier tipo de conflicto, aborrecía la lucha y prefería renunciar en público a sus rancios ideales republicanos con tal de llevar una existencia tranquila. Quién sabe cómo se lo habría tomado si supiese que su vida dependía del silencio de su madre...

Desfilaban también Aulo Ircio y Asinio Polión. Dos excelentes colaboradores, el segundo también un gran amigo. Pero, en realidad, ninguno de los dos había contribuido nunca a sus éxitos, ni tampoco manifestado el entusiasmo que César habría esperado encontrar en quien, como Labieno, estaba convencido de servir a un hombre capaz de transformar la historia de Roma. Publio Sitio, en cambio, se había revelado decisivo, pero carecía por completo de moral: por dinero y poder estaría dispuesto a todo.

Llegó la hora en que los aliados extranjeros debían ponerse en marcha. En su mayor parte, eran desleales: su relación con el dictador era de pura conveniencia. Deyótaro de Galacia, Mitrídates de Pérgamo, Ariobarzanes de Capadocia, y luego los dos reyes mauritanos, Bogud y Boco: gentes que César se sentía obligado a hacer desfilar también en las ceremonias que no les concernían, solo para complacer su desenfrenada vanidad. La única que no había querido participar en el cortejo era Cleopatra. Pero la reina tenía un buen motivo para mantenerse en la sombra: el fastidio con que la población consideraba su presencia en Roma.

Bogud, por el contrario, continuaba mostrando una absoluta falta de sentido de la proporción. Y se estaba revelando como un aliado realmente fastidioso. Sabía que era indispensable en los equilibrios políticos de un África por fin libre del excesivo poder de Juba, y tendía a sobrevalorar la ayuda prestada durante la guerra. Haber prostituido a su mujer, Eunoe, hacía que se sintiera con derecho a exigir lo que otros no osaban ni siquiera soñar. Si Ortwin, el fiel Ortwin, solo por detrás de Labieno en dedicación y valor, no podía desfilar en un cortejo que habría debido verlo entre los protagonistas, era solo porque Bogud aún consideraba que había sido ofendido por el germano, y no se cansaba de pedir su cabeza.

César continuaba ganando tiempo, fingiendo que no pasaba nada, sin poder replicar al rey mauritano como habría querido. Hispania amenazaba con convertirse en un pantano tan insidioso como la campaña africana: el dictador contaba con las tropas africanas para evitar llevar hasta allí demasiadas legiones, que prefería utilizar para guarnecer su imperio.

No. No había nadie en quien pudiera confiar a ciegas. Ninguno capaz de renunciar al beneficio personal para ponerse al servicio de su causa, identificándola con la de Roma. Como Labieno.

Lo había hecho todo solo. Él, junto a Labieno. No debía agradecer a ningún otro todo lo que había conseguido.

Un día largamente soñado. Un acontecimiento con el que había fantaseado durante años. Sin embargo, Ortwin lo estaba viviendo no como protagonista, sino como espectador. No, peor: como espía. Durante doce largos años había oído a sus camaradas romanos magnificar aquel momento, hablar de él como de la apoteosis de la carrera no solo de un comandante, sino también de un soldado. E innumerables veces se había imaginado desfilando por las calles de Roma, justo detrás de César, junto al botín de un enemigo vencido y acaso incluso cerca de un ilustre adversario hecho prisionero.

El mismo dictador había alimentado sus sueños, asegurándole, a veces, que quería tenerlo junto a su propio carro durante el desfile triunfal para mostrar a todos qué importancia había revestido el germano en sus victorias. Y él, Ortwin, consideraba aquello una gratificación incluso superior a los premios puramente económicos. Las riquezas, al final, las podría haber obtenido de cualquiera, y cualquiera de sus compatriotas se las habría podido procurar sirviendo a un jefe hábil y generoso. Pero un desfile por las calles de Roma, al lado del primer hombre del imperio, bajo la mirada admirada y quizá también envidiosa de centenares de miles de personas, eso solo podía ofrecérselo César.

Los veía, ahora, a los romanos, hombres, mujeres, niños, viejos, artesanos, comerciantes, plebeyos y esclavos, amontonarse al borde de las calles, en los balcones y en los tejados de las casas, en carros y sobre las paredes, para conquistar un puesto desde el que admirar el espectáculo. Los observaba, mientras comentaban los carteles con las representaciones de las campañas galas, pintados con un realismo que evocaba en él el nítido recuerdo de aquellos mismos episodios, en los que había participado siempre como protagonista.

Los estuvo escrutando mientras expresaban su asombro ante el botín, las joyas que los encargados de los carros tenían la obligación de exhibir, levantándolas con las manos para que todos las vieran. Los culpaba, mientras lanzaban burlas y humillaban a los prisioneros, les escupían encima y les arrojaban piedras, hortalizas y fruta. Y los fue estudiando, mientras admiraban y aplaudían a los legados, a los tribunos y a los magistrados que habían participado en la guerra, se acercaban y los felicitaban, les tendían a sus hijos para que los tocaran y les trajeran suerte.

Y no era a él a quien admiraban. Quizá, en aquella atmósfera alegre, algunos romanos habrían llegado a acercar a sus hijos incluso a él, un bárbaro, si lo hubieran visto marchar junto a César. Lo habrían aplaudido y alabado, sabiendo que a la cabeza de las unidades auxiliares representadas en algunos carteles estaba él. Los padres lo habrían señalado a los propios hijos para explicarles qué había sido capaz de hacer aquel bárbaro.

Sintió un nudo en el estómago. Si su pensamiento principal no hubiera sido Veleda, su objetivo en la campaña de Hispania para recuperarla, y su ambición máxima, ahora, la de devolverla a su patria, habría sufrido como un perro por haber sido dejado de lado.

Luego, Ortwin lo vio aparecer de repente, al fondo del cortejo de los dignatarios. Estaba junto a su hermano, por supuesto.

Helo allí, el responsable de su castigo. El hombre que había pretendido y obtenido de César que no desfilase en la comitiva triunfal.

El hombre que aún exigía a César su muerte.

El hombre que prostituía a su mujer.

El hombre que no habia dudado en acusarlo de haber violado a su consorte.

Bogud de Mauritania.

El rey estaba con Boco y un pequeño destacamento de sus guerreros: el grueso de las tropas mauritanas habría desfilado durante el cuarto triunfo, el reservado a la victoria sobre Juba. Bogud se erguía en la silla dándoselas de importante, complaciéndose visiblemente de ser el centro de atención.

Sí, pensó Ortwin. Si no hubiera sido Veleda su única aspiración, Bogud habría matado a una parte de él, tanto si César decidía ejecutarlo como si no.

Se fijó entonces en Bote. El germano no participaba en el triunfo porque no había participado en las guerras gálicas, y había sido asignado como asistente. Se divertía, contento de sí mismo. Por otra parte, era la primera vez que se encontraba en Roma, y aquel espectáculo era lo más extraordinario que había visto en su vida. El guerrero le sugirió que escuchara a dos individuos que se habían instalado frente a ellos.

—Bárbaros..., gente de piel negra, soberanos orientales cubiertos de maquillaje de la cabeza a los pies... ¡César se ha valido de cualquiera, con tal de conseguir el poder! —exclamó uno de los dos ciudadanos—. Roma ya no es de los romanos, según parece...

—¡Sí! ¡Y luego dice haber actuado solo por la gloria de Roma! Pompeyo, al menos, ha conquistado el mundo solo con romanos... —respondió su vecino.

—¡Mira! ¡Dentro de poco iremos todos por ahí con pantalones, como esos galos! ¡Tenía razón Catón en temer que César atentara contra las costumbres de nuestros padres!

—¿Has visto las telas de seda que están extendiendo sobre los estadios? Nos hemos vuelto afeminados como los orientales...

El diálogo hizo que Ortwin volviera a sus obligaciones. Le asqueaba, pero nunca había desobedecido a César, y no iba a empezar a hacerlo ahora: a fin de cuentas, el dictador se había negado a aceptar íntegramente las demandas de Bogud y ajusticiarlo, corriendo así el peligro de enemistarse con su precioso aliado. Por tanto, se sentía en deuda con él. Reclamó la atención de un soldado de paisano que merodeaba por los alrededores, y le señaló a la pareja. El militar se acercó a ellos y los invitó a que lo siguieran. Los hombres, fastidiados, se negaron al principio, pero cuando vieron un gladio despuntando por debajo de la toga se apaciguaron. Visiblemente intimidados, fueron con él alejándose del cortejo.

Ortwin se preguntó a cuántos debería denunciar hasta que acabase la ceremonia. La mayor parte de la gente parecía festiva y entusiasta, pero percibía también algunas caras descontentas, expresiones sombrías, actitudes distantes. Le correspondía a él establecer quién debía ser expulsado. César quería erradicar cualquier forma de disidencia en el pueblo, y pensaba que la gente común hablaría con total libertad junto a un bárbaro, al considerarlo incapaz de comprender el latín. Así, había diseminado la ruta del triunfo de extranjeros encargados de aguzar los oídos, y le había pedido a Ortwin que fuera uno de ellos, convencido de que la tarea sería de su agrado.

El germano, en cambio, hubiera prescindido con gusto de la tarea. Era un guerrero, no un espía, y se encontraba muy incómodo haciendo ese papel. Por otra parte, consideraba también probable que los otros bárbaros, ansiosos por destacar ante César, no vacilarían en denunciar a personas por completo inocentes. Pero aunque juzgase esa iniciativa una pésima idea, no conseguía culpar a su comandante: César tenía un gran número de enemigos en Roma y, si no actuaba de manera decidida, eliminando de raíz cualquier forma de sedición, no lograría mantenerse mucho tiempo en el poder. Ariovisto, su antiguo soberano, hubiera hecho lo mismo.

Sin embargo, si verdaderamente no podía desfilar, prefería estar en otra parte. Lo que estaba haciendo no añadía nada a su valor. Si acaso, sustraía algo a su integridad.

En el momento en que el propio César atravesó el arco de la puerta triunfal, la multitud estalló en una ovación. Vibraron los tímpanos del triunfador, vibró el brazo del esclavo que sostenía la corona de oro sobre su cabeza. Incluso los cuatro espléndidos caballos blancos que arrastraban su carro parecieron derrapar durante un momento. El dictador se infló de orgullo al ver a aquella muchedumbre ilimitada que había acudido a rendirle su anhelado tributo.

Roma estaba a sus pies, por fin. En los últimos quince años había orientado todos sus actos hacia este objetivo, y solo la obstinación de una camarilla de sediciosos le había impedido conseguirlo antes. Pero ahora, esos sediciosos ya no estaban, o estaban lejos, y los demás eran demasiado pusilánimes para oponerse a él.

César resistió el impulso de dirigir la mirada a un lado y a otro para escrutar los rostros, las expresiones, la actitud de la gente, y se mantuvo inmóvil como una estatua, con la vista casi fija delante de él. A fin de cuentas, en aquel momento era la personificación de Júpiter Óptimo Máximo: tenía el rostro pintado de rojo minio y una corona de laurel alrededor de la cabeza, una túnica de púrpura bordada en oro y, encima de ella, una toga incrustada de estrellas doradas. Su mano derecha apretaba una ramita de laurel, la izquierda un cetro de marfil.

—Recuerda que eres mortal... —le susurró el esclavo, tal y como preveía el ceremonial. ¡Imbécil! ¡No era solamente un hombre! ¿Acaso no había hecho escribir bajo la estatua de bronce en el Capitolio que era un semidiós? ¿Cómo habría podido un simple hombre, sin el apoyo de los dioses, realizar las hazañas de las que había sido capaz?

Aquel al que los dioses eligen no puede ser solo un hombre. Y los dioses lo habían elegido para salvar Roma. Para restituir su grandeza y prepararla para dominar el mundo: aquel era el destino que ellos habían establecido para la Urbe antes de que hombres insensatos e incapaces la sumieran en un estado de decadencia.

Percibió las voces de los legionarios que lo seguían a pie. No los escuchó. No le importaba qué decían, ahora. Aunque sus carcajadas daban a entender con claridad que, respecto a su comandante, se estaban tomando todas las licencias que concedía la tradición.

Estaba demasiado orgulloso de sí mismo para que aquello le importara. Se sentía demasiado superior a los comunes mortales para dejarse rozar por sus mezquinas consideraciones. Mantenía la cabeza constantemente vuelta hacia el Capitolio, la meta de su trayecto, moviendo apenas las pupilas. Todos debían entender que era un semidiós, indestructible, invencible, intangible, inalcanzable. Solo así lo temerían lo suficiente para no osar oponerse a él en su labor de reconstrucción del Estado.

Ya no le importaba que lo amaran: a Pompeyo sí que le importaba sentirse amado, y había caído de mala manera, víctima de su debilidad. Si no hubiera temido disgustar a sus partidarios, en Farsala habría vencido, simplemente persistiendo hasta el final en su táctica elusiva. Poco podría haber hecho entonces Labieno.

Algunos niños se acercaron para tocarlo. No movió un músculo. Los padres corrieron a cogerlos, mientras los soldados los empujaban fuera. Un plebeyo en el borde de la calle lo exhortó a conquistar también Partia. No respondió. Una mujer emergió de la multitud con un cartel que exhortaba al pueblo y al Senado a hacerlo rey. No miró. Un pudiente ciudadano lo aclamó como el salvador de la patria. No sonrió.

Continuó mirando fijo hacia delante. Sus únicos movimientos eran los que las sacudidas del carro, sobre las losas irregulares de la calle, lo obligaban a hacer. Hubiera querido reprender a uno de los esclavos porque guiaba mal a los caballos, al otro por la corona dorada que le rozaba a menudo el cráneo. Pero no quería hablar hasta la ceremonia ritual en el Capitolio.

De pronto, sintió el vacío bajo sus pies y de repente se encontró en el suelo. Uno de los esclavos cayó sobre su cadera y el otro le dio un codazo en la cara, borrándole parte de la tintura rojiza. Un alarido de estupor se elevó de la multitud y de los soldados. César se apresuró a ponerse de pie, pero se tambaleó un instante antes de recuperar la estabilidad. La corona de laurel había caído, sus pocos cabellos estaban desordenados. Se sintió terriblemente ridículo.

Miró los caballos, que avanzaban más allá, mientras el carro permanecía inmóvil en el suelo, frente a él. Se había roto el eje. Uno de los esclavos se apresuró a detener a los animales. El otro iba a hacer lo mismo, pero César se limitó a susurrarle un perentorio «¡No!» y a indicar el suelo con un ligero movimiento de las pupilas. El esclavo tardó unos segundos en entender, luego recogió la corona de laurel y volvió a colocársela en la cabeza; después cogió también el cetro y el ramito, y se los puso en la mano.

El público, entre tanto, había enmudecido. Pero solo el público. Entre los soldados, en cambio, comenzaron a escucharse algunas risitas. Luego, un murmullo fue extendiéndose entre la multitud y la expresión de la gente se volvió tétrica, desorientada, desconfiada.

César se sintió invadido por la ira. Se estremeció hasta tal punto que tuvo miedo de sufrir un ataque de su mal. Asistió todavía inmóvil a las operaciones de los asistentes para procurarle otro carro y siguió distraídamente su celo, su embarazado frenesí, pero su pensamiento era solo uno. El mismo que los espectadores se transmitían entre sí con aquel sordo murmullo.

Un presagio nefasto.

También había tropezado en África nada más desembarcar, dando a los soldados la impresión de que los dioses habían emitido un veredicto desfavorable sobre la campaña. Pero en aquel caso supo darle la vuelta a la situación, aferrando un puñado de tierra y mostrando que tenía a África en la mano. Pero ahora..., ahora no podía hacer nada. Todos pensarían que aquel triunfo era inmerecido, y que no presagiaba nuevos triunfos.

Y, lo que era aún peor, él mismo temía que fuera precisamente así.

Decadencia.

Ese concepto inquietante volvió a resonar en su mente. El baño de multitudes, el supremo e incontestable poder en Roma, la celebración de un acontecimiento y el triunfo esperado durante casi quince años lo habían empujado a dejar de lado la desagradable sensación que fue acompañándolo durante toda la segunda parte de la campaña africana. Creyó que podría deberse a un solo momento de cansancio, pero los dioses no habían dejado de recordárselo.

Decadencia.

Oyó las carcajadas de los soldados cada vez más estridentes, sus ocurrencias cada vez más pesadas y vulgares, sus griteríos más invasores. Resonaban en sus oídos como trompetas enloquecidas y chillonas. Entre el público, nadie se atrevía a mofarse de él, pero la actitud entusiasta que precedió al incidente había desaparecido. Aquel murmullo, aquel maldito murmullo desafortunado no cesaba. Le zumbaba en la cabeza como un insecto fastidioso.

Decadencia.

Por fin llegó otro carro. Uncieron los caballos e instaron al dictador a subir.

Fue una liberación para César. El esclavo tiró de las riendas y el vehículo empezó a moverse. El triunfador esperaba que los hombres a los que había distribuido entre la multitud cumplieran con su deber. Sobre todo, para que las carcajadas de los legionarios no se oyeran.

Sus hombres no vacilaron en intervenir. Alguno de ellos, entre la multitud, aplaudió y empezó a alabar al triunfador. Luego otro, y otro más, arrastrando a la gente a nuevas ovaciones, primero poco convincentes, luego de nuevo entusiastas.

Poco importaba que aquellas manifestaciones de júbilo no fueran del todo espontáneas. Atestiguaban que era bastante temido, y esto era suficiente con los hombres.

Eran los dioses los que lo preocupaban ahora. Los dioses le habían lanzado un mensaje. Le habían recordado, ellos sí que podían, que solo era un hombre.

Un hombre en decadencia, además.

Decidió que eliminaría la inscripción «semidiós» de su estatua. Llegó sin más incidentes a la base de la escalinata del Capitolio, bajó del carro, entregó cetro y ramito al esclavo, se quitó las sandalias y se puso de rodillas en el primer escalón. El ritual así lo preveía: debía subir toda la escalinata de rodillas.

A los ojos de los otros, al menos, era así. Para él, era un modo de pedir perdón a los dioses.

XXI

> Y no cesaron de suscitar desórdenes antes de que César se presentara ante ellos repentinamente y, cogiendo con sus propias manos a uno de ellos, lo entregó a los verdugos. Este, pues, fue condenado a muerte por la razón que he mencionado.
>
> DION CASIO,
> *Historia romana*, XLIII, 24, 3

Era el cuarto sacrificio seguido con resultado favorable. Como los otros días, los toros se habían dejado llevar dócilmente al altar, y fueron degollados con la misma docilidad. Su sangre había irrigado bien el ara, sus vísceras se habían revelado perfectas y César había oficiado sin interrupciones, errores o vacilaciones. Los auspicios no podían ser mejores. El dictador, escondido por un velo oscuro sostenido por los esclavos, se hizo cambiar las ropas manchadas de sangre, se puso una toga limpia y se lavó de nuevo las manos.

Convocó a los lictores y bajó satisfecho la escalinata

del Capitolio: los dioses lo habían perdonado. El incidente del carro, al principio del triunfo gálico, había sido solo una advertencia. Ahora que las ceremonias de los cuatro triunfos habían concluido, podía decir que todo había ido sobre ruedas.

O casi.

Ahora era el momento de la fiesta.

En la base de la colina, una multitud entusiasta acogió su reaparición con aparente alborozo. Los sacerdotes habían dado a conocer los resultados del sacrificio y todos alababan al dictador, felices de la benevolencia de los dioses. Los numerosos legionarios desplegados en pequeñas unidades en varios puntos del foro se aseguraban, además, de que así fuera. César había ordenado que tomaran posición justo después de la conclusión del triunfo africano, tras advertir que los carteles que representaban los momentos más destacados de la campaña habían provocado descontento entre los espectadores.

A César lo había turbado, en particular, la reacción a las imágenes del suicidio de Metelo Escipión y, sobre todo, de Catón. A pesar del obstinado conservadurismo del segundo, que tenía a la plebe en un estado de perenne sometimiento, el pueblo continuaba amándolo más que nunca.

Es más, parecía que su muerte, considerada más heroica que la de cualquier valiente en la batalla, le proporcionaba incluso un aura de simpatía de la que nunca había gozado en vida.

Historias, siempre historias. Desde el primer día, la gente se había reído incluso del número de lictores, juzgado excesivo hasta para un hombre como él, que acumulaba tantos cargos. Durante el triunfo egipcio, muchos se habían puesto a criticar el destino de Arsinoe, la hermana de Cleopatra, arrastrada en cadenas por las calles de Roma. Lo habían hecho por despecho, sin duda, para echarle en cara su vínculo con Cleopatra: porque qué podía importarle a un herrero, a un carpintero o a un comerciante la suerte de una mujercita sosa y desconocida, cuya derrota había conferido a Roma el control del rico Egipto.

Ni siquiera el triunfo sobre Farnaces del Ponto había pasado exento de críticas. Algunos habían dicho que se había tratado de una victoria demasiado sencilla y rápida para merecer un triunfo. ¿Una victoria demasiado sencilla y rápida? ¡Como si no fuera un mérito merecedor de título derrotar en un santiamén a unos adversarios que el tan alabado Pompeyo y Lúculo tardaron años en batir! En los carteles, había hecho que destacara la inscripción VINE, VI Y VENCÍ, precisamente para subrayar su extraordinaria rapidez de ejecución, y en cambio había quien lo había tomado como pretexto para menospreciar la hazaña. Y para reafirmar que Pompeyo había vencido de manera más capilar, conquistando todo Oriente, y no solo a un reyezuelo demasiado ambicioso para sus escasas posibilidades.

¡Pompeyo, Pompeyo, Pompeyo! Siempre él... La gente incluso había minusvalorado el extraordinario botín exhibido en el triunfo asiático: por muchas riquezas que César hubiera hecho desfilar bajo sus ojos, el pueblo no vacilaba en hacer comparaciones con los inmensos tesoros que Pompeyo había traído de todo Oriente, del Ponto a Siria y a Judea.

Y ahora, también las quejas por los carteles en el triunfo africano. Aulo Ircio, Asinio Polión y los otros le sugirieron repetidas veces que evitase las referencias a la derrota de sus adversarios políticos. Le habían dicho que apuntara en exclusiva sobre Juba y sus lugartenientes para disipar cualquier duda: la suya había sido una guerra de conquista, y no civil. Pero el dictador no quiso atender a razones: quería que el relato fuese completo. Pero, sobre todo, quería que todos entendieran hasta qué punto resultaba inútil oponerse a César.

Nominalmente, continuaba siendo una guerra contra el reino númida, a fin de cuentas. Si algunos insignes romanos se habían visto involucrados, era solo porque se habían aliado con un soberano enemigo de Roma, y eran, por tanto, traidores. Tenía que quedar claro el concepto. Eran traidores.

Ingratos. Ingratos todos. Y pensar que habría podido celebrar un quinto triunfo, el de Hispania... Trece años antes tuvo que renunciar por la oposición de Catón, que, de lo contrario, no le hubiera permitido presentarse como candidato al consulado...

Bien, si aún no había logrado conquistar a todos los quirites con los desfiles, los conquistaría ahora con los festejos. Hasta el momento, los ciudadanos se habían limitado a asistir, pero las celebraciones acababan de empezar. Los foros y las plazas de Roma ya habían sido tomados por asalto por la gente, ansiosa por saciar el hambre con los espléndidos banquetes que había hecho preparar para todos. Y a partir del día siguiente, miles de criminales y prisioneros serían sacrificados para su diversión, con espectáculos nunca vistos de batallas navales, enfrentamientos de infantería, juegos gladiatorios interminables y cacerías de toda suerte de fieras.

Cuarenta días de festejos. ¡Más que Pompeyo! «Dentro de cuarenta días nadie recordará a Pompeyo —se dijo—, y ya nadie se atreverá a hacer comparaciones más que a favor de César. ¡Y nadie dudará de mi legítimo derecho a encargarme de Roma!»

Y si alguien, incluso así, seguía criticándolo, tendría que vérselas con sus germanos.

Ortwin se secó la frente empapada de sudor. Se miró la mano que empuñaba con energía la espada. La sangre de sus víctimas caía por su muñeca y formaba pequeños riachuelos a lo largo del antebrazo, enrojeciendo la manga de la túnica. Miró los hombres a los que acababa de atravesar: tres cuerpos que Bote había amontonado uno encima del otro en aquel antro espantoso, una angosta gruta de la muerte que desprendía un olor horrible, cuya oscuridad era apenas redimida por una tenue llama fuliginosa.

La llamaban Cárcel Tuliana. La primera vez que había bajado por la trampilla del pavimento en la planta superior se había sentido casi desvanecer. No se sabía cómo lo hacían los hombres para resistir allí dentro más de unos pocos días sin enloquecer. La celda de detención estaba en la planta superior, más amplia e iluminada, pero los más facinerosos habían sido arrojados directamente allí abajo, a la espera de la ejecución, a fin de que nadie oyera sus gritos. Los que Ortwin acababa de ajusticiar llevaban en aquella gruta desde el primer día del triunfo, sin comer ni beber, inmersos en sus propios excrementos y en el hollín: por esta razón reaccionaron con sumisión, hasta con abulia, mientras realizaba su desagradable tarea.

Sí, una tarea en verdad desagradable. No era la primera de este tipo que realizaba para César. Sin embargo, en los últimos tiempos, parecía que los encargos desagradables fueran la norma, en detrimento de aquellos más gratificantes. Primero espía, luego verdugo. Ya no guerrero. Si la vida le había sido perdonada para emplearla en semejantes misiones, hubiera preferido ser asesinado como pretendía Bogud...

Bote, en cambio, se divertía. Ortwin le había dejado matar al primer condenado, pero su compañero lo había atravesado varias veces antes de infligirle el golpe mortal. Ortwin no creía que esos individuos merecieran una muerte cruel, e intervino sustituyendo a su subalterno. En realidad, no creía que merecieran la muerte en absoluto. Sencillamente, se habían limitado a protestar por los excesivos gastos del triunfo, la mayoría, o a invocar premios más consistentes.

Siempre existía el riesgo, desde luego, de que sus protestas dieran inicio a nuevos desórdenes. El propio Ortwin, en los días precedentes, había debido amenazar, con sus hombres, a algunos soldados reunidos en una asamblea sediciosa. Por eso, quizá, César quería dar ejemplo.

Desde arriba, por el momento, no bajaban a nadie, así que Ortwin dijo a Bote que aprovechara para terminar el trabajo que les había encomendado el dictador. El germano asintió, muy contento de volver a usar la espada. Se acercó a los cadáveres, agarró a uno por el pelo y le asestó un buen tajo. No fue suficiente. Asestó otro, y solo entonces consiguió que cayera su cabeza. Bote la apoyó en un rincón y repitió la operación con el segundo cuerpo. Esta vez logró cortar la cabeza de cuajo.

Ortwin se limitó a observarlo. Las órdenes eran perentorias: después de haber apilado todas las cabezas, debían exponerlas delante de la Regia, en la Via Sacra. César quería hacer una advertencia a cualquiera que osase aún poner en duda quién era el amo de la ciudad. Y la Regia era también la vivienda del pontífice máximo.

O sea, del propio César.

La trampilla se abrió de nuevo. Aparecieron unos pies, luego el resto del cuerpo. Otro condenado era bajado en brazos. También él se dejó arrojar con docilidad en aquel tugurio asqueroso, también él pareció no reaccionar al hedor insoportable.

Ortwin no prestó atención a su rostro. Se había propuesto no mirarlos a la cara para no tener que sentirse aún más incómodo. Pero los jirones de ropas preciosas que habían quedado sobre el prisionero atrajeron su interés, y trató de descifrar sus rasgos entre las sombras. Entonces lo reconoció.

Vercingétorix.

En efecto, era él. O mejor, lo que había quedado de él tras cinco años de detención en aquella sórdida cárcel, y después de que sus carceleros le arrebatasen los vestidos y las joyas que le habían puesto para el triunfo. Hombros encorvados, ojos apagados, piel llagada, pelo desordenado, bigotes y barba descuidados, indumentaria andrajosa, miembros flácidos y una musculatura escasa: he aquí lo que quedaba de uno de los más feroces adversarios de César, del hombre que había hecho temer al entonces procónsul que no saldría vivo del asedio de Alesia.

Ortwin siempre lo había respetado por lo que había sido capaz de hacer: reunir a todas las Galias bajo el propio mando era una empresa que ningún celta había conseguido hasta entonces. E igualmente notable había sido convencer a los galos para que cambiasen sus consolidadas estrategias bélicas, enseñándoles a renunciar al ímpetu en favor de la prudencia y de la espera, y a modificar sus tácticas de combate introduciendo el uso del arco a gran escala.

No creía que un hombre así mereciera este final. Y le tocaba justo a él darle la muerte... Estuvo tentado de entregárselo a Bote, pero sabía que su subalterno lo habría hecho sufrir. Respiró hondo y se paró frente al jefe galo. Luego lo miró a los ojos: Vercingétorix tenía derecho a ver la mirada del hombre que estaba a punto de matarlo. Pero no leyó más que resignación. Parecía que le habían anulado la voluntad tras los años pasados como una fiera enjaulada. Incluso se preguntó si estaba en condiciones de entender lo que estaba ocurriendo. Parecía del todo ausente, como si su ánimo hubiera expirado hacía mucho tiempo y solo quedase un envoltorio vacío que remover.

—Date prisa...

Las palabras salieron de la boca del galo en cuanto Ortwin apartó la mirada. Debió observarlo de nuevo para confirmar que había sido Vercingétorix quien las había pronunciado. Lo vio asentir y comprendió que estaba demasiado consciente.

—¡Bote! —llamó a su subalterno—. Dale tu espada —le ordenó.

Bote lo miró, sin entender.

—¡Dale tu espada, he dicho!

—Pero... Ortwin..., ¿qué tienes en mente?

El germano estaba desorientado.

Ortwin dio un paso hacia él y le arrancó el arma de la mano. Luego se la entregó a Vercingétorix.

—Ten. Un jefe como tú no puede ser asesinado como un perro. Tienes el derecho de hacerlo por ti mismo —le dijo.

Vercingétorix vaciló un instante, luego alargó la mano y agarró la espada por la empuñadura. La miró, luego observó a Ortwin con muda gratitud, dirigió la hoja hacia el propio pecho, apretó la empuñadura con ambas manos y se la clavó.

El galo se desplomó en el suelo de rodillas, a los pies de Ortwin. Permaneció durante un momento inmóvil, luego empujó de nuevo la empuñadura. La hoja traspasó la caja torácica y salió por la espalda. Después, Vercingétorix cayó hacia delante. Su cabeza chocó contra las piernas del germano, antes de que el cuerpo yaciera bocarriba sobre el pavimento manchado de sangre, orina, heces y tripas.

—¡Vosotros! ¿Habéis acabado ahí abajo? ¡Aquí hay más! —chillaron desde arriba.

—¡Sí! ¡Aún debo cortar la cabeza del galo, pero podéis seguir mandando! —gritó Bote, impaciente, sin esperar la autorización de su jefe.

La larga jornada estaba llegando a su fin. Y la secuencia de triunfos casi había concluido. Todos se levantaron de los triclinios y de las sillas cuando vieron que César entraba en el foro, recién terminado, que llevaba su nombre. Su llegada fue recibida con una ovación, gritos de agradecimiento ritmaron sus pasos y saludos alegres acogieron su presencia. El dictador observó complacido las largas filas de mesas dispuestas para la ocasión, rebosantes de todo tipo de comida, platos que muchos plebeyos nunca habrían tenido la posibilidad de probar. La carne era la que dominaba, y ya aquella distribución extraordinaria era una consideración más de César hacia el pueblo.

Decenas de esclavos reabastecían de forma continua las mesas, yendo y viniendo entre el centro de la plaza y el espléndido pórtico de dos niveles, bajo el cual se encontraban las *tabernae* con las correspondientes cocinas. La gente se amontonaba alrededor de las mesas, y de muy poco servían los guardias apostados en cada mesa para mantener una apariencia de orden. Sin embargo, muchos, al ver a César, olvidaron la comida y corrieron hacia él. De inmediato los guardias de corps se estrecharon en torno al dictador, empuñando sus lanzas y escudos, pero César les hizo señas para que mantuvieran las filas separadas.

En gran parte, se trataba de mujeres y niños, muchos de ellos con coronas de flores en las manos. Parecía que compitieran por coronarlo. César hizo señas a una mujer para que se acercara, y los guardias se abrieron un poco para dejarla pasar. El dictador se dejó poner sobre la cabeza la corona, que superpuso a la de laurel. La mujer lo abrazó y lo besó, llevándose un poco del minio de su rostro. César le sonrió y después llamó a otra muchacha, casi una chiquilla, a la que permitió colocarle otra corona de flores entrelazadas sobre la cabeza.

El triunfador recogió otras coronas, que se limitó a sostener en la mano. Los demás, todos los que no pudieron entregárselas, las deshicieron y arrojaron los pétalos al aire a su paso.

—¡Salud a nuestro benefactor! —exclamó una mujer. César se preguntó si sería una de las que habían pagado para aclamarlo. El entusiasmo parecía sincero, y podía ser que se tratara de una aclamación espontánea.

—¡Larga vida a nuestro dictador!

—¡Larga vida a nuestro soberano!

No. No había dado la orden de que se dijera algo así. Se cuidó mucho de hacerlo. Pero se alegró de que alguien hubiera pensado en ello...

—¡Conquista el mundo entero para nosotros!

También de esto se complació. Pensaba cada vez más a menudo que su fama quedaría más impresa en la memoria de las generaciones futuras si se hubiera adornado también con la conquista del imperio parto.

César llegó a la altura de la gran estatua ecuestre en bronce que lo representaba, justo en el centro de su foro. Alrededor del monumento las personas disfrutaban de la fiesta, comían y comentaban los espectáculos que habían visto en aquellos cuatro días, fantaseando con los que verían en los días venideros. Bien, así es como los quería: contentos con él y agradecidos, reconfortados por el hecho de que César velaba por ellos y cuidaba de su ciudad.

El sol casi se había puesto en aquella jornada memorable. Los esclavos empezaron a encender las antorchas. Pusieron lámparas sobre las mesas y linternas a lo largo de los pórticos, circunscribiendo la fiesta con una aureola de luces. A César, ahora, le costaba avanzar entre la multitud que se agolpaba a su alrededor. Se dirigió hacia el lado corto del foro, adosado al Capitolio y cerrado por el templo dedicado a Venus Generadora. No podía concluir la serie de triunfos sin rendir homenaje a su progenitora, a la diosa que lo había protegido desde el inicio de su carrera.

Pasó ante las dos fuentes que precedían el gran podio marmóreo del templo, y ordenó a sus soldados que lo esperaran allí. No quería estar con nadie: lo que debía hacer, quería hacerlo solo. Luego se dirigió a un lateral del edificio y subió la escalera de acceso al pronaos, donde se recortaban ocho elegantes columnas corintias. Entró en el templo y recorrió la celda, en cuyas paredes estaban adosadas columnas de color amarillo. Pasó junto a una estatua de bronce de Cleopatra, que quería mostrar a la reina de Egipto en los días siguientes, y alcanzó el ábside, donde se alzaba la estatua de Venus.

Se arrodilló frente a la representación de su protectora, abrió los brazos y rezó.

En voz alta.

—Divina Venus, tú que con Eneas has dado vida a una estirpe destinada a guiar a Roma, tú que me has elegido para que la familia de la que eres progenitora haya alcanzado finalmente el puesto que merece, tú que me has ayudado en los momentos difíciles, dándome siempre los recursos para derrotar las adversidades y superar cualquier obstáculo, sabes a la perfección que mis desafíos no han terminado. Mis enemigos todavía no han sido derrotados del todo; es más, son aún lo bastante poderosos como para amenazar mi imperio. Tu descendiente Cayo Julio César necesita más que nunca tu ayuda, porque ya no tiene las fuerzas de antaño. Tú que me dotaste de ingenio y voluntad suficientes para conquistar el mundo, dame ahora la fuerza para consolidar los resultados que he obtenido, y para conservarlos.

»Este templo que te he erigido y dedicado no es nada en comparación con los honores que te rendiré cuando ya no tema perder cuanto he conseguido, cuando mi obra esté completa y nadie ponga ya en peligro mi misión de restaurar la gloria de Roma y permitir que sobreviva durante los siglos venideros. Toda la Urbe, en el futuro, celebrará sacrificios en tu honor, y todos, en cada casa, en cada templo y en cada esquina, en las ceremonias públicas y privadas, en las sesiones del Senado y en las fiestas privadas, estarán obligados a honrarte más que a cualquier otro dios. Porque la deidad tutelar del dominador de Roma deberá ser también la deidad tutelar de la propia Roma.

»En África, he visto el espectro de mi decadencia. Pero no puedo permitirme ahora ni detenerme ni retirarme, como hizo Sila. Aún tengo mucho que hacer, a pesar de lo mucho que he hecho. Quisiera eliminar de inmediato la oposición en Hispania, pero Roma tiene la necesidad urgente de reformas que le restituyan la prosperidad y la concordia. Y yo, yo mismo, necesito superar mis temores ante un enemigo en armas, y recuperar la confianza que me permitió acabar con ejércitos superiores y adversarios temibles.

»A ti no puedo mentirte. Si tuviera la vitalidad de antaño, partiría de inmediato hacia Hispania. Pero tengo miedo. Tengo miedo de fracasar, como estuve a punto de fracasar en África. De no tomar las decisiones correctas bajo presión, de no ser bastante rápido, valiente y lúcido. Las reformas políticas y sociales de las que debo ocuparme en Roma son un excelente pretexto para dilatar este cometido y confiar en que, entre tanto, lo resuelvan mis lugartenientes. Si no lo consiguen, como por desgracia ha ocurrido siempre que he confiado una empresa delicada a algún otro, espero entonces poder recobrar la energía y la determinación que siempre me han permitido sobreponerme, incluso en las circunstancias más críticas.

»Te pido, por tanto, que me sostengas en estos últimos esfuerzos, que no disminuyas tu ayuda, y que des también a Labieno la fuerza y la constancia para mantenerse fiel y hábil como ha sido siempre, hasta ahora...

César oyó algunas voces excitadas fuera del templo. Y no eran ovaciones. Juzgó que había rezado lo suficiente. Se levantó y, para no faltar el respeto a la diosa, caminó hacia atrás hasta la salida. Un grupito de soldados estaba provocando a los guardias. Al fondo, cerca de la entrada al foro, habían llegado los elefantes exhibidos en el triunfo africano. Durante la visita del dictador al Capitolio, sus conductores los habían refrescado y alimentado. Tal y como preveía el protocolo, esperaban a que César regresara a casa para escoltarlo hasta su residencia. Entre tanto, los sirvientes ataban unas antorchas sobre el lomo de los paquidermos.

—¡Es una vergüenza! —gritó un tipo, acercándose a un guardia germánico sin preocuparse por la lanza que el guerrero apuntaba hacia su pecho—. ¡Es una vergüenza que César despilfarre todo este dinero para alimentar a estos parásitos! ¡Debería dárselo a quien le ha servido y arriesgado la vida por él!

Un grupito de legionarios lo animaban. Pero cuando vieron aparecer a César, guardaron silencio un instante.

Muchos inclinaron la cabeza. No así el que parecía el cabecilla. Es más, este intentó mirar al dictador a los ojos.

Y sostuvo su mirada.

César reprimió la rabia. Antes, ningún soldado habría sostenido su mirada. Ningún soldado se habría atrevido siquiera a mirarlo a los ojos. ¿Otra señal de su decadencia?

En cualquier caso, aquellos legionarios planteaban reivindicaciones que difícilmente el pueblo respaldaría. Y eso bastó para que César no se viera constreñido por los escrúpulos.

—¿De qué tienes queja, soldado? ¿No te basta el premio que has recibido?

El veterano vaciló. Miró a su alrededor y vio que sus compañeros asentían. Muchos civiles en los alrededores seguían la escena con atención. Se sintió alentado a hablar, aunque lo hizo con un tono mucho más bajo que el que había usado con el guardia:

—El premio que he... que hemos recibido parecería considerable... frente a un triunfo. Pero aquí hemos celebrado cuatro triunfos. Y con riquezas increíbles. Tan increíbles que las usas para incrementar tu popularidad, dictador. Con todo respeto. Y lo que nos parecía mucho, ahora, después de haber visto todo este derroche y este lujo, nos parece muy poca cosa. Una propina. Yo digo que no es justo que tú regales comida, dinero y juegos a la plebe, que no ha contribuido en lo más mínimo a tu gloria. Hay muy poca diferencia de trato entre nosotros y ellos...

Tenía la intención de seguir hablando, pero César no se lo permitió. En un instante, bajó los peldaños, se abrió paso entre los guardias y lo agarró por la solapa.

—¿Tú osas oponerte al criterio adoptado por tu comandante? ¿Por tu magistrado supremo? ¿No sabes que he acabado con adversarios mucho más poderosos que tú? ¿Hombres que intentaron ponerme todo tipo de obstáculos, y que al hacerlo ponían también obstáculos a Roma?

Después se dirigió a la multitud.

—¡Escuchad! ¡Escuchad todos! ¡Yo no saqueé los países conquistados para enriquecerme! ¡Todos lo saben, he gastado por Roma todo lo que tenía y estoy lleno de deudas! Y si no me he enriquecido yo, no veo por qué habría debido enriquecer a mis soldados. ¡Yo lo he hecho por Roma! ¡Solo por Roma! ¡Y, por tanto, para todos los romanos! ¡No para los soldados, o para los curtidores, o para los publicanos o para los barqueros! ¡No para una sola categoría de romanos o para un solo personaje! ¡Para todos los romanos, a fin de que se sientan orgullosos de pertenecer a esta magnífica ciudad que los dioses han querido en el centro del mundo, y para que se sientan más motivados para mantenerla ahí, en el centro del mundo, cada uno cumpliendo su propio papel! Sabedlo todos: ¡César es el primer hombre de Estado que actúa en interés de todos los romanos, no del grupo al que está ligado! ¡Y mis reformas harán prosperar a Roma, no a unos en perjuicio de otros!

César apretó de nuevo la solapa del soldado.

—¡Y tú, tú que eres el producto de esa típica mentalidad estrecha que ha puesto a unos romanos en contra de los otros, eres el residuo de una era que ya no debe existir, una era cuya desaparición ha sido decretada por los dioses a través de mí! ¡Y es por eso por lo que te condeno a muerte, y que tu cabeza sea expuesta delante de la Regia!

Solo entonces se apartó del soldado. Hizo señas a cuatro de sus guardias para que lo detuvieran y les ordenó que se lo llevaran a la Cárcel Tuliana. Luego atravesó el foro para alcanzar a los elefantes. El condenado enmudeció, sus compañeros se quedaron por completo indefensos e incapaces de reaccionar.

El pueblo, en cambio, empezó a proferir gritos de júbilo. Primero aislados, luego más frecuentes. Por último, cuando el dictador alcanzó a los elefantes, toda la plaza se puso a aplaudirlo y aclamarlo. César se situó en medio de los paquidermos y dio a los conductores la orden de que partieran hacia la Regia. La comitiva reemprendió la marcha para el desfile final. Pero esta vez, casi todo el público presente en la plaza se alineó y desfiló con el dictador.

La gruta, ahora, estaba llena de muertos. El espacio era tan angosto que bastaron poco más de diez ejecuciones para entorpecer los movimientos de los verdugos. Sin embargo, desde arriba continuaban enviando más condenados. Y cada vez que Ortwin veía bajar a otro, sentía un escalofrío: en su mayor parte, eran individuos a los que había denunciado él mismo.

De pronto, se lanzó hacia la trampilla, agarró por las piernas al hombre que estaban bajando y lo empujó hacia la celda superior.

—¿Qué demonios estás haciendo? —le dijeron desde arriba.

—Aquí ya no cabe nadie más. Venid a llevaros los cuerpos. Luego seguimos —respondió en tono seco.

—¡Pero aún nos quedan algunos! —protestaron.

—No importa. No quiero estar en este matadero ni un instante más. ¡Tirad la escalera!

Después de algunos instantes de espera, durante los cuales se oyeron algunas voces confabulando, bajaron la escalera.

—Bote, echa una mano para mover los cadáveres y luego, si no he vuelto, acaba tú —dijo Ortwin.

Bote estaba a punto de preguntarle adónde quería ir y para qué, pero se sentía demasiado contento por haber sido promovido al rango de verdugo principal, y se limitó a asentir con expresión satisfecha.

Ortwin remontó luego los peldaños y, una vez en el piso superior, eludió las preguntas de los otros carceleros y pasó en medio de ellos y de los prisioneros sin mirarlos a la cara. Salió de la cárcel, y el aire fresco de la tarde fue como un baño restaurador después del hedor a muerte que lo había envuelto durante la tarde. Se le ocurrió que era justo un baño lo que necesitaba. Y si hubiera podido lavar también su ánimo, lo habría hecho con gusto.

Tuvo el impulso de ir a zambullirse al Tíber, pero le entró la curiosidad de ver el estanque que César había hecho cavar en el Campo de Marte para alojar la naumaquia. Concluyó que podía zambullirse allí, y se encaminó decidido hacia el río, que empezó a bordear. Las calles se encontraban llenas de basura, de flores y pétalos y hojas de laurel, pero ya estaban poco frecuentadas: mucha gente, con toda probabilidad, aún andaría entreteniéndose con las fastuosas comidas que César había ofrecido en las plazas y en los foros, y otros habrían vuelto ya a casa, sin duda exhaustos tras aquella intensa jornada. Otros más, probablemente los disidentes, no habrían salido de casa en todo el día para no verse obligados a manifestar su conformidad con el triunfador.

Necesitaba pensar. Sentía que tenía las ideas confusas. A César le debía mucho, casi todo. Además de la vida, por supuesto, que el entonces procónsul le había perdonado después de la batalla sobre el Rhenus. El dictador le había ofrecido repetidas oportunidades para lucirse, le había encomendado encargos de gran responsabilidad y siempre había mostrado una gran confianza en él. Tampoco había escatimado nunca cumplidos y recompensas. Ortwin no habría podido encontrar un mejor comandante al que servir, ni entre su pueblo ni en otra parte.

Pero para César nunca era suficiente. El germano no entendía si era su desenfrenada ambición lo que le impedía detenerse o si su ascenso le planteaba desafíos tan inevitables como infinitos. Muchos de sus colaboradores, y los mismos soldados, empezaban a lamentar sus modos autocráticos, su falta de escrúpulos y la desenvoltura con la que ahora combatía a los compatriotas que estaban en su contra. Y encontraban desagradables las medidas que debían tomar para acabar con la oposición. Como él, por lo demás, que no hallaba ninguna gratificación en las funciones que estaba desempeñando en aquellos días. Las protestas, las revueltas que estallaban cada vez con más frecuencia entre sus tropas, por otra parte, eran la prueba más evidente de que muchos ya estaban empezando a hartarse.

Y no era tampoco el hombre de antes. Se habían dado cuenta sus más estrechos partidarios, y él podía decir que era uno de ellos. César se había vuelto más... normal. Ortwin ya no lo veía realizar tantas actividades a la vez, dictar varias cartas y elaborar estrategias al mismo tiempo, cabalgar a la cabeza de los soldados con la vitalidad demostrada en las Galias. Era más lento a la hora de tomar decisiones, y más lento también a la hora de llevarlas a la práctica. Se dejaba influir más por la política, ahora que era más poderoso, de cuanto se había dejado influir en el pasado, cuando era más débil: la desagradable situación en que las pretensiones de Bogud habían puesto al germano era un claro testimonio de ello.

Y perdía la paciencia, incluso el control, cada vez más a menudo. Él que siempre había tenido un autocontrol ejemplar. Ahora era también más feroz.

Le parecía un comandante que podía ser derrotado. Y él, Ortwin, no podía permitirse combatir por alguien que ya no era tan fuerte como para permitirle encontrar a Veleda.

Nunca había tomado ni lejanamente en consideración la idea de desertar. Nunca, ni siquiera cuando había sido Veleda quien se lo había propuesto. Pero, entonces, César nunca le había dado motivo para dudar de las tareas que le encomendaba ni tampoco de la talla de su comandante. Ahora todo era distinto...

Se percató de que había llegado. Estaba aún junto al Tíber, pero frente a él una larga pasarela partía del muelle y se adentraba en el corazón del Campo de Marte. Por encima, notó un trirreme corriendo sobre rodillos. Lo arrastraban unos bueyes, a su vez escoltados por hombres con antorchas.

¡Lo que eran capaces de hacer los romanos solo para unos festejos! No era de extrañar que hubieran conquistado el mundo. Debía de haber sido justo esto, pensó, lo que lo había deslumbrado y convencido de que había hecho la mejor elección. Los romanos se habían demostrado más hábiles que cualquier otro pueblo, y César se había mostrado el más hábil de los romanos. Era este concepto el que había intentado hacer entender a Veleda. Pero la muchacha siempre había reducido su admiración por el dictador a una falta de voluntad, considerándolo nada más que un siervo de los conquistadores.

Quién sabe, quizá ahora, si Veleda estuviera presente, conseguiría convencerlo. Ahora, ya no estaba seguro de que su prioridad fuera servir a César. Desde hacía tiempo, esta convivía con la necesidad de encontrar a Veleda. Y desde que había descubierto que el sueño de la muchacha podía cumplirse, esta parecía estar convirtiéndose en su nueva prioridad.

Sacudió la cabeza y siguió la pasarela. Llegó al estanque, iluminado por las antorchas solo en algunos puntos. El desmonte había concluido, el canal de conexión con el Tíber estaba en parte activo y ya había fluido mucha agua hacia el estanque. Pero, a juzgar por el nivel, aún faltaba mucha. Ortwin no supo decir si los trabajos iban con retraso o no. Sin duda, César había querido que los encargados hicieran también turnos de noche para completar el trabajo a tiempo.

Ya había algunas naves en el estanque. Entreveía su perfil recortándose en la sombra, junto al muelle. Decidió que el punto en que habían atracado algunos barcos, uno al lado del otro, era un buen sitio para zambullirse sin hacerse notar demasiado. Fue hacia allí, se quitó el yelmo, la coraza con anillos de hierro y el talabarte con la funda y la espada, y la túnica; apoyó todo en el suelo y se zambulló.

Fue una liberación. Tuvo casi la sensación de haberse limpiado de todo cuanto lo había ensuciado en aquellos días. Se deslizó en el agua una y otra vez, abandonándose a esa sensación de bienestar. Nadó mucho tiempo, dando vueltas entre las quillas de las naves, agarrándose a las cadenas de las anclas cuando estaba cansado. Poco a poco recuperó las fuerzas, y deseó haberse vigorizado también mentalmente. Pero los problemas continuaban: el cambio de César, la hostilidad de Bogud, las dificultades para encontrar a Veleda y convencerla para que confiara en él...

Su oído, habituado a captar hasta el más mínimo rumor, lo puso sobre aviso. Algo, o alguien, había bajado al agua a poca distancia de él. Tensó los músculos y esperó, girando despacio sobre sí mismo. Estaba aún maldiciéndose por haber dejado la espada en el suelo cuando una silueta emergió del agua y se abalanzó sobre él. Una hoja centelleó en la oscuridad ante sus ojos, y solo el instinto de soldado experimentado le permitió apartarse a tiempo.

El cuchillo le rasguñó el hombro. No se preocupó por el escozor y reaccionó nadando con el hombro herido mientras aferraba el cuello del sicario con el otro. Otra silueta surgió del agua, otro cuchillo emergió entre las salpicaduras. Ortwin atrajo hacia sí al hombre que había aferrado y lo opuso como escudo, precisamente mientras el recién llegado asestaba el golpe.

La hoja penetró en el pecho de su prisionero, que se debatió y por último se hundió. El otro extrajo el cuchillo y volvió a blandirlo braceando entre las olas, mientras Ortwin, después de tratar de recoger, inútilmente, el cuchillo del sicario muerto, intentaba escapar de su furia. El germano nadó hasta el costado de una de las naves, buscando un asidero para izarse fuera del agua. No lo encontró. Entre tanto, el otro se acercaba. Cuando estuvo casi a su lado, Ortwin empezó a patalear para mantenerlo alejado, pero la presencia de la embarcación impedía cualquier posibilidad de fuga.

La hoja lo hirió debajo de la rodilla, una, dos veces, y el agua se tiñó de rojo. Entonces decidió nadar hacia la proa, alcanzó la cadena del ancla y la agarró con la mano derecha, poniéndose de espaldas a la nave. El adversario, que hasta entonces no había emitido más que algún gruñido por el esfuerzo, se acercó más a él, emergió del agua y tomó impulso para golpear. Cuando Ortwin lo vio asestar el mandoble, con un fuerte tirón se arrastró hacia la cadena, eludiendo el embate.

La hoja fue a clavarse en la madera del costado. Solo entonces Ortwin soltó la cadena y, empujándose con las piernas, se echó encima del agresor mientras este arrancaba el cuchillo de la entabladura. Le bloqueó el brazo, apretándole la muñeca para que aflojase el agarre del arma, y con el otro brazo intentó arrastrarlo hacia abajo. Terminaron ambos bajo el agua, pero el otro aún sujetaba el cuchillo. El germano sintió otra vez una punzada: un nuevo desgarro se abrió en su brazo.

Su contrincante lo soltó entonces un instante y trató de volver a la superficie. Ortwin se dio cuenta de que le faltaba el oxígeno más que a él y lo aferró de la túnica para mantenerlo bajo el agua. El hombre empezó a forcejear aún más, y el germano hizo fuerza para arrastrarlo más abajo. La resistencia del agresor se hizo poco a poco más débil. Ortwin pudo asirle el brazo y volver en su contra la punta del puñal. Pero también menguaban sus fuerzas. Solo llegó a rasgar su túnica, antes de soltar la presa y reemerger para respirar.

El germano sentía que las sienes le palpitaban enloquecidas, tenía la visión ofuscada y ya no estaba en condiciones de pensar con claridad. Miró confusamente a su alrededor, pero no vio a nadie. Temía un nuevo ataque, pero mientras tanto su mente volvía a funcionar: si el hombre aún no había emergido, ya no lo haría. Debía de haberse ahogado.

Esperó más. Notó una silueta a poca distancia. El cuerpo del hombre estaba bocabajo sobre el agua. Nadó con cautela en aquella dirección, se acercó, lo tocó y luego, por último, le dio vuelta.

En las manos inertes ya no tenía nada. Sí, estaba muerto. Trató de escrutar sus facciones, pero le pareció que nunca lo había visto. Lo abandonó en el agua y nadó hacia la orilla, saliendo a la superficie cerca de donde había dejado su equipo. Salió del estanque y se sentó junto a la espada, respirando afanosamente.

Aquellos dos hombres habían venido con la intención de matarlo a él. Lo habían seguido desde la cárcel, era evidente, a la espera de sorprenderlo en un sitio aislado. Pero ¿quiénes eran? ¿Quién los había enviado? El primer instigador que le vino a la mente fue Bogud. Solo el rey mauritano la tenía tomada tanto con él hasta el punto de quererlo muerto a pesar de César. Pero también podían ser dos anticesarianos que pretendían eliminar a un guardia de corps del dictador: a fin de cuentas, los opositores a su comandante eran muchos más de los que César daba a entender. O tal vez se trataba de dos simples ciudadanos que no toleraban la presencia de bárbaros en la ciudad...

Poniéndose en pie para volver a vestirse, concluyó que pronto lo descubriría. Si hubieran sido unos disidentes, difícilmente volverían a intentarlo: Bogud, en cambio, no se resignaría con facilidad.

Ahora, tenía un problema más.

XXII

> Por tanto, después de alejarse de su caballo, corrió a primera fila, como un loco. Allí atrapó a los que huían mientras alentaba a los portaestandartes, rogaba, exhortaba, despotricaba y corría de aquí para allá por todo el ejército con ojos, manos y gritos.
>
> Floro,
> *Epítome de historia romana*, II, 13, 82

Munda, Hispania,
17 de marzo del 45 a. C.

César debía de haber enloquecido. No había otra explicación. Quinto ya no tenía ninguna duda: pronto asistiría a la derrota definitiva del tirano.

Estaba atacando. Parecía increíble, pero habían aceptado dar batalla a pesar de que eran muchos menos, en su mayoría reclutas, en contra de la pendiente, con un riachuelo que vadear durante el asalto y los muros de una ciudad de la que defenderse. En otras ocasiones, en los tres meses que habían precedido al enfrentamiento, Pompeyo había ofrecido batalla desde una posición favorable, y César se había cuidado mucho de aceptar. Sin embargo, siempre se había tratado de posiciones menos favorables que las actuales.

Locura. Pura locura. El autócrata estaba enviando a la muerte a decenas de miles de hombres. Mejor así: la guerra civil terminaría de una vez por todas. Después de la breve campaña en Italia, y aquellas más largas en Epiro y en Grecia, en África y ahora en Hispania, era el momento de la rendición de cuentas. Quinto había temido que también la guerra en la península Ibérica se alargara: Pompeyo tendía a replicar la estrategia elusiva de Metelo Escipión en África, y César parecía aún más incapaz que entonces de obligarlo a un enfrentamiento.

Y, en cambio, el tirano había cedido: a estas alturas, ya debía de estar harto de luchar.

Y de vivir, como resultaba evidente.

Quinto repasó mentalmente el trimestre transcurrido desde la llegada repentina de César a Hispania. Desde entonces, la guerra civil había adquirido connotaciones aún más feroces y despiadadas, y ya no había espacio para la piedad, el perdón ni la misericordia por parte de ninguno de los contendientes. Había aparecido en la península antes incluso de que sus lugartenientes, Quinto Pedio y Quinto Fabio Máximo, supieran que había partido. Pero, al principio, se había limitado a ganar tiempo, a la espera de la llegada de sus tropas de Italia. Tropas compuestas, en general, por reclutas.

Pompeyo y Labieno se habían enterado de la llegada de César mientras estaban empeñados en el asedio de

Ulia,* la única ciudad aún favorable al dictador en el sur de Hispania, en la Bética. Con sus escasas fuerzas disponibles, César había sometido a asedio Corduba, con el único fin de inducir a los adversarios a abandonar su objetivo. De hecho, Pompeyo había enviado primero a su joven hermano, Sexto, a relevar el mando de la guarnición de Corduba, y luego él mismo se había trasladado en apoyo de la ciudad. Los dos ejércitos se habían enfrentado durante días a lo largo del Betis,** manteniendo escaramuzas y combates de escasa entidad: muchos caídos, de ambas partes, pero ningún resultado significativo.

El estancamiento que se había producido llevó a César a cambiar de tablero operativo. El dictador se había desplazado hacia el sudeste, a Ategua,*** considerándolo un objetivo más fácil de expugnar. Pero, en Hispania, no había ciudades cuya conquista fuera fácil. Todas se alzaban sobre alturas empinadas y estaban bien provistas de agua: con un ejército de socorro siempre listo para amenazarlo desde atrás, como puntualmente le había ocurrido a César, un sitiador nunca tendría una vida fácil.

Inevitablemente el dictador iba a sufrir otro revés, perdiendo parte de la caballería en una emboscada. Así, Pompeyo, después de haber constatado que la ciudad no corría verdadero peligro, volvió a Corduba, dejando parte de sus tropas más allá del río Salso para perturbar las operaciones de los cesarianos. El nuevo estancamiento exasperó los ánimos de los combatientes, cada vez más ansiosos de ver el fin de aquel interminable conflic-

* Montemayor.
** Guadalquivir.
*** Teba la Vieja.

to. César, que continuaba perdiendo jinetes en los enfrentamientos, no dudaba en hacer cortar las manos de cualquier mensajero que cayera en su poder, decapitar a los presuntos espías y crucificar a sus esclavos.

Pero cuanto más tiempo pasaba sin que Pompeyo y Labieno hicieran nada por auxiliar a la ciudad, más se multiplicaban los partidarios de la rendición en el interior de los muros. A veces Pompeyo se situaba con todas sus tropas sobre una altura y provocaba a César a la batalla, pero no se atrevía a ir más allá, y Quinto no conseguía entender por qué. A fin de cuentas, el dictador ya no era tan temible como antes: estaba convencido de que, acorralado, revelaría todos sus límites, como cualquier otro comandante ya viejo, consumido y exhausto por años y años de guerra.

Tampoco Labieno parecía tener la intención de atacarlo: en efecto, el legado no hacía nada por convencer al comandante supremo para que tomara la iniciativa. Pero esta, para Quinto, ya no era una novedad: aún estaba convencido de que su padre era el mejor caudillo del que Roma podía presumir, pero también había llegado a la conclusión de que no estaba en condiciones de demostrarlo contra César. En su lucha contra el tirano, Labieno nunca había dado lo mejor de sí: habían sido demasiadas las ocasiones en que habría podido acabar con su viejo comandante, y demasiadas veces había fallado el golpe decisivo. Estaba claro que padecía una especie de complejo de inferioridad respecto a César. Quizá, tantos años al lado del tirano lo habían engatusado, y le impedían enfrentarse al enemigo con la misma determinación de la que sabía dar prueba en otras ocasiones.

Por otra parte, se había dicho Quinto, si no hubiera

sido por él, por su insistencia, su padre nunca habría tenido el valor de abandonar a César. Estaba demasiado sometido al autócrata para pensar en enfrentarse a él, y había sido necesario más de un año de litigios, disputas y chantajes morales para que Labieno se convenciera de que César era en realidad una amenaza para la República y se decidiera a seguir sus exhortaciones.

Poco importaba ahora. Pronto César estaría acabado. Pompeyo el Joven no tenía la estatura del gran caudillo, y sería únicamente Tito Labieno quien representara la mejor tradición de la gloria militar romana. Con el Estado restituido y las instituciones funcionando de nuevo con normalidad, para Labieno llegaría el consulado, y luego un proconsulado en alguna provincia desde la cual, como César, podría ir a la conquista de un imperio. Y él, Quinto, quizá podría aprovechar la posición de su padre no solo para ganarse, a su vez, algún importante cargo, sino también para sustraer a Veleda de Pompeyo. Como hijo de un simple legado, no tenía la autoridad para enfrentarse a su amigo, pero como hijo de un cónsul...

Y a juzgar por la manera insensata en que avanzaban las tropas de César, esto parecía inminente...

Sí, sobre el Salso la posición de Pompeyo era menos fuerte. Sin embargo, César no había atacado. Ahora, con la ciudad de Munda protegiendo el flanco, las pendientes del monte y el río en su base, la posición era inexpugnable. Pero César tenía prisa, y la prisa acaba por provocar errores. Durante sus meses en Roma, el cansado tirano había esperado que sus lugartenientes resolvieran la guerra por él. Ahora que se había visto obligado a intervenir en persona, no veía la hora de que la guerra terminara a toda costa: a riesgo incluso de poner en peligro la obra de toda una vida.

Los cesarianos acababan de cruzar el río y empezaban a remontar la pendiente. Quinto, situado sobre la altura en primera fila delante de su cohorte, en el extremo izquierdo del ejército, podía ver cada movimiento de la alineación enemiga. Y parecían verdaderamente unas víctimas predestinadas: la travesía por el curso de agua había desordenado en parte los rangos, ya bastante amplios por la necesidad de evitar ser rodeados.

César, de hecho, había dispuesto las centurias en ocho filas de diez hombres cada una, en vez de las habituales de cuatro de veinte, para poder alcanzar la misma extensión del ejército de Pompeyo. Pero no debía de tener más de treinta y cinco mil legionarios, frente a los cincuenta mil del ejército enemigo, y la profundidad de su línea era irrisoria: bastaría un contraataque a favor de la pendiente para penetrar la alineación cesariana como un cuchillo en la mantequilla.

Pero Pompeyo no tenía la intención de contraatacar. Al menos, mientras la alineación enemiga no hubiera perdido cualquier apariencia de cohesión. La inferioridad numérica, el río y la pendiente ya habían comprometido la eficacia del asalto enemigo. Los arqueros le asestarían el golpe definitivo.

Quinto vio que su amigo levantaba el brazo: se había situado también él a la izquierda, porque frente a César había colocado a sus veteranos y era allí, presumiblemente, donde el tirano intentaría el ataque. El ala opuesta estaba confiada a Actio Varo, mientras que Tito Labieno estaba también sobre la izquierda, pero en posición de retaguardia, al mando de la caballería reforzada por numerosos celtíberos que Pompeyo, gracias al prestigio disfrutado por su padre, había sabido atraer a su bando.

Ante la señal de su comandante, los arqueros desplegados de inmediato delante de los legionarios colocaron las flechas. El enemigo estaba casi a tiro. Los soldados de César remontaban la pendiente fatigosamente, embarrados por todo el fango del río. Sus gritos de guerra y sus siniestras expresiones, que a menudo bastaban para espantar a cualquier enemigo, no conseguían esconder la lentitud de sus movimientos, la confusión que reinaba en las formaciones y el escaso control de los oficiales sobre sus hombres.

Pompeyo dejó que se aproximaran un poco más. Los más jóvenes ya estaban cerca, los más ancianos subían penosamente la pendiente, pero también ellos estaban a tiro. Luego bajó el brazo. Las trompetas sonaron, los arqueros tiraron, mirando hacia abajo. Las flechas esta vez no surcaron el cielo, como siempre hacían antes de cualquier enfrentamiento entre dos alineaciones opuestas. Una selva de dardos rápidos y deslizantes asaetearon paralelos a la pendiente.

Y los alaridos de dolor superaron el ruido de los impactos en los escudos.

Decadencia.

César se culpó por no haber sabido concebir otra solución que no fuera un ataque frontal. Otro testimonio irrefutable de su decadencia. El dictador era consciente de que se sentía avergonzado. Por primera vez, se preocupaba de lo que pensaban sus colaboradores de él, del juicio que daban sobre su actuación. Mientras los soldados iban a hacerse masacrar a lo largo de la pendiente de Munda, escrutó los rostros de los componentes de su estado mayor, de sus guardias de corps y hasta de los asistentes: en todos le pareció leer la misma decepción.

El ala derecha, aquella sobre la que fundaba todas sus esperanzas de ruptura, ya estaba cediendo. Y no podía ser de otra manera, dadas las condiciones en que la había enviado a enfrentarse a un enemigo decidido a vender cara su piel. Había conseguido llegar al cuerpo a cuerpo, a pesar del río, la pendiente y las flechas enemigas, pero con las filas reducidas y las mallas ampliadas. Solo la gran determinación de los viejos legionarios de la X les había permitido evitar la derrota. Pero no podía durar mucho más. Se habían replegado varias veces una decena de pasos, y varias veces habían vuelto al ataque, pero con rangos cada vez más reducidos. Y cada nuevo ataque duraba menos que el anterior.

Se había dejado llevar por la ira, como un comandante novato en su primera campaña. Sus hombres habían interceptado una carta que Pompeyo había enviado a la comunidad de Ursaone.* El comandante tranquilizaba a sus partidarios afirmando que tenía bajo control a sus enemigos:

«Si ellos aceptaran combatir con nosotros en condiciones de igualdad —escribía aquel chiquillo impune—, la guerra terminaría más pronto de cuanto vuestra opinión sugiere, pero no se atreven a hacer entrar en liza a un ejército de reclutas y prolongan hasta ahora la guerra aprovechando nuestras guarniciones».

Se la había aprendido casi de memoria. Ahora, tam-

* Osuna.

bién unos comandantes inexpertos como el hijo de Pompeyo se sentían con derecho a creerse superiores a él. ¿Ese idiota consideraba de verdad que César, el gran César, vencedor de su padre y de tantos ilustres adversarios, tenía miedo de enfrentarse a él?

No. César solo tenía miedo de enfrentarse a sí mismo. De compararse con los límites de su condición actual, la de un viejo caudillo cansado y confuso, ahora más inclinado a depender de la ayuda de los demás que de sus propios recursos.

Debería haber esperado. Sabía que debería haber esperado. El joven Pompeyo no era su padre, que había sabido hacerse amar y estimar por tantos. No era Quinto Sertorio, el hombre capaz de conservar Hispania durante años sin ser nunca derrotado más que por la traición.

No, el joven Pompeyo no era solo un adversario de poca talla, sino también un hombre que no suscitaba ninguna simpatía. Era feroz, incluso cuando no había ninguna necesidad. Despiadado e intemperante, degollaba embajadores, prendía fuego a ciudades, como Ucubi,* solo para que no cayeran en las manos del enemigo, quemaba vivos a los partidarios del bando contrario o, más sencillamente, autorizaba masacres en perjuicio de cualquiera que fuera sospechoso de querer buscar un acuerdo con el enemigo.

Quizá hubieran bastado unos pocos meses para que Pompeyo perdiera cualquier residuo de ascendiente incluso en la Bética, la única región que se podía decir casi por completo que estaba de su parte. Pero César no se había sentido con ánimos de esperar: veía que sus ener-

* Espejo.

gías se consumían con rapidez, su paciencia se agotaba, y cuanto más tiempo pasaba, más temía evidenciar también sus otros límites. Y no podía permitírselo: ¿cómo habría podido ejercer su autoridad, si los demás se hubieran percatado de que ya no era el de antes?

Y además, no quería esperar. Aquel chiquillo lo había acusado de ser un cobarde. Nadie podía pensar eso de César. Y así, en cuanto Pompeyo se instaló en Munda, decidió atacarlo, cualesquiera que fueran las condiciones y el precio que habría que pagar.

Todos, en su estado mayor, le habían señalado que asaltar al ejército enemigo desplegado en la altura de Munda era una locura. Todos, desde su amigo Asinio Polión hasta los diferentes legados de la legión. Hasta el joven Octavio, el hijo de su sobrina, que había querido llevar con él a Hispania, había mostrado su perplejidad. Octavio tenía apenas dieciocho años, desconocía por completo los asuntos militares y estaba muy delicado de salud, pero tenía una mente despierta y lúcida, fría y atenta, como la que él mismo podía presumir de haber tenido hasta pocos años antes. Y sus nervios eran firmes como los suyos, o al menos como aquellos que, en el pasado, le permitían no desfallecer ni ante las pruebas más terribles.

A pesar de un físico que distaba mucho de su prestancia, Octavio era el ser vivo más parecido a él que nunca hubiera conocido. Un hombre igualmente capaz, en perspectiva, de afrontar todos los desafíos para asegurar a Roma la supervivencia y permitirle incrementar su poder.

Pero tampoco Octavio podía saber qué había de verdad en juego: no la victoria en la enésima guerra, sino la vida misma. Un César condenado a la inacción, a la erosión de un prestigio acrecentado por docenas de empresas arriesgadas, a la mofa de la gente que lo había admirado o temido, era un César condenado a una muerte lenta y sin gloria. Mejor jugarse el todo por el todo sin un cálculo previo de los riesgos. Siempre estaba Labieno, en alguna parte, que podría quizá inventarse algo: y esto, los demás, todos los demás que lo juzgaban un loco, no lo sabían.

Pero las cosas estaban yendo mal. Peor que nunca. Desde la altura en la que se había situado, el dictador observaba los ataques de sus hombres romperse contra la barrera de escudos de los pompeyanos. Con el transcurrir del tiempo, sus asaltos perdían vigor: poco después del alba, cuando había empezado la batalla, consiguieron remontar una buena mitad de la pendiente. Ahora, estaban obligados a retirarse antes. Sin embargo, la alineación parecía aguantar en el centro y sobre todo a la izquierda, donde actuaban la III y la V legión. Era a la derecha, donde estaba la X, donde el derrumbe parecía inminente.

Si Pompeyo hubiera tenido un mínimo de competencia militar, no habría tardado en lanzar el contraataque justo en aquel sector. Los cesarianos parecían exhaustos, incapaces de realizar una embestida convincente y dispersos a lo largo y ancho de la pendiente. No había necesidad de un ojo experto para concluir que no habrían aguantado la reacción enemiga. Y el derrumbe del ala derecha llevaría inevitablemente a la derrota completa del ejército, en todo el frente.

Era terrible terminar así una brillante carrera militar. La más brillante de todas, según los resultados obtenidos hasta entonces. Con la victoria de Tapso, César se había convencido de que su nombre podía quedar grabado en la memoria de la posteridad como el más grande caudillo de la historia. Pero Alejandro Magno había terminado su carrera invicto, igual que Escipión el Africano. Él no. Él perdería, y mal, por añadidura, la última batalla. También Aníbal había sido derrotado en el último enfrentamiento campal, pero incluso en aquella circunstancia, en Zama contra Escipión, dio muestra de su genio táctico.

Imaginó las carcajadas de Catón. Las carcajadas de su más obstinado adversario político resonaban en su cabeza. Reía, el hermanastro de Servilia, con el estómago abierto y sus entrañas derramándose como si fueran serpientes. Cicerón lo había glorificado en un panegírico que causaba furor en Roma. Y él, César, en los momentos de quietud durante la campaña, en vez de dedicarse a la correspondencia que llegaba de la Urbe, pasaba el tiempo escribiendo. Escribía de Catón, pero solo para hacer un antielogio. *Anticatón*, quería titularlo, y en él había volcado todo el odio que sentía hacia el único hombre que, con su muerte, había sabido vencerlo.

Deseó morir también él. No se sentía en condiciones de sobrevivir a la derrota y a la desilusión de haber arruinado toda su carrera con un movimiento equivocado, dictado por la frustración y el cansancio. Puso la mano en el *pugio* que llevaba en el costado, meditó extraerlo y clavárselo teatralmente en el pecho, delante de su estado mayor y de sus guardias de corps. Causaría mejor impresión que Craso, al menos: en Carras, su viejo compatriota se había abandonado a la desesperación, y no había sabido hacer otra cosa que dejarse arrastrar por sus subalternos, pero solo para acabar siendo asesinado como un bandolero por el comandante de los partos.

Sí. Si no se decidía a suicidarse, corría el riesgo de acabar sus días como Craso. Apretó el puñal y se preparó para extraerlo con cuidado para que los demás no notaran su movimiento. Luego tuvo una intuición.

Existía un modo mejor de suicidarse. Un modo más acorde con su dignidad.

Se quitó el yelmo y espoleó el caballo.

Quinto solo esperaba la señal de Pompeyo. El último asalto de los veteranos de la X había sido inconsistente. Ahora le parecían justo lo que en realidad eran: viejos desesperados con las barbas descuidadas y los dientes podridos, jadeando y con los reflejos ralentizados por el esfuerzo. Sus oficiales los reclamaban al orden, trataban de reconstruir las filas, pero tampoco ellos sabían ofrecer un ejemplo mejor: avanzaban también a trompicones, intentando únicamente evitar las flechas que les llovían encima cuando la alineación se replegaba para recuperar el aliento y reorganizarse.

A Quinto le parecía que tenía que vérselas con reclutas. No supo decir a cuántos había matado, pero de una cosa estaba seguro: nadie había supuesto una verdadera amenaza, ni siquiera cuando había debido enfrentarse a más de uno a la vez. Estaba claro que no ofrecerían ninguna resistencia a un contraataque. Y una vez disgregada su línea, el centro, constituido de verdad por reclutas, se disolvería en un instante.

Ahora, los cesarianos ya no parecían capaces de organizar un nuevo asalto. Estaban desorganizados y carecían de cohesión: era el momento justo para sorprenderlos. El único obstáculo era que su unidad habría debido enfrentarse a montones de cadáveres diseminados a lo largo de la pendiente. Quinto buscó al legado de su legión para averiguar si ya había enviado un correo a Pompeyo, pero un soldado le tiró de la manga.

—¡Mira! —exclamó un legionario señalando las filas enemigas.

Quinto no podía creer lo que veía. Era César, que merodeaba entre los legionarios dispuestos un poco más abajo. Estaba con la cabeza descubierta, solo con la armadura y el amplio *paludamentum* carmesí fluctuándole sobre los hombros. Quería hacerse reconocer. Había bajado del caballo y recorría las filas de su ejército aullando y despotricando como nunca lo había visto hacer, tirando de los legionarios y disponiéndolos en línea, empujando hacia delante a los signíferos, dando disposiciones a los centuriones. Y no tenía escuderos consigo.

Quinto arrancó un *pilum* de la mano de un legionario. Lo arrojó con todas sus fuerzas hacia el dictador, pero los rangos enemigos no estaban a tiro. Cuando iba a ordenar a los arqueros que volvieran a lanzar dardos, vio que César aferraba el escudo de un legionario y saltaba hacia delante.

En su dirección.

Al principio el dictador avanzó solo. Luego, detrás de él y a su lado, aparecieron las crestas traversas de algunos centuriones. Quinto se apresuró a procurarse otra jabalina. Debería decirles a todos sus soldados que disparasen, pero quería ser el primero en tener la posibilidad de alcanzar al tirano. Dejó que se acercara más y luego tiró, invocando la ayuda de los dioses. Siguió con expectación la trayectoria del arma, vio cómo se dirigía justo hacia su blanco. Pero César fue rápido en oponerle el escudo, y Quinto pudo distinguir con claridad el sonido del hierro que impactaba en la madera, vibrando en los instantes inmediatamente posteriores.

Como a menudo ocurría con los *pila*, el asta se dobló en el punto de unión entre metal y madera, pero no se rompió. Quedó colgando en el escudo, obstaculizando los movimientos de César, que, sin embargo, no se detuvo. Entre tanto, otros soldados se habían sumado a su ataque.

Quinto se resignó y dio la orden de lanzar. Mantuvo la mirada fija en César, y se percató de que todos los legionarios habían apuntado hacia él, olvidando a los otros enemigos. El dictador fue embestido por una selva de jabalinas, pero siguió de pie y continuó avanzando, aunque más despacio que sus legionarios. Su escudo, ahora, estaba lleno de púas, partidas, dobladas o incluso intactas, y su peso debía de ser considerable. No obstante, César aún encontraba la fuerza para sortear otros disparos, también ladeándose.

Debía de estar a no más de diez pasos cuando Quinto lo perdió de vista. Ahora los cesarianos estaban encima de él. Un centurión lo atacó como una furia. Paró a duras penas las estocadas, y se percató de que también sus subalternos parecían en dificultades ante la vehemencia del renovado impulso enemigo. Los cesarianos parecían revitalizados, se exhortaban entre ellos gritando «¡Golpea!», «¡Mata!». En sus ojos estaba la misma vitalidad que Quinto había visto y vivido en los mejores momentos de las campañas gálicas. La misma por la que había sido embestido en Farsala.

Situándose en la cabeza y poniendo en riesgo su propia vida, César les había restituido la fuerza y la convicción de siempre. No por casualidad, su nuevo asalto era más determinado que los anteriores. Pompeyo había esperado demasiado para ordenar el contraataque. Ahora, habría una refriega a muerte, y todo podría ocurrir.

El viejo había demostrado que aún poseía notables recursos, a pesar de todo.

El rumor que corría por toda la alineación era cierto, pues. César se había lanzado en persona a la refriega y había reorganizado el ala derecha, a punto de disgregarse. Se decía que había salido indemne, pero con doscientas jabalinas clavadas en el escudo. Ortwin se preguntó cómo podía la superficie de un escudo contener doscientos *pila*, pero no dudó de que el dictador conseguiría evitar la derrota.

Por el momento, al menos.

El germano continuaba siendo pesimista sobre el resultado de la batalla. La intervención de César solo había restablecido el equilibrio, pero, antes o después, la superioridad numérica y el terreno favorable regalarían la victoria al enemigo. Legionarios cesarianos y pompeyanos combatían desde hacía horas en un cerrado cuerpo a cuerpo a lo largo de las pendientes de la altura de Munda, pero los segundos podían beneficiarse del mayor número de efectivos para relevarse con más frecuencia en la primera línea. El cansancio golpearía inevitablemente primero a los hombres del dictador, obligados, además, a empujar contra la pendiente.

Ortwin esperaba su turno para entrar en el combate, pero empezaba a temer que no llegara nunca. Y, por tanto, que tampoco tuviera nunca la posibilidad de localizar a Veleda. A decir verdad, era una probabilidad que había considerado desde el principio del enfrentamiento, cuando había visto a César gritar «¡Venus!» para dar inicio a un ataque que nunca habría debido lanzar. Y nunca antes como en el transcurso de aquella jornada había valorado con tanta seriedad la hipótesis de la deserción. Si hubiera estado solo, si Quinto Labieno no hubiera estado tan ansioso de arrancarle la piel, ya lo habría hecho. Pero tenía la responsabilidad sobre demasiados hombres, a los que no podía arrastrar consigo solo por Veleda.

Y así, asistía expectante al desarrollo de la batalla desde su posición a poca distancia de la de César. Podía distinguir con claridad al flanco derecho cesariano ensañándose para desplazar a los legionarios enemigos, que, sin embargo, no retrocedían ni un paso. Solo se produjo una ligera ondulación en la línea de choque, a favor de los propios atacantes, justo después de la intervención del dictador. Pero luego habían aparecido otros legionarios para reforzar la defensa de los pompeyanos, y el sector bajo presión se había estabilizado.

Ortwin estaba impresionado por el ímpetu que cada legionario ponía en el enfrentamiento. Nunca había visto a los romanos combatir con tanto encarnizamiento. Juntos, pensó, los dos ejércitos podrían conquistar fácilmente el mundo. No había un soldado que retrocediera un solo paso frente al adversario. Tampoco ninguno caía atravesado por la espalda, y muchos heridos continuaban hundiendo el gladio incluso estando de rodillas, capaces aún de representar un peligro para los enemigos. Otros se enroscaban y rodaban en el fango, hasta que uno de los dos contendientes se levantaba con el gladio empapado de la sangre del antagonista. Los centuriones que luchaban en primera fila estaban tan embriagados de su propio furor, tan endemoniados de su fogosidad mientras se enfrentaban a sus enemigos, que ni siquiera oían los llamados de los demás oficiales para que dejaran espacio a las centurias más frescas.

En aquellas condiciones, el enfrentamiento habría podido durar hasta la tarde. Pero el resultado estaba, de todos modos, escrito.

—¡César te reclama!

Un mensajero atrajo su atención. Ortwin lo siguió hasta la posición que el dictador había vuelto a ocupar tras su temeraria intervención. Al germano se le abría de un solo vistazo todo el campo de batalla: César sabía elegir sus puntos de observación. En el pasado, cuando Ortwin le hacía de guardia de corps, panoramas semejantes eran normales para él. Pero desde que el dictador le había confiado el mando de unidades de caballería, había vuelto a observar la batalla desde un restringido punto de vista, como cualquier otro soldado.

—¡Ortwin, esta batalla aún se puede vencer!

César lo saludó así. Parecía querer convencerse a sí mismo, más que a ningún otro.

—¡Después de mi intervención, estábamos a punto de abrirnos paso a la derecha, pero Pompeyo ha desplazado de su ala derecha al menos seis cohortes, conteniendo el repliegue del ala izquierda!

Ortwin aguardó en silencio a que César le revelase qué esperaba de él.

—Tengo la intención de acentuar la presión sobre nuestra ala derecha. Es allí donde podemos penetrar con la X. He ordenado a Bogud que rodee Munda y ataque directamente el campamento enemigo. Pompeyo se verá obligado a destacar efectivos en su defensa, sustrayéndolos de la alineación. Tú, entre tanto, te pondrás con tus hombres sobre nuestra ala izquierda y harás presión sobre el flanco enemigo para impedir que Pompeyo envíe más refuerzos a su ala izquierda. ¡Vete!

Había un nuevo matiz en el tono de César. Un matiz que revelaba una actitud antes habitual, pero ahora cada vez más rara. El resultado favorable de su entrada en liza debía de haberle devuelto la confianza. Pero no era esto lo que había impresionado más a Ortwin. Al contrario de lo que era habitual en él, el germano no se movió.

—¿Qué esperas?

César estaba acostumbrado a verlo diligente y entusiasta, y no ocultó su impaciencia.

—César... Bogud y los suyos no se andarán con chiquitas en el campamento enemigo. No son gente lo que se dice escrupulosa...

—¿Y qué?

—Habrá vivanderos, asistentes, soldados heridos en el campamento de Pompeyo. Y quizá también mujeres... ¿Vamos a dejarlos a todos en manos de esos africanos sanguinarios?

César pareció sorprendido.

—¿Acaso quieres que me importe? Son todos rebeldes. Hispania estaba bajo la autoridad de Roma antes de que se rebelara contra Casio Longino y Cayo Trebonio. Y, además, se trata de las legiones de Afranio y Varrón, a las que derroté y perdoné después de la batalla de Ilerda, hace cuatro años. Saben a la perfección que no serán perdonados por segunda vez. ¡No pierdas más tiempo ahora!

Ortwin vaciló todavía un momento. Pero la mirada de César lo fulminó. Era la primera vez que César lo hacía con él, y el germano entendió por qué los otros acababan sometiéndose a su voluntad cuando los miraba de ese modo. Espoleó y volvió donde los suyos, con un solo pensamiento en mente.

Salvar a Veleda de la furia de los mauritanos.

XXIII

> Por eso, ni unos ni otros huyeron, sino que se mostraron iguales en sus procedimientos e iguales en su esfuerzo físico. Y habrían perecido todos o habrían sido separados por la noche, sin que una de las dos alineaciones hubiera conseguido imponerse, si Bogud, que estaba fuera de la refriega, no hubiera asaltado el campamento de Pompeyo, y si Labieno, viendo esto, no hubiera abandonado la batalla para correr contra él. Los pompeyanos, creyendo que se había dado a la fuga, se desmoralizaron.
>
> DION CASIO,
> *Historia romana*, XLIII, 38, 2

Tito Labieno observaba a los legionarios matándose desde hacía horas en el fango y en la sangre. No había un solo factor, pensó, que permitiera presagiar una victoria de César. El dictador había atacado de un modo insensato, quizá contando solo con la ayuda que él habría podido proporcionarle. O quizá, había confiado en que la voluntad de los suyos de acabar de una vez por todas con la guerra decuplicase sus fuerzas, haciéndolos invencibles.

Si era sí, César había subestimado la desesperación de los pompeyanos. La conciencia de que no podrían volver a beneficiarse de su clemencia había multiplicado sus fuerzas por diez. Quizá ambas alineaciones, ahora, estaban impulsadas por motivaciones radicales, y el resultado era evidente: en tantos años de carrera militar, en tantos combates, Labieno nunca había visto a los soldados de ambos bandos combatir con ese nivel de ardor. Era de verdad una batalla de rendición de cuentas, un enfrentamiento resolutivo, decisivo, definitivo: todos los combatientes parecían ser conscientes de ello y actuaban en consecuencia.

Y su experiencia no dejaba lugar a dudas: al final, a igual determinación y ferocidad, ganaría la superioridad numérica y el terreno más favorable, ambos en beneficio de los pompeyanos.

Si César contaba con él para resolver el enfrentamiento, nunca como en esta ocasión había sobrevalorado sus posibilidades. No era fácil embridar y frustrar el ímpetu de soldados que ya no tenían nada que perder.

Hacía al menos cuatro horas que se combatía sin piedad. Los montones de muertos eran tan altos como muros, y se erguían entre los vivos que se enfrentaban aún con el mismo vigor que durante el primer impacto. Pero la energía de un soldado que esgrime la espada en un campo de batalla tiene un límite: pronto la de los cesarianos, obligados a cambios menos frecuentes, menguaría. Labieno era consciente de que tenía que tomar una decisión repentina.

Estuvo tentado de deshacerse de su máscara y atacar directamente el flanco detrás del cual estaba situado. En ese momento, le pareció la única solución posible, aunque pondría de manifiesto todos sus vínculos con César. Al dictador no le haría ninguna gracia, aunque quizá lo preferiría a la derrota y la muerte.

Pero no podía estar seguro de que sus hombres lo siguieran. Corría el riesgo de hacer un agujero en el agua y de delatarse en vano. Podría, por otra parte, negarse a obedecer a Pompeyo cuando este le ordenara atacar a los cesarianos exhaustos: y sabía que aquella orden estaba a punto de llegar. Pero solo le pareció otra forma inútil de ponerse en evidencia.

Un correo lo alcanzó.

—¡Legado! La caballería de los mauritanos de César está rodeando el monte. ¡Probablemente apunta sobre el campamento! El comandante te ordena que destaques una parte de tus efectivos en defensa del campamento.

—¿A cuántos debo enviar?

—Te ha dejado a ti la decisión. Los mauritanos son unos dos mil. ¡Actúa en consecuencia!

Esta era la ocasión. No tendría otras.

Labieno llamo al *tubicen*.

—¡Toca repliegue! El campamento está siendo atacado. ¡Vamos todos a bloquear a los asaltantes!

El trompetero lo miró, perplejo.

—Pero... ¿y la cobertura de la infantería? Es preciso advertir a los legados de las legiones...

—¡No hay tiempo! ¡Ya lo habrá hecho Pompeyo! ¡Vamos allá! —replicó, acompañando sus palabras con una mirada siniestra. Tampoco es que mintiese: estaba seguro de que Pompeyo había advertido a los legados.

Que un destacamento de la caballería habría ido a oponerse a los mauritanos.

Sonó la trompeta. Toda la caballería se movió, y no hacia la línea enemiga.

Quinto acababa de hundir el gladio en el ojo de un adversario cuando oyó gritar a sus espaldas:

—¡La caballería está en fuga! ¡Tito Labieno ha sido derrotado! ¡Estamos perdidos!

Instintivamente se volvió para localizar a quien había hablado de ese modo de su padre, pero enseguida se dio cuenta de que así ofrecía la espalda al enemigo. Dio un giro completo sobre sí mismo, justo a tiempo de enfrentarse a un nuevo agresor, que se limitó a mantener la distancia con el escudo.

Mientras tanto, entre las filas de su cohorte se multiplicaban los gritos. Y ya no eran los habituales gritos de incitación que los camaradas lanzaban para revitalizar la primera línea. Eran gritos de pánico, y todos señalaban a la fuga de la caballería. Quinto continuó peleando con sus antagonistas directos, pero empezó a retroceder a la segunda línea: quería entender qué estaba ocurriendo.

Se encontró en medio de legionarios aterrorizados y confusos, que ya no empujaban a los camaradas avanzados. A pesar de los esfuerzos de los centuriones y *optiones*, les costaba incluso mantener las posiciones. Miró más atrás: las filas de las centurias sucesivas ya se habían disuelto. Sea lo que fuere que le había ocurrido a Labieno, el pánico ya se había difundido en todo el ejército, provocando una derrota que ya era imposible detener.

Por algunos instantes, también Quinto se sintió tan confuso como sus hombres. Era la primera vez que experimentaba una derrota iniciada en la retaguardia, más que en las primeras filas. Era como si algo estuviera erosionando la alineación desde atrás, adelgazándola hasta dejar en el terreno solo la primera línea. Tuvo el impulso de reorganizar su unidad, pero comprendió que sin el sostén de las filas posteriores únicamente la entregaría al avance de los cesarianos.

Solo había una cosa que hacer: tratar de contener el pánico y transformar la derrota en repliegue. Situándose junto a la ciudad, se podía resistir hasta el atardecer y reorganizarse para reanudar el combate al día siguiente. Pero ni siquiera sus hombres eran capaces de mantener las filas: privados de la presión de los camaradas que estaban más atrás, se estaban dejando aplastar por los cesarianos, y algunos ya empezaban a dar la espalda al enemigo.

Quinto bloqueó a un legionario que se replegaba demasiado deprisa aferrándolo por el brazo. Pero el único resultado que obtuvo fue que le hizo perder el equilibrio, entregándolo así al gladio de un adversario, que no vaciló en atravesarlo. Quinto hundió su gladio en el cuerpo del asesino, pero tuvo que protegerse de otros cesarianos, y no fue capaz de mantener unida la formación. Por suerte, también los enemigos estaban desorientados y no lo acosaban con demasiado ímpetu. Tampoco ellos entendían el motivo del repentino derrumbe de las líneas pompeyanas, y quizá temían caer en una trampa.

Desde su restringido ángulo visual, Quinto no conseguía entender si el colapso concernía solo a su ala, la izquierda, o a todo el frente de Pompeyo. La parte posterior de su sector casi se había disuelto: el primípilo solo veía espaldas de soldados en fuga desordenada. La parte anterior se replegaba de manera menos caótica, pero las unidades, aunque intentaban mantener la formación, se estaban separando las unas de las otras, abriendo brechas en las cuales comenzaban a asomar los cesarianos.

Convocó a los centuriones de su cohorte. Descubrió que eran seis los que aún estaban vivos, o sea, la mitad. No había rastro del tribuno, así que era él quien estaba al mando. Dijo a los centuriones que reunieran a sus respectivos hombres en torno a los signíferos y que constituyeran un círculo defensivo, pero los enemigos parecían más interesados en perseguir a los desbandados que en enfrentarse a unidades organizadas, y les daban alcance casi sin dificultad.

—¡Debemos entender qué está sucediendo! —dijo a su *optio* después de haber visto que, por el momento, la unidad no corría grandes peligros—. ¿Qué pasa con la caballería? ¿Y con Pompeyo?

Aún no conseguía creer que la derrota debiera atribuirse a algún error de su padre.

—¡Debemos al menos saber si los nuestros están protegiendo el campamento o si están dentro de los muros de Munda! —le respondió el subalterno.

—Pronto lo sabremos, quizá —replicó Quinto, viendo llegar al galope al legado de la legión con sus guardias de corps. Los hombres abrieron un espacio por el que pudo pasar el comandante.

—¡Primípilo! ¡Alinea a los hombres de nuevo en formación de batalla y avanza transversalmente hacia los otros reagrupamientos! ¡Debemos reunirnos y atrincherarnos en Munda!

—Pero ¿qué le ha sucedido a la caballería?

—Nada de lo que dicen. ¡Tito Labieno ha hecho una conversión para bloquear el ataque de los mauritanos a nuestro campamento, pero los legionarios han creído que se estaba dando a la fuga y se han dejado arrastrar por el pánico!

Quinto suspiró, aliviado. Su padre no había sufrido ninguna derrota. Es más, probablemente en aquel momento estaba incluso dispersando a los mauritanos. Pero la batalla, de hecho, estaba perdida por la idiotez de un montón de reclutas.

—¿Y Pompeyo? ¿Y Actio Varo?

—Actio Varo está entre los caídos. Pompeyo pretende dirigirse a Corduba. No quiere arriesgarse a ser asediado en Munda.

Esto significaba que Veleda iba a Corduba. Quinto decidió que iría también él. Después de una derrota como la que se estaba fraguando, nadie se preocuparía por su insubordinación.

Pero, entre tanto, había que evitar quedar fuera del repliegue. Quinto dispuso los hombres en línea para el avance, sobre tres hileras como una legión, y propuso reincorporarse a la unidad más cercana. El signífero se movió hacia delante y todos los demás avanzaron con él. Los cesarianos perseguían a las demás unidades disueltas, pero cuando vieron que la cohorte de Quinto les cortaba el paso, muchos de ellos se detuvieron para enfrentarse a ella. Y ya se veían unos jinetes de César, sus bárbaros, alcanzar a los legionarios y lanzarse con más rapidez en persecución de los fugitivos.

Quinto se lanzó contra un grupo de soldados enemigos que trataba de formar una barrera. Sus hombres lo siguieron e impactaron contra los adversarios junto a él. El enésimo impacto desde el inicio de la jornada. La cohorte pompeyana estaba mejor organizada, y en el choque se impuso con claridad, desequilibrando a los antagonistas. El centurión remató a dos cuando aún estaban en el suelo, con los otros se enzarzó en un nuevo cuerpo a cuerpo.

Un grupo de jinetes que llegó al galope se encontró el camino bloqueado por la refriega. Tres de ellos intentaron abrirse paso pegando mandobles desde la silla, precisamente en el sector en que actuaba Quinto. El centurión se cuidaba de evitar sus embestidas y, al mismo tiempo, seguía batiéndose contra el adversario apeado. Se desplazó, de modo que puso al legionario entre él y el jinete, y solo entonces pudo dirigir la vista hacia el bárbaro que montaba el caballo.

No tuvo dudas. Era uno de los hombres que habían seguido a su padre desde las Galias. Era uno de los que habían desertado en África.

Había traicionado a Tito Labieno. Tuvo la posibilidad de combatir por el caudillo más grande de Roma, pero prefirió volver bajo las enseñas del tirano. Sintió que la ira crecía en su interior.

El primero en pagar el pato fue el legionario contra el que combatía. Quinto lo atravesó en el abdomen, pero no esperó a que cayera. Lo empujó lejos mientras aún extraía el gladio de sus vísceras y se lanzó contra el jinete. El caballo se encabritó y se levantó sobre las patas posteriores. El centurión se protegió de los cascos con el escudo y apuntó la hoja al pecho del animal que, al caer, acabó atravesado también él. Se desplomó en el suelo, y el germano acabó descabalgado de la silla, justo a los pies de Quinto.

El centurión le apuntó con la hoja en el cuello.

—¡Has traicionado a mi padre, sucio bárbaro! —exclamó, preparándose para hundir el arma.

—Yo no he traicionado a nadie. Deberías saberlo, tú que eres el hijo de Labieno, que yo solo he seguido vuestras órdenes... —replicó el otro.

Quinto bloqueó su propio brazo.

—¿Qué estás diciendo?

—Porque... ¿no estás también tú al servicio de César?

Esta vez Quinto presionó sobre la garganta del germano. Apenas un poco. Un reguero de sangre bajó por la coraza.

—Yo... ¿al servicio de César?

Quinto se quedó inmóvil. Sin embargo, su gladio traspasó el cuello del bárbaro. Uno de sus legionarios había atravesado al prisionero por la espalda, empujándolo hacia él.

—¡Pronto, centurión! Debemos darnos prisa. ¡Está llegando el grueso del ejército de César! —le gritó el soldado.

Quinto asintió, sin entender. Miró distraídamente en la dirección señalada por su subordinado. Vio una masa ingente de soldados en movimiento, pero un velo de niebla descendía mientras sobre sus ojos. La cabeza le daba vueltas y un torbellino de imágenes se fueron superponiendo en su mente.

Imágenes de su padre.

Un fracaso inexplicable. Ortwin no se preocupó de saber qué había provocado la derrota imprevista de la infantería enemiga, pero decidió que Wotan no podía haberle ofrecido mejor ocasión para localizar a Veleda.

—¿Envío un correo a César para conocer sus nuevas disposiciones? —le preguntó Bote, que ahora siempre estaba a su lado.

Ortwin observó a los legionarios de Pompeyo dispersarse más allá de la pendiente de la altura de Munda en desorden. Eran víctimas incluso demasiado fáciles. El único riesgo que corrían los cesarianos que ya se habían lanzado en su persecución era tropezar con los escudos, que sus enemigos habían tirado para correr más rápido.

—No. César seguro que querrá que persigamos a los fugitivos hasta su campamento. Ha declarado abiertamente que no quiere hacer prisioneros, esta vez...

En realidad, debería haber pedido la autorización del prefecto, que actuaba en un sector más externo. Pero corría el peligro de que este le dijera que esperase, y él no tenía ninguna intención de seguir esperando. Si no habían encontrado oposición, los mauritanos ya podían hallarse en las proximidades del campo enemigo.

Frente a Veleda.

Hizo señas a Bote y a los otros de que lo siguieran, espoleó el caballo y se lanzó al galope hacia los fugitivos. Los bárbaros tenían fama de ser impulsivos e indisciplinados, y en efecto, a menudo, se dejaban llevar por la fogosidad en el combate y escapaban del control de sus superiores. Por una vez, se dijo Ortwin, nadie lo culparía si se dejaba arrastrar por la exaltación por la victoria lanzándose en persecución de los enemigos en fuga.

Cabalgó a la cabeza de sus hombres sin preocuparse de los legionarios que alcanzaba. Dejó que huyeran hacia las puertas de la ciudad y ni siquiera se molestó en desenvainar la espada para atacar sus espaldas inermes.

Por el contrario, Bote y los demás no dejaban escapar la ocasión de acrecentar el número de sus víctimas. En breve, superada Munda, Ortwin se encontró casi solo. Pero no tenía ninguna intención de aflojar la marcha, y prosiguió al galope hasta que vio la muralla del campamento de Pompeyo.

Y debajo de la empalizada, los mauritanos combatían con la caballería germánica y gala de Labieno.

Debería haber esperado. Sabía que debería haber esperado a la llegada de sus hombres para lanzarse a la refriega. Pero los jinetes de Labieno, más abrumados por la derrota de su infantería que por el asalto de los hombres de Bogud, ya parecían en dificultades: reunirse de inmediato con los mauritanos no iba a comportar grandes riesgos. Además, le ofrecía la posibilidad de estar entre los primeros en entrar al campamento.

Volvió a cabalgar, apuntando hacia el flanco de los mauritanos. El rey se había quedado al lado de César, pero en primera línea estaban sus mejores comandantes subalternos. Sus hombres empujaban a la caballería enemiga contra el terraplén, y lo mismo hacían los legionarios huidos que intentaban acceder al campamento. Para no acabar en el foso o aplastados contra la barrera, muchos galos y germanos de Labieno renunciaban a oponer resistencia y evitaban el enfrentamiento, arrollando así a sus propios camaradas apeados.

Ortwin alcanzó el ala de la cuña africana y se hizo reconocer. Los comandantes sabían quién era: había hablado a menudo con ellos en los consejos de guerra en presencia de César. Pero también muchos guerreros lo conocían de vista. Se cruzaron miradas entre ellos cuando lo vieron, pero lo dejaron entrar en los rangos: sabían que el rey no lo tenía en ninguna estima, pero de momento combatían todos por una causa común.

Aparte de los oficiales, se trataba de caballería ligera, hombres solo con la túnica encima, escudo y jabalinas. Los guerreros conseguían imponerse sobre los jinetes de Labieno, más pesados y mejor equipados, solo porque estos últimos tenían otros problemas a los que hacer frente. De todos modos, el germano pensó hacer más efectivo su impulso alcanzando la primera fila: un jinete con armamento pesado le habría venido bien.

De pronto, oyó un ruido sordo a pocos pasos de donde se encontraba. Un jinete, despedido de la silla por el caballo encabritado, casi chocó contra él. Una gran roca había caído en medio de la alineación, aplastando a dos caballos y a sus respectivos jinetes, que rodaron encima de los otros. Durante algunos instantes, el golpe sembró el caos en la formación, y a los oficiales les costó cerrar de nuevo los rangos. Pero la presión enemiga era demasiado débil para impedirlo, y muy pronto los mauritanos volvieron a empujar hacia delante.

Ortwin miró instintivamente hacia las escarpas. El golpe provenía de una catapulta instalada en una torrecilla. Exhortó a un arquero en los alrededores a tirar contra los sirvientes que rodeaban la máquina, pero el hombre pidió la confirmación al propio oficial antes de colocar la flecha. Recibido el asentimiento, se dispuso para el tiro, pero justo en ese momento Ortwin notó que entre las figuras cercanas a la catapulta había también una mujer.

Y su cabello era rubio. Como el de Veleda.

Tiró del caballo, dando la impresión de querer proseguir hasta la primera fila, pero de forma deliberada chocó con el animal del arquero. El jinete se desequilibró mientras lanzaba, y su flecha acabó lejos del blanco. Ortwin recibió una lluvia de insultos, pero se mostró impasible. Habría querido poner al arquero en una situación que le imposibilitara hacer daño, pero estaba en medio de los compañeros de Bogud y no podía dar pasos en falso. La única solución era avanzar aún más deprisa. Siguió galopando hasta alcanzar la primera línea, donde también se encontraban dos oficiales equipados, como él, con malla de hierro y yelmo.

Vio el foso lleno de caballos que pataleaban y hombres con la cabeza partida. Como los otros mauritanos, también él se lanzó hacia los enemigos que aún trataban de oponer resistencia. En particular, había tres galos que se movían a lo largo del foso, y que parecían más decididos que los demás a mantener la lucha. Apuntaban sus flechas hacia delante y conseguían mantener a distancia a los adversarios. Detrás de ellos, se encontraba la entrada al campamento.

Ortwin instó a los demás hombres a unirse a él para un asalto, y a su lado se puso uno de los oficiales. Otros más los alcanzaron y, cuando el oficial consideró que eran suficientes, lanzó la señal para la carga. Ortwin llegó al impacto a la cabeza de la columna. Evitó una lanza por un pelo y consiguió entrar en contacto con el antagonista, empujándolo hacia el foso. Sus compañeros, entre tanto, habían entablado un combate con los otros galos, pero sus cortas jabalinas los penalizaban respecto de las lanzas más largas de sus enemigos.

Ortwin continuó luchando al borde del foso contra su oponente galo. Con el rabillo del ojo, advirtió que el oficial cabalgaba hacia él con la intención de apoyarlo.

Cuando su oponente advirtió también las intenciones del mauritano, se distrajo un instante y esto fue suficiente para que Ortwin le hundiera la lanza en el costado. Justo en aquel momento, el oficial llegó al lado de Ortwin, que le indicó la entrada del campamento. Pero el hombre alzó el brazo y le asestó un golpe sobre el yelmo.

El germano sintió que se caía de la silla. Luego todo se hizo oscuro.

Tito Labieno se dio cuenta de que ya no conseguía mantener a su caballería en formación. Los legionarios que huían llegaban en cada vez mayor número a las inmediaciones del campamento, y disputaban el espacio a los jinetes, todavía ocupados en afrontar el ataque de los mauritanos y en no precipitarse en el foso. Justo detrás de los fugitivos, los cesarianos aparecían en unidades cada vez más consistentes, y ni siquiera intentaban hacer prisioneros.

Algún legionario aterrorizado llegó incluso a atacar a un camarada a caballo para sustraerle el animal y escapar más rápido. Soldados cesarianos agitaban por el aire jabalinas en las que estaban clavadas las cabezas de los adversarios muertos a fin de que los defensores del campamento las vieran y abrieran las puertas. Pero la masacre que tenía lugar a los pies del terraplén impulsaba a la guarnición a cerrar las defensas, y a no abrir ni siquiera a los camaradas implorantes.

Todo había terminado. César había vencido. Desde el momento en que la infantería había cedido, cualquier intento de resistencia con la caballería era inútil. Que escaparan, pues, sus galos y germanos. Con muchos de ellos había combatido durante más de una década. Y siempre para César, aunque lo ignoraran. Solo podía esperar que la fuga premiase su involuntaria dedicación al dictador. La vida, de César, ya no podían esperarla.

«Con los reincidentes ya no puedo permitirme ninguna clemencia», había dicho César cuando se encontraron en Útica. Y sus legionarios le habían tomado la palabra. Demasiados años había durado la guerra civil para que en los ánimos prevaleciera un sentimiento que no fuera el de la exasperación. Misericordia y clemencia se habían resquebrajado y disuelto a través de un número interminable de batallas, asedios, emboscadas, campañas y privaciones: demasiadas veces los soldados indultados habían vuelto a combatir contra César, demasiadas veces sus adversarios políticos habían vuelto a disponer de los recursos para enfrentarse a él. Sobreviviera o no a la batalla, Pompeyo solo vería tierra quemada a su alrededor, de esto Labieno estaba seguro. No más soldados que reclutar para una nueva campaña, no más ciudades o comunidades dispuestas a prestar su apoyo.

Se preguntó dónde estaba Pompeyo. Se había enterado de que Actio Varo había muerto sobre el terreno, en primera línea: quizá había buscado la muerte tras concluir que la batalla estaba perdida. Pero de Pompeyo no tenía noticias. Poco importaba, ahora. Ya no era a él a quien debía rendir cuentas

Algunos de sus hombres fueron a preguntarle qué hacían. Les respondió que escaparan, que pensaran en salvarse, nada más. No tuvo que insistir, pero uno de ellos lo instó a hacer lo mismo. Labieno se preguntó si no era lo mejor, dadas las circunstancias. También valía para él lo que había supuesto para ellos: el único premio que podía concederle César era la huida.

Había provocado la derrota y luego la muerte de Pompeyo Magno, y ahora la derrota —y quizá la muerte— de su hijo, Cneo Pompeyo el Joven. No habría podido cumplir mejor la tarea que César le había encomendado. Solo le disgustaba haber tardado tanto. Si lo hubiera hecho antes, el dictador aún habría podido permitirse ser clemente. Y quizá hubiera vuelto a colaborar con él. Como Bruto, por ejemplo. El hijo de Servilia, una vez perdonado, había recibido el proconsulado de la Galia Cisalpina, y se mencionaba su nombre —junto al de Casio, otro al que habían concedido el indulto— para la pretura de Roma.

Pero ahora era tarde. No le importaba concluir su carrera tachado como traidor. No, sin César no habría tenido nunca una carrera más que como simple *miles* que podía, como máximo, aspirar a un grado de *optio*, y considerar un sueño incluso solo el centurionado.

Su inquietud, sobre todo, era no poder ya colaborar con César a la luz del día, como habían hecho durante casi cuarenta años, desde niños. Habían sido años exaltantes, aquellos que pasó a su lado, primero en política, como tribuno de la plebe, y luego en el ejército, como legado en Hispania y en las Galias. César lo había hecho sentir importante como ningún otro, lo había hecho importante como ningún otro, le había dado plena confianza y encomendado tareas de gran prestigio y no dudaba que, en otras circunstancias, le habría permitido conseguir incluso el consulado.

Y la medida de la confianza que el dictador había depositado en él venía dada precisamente por su nuevo rol durante la guerra civil. Era necesario creer en alguien tanto como en sí mismo para basar todas las posibilidades en una persona con la que no es posible comunicarse durante años. Y ahora, Labieno estaba orgulloso de sí mismo por haber logrado llevar hasta el final aquel encargo que, estaba seguro, nadie en la historia había osado antes afrontar y ni siquiera concebir. Poco importaba, a fin de cuentas, que la duración exasperante de la guerra le impidiese el indulto formal y una nueva carrera a la sombra de César.

César había vencido y, por tanto, también él había vencido. Ellos dos eran una sola persona desde el día en que Sila había entrado en Roma. César, de algún modo, lo completaba, le había proporcionado todo aquello que a él le faltaba.

Decidió huir, pero solo para buscar a Quinto y tratar de llevarlo consigo. César no lo volvería a perdonar después de haberlo dejado libre en Corfinium cuatro años antes. Dio media vuelta al caballo y salió en la misma dirección que el resto de sus hombres. Pero se detuvo también a mirar la infantería derrotada. Algunas unidades conseguían mantener una apariencia de cohesión, y aún se veían sus enseñas. Buscó la cohorte de su hijo, cuidando de mantenerse fuera del alcance de los cesarianos, que no tardarían mucho en rodear el campamento y bloquear todas las vías de fuga.

Al fin consiguió ver la primera cohorte. Sus efectivos se habían reducido mucho, pero los pocos que quedaban se esforzaban por mantener los rangos cerrados. Detrás de ellos, sin embargo, los enemigos apremiaban: las últimas filas, obligadas a encarar los continuos asaltos, parecían perder terreno frente a las primeras.

Galopó en esa dirección y alcanzó la unidad en pocos instantes. A su cabeza estaba la cresta traversa de Quinto.

—¡Vamos, Quinto, se acabó! Aún hay una vía de escape hacia el sur, por la puerta decumana. ¡Vamos allí antes de que lleguen los cesarianos! —le gritó mientras se acercaba.

El hijo no respondió. Fue a su encuentro hasta poner varias decenas de pasos entre sí mismo y los demás.

—¿A quién sirves, padre? —le preguntó, aun antes de que Labieno detuviera el caballo.

—¿Qué dices?

Labieno se detuvo y lo miró a los ojos.

—¿Eres un traidor?

Labieno vaciló. De algún modo, su hijo lo había descubierto. Mejor así. Le sería más fácil convencerlo de que abandonara toda resistencia y huyera.

—No traiciona nunca quien sirve al mismo comandante toda la vida —respondió al fin.

Quinto suspiró. Temblaba visiblemente.

—Hoy nos has hecho perder la batalla... —balbuceó.

—No. Hoy he hecho vencer en una nueva batalla a mi comandante. Como todas las otras veces. En Brundisium, en Farsala y en Tapso. Y también en Dirraquio y en Ruspina le he evitado la derrota. Es mi deber, conforme a las órdenes que he recibido de él hace años. Aquí en Hispania, y en África, y aun antes en Italia, en Epiro y en Grecia, he actuado en su nombre como en las Galias. Solo, en la sombra. Luego te explicaré mejor. Ahora ven...

No acabó la frase. Se percató del gladio de Quinto solo cuando se lo encontró clavado en el costado casi hasta la empuñadura. Lo último que vio fue el rostro de su hijo cubierto de lágrimas. Lo último que oyó, su desgarrador grito de dolor.

XXIV

> En el terraplén colocaban cadáveres, en la empalizada escudos y jabalinas. Encima ponían, sobre la punta de las espadas, cabezas de muertos, todas vueltas hacia la ciudad.
>
> ANÓNIMO, *La guerra de Hispania*, 32, 2

Quinto Labieno vio el cuerpo de su padre a sus pies, bocarriba sobre el terreno en un charco de sangre. Solo entonces comprendió que era su asesino. Con los ojos velados por las lágrimas, observó la silueta confusa del hombre al que siempre había considerado el caudillo más grande de Roma y el campeón de la libertad.

El hombre que había condenado a Roma a la esclavitud.

Si Tito Labieno era un hombre de César, ya nada tenía sentido. Nada era como parecía. Ya nada importaba. Y era como si él, Quinto, nunca hubiera tenido padre: Tito Labieno había sido un hombre demasiado distinto de aquel al que admiraba y creía conocer.

Pero nadie debía saberlo. Nadie. Sería una vergüenza bastante grande para soportarla. Se volvió, esperando que nadie hubiera visto lo que había ocurrido. Y se dio cuenta de que nadie podía haberlo visto. Sus hombres ya estaban rodeados por tres lados por los cesarianos, y estaban cayendo uno tras otro bajo los golpes de los adversarios, infinitamente más numerosos.

Por un instante, sintió un cierto embarazo. Debería estar allí con ellos y, en cambio, los había abandonado poco antes de que hubieran sido embestidos por la oleada enemiga. Pero luego se repitió a sí mismo que ya nada tenía sentido.

Los legionarios de César empezaban a cercar a los supervivientes de su unidad, y no tardarían en darle alcance. Se inclinó, extrajo el gladio del cuerpo sin vida de su padre y montó en el caballo del legado. Espoleó y partió al galope. Le pareció que, ahora, solo una cosa tenía sentido.

Poner a salvo a Veleda.

Galopó bordeando la muralla, con el objetivo de alcanzar la puerta decumana. Por allí, quizá, lo dejarían entrar. Pasó como una flecha entre los otros jinetes que huían en todas direcciones, arrolló a legionarios y auxiliares que vagaban sin meta, pisoteó cadáveres empapados de fango y de sangre, hundió incluso el gladio contra mauritanos más adelantados que sus camaradas.

En las escarpas el movimiento era aún bien visible. Soldados y civiles avanzaban y retrocedían, quizá debatiéndose entre el deseo de huir y la obligación de obedecer a las órdenes de los oficiales más determinados. Él, desde luego, no tenía ninguna intención de quedarse. Tanto si Pompeyo estaba muerto o si ya había escapado, se limitaría a coger a Veleda y a llevársela, lejos, hacia el mar. Después, siempre encontraría una embarcación con la que partir hacia cualquier lugar, antes de que César se adueñara de toda Hispania: a fin de cuentas, aún había varias ciudades que resistían al tirano.

Por fin, Veleda sería toda para él. Era lo que ella quería, por otra parte. Ya no lo odiaba como en los tiempos de las Galias, eso estaba claro. Desde el momento en que la había poseído de nuevo, en África, Quinto ya no había intentado ninguna aproximación, sobre todo por miedo a Pompeyo. Tampoco cuando su amigo estaba ausente osaba aproximarse a ella por temor a que alguien lo denunciara. Pero Veleda no lo había delatado cuando la tomó mientras estaba inconsciente en aquella nave. Y, antes, había abandonado a los suyos, y a Ortwin, para ir a buscarlo a él, no a Pompeyo. E incluso antes, le había permitido huir a Corfinium. Pero, claro, ella lo amaba más de cuanto quería admitirse a sí misma. Y había aprendido a aceptarlo tal como era. No tenía ninguna necesidad de cambiar...

Llegó a la puerta decumana. No había adversarios en las inmediaciones. Aún se podía huir. Gritó a los guardias en las escarpas que lo dejaran pasar, pero justo en aquel momento algunos soldados aparecieron en la entrada. Salió una columna de soldados, que de inmediato marchó rápidamente hacia el norte. Quinto se acercó y reconoció entre ellos la inconfundible cabellera rubia de Veleda.

Junto a ella estaba Pompeyo.

—¡Quinto! ¿Lo has conseguido? Al menos, tú... Venga, únete a nosotros. ¡Vamos a Corduba! ¡Desde allí organizaremos la reconquista! —exclamó el comandante en cuanto lo vio.

Quinto asintió, sin decir nada. Esperó que no se le leyera la desilusión en el rostro. Solos, Veleda y él tenían alguna posibilidad de huir de César. Ahora, no solo estaba aún Pompeyo entre él y la muchacha, sino que además el dictador no les daría tregua mientras no eliminase al único nombre de relieve todavía con vida de la coalición adversaria.

Lanzó una mirada fugaz a Veleda, que le correspondió con la misma rapidez. Quinto no tuvo dudas de que ella quería transmitirle su felicidad por verlo otra vez vivo.

—¡Ortwin! ¡Ortwin! ¡Estás vivo!

A Ortwin le había parecido oír la voz de Bote. Lejana, amortiguada, incierta y, sin embargo, capaz de penetrarle en las sienes como un hierro candente. Sintió que le tiraban del yelmo, y esto incrementó el dolor que sentía justo en las sienes, que le palpitaban con violencia desde que había recuperado el conocimiento. Costó sacarle la protección de la cabeza, pero Bote no se anduvo con rodeos y al final dio un tirón resolutivo.

—Uff... Te han dado un buen golpe... —dijo el germano. Despacio, Ortwin consiguió abrir los ojos. Así pudo ver la profunda abolladura sobre un lado del yelmo. Y el sitio en el que yacía, recostado: una especie de foso, lleno de cadáveres y de caballos agonizantes.

Junto a Bote había una decena de hombres. Al menos así le pareció. Todo estaba aún confuso, y también sus recuerdos se solapaban unos sobre otros sin ninguna coherencia u orden cronológico. En su mente afloraban jinetes mauritanos, soldados enemigos huyendo, César observando la batalla desde un monte, él que trataba de defenderse de un mauritano, se desplazaba de un ala a otra o combatía contra los galos de Labieno, César lanzándose luego a la refriega...

«Él, que trataba de defenderse de un mauritano...» Recordó por qué se encontraba allí dentro.

—¿Puedes ponerte de pie, ahora? —le preguntó Bote.

—Vamos a intentarlo —respondió.

La cabeza le daba vueltas sin cesar, pero la vista estaba volviendo a ser la de siempre.

Hizo que lo ayudaran a levantarse. Una vez de pie, en precario equilibrio sobre otros cuerpos, se dio cuenta de que la persecución de los pompeyanos estaba aún en curso. Los legionarios y los jinetes de César recorrían el campo de batalla atacando a pequeños grupos de rezagados que no habían conseguido encontrar refugio en la ciudad o en el campo, o degollaban a los heridos que encontraban en el suelo. Otros les daban la vuelta a los muertos para quitarles las armas o cualquier otra cosa de valor. Y vio también a los mauritanos. A su cabeza estaba Bogud, y arrastraban un botín cargado en carros.

Se agachó de forma instintiva. Aquel era el hombre que había intentado matarlo en Roma. Y había vuelto a intentarlo allí, en Munda. Ya no había dudas.

—Ha sido una verdadera suerte encontrarte. Pero sabíamos que no podías estar por aquí... —le dijo Bote, interrumpiendo sus pensamientos—. Ahora ven, iremos a ver a César y le comunicaremos que estás vivo. Sin duda, se alegrará.

Ortwin le puso una mano sobre el brazo.

—No.

Bote lo miró, sorprendido. Y los demás también.

—Compañeros, los que me han dejado así han sido los hombres de Bogud. Y volverán a intentarlo, si vuelvo con César —dijo.

Se quedaron todos en silencio, desconcertados. Luego habló Bote:

—¿Y qué harás, entonces? ¿Tienes intención de unirte a Pompeyo? Está acabado, ahora, y te podría pagar muy poco...

Para Bote era siempre una cuestión de dinero. Y de aplastar cabezas, por supuesto.

—No. He venido al campamento para encontrar a la princesa Veleda y devolverla a Germania. Allí podrá recuperar el sitio que le corresponde por derecho a la cabeza de la nación sueva. Echadme una mano, si queréis, para entrar en el campamento y sustraerla a Pompeyo.

—Pero en el campamento ya no hay nadie. Y Pompeyo ha huido... Se piensa que está camino de Corduba. ¿Adónde más podría ir, por otra parte? En Corduba está su hermano...

Ortwin se hizo con rapidez una composición de lugar. Pompeyo había huido. Por tanto, Veleda debía de estar con el general, dirigiéndose hacia Corduba. Y era allí adonde debía ir también él.

—Ya no me considero parte del ejército de César. Perseguiré a Pompeyo, solo, y únicamente para encontrar a Veleda. El resto no me concierne —afirmó, al fin.

—No, no solo. Yo iré contigo —dijo Bote.

—Yo también —respondió otro guerrero, y luego, uno tras otro, todos los demás.

Ortwin habría querido abrazarlos a todos. Debía de

haber sido un buen jefe, en aquellos años. Incluso para Bote, al que conocía desde hacía poco.

—¿Habéis entendido lo que me propongo hacer? Es arriesgado. Una empresa casi imposible: arrebatarle Veleda a Pompeyo, atravesar Hispania y las Galias, alcanzar Germania y derrotar a las facciones que disputan la corona al clan de Ariovisto...

—Bien, aquí en el mundo romano las aventuras parecen concluidas ahora. ¿Qué podemos hacer? Mejor ir a conquistar un reino que disfrutar de las migajas que nos concederán los romanos...

Bote había hablado por todos.

Ortwin le dio una palmada en el hombro.

—Procuradme un caballo. Partimos hacia Corduba —dijo con una sonrisa.

El sol se iba ocultando tras la silueta de la ciudad de Munda. El atardecer proyectaba su sombra sobre el campo donde se había combatido desde el alba, envolviendo las extensiones de muertos y de carroñas, las empalizadas de escudos y *pila* construidos por los sitiadores en torno a los muros, con las cabezas de los enemigos muertos clavadas en los palos, las pilas de cadáveres unidos por lanzas y jabalinas delante de las puertas, a modo de terraplén, para impedir cualquier incursión.

César recorría el teatro de su última y más difícil victoria. Avanzaba despacio, a caballo, con todo su estado mayor, salvo el legado Quinto Fabio Máximo, a quien el dictador había asignado la tarea de asediar la ciudad, donde se habían atrincherado miles de soldados huyendo de la masacre. Mensajeros y correos se sucedían sin cesar para darle al vencedor noticias sobre Pompeyo, sobre el número de víctimas, sobre el estado de los heridos, sobre las comunidades que se habían apresurado a rendirle tributo o aquellas que, al contrario, estaban determinadas a resistir.

—Lo siento, *imperator* —le comunicó el enésimo mensajero—. Ortwin no está por ninguna parte. Probablemente esté entre los caídos a los que han cortado la cabeza.

El dictador suspiró. Había perdido a un colaborador valiosísimo. Por suerte, las guerras habían terminado y parecía que ya no tenía necesidad de él. Por otra parte, habría tenido grandes dificultades para recompensarlo de forma adecuada, con la oposición de Bogud siempre viva. Tal vez fuera mejor así.

Pero había otra persona, sobre todo, a la que nunca podría recompensar tal y como se merecía. Y no solo porque no habría sido suficiente todo el oro de Roma para premiar su entrega.

César sentía un escalofrío cada vez que veía acercarse un correo. Confiaba en que Labieno hubiera conseguido huir. Si se encontrase entre los prisioneros, o en la ciudad junto a otros supervivientes, debería ejecutarlo.

—Hoy ha sido duro. Esta vez, he temido sinceramente que no lo consiguiéramos —comentó Asinio Polión.

César asintió:

—Sí. Muchas veces, en mi carrera, he combatido por la victoria. Esta vez, en cambio, he combatido por la vida.

—Según recuerdo, solo una vez, antes, te metiste en la refriega. Fue contra los belgas, hace doce años, si no me equivoco. Y también entonces estuvo a punto de acabar mal...

—Es verdad. Hay momentos, en la existencia de un hombre, en que debes estar dispuesto a morir para seguir viviendo.

El joven Octavio intervino. No era en absoluto tímido, a pesar de su juventud. Y nunca decía nada que no fuera oportuno.

—Pero la Bética está aún casi toda en manos de los partidarios de Pompeyo. Si él, Actio Varo y Labieno han sobrevivido a la batalla, aún nos pueden dar problemas. Su flota todavía es poderosa. En teoría, Pompeyo podría zarpar y abrir otro frente en otra parte, por ejemplo, en Oriente, donde aún cuenta con apoyos.

—Todo lo que dices es cierto —admitió César—. Y es por ese motivo por lo que no dejaré nada al azar. Ya he dispuesto que un contingente bloquee el camino para Corduba: Pompeyo no debe reunirse con su hermano. Es una ciudad demasiado difícil de conquistar, y su resistencia podría inducir a otros a volver a tomar las armas. Y he enviado correos al almirante Cayo Didio: ya ha derrotado a Actio Varo en Carteia, y deberá bloquear cualquier intento de Pompeyo de huir de la península por vía marítima. Respecto a las comunidades que aún nos son hostiles..., verás, joven Octavio, como después de algunos ejemplos de lo que podría sucederles a los que se obstinen en su rebeldía, todos acabarán por volver bajo el dominio de Roma. En fin, Fabio Máximo sabe qué debe hacer con los soldados rebeldes que están aún dentro de Munda.

—¿Aunque se rindan?

—Sobre todo si se rinden.

Hubo algunos instantes de embarazoso silencio. Nadie se atrevió a hablar antes de que César lo hiciera. El dictador no parecía incómodo por haberlos turbado. Él se había esforzado —con su proverbial clemencia, con repetidas aproximaciones diplomáticas, con el rechazo de las proscripciones— en impedir que la guerra civil degenerase al mismo nivel de ferocidad que pudo verse en el enfrentamiento entre Mario y Sila. Pero la locura de ciertos individuos, que habían puesto por delante la ambición personal a la salvación y al bienestar de Roma, no le dejaba otra elección que hacer tierra quemada en torno a ellos.

César no se sintió en el deber de decir nada. Entre otras cosas, porque estaba llegando Quinto Fabio a toda velocidad: sería el legado quien hablara.

—¡*Imperator!* ¡Te traigo dos obsequios que te agradarán mucho! —dijo el general antes de tirar de las riendas del caballo.

Cuando se detuvo, todos pudieron advertir que tenía una bolsa en la mano. Con expresión complacida, el legado sacó una cabeza, que mostró a César y a los demás sujetándola por el cabello.

Varios lo reconocieron. Era Actio Varo, el hombre al que César había perdonado y liberado después de haberlo hecho prisionero en Italia. El hombre que había derrotado a Curión, impidiendo a César la posesión de África y obligándolo a una dura campaña para reconquistarla.

Todos expresaron comentarios de satisfacción. Para uno de los obstinados más reincidentes e ingratos, la guerra había terminado.

Después, Quinto Fabio metió de nuevo la mano en la

bolsa. Y sacó otra cabeza. La mostró a todos con un orgullo aún mayor.

—¡Por fin! ¡El traidor ha muerto!

—¡Ahí está, la justa recompensa por su ingratitud!

—¡A diferencia de Farsala y Tapso, esta vez no han podido huir como conejos! —exclamaron uno tras otro algunos legados.

Pero César no escuchaba. Recordó de inmediato cuando, muchos años antes, había recibido la cabeza del galo rebelde Viridomaro. «Un regalo por parte de Labieno», había dicho Ortwin entregándosela.

Y ahora, alguien le daba la cabeza de Tito Labieno. Esta vez, habría querido que también escapara. Pero no lo había conseguido. César mantuvo una expresión grave, y esto frenó el entusiasmo inicial de los demás. De nuevo se hizo el silencio.

Ahora sí que todo había acabado de verdad. El dictador tuvo la certeza. Nunca había combatido sin tener a Labieno a su lado, de un modo u otro. Y no estaba seguro de conseguir hacerlo a partir de ahora. Una parte de él había muerto con Labieno.

Y no era una parte cualquiera.

Ahogó las lágrimas con dificultad. Lloró cuando los egipcios le trajeron la cabeza de Pompeyo Magno. Pero se había forzado a hacerlo, para consolidar su propia fama de hombre benigno y generoso también hacia los enemigos. Esta vez habría querido llorar de verdad, pero no podía permitírselo: a los ojos de todos, Labieno era el hombre que más debería odiar en el mundo.

—Que sea... que sean sepultados con el debido respeto —logró decir, con la voz rota.

Luego se volvió hacia Octavio y le puso una mano en el hombro.

—Mira, joven Octavio... —poco a poco, consiguió recuperar su habitual tono de voz—. Para ser de verdad grande, debes encontrar colaboradores fiables. Hombres en los que puedas depositar la máxima confianza, es más, a los que puedas confiar tu destino. Hombres que puedan llegar a donde tú no puedes. Basta incluso uno solo, si también él es grande. Solo así podrás alcanzar la grandeza y llevar a término tus ambiciones. ¿Crees que ya conoces a ese hombre? ¿Es quizá ese muchacho que has querido traer de Italia?

El joven pareció perplejo. A pesar de su mente aguda, no conseguía entender adónde quería ir a parar su tío.

—Eh... sí. Creo que sí, al menos. Pongo en Marco Vipsanio Agripa la máxima confianza. Hemos crecido juntos y él es todo lo que yo no soy...

—Bien. Si de verdad confías en él y si es tan bueno como parece, no cometas el error de faltarle al respeto, ni siquiera una vez. Si lo respetas como te respetas a ti mismo, estando a tu lado actuará como si actuara para sí mismo, y considerará tu beneficio como su propio beneficio. Y podréis siempre sorprender a los demás, porque cuando piensen que han derrotado a uno, el otro tomará el relevo: como un solo hombre con más recursos, más vidas... Y no cometas nunca el error de considerarte invencible. Solo no puedes serlo. Pero si sois al menos dos, es distinto. Siendo dos podéis ser invencibles.

Octavio asintió. Y se encaminó hacia su amigo Agripa, que esperaba a una respetuosa distancia. Se convenció de que su tío le había expresado su pesar por no haber sabido valorar lo suficiente a Labieno y de este modo favorecer su traición.

Pero consideró también que César le había dado un buen consejo. Él no se sentía un gran guerrero, y probablemente nunca lo sería. Agripa, en cambio, parecía de verdad destinado a serlo. Bien, lograría que se convirtiera en general.

En su general.

XXV

Pompeyo, como antes dijimos, se había retrasado en la fuga por una herida y por un esguince y, además, a causa de las dificultades del terreno, no podía procurarse su propia salvación ni con un caballo ni con un vehículo.

ANÓNIMO, *La guerra de Hispania*, 39, 1

Quinto Labieno subió a las escarpas y echó un vistazo al exterior de los muros del pequeño fortín en el que habían encontrado refugio. Los perseguidores estaban en los alrededores. Y se habían puesto manos a la obra. Reclamó la atención de Pompeyo, que se había quedado más abajo para curarse la torcedura en el tobillo que había sufrido cuando aún estaban en el mar.

—¡Nos están rodeando con una muralla! ¡Debemos huir antes de que cierren todas las vías de escape! —gritó el centurión a su amigo.

—¡Yo no estoy en condiciones de correr, maldición! ¿No podemos intentar resistir? —replicó Pompeyo con tono quejumbroso. Desde hacía días ya no era el joven determinado y despreciativo que Quinto conocía.

—¿Resistir? Estamos sin víveres y, si nos quedamos aquí, en cualquier momento caerán sobre nosotros todas las hordas que César ha soltado en nuestra persecución. ¡No, debemos escapar enseguida!

Pero también él se daba cuenta de que huir sin caballos, y con Pompeyo en ese estado, olía a desesperación.

Y la desesperación, por lo demás, había ido creciendo día a día, entre los fugitivos, en las tres semanas transcurridas desde la derrota de Munda. Desde entonces, todo había salido mal. Tuvieron que renunciar desde el principio a llegar a Corduba, puesto que el trayecto estaba firmemente vigilado por los hombres de César. Sexto Pompeyo, el hermano más joven de Cneo, había huido antes de que cerraran las rutas, y no se habían tenido más noticias de él. Ellos se dirigían a la base naval de Carteia, donde Pompeyo contaba con el apoyo de los notables y donde estaba atracada su flota.

Pero la derrota había inducido a muchos comandantes de las naves a desertar, y en la ciudad el partido de los cesarianos había crecido de manera exponencial. Como era inevitable, se habían producido algunos enfrentamientos entre las dos facciones, durante los cuales Pompeyo había sido herido. Al final, el caudillo derrotado consiguió escapar, llevando consigo solo una centuria. Y a Veleda y Quinto, por supuesto.

Pero no había tenido suerte. Después de haber zarpado con cuatro naves, fue sorprendido por la flota de Cayo Didio mientras tomaba tierra para hacerse con provisiones. El almirante de César había quemado las naves, obligándolo a permanecer en tierra. El fugitivo no tardó en tropezar con una de las escuadras de cesarianos que patrullaban las costas. Una parte de sus hombres se había sacrificado para permitirle escapar, y ahora solo disponía de unas pocas decenas de soldados, que ni siquiera eran suficientes para defender aquella pequeña fortaleza en la que habían encontrado refugio.

Quinto vio que Pompeyo asentía, pero sin convicción. Quizá también era consciente de que no lo conseguiría. ¿Adónde podían ir, por otra parte? Ambas provincias, ahora, se encontraban bajo el control del tirano, que estaba haciendo pagar caro a muchas comunidades el apoyo que habían proporcionado a Pompeyo. Corduba había abierto las puertas al vencedor solo después de que algunos desertores, como despecho hacia el partido de la resistencia, le prendieran fuego. Y César no había hecho nada para detener la ira de los soldados, furiosos por haber sido privados del botín. Veintidós mil ciudadanos habían acabado degollados o atravesados por sus gladios, y lo mismo había ocurrido en Ispali, donde el dictador había hecho ejecutar a cualquiera que llevara un arma en la mano.

Ahora que habían quedado pocos, la única posibilidad era alcanzar de nuevo la orilla y zarpar en alguna pequeña embarcación que los llevase lejos del mundo de César. Pero ¿aún existía algo, algún hombre, algún territorio, que no fuese de César? Hasta Labieno, al que Quinto había considerado el más feroz adversario del tirano, había sido un hombre de César hasta su último aliento. Al joven solo le venía a la mente el imperio parto, aunque corría la voz de que el dictador quería emprender una campaña para reconquistar las águilas perdidas por Craso en Carras. En resumen, existía el riesgo de que

César fuera a perseguirlo también allí, antes o después. Y, de todos modos, le parecía poco probable llegar hasta allí mientras lo acompañase un objetivo como Pompeyo.

Pero debía intentarlo. Para poner a salvo a Veleda, sobre todo.

La muchacha estaba siempre al lado de Pompeyo. No porque ella quisiera, estaba claro. Era taciturna, como de costumbre, y su expresión resultaba tan impenetrable como siempre. Era el caudillo quien exigía tenerla cerca, con un morboso apego que Quinto conocía incluso demasiado bien. Habían pasado muchos años desde que se conocieron, y aquella muchacha, entre tanto convertida en mujer, ejercía siempre el mismo efecto sobre el hombre cuya ilusión era poseerla.

Y él esperaba ser el próximo. Pero antes debían huir de allí.

Quinto bajó de las escarpas y ayudó a Pompeyo a ponerse en pie. Su amigo cojeaba de una manera perceptible, y dos de sus hombres lo sostuvieron. Veleda permaneció a su lado, mientras Quinto se puso a la cabeza de la pequeña columna. Salieron del fortín a través de la puerta posterior, y al principio pareció que el enemigo no se había percatado de su presencia. Árboles, zarzas y arbustos, rocas y crestas los escondían a la vista de cualquiera que observase de lejos. Además, Pompeyo había dispuesto que al menos cinco soldados permanecieran bien visibles en las escarpas para que los sitiadores creyeran que los fugitivos aún estaban dentro.

Pero avanzaban demasiado despacio. Quinto iba a trompicones, manteniendo el propio paso hasta que se percataba de que había dejado demasiado espacio entre sí mismo y la retaguardia. Entonces ralentizaba la marcha, pero luego volvía a caminar a buen paso hasta que veía otra vez aparecer a Pompeyo en la lejanía.

De pronto, las siluetas de unos soldados se deslizaron entre la vegetación. El centurión preparó el gladio, pero no parecían dirigirse hacia él. Procedían paralelamente a la columna, pero más rápido. Reconoció a uno. Se trataba de los soldados que Pompeyo había dejado en el fuerte. No habían querido, como era evidente, dejarse masacrar por un jefe que en los últimos tiempos no había hecho más que huir.

Un compañero se los señaló. Quinto respondió con un gesto histérico, pataleando sobre el terreno y corriendo el riesgo de hacerse también él un esguince. Todo había terminado. Pronto sus enemigos se darían cuenta de su fuga y los alcanzarían. Se obligó a reducir de nuevo la velocidad, pero era como entregarse directamente a los cesarianos. Si hubiera sido por él, habría huido dejando a su general en apuros, pero Veleda siempre estaba con Pompeyo, y su amigo nunca le permitiría llevársela. Prefería que la muchacha muriera, aquel idiota, en lugar de preocuparse al menos de su salvación.

No necesitó mucho tiempo para que sus temores se confirmaran. Oyó unos alaridos detrás de él. Luego, clangor de espadas.

Veleda.

Volvió atrás, junto a los pocos soldados que tenía consigo. Pompeyo estaba en el suelo, y se apretaba entre las manos la cadera sangrante. Veleda agitaba la espada tratando de mantener alejado a un asaltante, mientras los soldados aún vivos se enfrentaban a los otros agresores. Quinto no lo pensó dos veces. Fue de inmediato hacia la muchacha, arrojándose contra su antagonista. Este lo vio llegar como una furia, retrocedió, pero no consiguió escapar de la punta de su gladio. Veleda se desplazó sobre Pompeyo y lo ayudó a levantarse. Quinto se sintió consumido por la ira: ella ni siquiera lo había mirado a la cara.

Entre tanto, llegaban otros perseguidores. No eran muchos, pero sí más que ellos. Y, sobre todo, no tenían un lastre como Pompeyo.

Uno de los hombres cargó al general a su espalda. Pompeyo gimió y dejó hacer. Quinto, en cambio, cogió de la mano a Veleda, le dio un tirón y la arrastró hacia sí mismo. Ella no opuso resistencia, pero no le lanzó ninguna mirada cómplice o de gratitud. Dejaron a los soldados aún enzarzados con los asaltantes haciendo de barrera y reanudaron la fuga. Ahora ya no eran más de una decena, incluidos Quinto, Veleda y el comandante herido.

Después de poco tiempo, Quinto oyó que lo llamaba el hombre que llevaba a Pompeyo a las espaldas.

—¡Centurión, afloja! ¡No puedo ir tan deprisa! —dijo el legionario, jadeando.

Quinto se volvió, impaciente. A lo lejos, detrás del soldado, asomaban las siluetas de algunos perseguidores. La barrera debía de haber cedido, al menos en parte.

Miró a su alrededor. El terreno era muy escarpado, lleno de barrancos y pequeños relieves. Había incluso algo parecido a una caverna. Por lo menos, así le pareció la apertura que afloraba entre la densa vegetación. Caminó hacia Pompeyo, lo hizo bajar de las espaldas del soldado ya extenuado y lo sostuvo de pie.

—De momento, lo escondo en esa gruta. Sin él nos liberaremos con más facilidad de estos —dijo, señalando a los perseguidores—. En todo caso, allí dentro no lo encontrarán fácilmente.

Los otros hombres parecían un poco desconcertados.

—Controlad a los enemigos, ¡venga! ¡No son más que dos o tres! —los exhortó, con toda la autoridad de que era capaz—. Tú, en cambio, ven conmigo —añadió, dirigiéndose a Veleda.

—No. Quiero combatir también yo por mi supervivencia —respondió ella.

Quinto estaba a punto de replicar, pero Pompeyo le puso una mano sobre el hombro.

—Deja que lo haga... —susurró con la poca fuerza de que disponía—. Me gusta esta mujer, cuando... cuando combate...

El centurión se resignó. No la habría dejado sola durante mucho tiempo, de todos modos. Entró en la boca de la caverna. Era poco más que una hendidura en la roca, tanto que la luz llegaba, aunque débilmente, hasta la pared del fondo. Quinto bajó con delicadeza al suelo a Pompeyo, que seguía gimiendo, pero estaba consciente. Lo miró a los ojos. Ya no tenían nada de aquel brillo que le daba su cruel convicción de que podía hacer lo que quisiera. Ahora tenía la expresión de un niño asustado y confuso.

Habían sido amigos, en el pasado. Todo lo amigo que se podía ser de Cneo Pompeyo el Joven. Pero ya nada importaba, salvo Veleda. Ya nada importaba que concerniese a Roma. Roma lo había traicionado definitivamente, en el momento en que descubrió que también el gran Tito Labieno estaba corrompido por César. Y también Pompeyo era parte de Roma, de un modo u otro. Quinto le extrajo el gladio de la funda y se lo clavó en el estómago.

Lo observó mientras ponía los ojos en blanco, por la

sorpresa y por el dolor, oyó sus últimos estertores y siguió la estela de sangre que se deslizó por su boca. Luego, cuando a sus pies hubo solo un cuerpo exánime, le cogió las manos y las colocó en torno a la empuñadura del arma.

Ahora, quizá, conseguiría salvar a Veleda. Corrió hacia donde oyó el fragor de espadas, y encontró que los suyos estaban superando con facilidad a los enemigos. No se había equivocado: solo eran tres.

Uno solo se mantenía con vida, y a su llegada intentó escapar.

—¡Cogedlo! ¡No deben descubrir que hemos estado aquí! —aulló Quinto a uno de los soldados, que saltó de inmediato hacia delante. Antes incluso de que se diera cuenta, también Veleda había salido en persecución del fugitivo. Esperó un momento antes de tomar una decisión. Hubiera querido seguirla, pero no podía rebajarse así delante de sus hombres. Ahora él era el jefe, aunque ellos todavía no lo sabían.

Esperó impaciente a que el soldado y la muchacha regresaran. No tuvo que esperar mucho. Veleda reapareció con manchas de sangre. A juzgar por la actitud con que caminaba, no era la suya.

Reconfortado, Quinto ordenó a uno de sus hombres que fuera a buscar a Pompeyo. El soldado entró en la gruta y salió con el rostro desencajado.

—Primípilo..., el *imperator*... se ha quitado la vida...

Lo dijo con la misma consternación que Quinto vio esculpida en el rostro de sus compañeros. Pero la única reacción que le interesaba era la de Veleda. Se volvió de inmediato hacia la muchacha: y ella, esta vez, le plantó los ojos encima, sin bajarlos. Siempre la había encontrado indescifrable, y no fue capaz de entender si era una mirada acusatoria o de gratitud.

También los demás guardaron silencio. ¿Acaso sospechaban algo? No importaba, se dijo: los mataría a todos si armaban un escándalo.

Parecían aún trastornados y confusos, sobre todo. Pero ahora era el jefe: a él le correspondía hacer un alarde de aplomo.

—Por desgracia, no podemos permitirnos perder el tiempo llorando al último campeón de la libertad que ha tenido Roma —declaró con solemnidad—. Avancemos hacia el mar y con toda la rapidez posible, ahora. Pero antes, sacad a Pompeyo fuera de la caverna y recostadlo contra la roca. Que lo vean. Es a él a quien buscan: una vez que lo hayan encontrado, la persecución se hará más relajada, es más, quizá renuncien del todo. ¡Moveos!

No supo decir si los había convencido de que no tenía nada que ver con la muerte de su jefe. Pero conocía suficientemente el ánimo humano para estar seguro de algo: con una perspectiva más concreta de salvación, ahora, ya nadie se preocuparía por descubrir la verdad.

Veleda se preguntó qué le depararía el futuro. Huía solo porque, si la alcanzaban, la degollarían como a todos aquellos que habían estado con Pompeyo. Y ella había sido incluso su mujer. Lo sabían todos, hasta los cesarianos, que el caudillo tenía una amante manca. No tenía ninguna duda de lo que le harían si conseguían capturarla.

Solo huía por eso. Para sobrevivir. Por el único objetivo que se había fijado desde que había caído en las manos de los romanos, en los últimos trece años de su vida. Sobrevivir para volver un día a Germania y reconquistar el puesto que le correspondía como hija de Ariovisto.

La esperanza, más aún, la convicción de que Wotan premiaría su constancia la había sostenido en cada uno de sus esfuerzos, la había empujado a soportar las más humillantes vicisitudes, las más insostenibles dificultades. Siempre, en cualquier lugar y con quien fuera que se encontrara, había entrevisto la posibilidad de coronar su sueño. Con César, había esperado convencer a Ortwin y a los demás para que la devolvieran a su patria. Pero cuando vio que estaban demasiado sometidos a su comandante, escapó. Con Pompeyo Magno y su hijo, había esperado que su amante —fuera Pompeyo o Quinto, no le importaba— volviera a acercarse al Rhenus. Entonces, quizá, conseguiría huir y alcanzar su tierra.

Pero ahora ya no se sentía tan optimista. Huía con un puñado de parias buscados en todo el mundo romano, lejos del único hombre que hubiera cuidado de ella. El único por el cual, se daba cuenta ahora, sentía algo.

Ortwin.

Se arrepintió de no habérselo dicho nunca. Sea lo que fuese que Ortwin pensara de ella, había sido gentil y diligente, y ella nunca se lo había reconocido. Al contrario, siempre lo había tratado peor que a los hombres que la habían hecho sufrir, como Pompeyo y Quinto.

Y se arrepintió de haberlo insultado cuando le decía que el regreso a Germania era imposible. Tenía razón: era solo la ilusión de una muchacha necia, el sueño de una desvalida sin otro propósito en la vida que perseguir un destino del que los dioses habían decidido privarla. Y si era una ilusión entonces, con Ortwin a su lado, aún más lo sería ahora, en las condiciones desesperadas en que estaba su grupo y aquel que, al parecer, sería su nuevo compañero.

Tal vez debería terminar de una vez por todas. Hacer como Pompeyo, suponiendo que Pompeyo se hubiera quitado de verdad la vida. Era tanta la distancia entre sus sueños —se podría decir también sus pretensiones— y la realidad, que no podría soportar la frustración de una existencia hecha pedazos bajo los golpes del destino. Pero en aquellos trece años, Veleda había desarrollado tal instinto de supervivencia que no podía concebir otra forma de vida que... mantenerse con vida.

Y así, se dejó arrastrar por Quinto quién sabe dónde, quién sabe por qué, resignándose a la idea de que ahora ya solo podía hacer dos cosas: luchar y sobrevivir. La espada que usaba cada vez con mayor destreza con la mano izquierda era una especie de compensación por la falta de la mano derecha. Y su propensión a prolongar la existencia a toda costa se había convertido en una especie de desafío al destino, e incluso a los dioses, que le habían arrebatado la vida que le correspondía.

Caminaban desde hacía horas y ya se sentía cansada. Bordeaban el mar en busca de una embarcación, pero, cuando avistaban una, había demasiada gente a su alrededor para pasar desapercibidos. Al menos, sus perseguidores parecían haberse esfumado. Quinto no se equivocaba: parecía que tenían bastante con el cadáver de Pompeyo.

El sol casi se había puesto. Solo permanecía una pequeña porción para difundir una tenue luz crepuscular. Veleda hubiera querido detenerse para descansar, pero ninguno de los otros hombres se había atrevido a pedírselo al comandante, y no sería ella quien lo hiciera. Si quería conquistar la estima de sus compañeros y ser tratada de igual a igual, de ningún modo debía mostrar la debilidad que atribuían a una mujer.

Por ese motivo, fue la primera en saltar cuando una figura se movió entre la vegetación.

Aparecieron de pronto. Sombras enfangadas que blandían espadas y lanzas, siluetas fugaces ocultadas por los escudos. Veleda lanzó un alarido para llamar la atención de sus compañeros, luego se abalanzó contra el agresor más cercano y blandió su arma. Aquel se dejó sorprender con el escudo y la espada bajos, pero consiguió pegar un repentino salto hacia atrás. No fue bastante rápido, sin embargo, para evitar que la punta de la espada de la muchacha le arañase el rostro no protegido por el yelmo.

El hombre dejó caer escudo y espada, se derrumbó sobre las rodillas y se llevó la mano a la cara. Veleda se acercó a él para rematarlo, mientras, a su alrededor, las otras sombras se arrojaban sobre sus compañeros e iniciaban un combate.

—¡Veleda! ¡Soy yo, Ortwin! —gritó el hombre, con la voz entrecortada por el dolor.

Veleda se quedó petrificada al instante, con la espada en el aire. Luego dejó caer el arma al suelo y se arrodilló, sin preocuparse por el clangor de espadas que resonaba en sus oídos. Acercó su rostro al de Ortwin y con la mano izquierda apartó con delicadeza las del hombre, para observar la herida.

El ojo derecho había desaparecido. Su espada se lo había arrancado. Pero Ortwin no decía palabra. La sangre fluía a raudales por la cuenca vacía del ojo, inundando la mitad derecha del rostro.

—Yo... Lo siento... ¿Cómo podía saber que eras tú? —se disculpó Veleda.

—Te he seguido... desde Munda... —respondió Ortwin, con dolor.

—Claro. César ha enviado a su hombre de mayor confianza para perseguir a Pompeyo...

Pero de inmediato se arrepintió de haberlo dicho. Y entonces hizo algo que nunca antes había hecho para hacerse perdonar.

Acercó su rostro al de Ortwin y lo besó.

—No estoy aquí por cuenta de César. He desertado —dijo él, en cuanto sus labios se separaron—. Quiero llevarte de nuevo a Germania.

Ella lo miró largamente.

—Quisiera tanto volver atrás... —confesó, acariciándole la zona en torno a la órbita vacía. Luego se arrancó un trozo del vestido, hizo una venda y la ajustó alrededor de su cabeza.

—Bueno, ahora estamos igual, ¿no crees? —replicó Ortwin, con un atisbo de sonrisa.

También ella consiguió sonreír. A pesar de las lágrimas que le salían de los ojos. No habría sabido decir si eran lágrimas de disgusto por lo que había hecho al hombre que amaba, que siempre había amado, o de alegría por haberlo encontrado al final.

—¡Ortwin! ¿Todo bien? ¿Qué hacemos con estos?

La voz de uno de sus compatriotas los devolvió a la realidad. Ambos se giraron en su dirección. Los germanos estaban casi todos de pie, y habían rodeado a los tres romanos que habían sobrevivido al enfrentamiento.

Uno de los tres era Quinto, con un desgarro en el brazo.

Ortwin se acercó a sus hombres y miró al suelo.

—Bote... —susurró, señalando uno de los cadáveres. El único germano caído en el breve combate.

—Lo he matado yo. Y te mataré también a ti, si tienes el valor de enfrentarte a mí, solo —exclamó Quinto dando un paso hacia él—. Veleda no te quiere. Ha escapado de ti porque quiere estar conmigo...

Las espadas apuntando de los otros germanos lo mantuvieron a distancia.

Veleda se acercó a Ortwin y le apretó el brazo, mirando a Quinto con expresión de desafío.

El centurión perdió de pronto la arrogancia que, a pesar de las espadas apuntadas hacia él, había seguido mostrando hasta entonces. Inclinó la cabeza, suspiró y se derrumbó en el suelo, sobre las rodillas. La sangre continuaba manando de su herida en el brazo.

—Está bien. Según parece, no hay nadie en el mundo en quien pueda confiar. Acaba de una vez, Ortwin. Haz aquello que quieres hacer desde hace años... —convino.

Ortwin se acercó, desplazando las espadas de los suyos. Le puso una mano sobre el hombro.

—También tú deseas hacerlo desde hace años. Y más que yo. Pues bien, te doy la oportunidad. Recoge tu gladio —le dijo, cogiendo la espada de uno de los guerreros que lo flanqueaban.

Quinto levantó la cabeza, sorprendido. Veleda saltó hacia delante.

—¿Estás loco? ¿Estás loco? ¿Por qué quieres hacerlo? ¡Se acabó! ¡Todo ha terminado! ¿Cómo puedes batirte con un solo ojo? —gritó.

Él le sonrió.

—¿Tú no te las estás apañando con una sola mano?

La apartó con delicadeza, luego se alejó del romano, poniéndose en posición de espera.

Quinto permaneció aún algunos instantes de rodillas. Luego alargó la mano, recogió el gladio y, con un rugido, se arrojó contra el germano.

El choque desequilibró a Ortwin, que acabó de espaldas en el suelo. Quinto aferró el gladio a modo de puñal y trató de atravesarlo, pero el germano se apartó antes de que el adversario asestara el golpe. La hoja se clavó en el terreno. Ortwin aprovechó para abatir la propia espada sobre espalda del romano, pero aún no había recuperado el equilibrio y el golpe llegó de plano. Quinto se desplomó en el suelo. Por un instante le faltó el aliento, pero luego se levantó, haciendo palanca sobre el brazo ileso.

Los dos antagonistas estaban de nuevo uno frente al otro. Quinto se movía continuamente de manera descompuesta, bufaba y jadeaba; Ortwin, en cambio, parecía querer ahorrar energías: se desplazaba con circunspección, despacio, sin emitir sonido alguno, con la vista fija en el otro.

Esta vez fue el germano quien tomó la iniciativa. La hoja más larga le daba la posibilidad de acercarse al adversario sin correr demasiados riesgos. Uno, dos pasos y luego otro hacia delante para probar la capacidad de respuesta de Quinto. El romano se mantuvo alerta y evitó cualquier estocada. A su vez, Quinto buscaba el cuerpo a cuerpo para beneficiarse de la hoja más corta. Esperó a que Ortwin volviera a pegar mandobles, luego se lanzó de nuevo hacia él en el momento en que el germano retiraba el brazo.

Su gladio tocó el antebrazo derecho del adversario,

provocándole un desgarro. Ortwin dejó caer la espada, Veleda aulló. Quinto lanzó una mirada pérfida a la muchacha y los germanos presentes se sobresaltaron. El romano se arrojó sobre el antagonista con la clara intención de rematarlo. Pero Ortwin se precipitó sobre la espada y la lanzó lejos de una patada, desplazándose hasta el punto en que se había detenido para poder recogerla sin el adversario encima. La mirada que Quinto había dirigido a Veleda le había concedido ese instante de más para intentar un movimiento de otro modo imposible.

El germano consiguió coger el arma un momento antes de que Quinto entrara en contacto con él. Ahora volvían a estar frente a frente. El romano empezó a moverse continuamente hacia la izquierda, para obligar al adversario a actuar por el lado en que no veía. Los dos acabaron moviéndose en círculo, mientras recuperaban el aliento.

Fue de nuevo Quinto quien saltó hacia delante, pero con demasiada vehemencia. Su ataque descoordinado fue bloqueado por la espada de Ortwin. Las dos hojas se cruzaron una, dos, tres veces, emitiendo centellas en la penumbra. Pero el germano, con el antebrazo herido, sostenía apenas el arma y solo era capaz de defenderse, sin poder aprovechar el mayor peso de su espada. Quinto se abalanzó sobre él, aumentando la intensidad y el ritmo de los golpes hasta ponerse a la suficiente distancia como para atravesarlo.

Ortwin era una máscara de sangre. El adversario estaba demasiado cerca, ahora, para poder asestarle un tajo definitivo. Al parar una nueva embestida, sin embargo, consiguió asestar a Quinto una patada en la espinilla. El romano perdió el equilibrio, proporcionando al germano el tiempo de dar un paso atrás y pegarle una estocada en el brazo. La hoja impactó en la mano del centurión, que dejó caer el gladio.

De inmediato, Ortwin se puso entre el adversario y el arma, cargando el brazo para el golpe definitivo.

—¡No! —aulló Veleda.

El germano frenó repentinamente el movimiento del brazo y se limitó a apuntar la espada a la garganta de Quinto.

Veleda se acercó.

—No lo mates. Me ha salvado la vida más de una vez...

Entonces se apresuró a recoger el gladio que el romano había dejado caer.

Ortwin mantuvo aún la hoja sobre Quinto, que jadeaba sin decir nada. Por fin, la bajó.

—Así sea. Pero recuerda, Quinto Labieno: como para César, el perdón vale una sola vez. Si volvemos a encontrarnos, ni siquiera la gratitud de Veleda te salvará.

Recalcó la palabra *gratitud*, para hacerle entender de una vez por todas que Veleda no sentía otra cosa por él.

—Y ahora, venid —dijo a sus hombres—. Vamos a buscar los caballos. Nos espera un largo viaje: debemos conquistar una corona para nuestra princesa.

Veleda miró por última vez a Quinto, que se volvió con expresión humillada. Luego la muchacha sintió que la cogían de la mano y la llevaban con dulzura.

Y, por primera vez, se sintió una reina.

Epílogo

> No era agradable que él, que no había derrotado a jefes extranjeros ni a reyes bárbaros, sino que había destruido completamente a los hijos y la estirpe del más fuerte y desventurado de los romanos, celebrase un triunfo sobre las desventuras de la patria, y además se jactara de una acción que tenía como única justificación ante los dioses y los hombres la de haber sido realizada por necesidad.
>
> Plutarco, *Vidas paralelas*, César, 56

Roma, agosto del 45 a. C.

Marco Junio Bruto se encaminó hacia la casa de su madre, Servilia, con el ánimo grave. Las palabras de Cicerón resonaban en su cabeza como una admonición, de la que no conseguía sustraerse. El gran orador le había hecho mirar con recelo el nuevo triunfo de César, que el dictador había celebrado aquel día con un fasto tal que hacía olvidar cualquiera de los precedentes.

Cicerón, en realidad, no había hecho más que dar voz al desconcierto, incluso a la indignación, de todo el Senado y de buena parte de la población. Si César había tenido el buen gusto de hacer pasar el triunfo sobre África como una victoria sobre el reino númida, con ocasión del nuevo triunfo sobre Hispania no había vacilado, en cambio, en exhibir el botín del éxito sobre los enemigos romanos. Y era la primera vez que alguien osaba celebrar una fiesta por la victoria en una guerra civil.

La consternación que había invadido a la gente durante la anterior ceremonia triunfal, al ver los carteles que representaban los suicidios de Catón, Metelo Escipión y Petreio, no era nada comparada con lo que todos experimentaban, ahora, frente a la ostentación de las masacres de ciudadanos romanos en Hispania. Y eso no era más que el principio. Los dos días siguientes verían también los triunfos de los dos lugartenientes de César, Quinto Pedio y Quinto Fabio Máximo, a los cuales el dictador había decidido conceder un honor equivalente al suyo, a pesar de sus escasos resultados en el campo de batalla. Y, como si no bastase, estaban previstas unas ceremonias de agradecimiento a los dioses durante nada menos que cincuenta días.

¿Cómo llevarle la contraria a Cicerón? Como pretor urbano designado, Bruto temía tener que afrontar el sofocamiento de la protesta que, no tenía dudas, se extendería poco después. Sin duda, en cuanto el dictador aflojase la presión sobre sus soldados y redujese los enormes gastos en que incurría para dar ilusorias gratificaciones al pueblo.

Bruto estaba igual de seguro de que los tumultos aumentarían después de la concesión de los honores que algunos senadores pretendían proponer a César.

El propio Cicerón, muy curiosamente, tenía la intención de conferirle el apelativo de «Padre de la Patria», además del de *imperator* perpetuo. Incluso era favorable a proponer para el triunfador el consulado por una década seguida y la dictadura de por vida: en la práctica, una especie de monarquía enmascarada. Justo él, que, casi como Catón, aborrecía cualquier limitación de la libertad democrática. Bruto se preguntaba si semejante adulación no era en realidad una estrategia para hacer a César odioso también a las personas moderadas, ensanchando así la base del desacuerdo.

Bruto habría querido ir directamente a casa para confiar sus ansias a Porcia, su mujer, hija del mismo Catón que había preferido morir antes que deber la vida a César. Pero debía pasar primero a ver a su madre. La había invitado a presenciar el triunfo, pero ella se había negado. Nada nuevo, por otra parte. Desde hacía ya mucho tiempo Servilia tendía a evitar las celebraciones públicas e incluso evitaba cualquier forma de actividad social. Hablaba cada vez menos y pasaba las horas sin hacer nada, deprimida y triste.

El joven nunca había visto a una mujer amar tanto a un hombre como para dejarse arrastrar hasta aquel punto, una vez concluida la relación. Tampoco estaba dispuesto a imputar ninguna culpa a César, al menos en este aspecto. Tanto más cuanto que el dictador nunca había dejado de proporcionarle pleno apoyo económico, permitiéndole adjudicarse a precios irrisorios los bienes de los hombres declarados enemigos del Estado. A fin de cuentas, Servilia no era su esposa, y además era ya una mujer anciana. ¿Por qué el hombre más poderoso del mundo debería seguir teniéndola como amante, renunciando a los placeres del hogar doméstico con su legítima consorte y a aquellos de la cama con una compañera joven y bella como la reina de Egipto?

Servilia, ahora, parecía muerta por dentro desde hacía mucho. Quizá desde el momento en que había entendido que ya no podía aspirar al amor de César. Su cuerpo vivía aún, por descontado, pero nada parecía atraer la atención de su mente. Desde que había regresado de las Galias, Bruto pasaba a verla a menudo y le hablaba de sus actividades administrativas, políticas y empresariales, pidiendo su consejo, sobre todo para estimularla a recuperar un mínimo de vitalidad y de interés por la vida. Pero nunca conseguía nada más que respuestas en monosílabos y una ostentosa impaciencia.

Acercándose a la *domus* de su madre, se resignó a la idea de tener que sostener la conversación solo, como de costumbre. Y quizá, aunque cualquier argumento relativo a César amenazaba con hacerle daño, le contaría la ceremonia triunfal. Al menos para ver cómo brillaba un destello de la antigua vitalidad en los ojos.

Encontró la puerta abierta. El *ostiarius* no estaba presente en la entrada ni en el vestíbulo. Cruzó la entrada y llegó hasta el atrio sin encontrar a nadie. Solo junto al *impluvium* vio a uno de los esclavos sacando agua del estanque. En cuanto se percató de su presencia, el hombre se levantó de un brinco y corrió hacia él.

—¡Procónsul! Ha sucedido algo terrible... Quizá no sea el momento de que entres... —dijo, espantado.

Bruto se puso rígido. Solo entonces prestó atención a la sangre que había en la túnica del esclavo.

—¿Qué ha sucedido? —le preguntó, agarrándolo por la indumentaria.

El hombre vaciló.

—La señora... Se acaba de quitar la vida. Se ha apuñalado en el pecho con un estilete. Nosotros... La hemos descubierto en un charco de sangre y aún estamos limpiando. Quizá sea mejor que esperes un poco...

Bruto apartó al esclavo y se dirigió hacia el dormitorio de su madre. Se culpó por no haberlo previsto. «Era tan evidente...», se dijo. Una persona que no tiene interés por vivir, antes o después, en un momento de desconsuelo, se deja llevar hasta que decide acabar con todo. Más aún si cuenta con un ejemplo ilustre en la familia como el del hermanastro.

Otra víctima de César.

Entró en la estancia y encontró a dos esclavas en cuclillas alrededor del cuerpo de su madre. Las dos mujeres se levantaron de inmediato, en señal de respeto. Bruto se acercó e intentó escrutar a la mujer que lo había traído al mundo, pero enseguida apartó la mirada: nunca había sido capaz de soportar la visión de la sangre y de la muerte. Mantuvo la cabeza vuelta hacia la pared, pero no consiguió quitarse de la mente la imagen de su madre bocarriba en el suelo, con los ojos muy abiertos y decenas de arrugas petrificadas en torno, y con los brazos apretados en el pecho alrededor de la empuñadura del arma con que se había atravesado.

No logró contener las lágrimas, ni lo quiso, a pesar de la presencia de los esclavos.

—Procónsul...

Una de las dos mujeres se le acercó con timidez.

—Junto al cuerpo de tu madre hemos encontrado este saco sellado con laca, en el que está escrito tu nombre...

Bruto se limitó a tender la mano. La esclava le entregó

el saco y él lo abrió. Dentro había una tablilla encerada. El procónsul se secó las lágrimas de los ojos y trató de leer.

Hijo mío, perdóname. No solo por este gesto, sino por el comportamiento que he tenido en estos últimos tres años. Desde hace algún tiempo ya no tengo ninguna razón para vivir, y he aplazado demasiado esta solución que, créeme, es la única posible para mí ahora. He seguido viva, a pesar de todo y forzándome más allá de lo soportable, solo para ver si César mantenía su palabra. Y hasta ahora lo ha hecho. Es más, parece que definitivamente le has caído en gracia, y quizá ya no corras ningún riesgo.

Pero vivir me resulta insoportable. Y con César nunca se sabe. La Fortuna lo ha favorecido tanto que puede que se haya hecho la idea de que es omnipotente. Yo conozco un terrible secreto que le concierne; un secreto que es un elemento importante de su Fortuna y de sus éxitos. Y él lo sabe. Nunca lo he revelado porque, en caso contrario, él te habría hecho daño. Y no te lo revelo tampoco ahora para no exponerte aún más al peligro. Pero ahora que me he ido, tu dictador podría creer que te he hecho partícipe del secreto y podría considerarte, pues, una amenaza. O, más sencillamente, podría hacerte pagar tu apoyo inicial a Pompeyo, ahora que se siente inatacable y ya no vinculado al lazo afectivo que nos unía.

En efecto, a su modo, César ha seguido queriéndome, y muero sin odiarlo. Pero te insto, de todos modos, a que estés atento, y te muevas con sabiduría y cautela. No se puede saber qué espectros agitan la mente de un hombre que se siente omnipotente. Perdóname de nuevo, hijo mío.

Tu madre, Servilia

Las lágrimas de Bruto volvieron a descender, copiosas. Se maldijo por la propia superficialidad. Mientras todos habían tomado partido, algunos a favor, otros en contra de César, él había pensado siempre y solo en vivir tranquilo, y había seguido privilegiando sus intereses incluso en la plenitud de un conflicto que provocaba pasiones lacerantes. Detrás de él, a su alrededor, se agitaban aún y más que nunca pulsiones terribles, que seguían causando víctimas y sufrimientos, como en el caso de su madre. Creyó que había elegido el mejor partido, y el más seguro, para sí y para la República. Y, en cambio, lo último que había querido decirle su madre, después de tres años de silencio, era que sobre su cabeza pesaba un peligro por algo que no solo ignoraba, sino de lo cual no podía ser de ningún modo responsable.

Decidió que hablaría con Casio. Era el amigo, en este momento, el colaborador de César que daba más signos de intolerancia hacia el dictador, más que cualquier otro. Y si había que actuar de manera más decidida, esta vez no se echaría atrás.

Un hombre, se dijo, no puede pasarse la vida sin hacer una elección.

Nota del autor

Siempre me ha impresionado la capacidad de César de salir airoso incluso de las situaciones más desesperadas, y su determinación para afrontar los desafíos más inverosímiles. A menudo me he preguntado si, por casualidad, no tendría un arma secreta, algo que le permitiría ir más allá, rozando lo que los adversarios y los sucesivos comentaristas podrían incluso considerar inconsciencia, si no realmente locura. Pero, en ocasiones, aquello que es considerado locura puede que no sea más que el resultado del acceso a cierta información que permanece vedada para los demás...

Pues bien, en esta trilogía mi hipótesis es que César disponía de verdad de un arma secreta. Si examinamos con atención las fuentes, además, esta hipótesis podría parecer no tan peregrina. A fin de cuentas, la propia relación entre Octavio Augusto y Agripa tiene algo de increíble, si se piensa: Agripa se convierte en todo lo que hubiera podido ser Labieno, si este no lo hubiera «traicionado». A pesar de que también él era, como Labieno, de baja extracción, fue el segundo hombre del imperio, el más estrecho compañero de Augusto hasta su propia muerte y el artífice de casi todas las victorias militares del emperador. Y, sobre todo, fue un hombre que hubiera podido aprovecharse de su poder para desbancar a su amigo.

Si Agripa hubiera sido un poco más ambicioso, habría pasado a la historia como el más grande general en la historia de Roma, al igual que César y Escipión. En cambio, rechazó incluso los tres triunfos que, no obstante, Augusto le concedió, para no eclipsar a su gran amigo. Y los dos permanecieron unidos hasta después de la muerte, porque el emperador lo quiso a su lado en su propio mausoleo. ¿Por qué una asociación similar no podría haber tenido algún paralelismo en la Historia?

Por lo que se refiere a Bruto, su figura está demasiado ligada a la muerte de César para que alguien ignore qué pasó con él. Poco después se dejaría convencer por Casio para liderar la conjura contra el dictador. Tras los idus de marzo del 44 a. C. se vería obligado a huir de Roma, para luego acabar suicidándose en la batalla de Filipos, dos años más tarde, perdida contra las fuerzas reunidas de Octavio y Antonio.

Algunas líneas más, en este contexto, se imponen para Quinto Labieno. Mi Quinto Labieno es un personaje inventado, pero solo en el sentido de que del hijo de Labieno se sabe poco o nada antes de la muerte de César. Después, habría saltado a la fama apoyando a los asesinos de César, que en el 43 a. C. lo enviaron al imperio parto para procurarse la alianza con el soberano. Luego vino la derrota de Filipos, con la muerte de Bruto y Casio, y a Quinto Labieno no le quedó más alternativa que promover ante el rey de los partos una invasión de Asia Menor, aprovechando las desavenencias entre Octavio y Marco Antonio.

De su participación en Asia Menor en la campaña de Pacoro, hijo del soberano Orodes I, nos hablan Dion Casio, Floro, Justino y Estrabón. Este último define a Quinto como «un joven fácilmente irritable e irracional». Quinto Labieno, según las fuentes, correteó casi con total libertad por la provincia de Asia al mando de tropas romanas y partas, obligando a huir al legado Decidio Saxa y luego provocándole la muerte. Los reinos aliados de los romanos, a los que Antonio había descuidado, lo apoyaron o permanecieron neutrales, y solo algunas comunidades, como Laodicea, se atrevieron a oponérsele.

La guerra entre Octavio y Antonio había obligado a los romanos a abandonar Oriente a su suerte. Quinto aprovechó la circunstancia para fundar una especie de pequeña potencia en Asia occidental, acuñando incluso moneda con su propia efigie, en la cual se definía como «Quinto Labieno partico imperator». Parece que se vestía a la oriental, y con toda probabilidad el suyo era un estado satélite del imperio parto.

Duró hasta que los dos aspirantes al poder supremo sobre Roma se pusieron de acuerdo para dividirse el imperio. Antonio, a quien correspondió la parte oriental, envió contra Quinto un ejército al mando del legado Publio Ventidio Baso. Este lo derrotó bajo el monte Tauro en el 39 a. C., sus tropas romanas desertaron y él se vio obligado a huir disfrazado. Acabó capturado en Cilicia por un tal Demetrio, un liberto de César al servicio de Antonio, y luego fue ejecutado. En resumen, fue un aventurero y un vividor maldito que aún espera una novela que relate sus gestas más conocidas...

En el mismo año en que moría Quinto, Cayo Asinio Polión, antes cónsul en el 40 a. C., conseguía una gran victoria sobre los ilirios que más tarde le valdría el triunfo. Se convertiría en un distinguido historiador, muy respetado por los antiguos, aunque sus obras solo nos han llegado a través de pasajes citados por otros. Aulo Ircio, por su parte, ya había muerto. Y había muerto como cónsul, en el 43 a. C., durante la llamada guerra de Módena, combatiendo al lado de Octavio. Su cuerpo fue encontrado justo enfrente de la tienda de Antonio, hacia la cual había avanzado a la cabeza de sus soldados llevándolos a la victoria. Su tumba fue hallada en 1938 bajo el Palacio de la Cancillería en Roma.

El más afortunado de todos, en cualquier caso, fue Sexto Pompeyo, el hermano menor de Cneo Pompeyo el Joven. Escapado de Hispania, se refugió en Sicilia y, tras la muerte de César, recuperó su prestigio y fue nombrado prefecto de la flota. Pero la constitución del triunvirato entre Octavio, Antonio y Lépido lo colocó de nuevo entre los proscritos, lo que le indujo a apoderarse de Sicilia en el 42 a. C. Se forjó una gran reputación como pirata y fue una constante espina en el costado de Octavio y Antonio, hasta que los tres llegaron a un acuerdo en el 39 a. C. en Miseno. En esa ocasión, Sexto alojó a bordo de su buque insignia a los dos rivales, y estuvo incluso tentado de matarlos: el curso de la historia habría cambiado mucho si hubiera sido más ambicioso y carente de escrúpulos. Desde luego, alguien como Quinto Labieno no habría dudado.

Probablemente, con el tiempo, Sexto Pompeyo debió de arrepentirse de su hospitalidad. Occidente era demasiado pequeño para él y Octavio, y entre los dos no tardaron en resurgir los conflictos. Sexto era un almirante de talento y un excelente estratega, y consiguió infligir al heredero de César repetidas derrotas navales entre el 38 y el 36 a. C. Pero Agripa era aún mejor, y lo batió definitivamente en Nauloco. Su final no fue más glorioso que el de Quinto Labieno: huido a Mileto, fue capturado y ajusticiado sin proceso en el 35 a. C. por un partidario de Marco Antonio.

Agradecimientos

Al término de una trilogía, la lista de agradecimientos debería ser larga. De hecho, en más de un año transcurrido con César y Labieno, Quinto y Ortwin, Veleda y Servilia, he tenido poco tiempo para obtener de las espléndidas personas que conozco algo más que informaciones, colaboraciones y sugerencias, o incluso solo la ayuda moral y psicológica que he necesitado para realizar toda la serie.

Como siempre, debo a Marco Lucchetti el tiempo que me ha dedicado con la gran disponibilidad que lo distingue, y los estímulos que me ha proporcionado con sus enciclopédicos conocimientos de verdadero erudito de los tiempos modernos.

Debo a mi editora, Antonella Pappalardo, la atención y la puntualidad con las que ha analizado mi texto, indicándome siempre las coordenadas adecuadas para hacerlo más eficaz.

Debo a Giorgio Albertini la competencia y la claridad con las que ha realizado todos los mapas de la serie, superando por fin mi endémica deficiencia al respecto.

Debo a Bruno Foderi la constancia y la solicitud con

que actualiza y cuida mi web. Su gentileza es realmente impagable (y, de hecho, no le pago nunca).

Debo a Max Colombo, «César por un día», Filippo Crimi de la Legio I Italica y Angelo Guarracino una colosal cortesía por la que siempre me sentiré culpable y en deuda.

Debo al editor, Raffaello Avanzini, la idea de la trilogía sobre César, que acogí al principio escéptico y temeroso: como a menudo ocurre, tuvo él más confianza en mis potencialidades que yo mismo.

Debo a Roberto Genovesi, autor de talento, las largas charlas para tratar de dar un significado a lo que hacemos, al gran Massimo Lugli el entusiasmo con que acoge mis libros y a Giulio Castelli los estímulos extraídos de las historias que solo él sabe contar tan bien sobre el imperio tardío. Las suyas están entre las pocas novelas a las que he hecho un hueco para leer por puro placer, mientras estaba ocupado en el estudio y en la redacción de la trilogía.

Debo a la oficina de prensa de la editorial, con Fiammetta Biancatelli a la cabeza, su esfuerzo para dar a conocer el libro entre los periodistas y críticos, y a estos últimos las elogiosas palabras que han dedicado hasta ahora a la serie.

Debo a Corpotre la puntual, paciente y atenta realización de los volúmenes.

Debo a Mimmo Minuto y al Ayuntamiento de San Benedetto del Tronco una agradabilísima estancia estival bajo la enseña de César y Labieno.

Debo a los numerosos lectores que me han escrito, expresando su aprecio por los primeros dos volúmenes, su apoyo y su atención.

Debo a mis padres el aliento constante con el que aún me gratifican, a pesar de todo. Y debo, por último, a mi hija Livia, la riqueza que me da cada día en que puedo hacer de padre.

Dramatis personae

Actio Varo: noble romano que, durante la guerra civil, se decantó por el bando de Pompeyo.

Alejandro Magno: rey de Macedonia, hegemón de Grecia, faraón de Egipto y gran rey de Media y Persia hasta la fecha de su muerte en el 323 a. C.

Ariobarzanes de Capadocia: rey de Capadocia.

Ariovisto: líder de los suevos y otros pueblos germánicos aliados, considerado por el Senado romano como un rey. Se enfrentó a Julio César en la guerra de las Galias.

Arsinoe: hermana de Cleopatra.

Asinio Polión: cónsul, militar, orador y estadista romano que además fue historiador y cultivó diferentes géneros literarios.

Aulo Ircio: informador y colaborador que gozaba de la confianza de César. Era un hombre de letras, más que militar.

Boco: soberano bereber del reino de Mauritania, aliado de César.

Bogud: rey de Mauritania, aliado de César.

Bruto: hijo de Servilia Cepión.

Cayo Antonio: militar y político, hermano de Marco Antonio y Lucio Antonio. Fue lugarteniente de Julio César y procónsul de Iliria.

Cayo Considio Longo: político y general romano de la última etapa de la República romana. Luchó en el bando de los pompeyanos en la guerra civil.

Cayo Crastino: centurión de la X legión de Julio César.

Cayo Escribonio Curión: político romano y orador. Fue amigo de Pompeyo, Julio César y Marco Antonio.

Cayo Julio César: dictador de la República romana. Fue un político y militar romano del siglo I a. C., miembro de los patricios Julios Césares que alcanzó las más altas magistraturas del Estado romano y dominó la política de la República tras vencer en la guerra civil.

Cayo Mario: político y militar romano llamado «tercer fundador de Roma» por sus éxitos militares. Elegido cónsul siete veces a lo largo de su vida, algo sin precedentes en la historia de Roma. También destacó por las reformas que impuso en el ejército romano, autorizando el reclutamiento de ciudadanos sin tierras y reorganizando la estructura de las legiones, a las que dividió en cohortes.

Cayo Salustio Crispo: importante historiador romano.

Cayo Trebonio: político y militar romano, amigo de Julio César, que se terminó implicando en una conspiración para asesinarlo.

Cneo Pompeyo Magno: líder militar de la Antigua Roma y cónsul de la República romana.

Cneo Pompeyo: hijo de Pompeyo Magno. Apoyó a Pompeyo en la guerra civil, aunque luego se pasó al bando de Julio César.

Deyótaro de Galacia: gobernante de una cuarta parte de la Galicia Occidental.

Dolabela: cónsul romano. Fue partidario de César en la guerra civil, y declarado enemigo público por el Senado.

Drapes: jefe de los auxiliares senones.

Eunoe: reina de Mauritania.

Farnaces: rey del Ponto, hijo de Mitrídates VI. Traicionó a Roma, con la que se había aliado previamente, y fue vencido por César.

Fufio Caleno: político y cónsul en la etapa final de la República romana.

Furio Camilo: militar y político romano de ascendencia patricia, que vivió durante la segunda mitad de la República temprana romana. Fue elegido dictador hasta en cinco ocasiones y honrado a su muerte como Segundo Fundador de Roma.

Juba: rey númida.

Lucio Afranio: político y militar romano. Fue uno de los amigos más leales de Pompeyo.

Lucio Sergio Catilina: importante político romano. Fue el principal organizador de un complot para destruir la República.

Lúculo: importante militar y político romano que llegó a ser cónsul. Combatió en el bando de Sila en la guerra.

Marco Antonio: militar y político romano, conocido también como Marco Antonio el Triunviro. Fue un importante colaborador de Julio César durante la guerra de las Galias y la segunda guerra civil.

Marco Emilio Lépido: cónsul que participó en una rebelión contra la República.

Marco Licinio Craso: general y político romano, fue uno de los hombres más ricos de la época.

Marco Petreio: político y militar romano, que fue administrador de Hispania junto con Lucio Afranio cuando estalló la guerra civil romana. Como Afranio, Petreio apoyó a Pompeyo durante la guerra.

Marco Porcio Catón: político romano conocido también como Catón el Joven para distinguirlo de su bisabuelo, Catón el Viejo. Mantuvo diferencias políticas y personales con Julio César.

Marco Trebelio: senador del Imperio romano que desarrolló una importante carrera política.

Mitrídates de Pérgamo: noble y monarca.

Mitrídates Eupator: conocido también como Mitrídates el Grande, fue rey del Ponto hasta su muerte, en Asia Menor. Es considerado uno de los enemigos más importantes de Roma, y fue derrotado por Pompeyo.

Ortwin: fiel guardaespaldas de Julio César.

Publio Escevio: único centurión superior a Quinto Labieno en la IV legión.

Publio Saserna: uno de los integrantes del estado mayor del dictador. Era terrateniente de la Galia Cisalpina, de rango ecuestre.

Publio Sitio: general itálico.

Publio Vatinio: político y militar del final de la República romana.

Quinto Casio Longino: jurisconsulto romano que fue nombrado cónsul y gobernador de Siria. Debe su fama gracias a su gran experiencia en derecho, de la escuela sabiniana, de la que fue tercer jefe.

Quinto Cecilio Metelo Pío Escipión Nasica: político y militar romano, perteneciente por nacimiento a los patricios Cornelios Escipiones, pero adoptado por un miembro de los Cecilios Metelos. Uno de los más furibundos críticos de César.

Quinto Labieno: comandante romano, hijo del célebre militar pompeyano Tito Labieno.

Servilia Cepión: amante de Julio César y hermana por parte de madre de Catón el Joven.

Sila, Lucio Cornelio Sila Félix: uno de los más notables políticos y militares romanos. Líderes posteriores como Julio César seguirían su precedente para alcanzar el poder político a través de la fuerza.

Veleda: *völva*, o profetisa sagrada, del pueblo germánico de los brúcteros (tribu germánica del noroeste de la actual Alemania).

Vercingétorix: hijo del líder galo Celtilo, de la tribu de los arvernios.

Glosario

Agmen quadratum: formación de marcha en cuadro, con los bagajes en el centro. Este orden era por lo general adoptado cuando la fuerza romana en marcha temía una posible emboscada enemiga.

Alter ego: «el otro yo» o segundo yo, que se cree que es distinto de la personalidad normal u original de una persona.

Ave, imperator: saludo tradicionalmente atribuido a los delincuentes ajusticiados como si fuesen gladiadores.

Beneficiarius: asistente.

Bulla: colgante o medallón que en su interior contenía un amuleto que se les ponía a los niños varones a los nueve días de su nacimiento. Se llevaba alrededor del cuello y supuestamente protegía a su portador contra los malos espíritus.

Caligae: sandalias de cuero usadas por los legionarios y miembros de los cuerpos auxiliares romanos.

Capsarius: médico, normalmente encargado de los vendajes.

Carceres: cuadras donde, en el circo romano, los caballos esperaban el momento de salir para competir.

Cingulum: cinturón utilizado por los soldados del ejército romano para ceñir su túnica y colgar sus armas de filo.

Contubernium: unidad de ocho legionarios (nombre de un grupo de unos ocho soldados, del latín «compartir la tienda»).

Cornicen: suboficial músico del ejército romano que transmitía las órdenes con un gran instrumento de viento que funcionaba a modo de trompa.

Denarii: antigua moneda romana de plata.

Domus: casa, eran las viviendas de las familias de un cierto nivel económico.

Focale: un tipo de bufanda utilizada por el ejército romano para la protección del cuello.

Fucus: el extracto de alga.

Honesta misio: licenciamiento. Baja honorable del servicio militar en el Imperio romano.

Hortatores (sing. ***hortator***): persona encargada de tocar el tambor para marcar el ritmo de remo de las galeras romanas.

Imperator: en su origen, era un epíteto que las tropas concedían a los generales victoriosos, pero se convirtió en el título habitual de *prínceps*, de donde procede el término «emperador».

Impluvium: estanque rectangular con fondo plano utilizado para recoger el agua de la lluvia de las antiguas casas romanas, denominadas *domus*.

Magister equitum: jefe o mariscal de caballería, nombrado por un dictador.

Miles: soldado.

Optio/Optiones: lugarteniente de centurión. Suboficial del ejército romano, rango inmediatamente inferior al de centurión.

Ostiarius: portero.

Paenula: capa o manto de lana con capucha que usaban los romanos durante los viajes y cuando llovía.

Paludamentum: capa usada por los comandantes militares y, menos habitualmente, por sus tropas. El *paludamentum* era en general de color escarlata. Tenía forma rectangular y se sujetaba al hombro por medio de un broche metálico.

Pilum (pl. ***pila***): el arma básica del soldado legionario romano. Era del tipo de una lanza o una jabalina y medía alrededor de dos metros. Había dos clases de *pilum*, el pesado y el ligero.

Praetorium: despacho y alojamiento del comandante.

Pugio: puñal usado por los soldados de las legiones de la República romana desde aproximadamente el año 100 a. C. hasta el 100 d. C.

Quindecemviri sacris faciundis: quince miembros de uno de los cuatro colegios mayores (*collegia*) con funciones sacerdotales.

Signifer: suboficial encargado de llevar el *signum* o enseña de cada centuria en la unidad de infantería del ejército romano.

Sparsores: persona encargada de esparcir agua en la tierra para que levantase menos polvo.

Spina: astilla, espina.

Tabernae: taberna romana.

Tablinium: sala por lo general situada al fondo del *atrium* y opuesta al vestíbulo de la entrada, entre las *alae*; abierta a la parte trasera del peristilo mediante una gran ventana o una antesala, celosía o cortina.

Tubicen (pl. ***tubicines***): trompetista, especialmente en el ejército, pero también en sacrificios o funerales.

Turma (pl. *turmae*): escuadrones.
Valetudinarium: antiguo hospital romano.
Vitignum: vara de vid.

La serie *Dictator* en Booket: